Newton Compton Editores

© 2026, Joan Barbero. Esta edición se ha publicado gracias al acuerdo con Hanska Literary&Film Agency, Barcelona, España.
© 2026, de esta edición por Antonio Vallardi Editore S.u.r.l., Milán

Todos los derechos reservados

Primera edición: enero de 2026
Tercera edición: abril de 2026

Newton Compton Editores es un sello de Antonio Vallardi Editore S.u.r.l.
Pl. Urquinaona, 11, 3.º 1.ª izq. Barcelona, 08010 (España)
www.newtoncomptoneditores.com

Gruppo editoriale Mauri Spagnol S.p.A.
www.maurispagnol.it

ISBN: 979-13-87788-02-5
DL: B 16.708-2025

Diseño de interiores:
David Pablo

Composición:
Brioworkx

Impreso en abril de 2026 en Puntoweb s.r.l., Ariccia (Roma), en Italia.

Joan Barbero

El monasterio de
la rosa negra

Newton Compton Editores

Barcelona, 2026

A mi hermana

PRIMERA PARTE
Burgos, 1200

CAPÍTULO I

La tierra estaba completamente helada. Cada golpe de azada era un suplicio para los labriegos, que se esforzaban en retirar el arbusto marchito que había recibido a los peregrinos de la hospedería durante años. Debían sustituirlo por un naranjo en flor que la abadesa, doña Elvira, había hecho traer del Reino de Murcia en un carro construido expresamente para su transporte. Aunque había viajado envuelto en telas que lo protegían del viento helado y rodeado de braseros encendidos día y noche para evitar que echara de menos el calor del Mediterráneo, a nadie se le escapaba que este capricho de su señora no sobreviviría al invierno castellano. Sin embargo, nada importaba mientras cumpliera su función: impresionar a los refinados visitantes extranjeros que estaban a punto de llegar.

Ansiosos por terminar su cometido y resguardarse en sus casas, los más fornidos de la cuadrilla agarraron el tronco y tiraron con fuerza. Tras un primer intento fallido que solo sirvió para llagarse las manos, lograron que la tierra fuera cediendo. Con un último esfuerzo lo arrancaron de cuajo. Sus gritos de júbilo se oyeron en todo el monasterio.

También su silencio cuando comprobaron aterrorizados que, junto a las raíces, habían sacado a la luz un esqueleto humano de cuyo vientre parecía haber brotado el arbusto desahuciado.

A la entrada del monasterio el frío era insoportable. «Mejor», pensó doña Elvira. Se volvió hacia la reina, que temblaba de arriba abajo pese al manto de pieles con capucha con el que se protegía y que apenas dejaba ver su otrora bello rostro y su melena pajiza. También las pobres infantas, tan rubias como su madre, tiritaban y se mecían ante cada embestida del viento glacial que se colaba entre las costuras de sus ropajes, bordados con hilos dorados. «Pero el oro no abriga», filosofó doña Elvira. Solo ella permanecía con la dignidad que exigía la ocasión. Había conocido muchos inviernos tras aquellos muros y nunca nadie la había oído emitir la menor queja. Quizá por ello la habían elegido abadesa a pesar de su juventud. O quizá no. La única extravagancia que se le conocía era prender de su hábito una insólita flor que cultivaba en el claustro. Casi azabache cuando estaba fresca, al secarse sus pétalos se volvían de un granate violento sin mostrar signos de decadencia, como si fuera inmortal. Esta particularidad le permitía lucirla en las grandes ocasiones durante todo el año. No era un adorno, sino un recordatorio. Con casi las mismas potestades que un obispo, el estatus de la abadesa era tan singular como aquella especie de rosa negra. ¿Qué otra religiosa podía presumir de rendir cuentas solo ante el papa y el rey de Castilla?

Doña Elvira y la familia real se habían colocado en fila en el patio de entrada para recibir a la ilustre visitante: Leonor de Aquitania. Aunque posiblemente «ilustre» no fuera la palabra más adecuada para describir a aquella valiente duquesa que había acompañado a su primer marido a las Cruzadas y, sin embargo, a las puertas de Jerusalén dejó a un lado su pudor y lo sustituyó en el lecho conyugal por su tío; una de las damas más ricas de la cristiandad, que no había dudado en azuzar a sus hijos para que entraran en guerra contra su propio padre. Leonor, vieja reina de Francia y de Inglaterra, sofisticada para unos, extravagante para todos y condenada al infierno para Dios.

El portero, que tenía la vista puesta en el camino, se volvió hacia la abadesa y gritó con voz ronca:

—¡Ya vienen!

Un rumor de voces femeninas rompió el silencio del patio nevado. Procedían de las celdas de las dueñas, las aristocráticas monjas del cenobio. La abadesa se las imaginó corriendo de una ventana a otra, esforzándose por ser las primeras en atisbar en el horizonte la comitiva. Se decía que Leonor de Aquitania se había hecho acompañar por los obispos de veinte villas; no en vano era la madre de Leonor Plantagenet, la reina inglesa de Castilla. Y, sin embargo, el rey Alfonso no estaba allí para recibirla...

Los murmullos fueron ganando intensidad a medida que el tiempo pasaba y crecía la excitación de las religiosas y las freilas, sin que el origen noble de las primeras las distinguiera de sus criadas. «La frivolidad no distingue de cunas», reflexionó la abadesa mientras dejaba que el aire gélido llenara sus pulmones, preparándose para recibir a aquella mujer legendaria.

A los cuchicheos se sumó el ruido de los cascos de caballo golpeando contra el hielo del camino. Estaban cerca. La reina Leonor hizo un gesto al portero para que abriera la puerta del monasterio. Sin embargo, el hombretón dudó. Con la mirada buscó los ojos de la abadesa. Doña Elvira asintió levemente y, ahora sí, el hombre obedeció la orden. La reina se volvió hacia la religiosa con un rictus tan helado como el viento que sacudía su manto.

Los primeros jinetes aparecieron al poco e inundaron el patio de caballos agotados y palabras dichas en aquellas lenguas que hablaban al otro lado de los Pirineos y que los trovadores habían convertido en el vehículo perfecto para sus canciones de amor.

Finalmente llegó el carruaje. La reina y sus hijas se adelantaron. Un criado se apeó para ayudar a bajar a la duquesa. Pasó un segundo antes de que una voluptuosa cascada de terciopelo carmesí asomara por la puerta, enmarcando un rostro arrugado y cubierto de afeites y polvo. Aquella anciana de ochenta años conservaba poco de su reputada belleza, aunque mantenía toda la fuerza de sus ojos de acero. La reina Leonor fue la primera en besarle la mano y a continuación la imitaron sus hijas: Urraca, Blanca, la otra Leonor, Mafalda y Constanza.

La duquesa se detuvo unos segundos frente a cada una de sus nietas, estudiándolas con el interés de un mercader de gemas más que con el afecto de una abuela. Las infantas mantenían la cabeza gacha, incómodas, incapaces de sostener la mirada de aquella mujer enviada para decidir el destino de una de ellas.

Cuando la anciana dama dio por finalizado el examen, se volvió a su hija y le habló en latín:

–Decidiremos mañana.

La abadesa creyó que había llegado el momento de presentarse.

–Sed bienvenida al monasterio de Santa María la Real. Soy la abadesa, doña Elvira…

La duquesa se fijó en la oscura flor que lucía sobre su hábito y se volvió bruscamente hacia su hija Leonor:

–¿Es esta?

La reina asintió. La duquesa y su hija clavaron sus ojos llenos de desprecio en la abadesa. Urraca, la nieta mayor de la vieja duquesa, de apenas trece años, se creyó obligada a imitar a su abuela y a su madre, y lo mismo hicieron sus hermanas. Una tras otra, las niñas se volvieron hacia doña Elvira con odio impostado.

La monarca hizo un gesto a su madre para que la acompañara al palacio cercano. La comitiva de nobles, clérigos y caballeros las siguió. Pasaron por delante de la hospedería, decorada precipitadamente con valiosos tapices que ocultaban el reciente y macabro descubrimiento.

Doña Elvira se quedó sola en el patio, inmóvil, esforzándose por disimular su quebranto. La abadesa sintió que todo el monasterio, todo Burgos, la miraba con los ojos de aquellas mujeres. «¿Es esta?». La frase retumbaba en sus oídos. A sus casi treinta años, acababa de aprender que el resentimiento se podía heredar, igual que una corona o una villa. Podía pasar de padres a hijos sin que ni siquiera fuera necesario recordar su origen, la afrenta que dio pie a todo ese rencor.

La música de los trovadores procedente de la hospedería competía con el aullido del viento. Hasta los aposentos privados de doña Elvira llegaban los versos de amores inalcanzables entre bravos caballeros y gentiles damas casadas que se dejaban tentar por solemnes promesas. Había oscurecido. Los criados prendieron antorchas en el patio por donde las dueñas del monasterio se dirigían a la hospedería engalanadas para la ocasión, ocultando el humilde hábito blanco de paño, que habían tomado sin ninguna devoción, con ricos mantos bordados y cruces cuajadas de rubíes que hablaban más de la riqueza de su linaje que de la piedad de su propietaria. Alguna religiosa, llevada por su afán de ostentación, se atrevía a fingir una cojera recién adquirida para justificar el uso de un magnífico bastón con empuñadura de marfil, el bien más preciado de su arcón.

Aquella música transportaba a las damas a épocas pasadas en los palacios de sus familias, momentos idealizados en su memoria, convertidos en pequeños tesoros de los que presumir y con los que competir en voz baja con las otras religiosas, entre bostezo y bostezo, en sus paseos por el claustro.

La abadesa contempló momentáneamente su imagen en la

retícula de cristales de la ventana. La cogulla blanca, muy ceñida a la cintura con un cordón, el escapulario negro, el tocado blanco y el velo negro aparecían y desaparecían del cristal acompasadamente al vaivén de la llama de una vela.

Doña Elvira se apartó de la ventana cuando oyó que alguien se acercaba. Eran pasos de hombre. No tardó en entrar fray Diego. Era de las pocas personas en las que podía confiar. Y, sin embargo, no siempre lo hacía.

—Acabo de llegar de Burgos. ¿Es como dicen? —preguntó con su mirada de niño, a pesar de las arrugas que empezaban a matizar su rostro.

Doña Elvira comprendió que nadie le había puesto al corriente del desplante sufrido horas antes en el patio.

—Más vieja.

Fray Diego sonrió como si fuera una buena noticia.

—El obispo de Burgos llegará en cualquier momento.

Doña Elvira se volvió y clavó en él sus ojos negros, furiosa.

—Que el portero no le deje pasar.

El gesto de estupefacción de fray Diego no la sorprendió. Era un hombre de trato agradable, negociador eficaz, sin enemigos conocidos. Todo lo contrario que ella.

—Señora, no puede... Lo acompaña el legado del santo padre...

—¡Claro que puedo! —lo interrumpió doña Elvira sin disimular su rabia—. ¡Soy la abadesa de Santa María la Real, humilde sierva del Señor!

Fray Diego prefirió no insistir. Algo había provocado la ira de doña Elvira y tarde o temprano lo acabaría averiguando; no en vano era su confesor.

—¿Qué ha dicho la duquesa del naranjo en flor?

—No lo ha visto ni creo que lo vea.

Ante la mirada interrogante del sacerdote, no tuvo más remedio que explicarse:

–La cuadrilla que tenía que plantarlo ha encontrado un esqueleto.

–¿Cómo? –preguntó fray Diego, perplejo.

–Lo que oís. Por lo que quedaba de sus ropas no parecía un campesino. No me parece prudente permitir que nuestras visitas ni el obispo o el nuncio se paseen por nuestra casa mientras no lo hayamos hecho desaparecer.

–¿Quién era?

–¿Qué más da? Lo grave no es que muriera, sino que haya aparecido.

–Pero ¿cómo es posible que estuviera allí?

–Decídmelo vos.

El tono de su señora era más un reproche que una pregunta.

–Lo averiguaré –se apresuró a decir fray Diego.

No añadió nada más. Oía cada vez más cerca el eco de las zancadas atolondradas y el jadeo exhausto de sor Inés, que llamaba a la abadesa:

–¡Doña Elvira! ¡Doña Elvira!

Enseguida asomó por la puerta entreabierta el rostro redondo y encarnado, al borde de la asfixia. Al percatarse sor Inés de que el clérigo estaba en la estancia, enmudeció.

La monja, una navarra de treinta años que doblaba en peso a cualquier otra mujer de Castilla, se enorgullecía de ser, a pesar de sus castigadas piernas, la más rápida en trasladar los chismes y las habladurías del monasterio hasta las habitaciones de la abadesa. Solo una persona competía con ella en esa santa misión: fray Diego. La enemistad entre él y sor Inés, infantil e inofensiva, era un secreto a voces.

Sin embargo, la monja tenía un sólido motivo para ver con malos ojos al sacerdote. A sor Inés le dolía que la cercanía entre el cura y la abadesa convirtiera a esta en la diana de los comentarios maliciosos que corrían de boca en boca entre las habitantes del monasterio, hambrientas de cualquier rumor que pudiera sacarlas de la monotonía de sus existencias. Aunque fray Diego era un hombre de Dios, para aquellas monjas era ante todo un hombre.

Antes de que la hermana pudiera decir nada, la abadesa se adelantó:

—Fray Diego ya me ha informado de que su excelencia don Juan de Lara solicita permiso para visitarnos.

Los vivos ojillos de sor Inés se abrieron un poco más de lo habitual.

—¿El obispo también?

Doña Elvira hizo un gesto impaciente a la hermana.

—¿«También»?

—Tenéis otra visita. Es don Pedro de Alarcón con sus hijas. Le he dicho que ya os habíais retirado y que fuera a Burgos porque en la hospedería no tenemos sitio con el séquito de la duquesa... Pero ha insistido mucho y dice que una de sus hijas no está bien.

—Lo recibiré —dijo la abadesa para atajar mayores explicaciones.

Sor Inés salió, cuidándose de dejar la puerta abierta de par en par. No había que dar munición a las malas lenguas.

Fray Diego esperó a que los pasos y tropiezos de la navarra cesaran de retumbar por el enlosado del pasillo antes de atreverse a protestar:

—¿Recibís a un hijodalgo y prohibís la entrada al obispo de Burgos? Lo tomará como una humillación...

—Y no irá errado. Quizá se le quiten las ganas de pleitear por los diezmos.

Era cierto que los litigios entre el obispo y la abadía eran constantes debido a los privilegios que la Corona había concedido al monasterio, por los cuales cualquier donación o compra de patrimonio hecha por Santa María la Real dejaba de tributar impuestos al obispado. El anterior prelado había

18

soportado la mengua de rentas con paciencia, pero el nuevo obispo estaba decidido a poner fin a lo que consideraba una pésima decisión del rey.

Doña Elvira se volvió hacia la ventana. Ahora el patio estaba iluminado con más antorchas que estrellas había en el cielo.

—Que las dueñas de visita en la hospedería se recojan en sus celdas. Tanta luz las ha confundido. Parece de día y no lo es.

—Hace mucho que no escuchaban música, excelencia —las justificó el padre.

—Cada día en la misa, y en los maitines y en las vísperas.

—Pero estas son canciones... distintas.

—¿Y por ello mejores?

Fray Diego comprendió que no valía la pena seguir discutiendo.

—Se hará como deseéis, pero os ruego que reconsideréis vuestra decisión sobre el obispo y el legado del papa. Tendrá consecuencias. Y graves.

—¡Eso espero! —zanjó abruptamente la abadesa.

Fray Diego asintió, dolido. Doña Elvira suspiró. Estaba siendo injusta con la persona que más la apreciaba, su mejor aliado. Trató de dulcificar el tono:

—Solo estoy obligada a cumplir la voluntad del rey.

Fray Diego se volvió desde la puerta.

—Y la de Dios.

Doña Elvira sonrió.

—¿Acaso no es la misma?

CAPÍTULO II

Don Pedro de Alarcón espoleó su caballo y entró seguido por su pequeña comitiva. María, su hija menor, montada en la mula que la había traído desde la hacienda familiar, a un día de camino, miraba asombrada, con sus diez años recién cumplidos, la intensa claridad que bañaba el patio de la abadía. Sin embargo, la magia de la luz duró poco: una docena de criados avisados por fray Diego salieron de la hospedería y se apresuraron a apagar las antorchas, como niños traviesos a la caza de luciérnagas.

Don Pedro volvió la mirada atrás. Su hija mayor, Cristina, seguía en el exterior, sin aparente intención de entrar. El noble se apeó de su montura y avanzó hacia ella, furioso. La joven quiso dar media vuelta, pero su padre se apoderó de las riendas de su caballo y tiró con fuerza para retenerla.

— ¿Vas a deshonrarme incluso aquí, a los ojos de Dios?

La oscuridad no le dejaba ver bien el rostro de su hija, medio oculto por el manto, pero adivinaba sus sollozos. Llevaba días llorando sin descanso. Pero, si alguna vez le habían conmovido sus lágrimas, ahora solo conseguían exasperarlo.

Ya en el patio, el padre cogió a su hija mayor de la cintura y la obligó a bajar del caballo sin ningún miramiento. La joven apenas pudo mantener el equilibrio al poner los pies en el suelo. Solo la rápida intervención de su hermana pequeña

21

impidió que sus huesos fueran a dar con el hielo que serpenteaba entre las piedras del pavimento. Sor Inés los esperaba impaciente tras la cancela para acompañarlos hasta las dependencias privadas de su ilustrísima la abadesa.

El portero procedía ya a cerrar el portón del monasterio cuando empezó a oírse el galope de otras monturas. El sirviente se volvió hacia la monja, que gesticulaba enérgicamente urgiéndole a impedir la entrada a nuevos visitantes.

–¡Rápido, rápido!

–Pero, doña, ¡es el obispo! –gritó el pobre hombre, temiendo un castigo más humano que divino.

–¡Con más motivo! ¡Cierra, imbécil!

Don Pedro miró a sor Inés, escandalizado. La navarra le sonrió levemente, haciendo gala de su conocida habilidad para ignorar cuanto le convenía.

–Vamos, su ilustrísima lo está esperando –anunció la monja, más impaciente que amable.

Con un enérgico gesto, don Pedro conminó a su hija mayor a seguirlo. María tomó la mano de su hermana y la apretó con fuerza, buscando su propia tranquilidad, impresionada por todo lo que estaba descubriendo aquella noche. Nunca imaginó que nadie pudiera impedir la entrada a un obispo ni que existiera una mujer tan voluminosa como sor Inés. Y, sin embargo, estas eran las menores de las maravillas que el destino deparaba a la joven María tras las puertas que acababa de franquear.

Sor Inés hizo pasar a don Pedro y a sus hijas a los aposentos privados de la abadesa. María miraba todo aquel lujo con los ojos muy abiertos: los magníficos tapices de colores imposibles que cubrían prácticamente todos los muros, las enormes alfombras árabes como prados de flores, el gran crucifijo de plata que presidía una mesa bizantina sobre la que descansaban arquetas de oro y piedras preciosas tornasoladas. Pero lo que la dejó sin habla fue descubrir en el pecho de su anfitriona una de las míticas rosas negras de las que hasta una niña como ella había oído hablar. No era como la había imaginado: sus pétalos oscuros parecían láminas de sangre coagulada. Sintió un escalofrío.

Doña Elvira no prestó atención a sus visitantes. De pie junto a la ventana, estaba pendiente del portón del patio. Adivinaba la indignación del obispo, su voz ronca exigiendo que lo dejaran pasar, su vergüenza ante la evidencia de que esta humillación llegaría a oídos de Roma y de toda la cristiandad. Fray Diego tenía razón: esta afrenta tendría consecuencias. Sonrió satisfecha.

–Ilustrísima… –se atrevió a murmurar sor Inés, con prevención.

Doña Elvira se volvió hacia las visitas. Les dio la bienvenida y los invitó a sentarse. Don Pedro fue el primero en tomar asiento y con un gesto ordenó a sus hijas a que lo imitaran. La abadesa señaló la jarra de vino. Sor Inés se apresuró a llenar cuatro delicadas copas de plata dorada, que ofreció a los recién llegados antes de abandonar la sala.

Don Pedro apuró su bebida de un trago. La abadesa paladeaba el vino mientras el hombre hilvanaba un anodino discurso elogiando la superior caridad, piedad y demás virtudes que adornaban a doña Elvira. Entretanto, ella estudiaba a las niñas. ¿Qué llevaba a un hijodalgo a presentarse con sus hijas en el monasterio en mitad de la noche más fría que nadie recordaba en Burgos? Se fijó en la mayor. Cristina no tendría más de dieciséis años. No era especialmente bonita y las marcas violáceas que tachonaban su rostro no ayudaban a realzar sus pobres dones. La mirada triste de la joven hizo comprender a la abadesa que los morados no eran producto de una enfermedad, sino de los golpes de su padre. Doña

Elvira asentía mecánicamente para hacer creer a don Pedro que seguía con interés su aburrido discurso. El hombre, animado, se levantó y empezó a pasearse por la sala gesticulando para dar mayor dramatismo a sus palabras. Doña Elvira lo dejó hacer. Sus hijas le parecían infinitamente más interesantes. Cuando acabó de ponderar cada detalle de Cristina, se centró en la hermana pequeña. Descubrió sorprendida que María, achispada por el vino, la miraba con los ojos muy abiertos. Pero no con admiración ni respeto, ni siquiera con odio, sino con algo mucho más detestable en una futura dama: curiosidad.

—Por eso no me ha quedado otra salida que recurrir a vos —dijo el hijodalgo, concluyendo su larga perorata—. A ver si su ilustrísima consigue hacerla entrar en razón. Yo lo he intentado todo...

—Resulta evidente —apostilló la abadesa, que señaló los moratones de la hija.

El tono ligeramente crítico puso a la defensiva al noble.

—Ese matrimonio es lo mejor que le podía pasar a nuestro linaje y esta necia se niega a recibir como marido a don Manrique —protestó el hombre.

—Don Manrique y sus seis mil ovejas y los molinos de Olmedo y Zúñiga —añadió doña Elvira. Se volvió a la joven—: ¿Cómo te llamas?

Apenas un susurro ininteligible salió de los labios de la muchacha. Don Pedro golpeó con su bastón en el suelo.

—¡Habla con respeto a su ilustrísima, desagradecida! —vociferó exasperado.

Cristina cruzó los brazos sobre su cabeza para protegerse de la furia de su padre. Doña Elvira intervino sin levantar la voz:

—Le ruego que se siente, don Pedro —ordenó la abadesa mientras señalaba una espléndida silla árabe de cuero repujado, regalo del rey a su antecesora en el cargo.

Don Pedro obedeció con el rostro contraído, avergonzado por el comportamiento de su primogénita. Doña Elvira siguió hablando a la joven con dulzura:

—¿Cómo te llamas, criatura?

Ella levantó la mirada tímidamente.

—Cristina.

—Y dime, ¿por qué no quieres casarte con don Manrique? La joven volvió a bajar la cabeza y rompió a llorar. Su padre resopló, hastiado. «¡Otra vez no!», pensó.

—No puedo casarme con él ni con nadie porque... solo puedo entregarme a una persona. A Jesús de la Santa Cruz. Madre, quiero tomar los hábitos, ¡quiero ser monja como vos!

—¡Ya la oye! —estalló su padre, convencido de que su hija había perdido la cabeza.

Doña Elvira no sentía la menor simpatía por don Pedro y por eso no se esforzó en dulcificar su tono cuando le dijo:

—Desde hace ya algunos años, el santo padre vela para que ninguna mujer sea obligada a casarse contra su voluntad. Me cuesta creer que un caballero como vos no esté al corriente.

Don Pedro carraspeó. No podía creer que la abadesa se pusiera de parte de su hija y en contra de un matrimonio que la haría rica a ella e inmensamente influyente a él.

Sin apartar la vista de la muchacha, la abadesa señaló la puerta al padre.

—Déjeme que hable con su hija.

—Su ilustrísima, se lo ruego. Convénzala de que es lo mejor para todos. A veces temo que esté endemoniada...

La abadesa repitió la orden con tono imperativo:

—Fuera.

En cuanto se quedaron a solas, doña Elvira colocó su mano bajo la barbilla de Cristina y la obligó suavemente a levantar la cabeza para estudiar sus facciones, ahora de cerca.

–No eres bonita. Has tenido suerte de que don Manrique se fijara en ti.

–Para ser la esposa del Señor… no hace falta…

–¡No digas sandeces! –la frenó doña Elvira–. Sabes tan bien como yo que te casarás con don Manrique. Es la voluntad de don Pedro…

–¡Pero vos acabáis de decir que el santo padre…! –protestó la chica.

–¡El santo padre está en Roma! Pero el tuyo está al otro lado de la puerta –la interrumpió, enérgica, la abadesa.

Cristina estalló en unos sollozos que la superiora cortó de raíz.

–Llorar nunca ha servido de nada. Beber tampoco, pero al menos hace entrar en calor.

La joven tomó un tímido sorbo del vino, que no había probado hasta entonces.

–Todo.

Cristina apuró la copa.

Doña Elvira suspiró.

–¿Quieres entrar en un convento? Cásate con tu pretendiente. ¿Qué es, cuarenta años mayor que tú? No durará mucho. Es pendenciero. Desde que fue armado caballero no se ha perdido una batalla, ya sea contra los infieles o contra nuestros vecinos cristianos. Pronto serás viuda. Cásate y, cuando el Señor tenga a bien llevarse a tu marido, nosotras te recibiremos con los brazos abiertos. A ti, a tus seis mil ovejas y tus dos molinos.

La muchacha la miró, suplicante.

–¡Quiero morir virgen, como una santa!

–No todas las santas son vírgenes ni todas las vírgenes son santas. Ve a buscar a tu padre y dile que aceptas ese matrimonio y que lamentas todo el sufrimiento que le has causado.

Con dificultad, la joven se puso en pie. Caminó vacilante

hasta la puerta. En la negrura del pasillo, la esperaba ansioso don Pedro y, tras él, la pequeña María, con el corazón desbocado y anhelando conocer el resultado de la conversación entre aquella poderosa mujer y su hermana.

–Padre, yo... –balbuceó Cristina.

Don Pedro la miraba expectante. La joven, mareada por el viaje, el alcohol y el vuelco que había dado su vida en apenas un minuto, sintió la inminencia de una arcada. Se apartó, pero su padre la cogió por los brazos y la sacudió con violencia.

–¡Habla!

–Seré la esposa de don Manrique y os ruego que...

No terminó la frase. Un incontrolable vómito la hizo doblarse hacia delante. Su padre apenas tuvo tiempo de hacerse a un lado. Don Pedro se dejó caer de rodillas y ahora era él quien sollozaba como un niño, dando gracias al cielo por salvar el alma de su hija y la hacienda de su casa.

María miraba impresionada cómo su hermana expulsaba sus demonios sobre el enlosado mientras doña Elvira, la ilustrísima abadesa de Santa María la Real, la artífice del milagro que acababa de presenciar, se servía otra copa de vino en aquellos aposentos que no envidiaban los de una reina.

Fray Diego había salido al patio ante la insistencia del portero, asustado por la vehemencia de las amenazas del obispo de Burgos, don Juan de Lara. El sacerdote llegó a la carrera hasta la puerta donde el prelado y su ilustre acompañante, D'Angelo, legado del papa, esperaban furiosos.

–Fray Diego, decidle a este necio que nos permita entrar. Venimos a presentar nuestros respetos a la reina y a su madre, la duquesa de Aquitania.

Fray Diego bajó la cabeza, avergonzado.

–Me temo que no será posible. Su ilustrísima la abadesa no lo permite.

Don Juan de Lara no estaba acostumbrado a que sus deseos no se tuvieran en consideración, incluso mucho antes de recibir la mitra. Su mayor mérito para obtener el cargo era ser hijo de uno de los tutores del rey Alfonso durante su minoría de edad y haber compartido con el monarca casa, juegos y confidencias. Ya siendo adultos, don Juan había acompañado al rey en varias guerras donde su ardor guerrero resonaba más en la retaguardia que en el frente.

Pero si algo marcó la vida del obispo fue la batalla de Alarcos, cinco años atrás. Pocas horas antes de la humillante derrota del ejército castellano frente a las tropas musulmanas, don Juan cayó del caballo y se fracturó la pierna. Aunque insistió en que lo ataran a su montura para participar en la lucha, el rey ordenó que lo llevaran de vuelta a su tienda. De aquel día arrastraba una leve cojera y el ignominioso honor de ser el único caballero de Castilla que no sufrió la derrota ante los infieles.

Poco después, en atención a los servicios que su padre había prodigado a la Corona, el rey tuvo a bien nombrarlo obispo de Burgos y desde aquel día don Juan se había asegurado de que nadie le recordara su pobre desempeño en la batalla de Alarcos bajo amenaza de excomunión.

—¿Qué sinsentido es este? ¿Acaso tenéis algo que ocultar? —bramó el ofendido prelado.

Fray Diego enmudeció. ¿Era posible que don Juan estuviera al corriente del reciente hallazgo?

—¡Os ordeno que abráis! Soy vuestro obispo. Me debéis obediencia —insistió a voz en grito.

—Fuera de estos muros quizá, pero aquí dentro es la voluntad de la ilustrísima abadesa la que debo acatar, mal que me pese —respondió educadamente fray Diego.

—¿Acaso no sabéis quién es vuestra doña Elvira? —escupió don Juan de Lara.

Por supuesto que fray Diego sabía quién era y también lo que el prelado pretendía decir con su tono ofensivo. No era la primera vez que el confesor oía algo así, pero por alguna razón esta vez la provocación había conseguido arrinconar su habitual templanza. La sangre le hervía y temía no ser capaz de controlar su lengua.

D'Angelo se unió a la protesta, ajeno a la lucha interna de fray Diego por anteponer la razón a su imperioso deseo de defender a doña Elvira.

—Represento al santo padre. ¿También vais a cuestionar su autoridad? —dijo el legado con orgullo herido.

—No me atrevería. Eso se lo dejo al rey —replicó cortante fray Diego.

Y volvió al monasterio agradeciendo que el rugido del viento le ahorrara oír la retahíla de insultos e improperios que salieron de las gargantas del obispo y el legado hasta dejarlos sin voz y exhaustos.

Sor Inés cogió con sus poderosos brazos a la pobre Cristina y la izó como a un saco de legumbres.

—Venid conmigo —ordenó a la hermana menor.

Aunque era trabajo de freila, y no de una dama como ella, atender las necesidades cotidianas de la superiora y de sus invitados, la navarra se prestaba a arremangarse el hábito para cualquier tarea que implicara estar cerca de la abadesa. Había aprendido de su padre, un influyente barón de Pamplona, que el favor de los poderosos había que ganárselo día a día y que nada te hacía más valioso a los ojos de tu señor que conocer sus debilidades más íntimas y respetarlas. Era más rentable vaciar sus bacinillas que reír a carcajadas sus ocurrencias.

Sor Inés se llevó a la desfallecida Cristina y a su hermana pequeña a las habitaciones de las freilas donde pasarían la noche.

La abadesa todavía tenía pendiente un tema que tratar con el padre de las niñas. Un asunto que le rondaba por la cabeza desde hacía tiempo.

—Entre vuestros cargos sois merino en Villanueva de las Almenas, tengo entendido.

Don Pedro asintió.

—El rey tuvo a bien concederme esa merced hace ocho años. Aunque no he tenido que intervenir mucho: los vasallos son gente pacífica que paga sus diezmos y sus señores no litigan por las lindes desde hace años.

La abadesa sonrió.

—No os quitéis méritos. Un juez demuestra su valía no solo en los juicios, sino también evitándolos.

—Es cierto, pero en este caso no es falsa modestia, sino la realidad.

Doña Elvira volvió a sentarse tras su mesa. Abrió una arqueta esmaltada, de la que sacó un fragmento de hueso con un aparatoso remate de zafiros y perlas.

—¿Sabéis qué es?

Don Pedro se santiguó. Era evidente que se trataba de una reliquia, posiblemente restos del santo que había obrado el milagro de cambiar la decisión de su hija mayor.

—No hagáis tantos aspavientos. No es más que un hueso. Todos nacemos con ellos. Dicen que es de santa Ana, pero podría ser perfectamente de cualquier peregrino que no hubiera podido llegar hasta Santiago. Si algo abunda en el camino son los enfermos. —Y, contemplando el hueso amarillento pulido, continuó—: Lo custodiaban las monjas del convento de Gradefes como si fuera su mayor tesoro. Tendríais que ver las lágrimas que derramaron cuando mis oficiales lo trajeron a Santa María.

—Parece que no le tenéis demasiada estima —se atrevió a comentar el viejo don Pedro.

–Ni a este despojo ni a ese convento. La abadesa de Gradefes se niega a acatar mi autoridad sobre su comunidad a pesar
de todas las cartas que le hemos enviado recordándole que
no es nuestra voluntad, sino la de nuestro rey, don Alfonso.
Todo es inútil. Su empecinamiento las ha llevado a buscar
el consejo de quien no quiere su bien ni el nuestro. Las muy
necias han recurrido al nuevo obispo de Burgos para reclamar
que les sean devueltos los restos de su santa.

–¿Y lo haréis?

Doña Elvira miró con intención a su visitante.

–Solo si vos me obligáis.

El gesto de perplejidad de su interlocutor divirtió a la abadesa. Doña Elvira prosiguió:

–Por los fueros que la Corona otorgó a este monasterio, es
mi derecho y deber nombrar merinos que administren justicia
en los litigios que afecten a las posesiones de Santa María la
Real. ¿Querríais vos ser juez en este caso?

Don Pedro comprendió que el regalo estaba envenenado.
Ponerse de parte de la abadesa representaba ofender a uno
de los hombres más poderosos del reino. Don Juan de Lara,
el flamante nuevo obispo de Burgos, procedía de uno de
los linajes más prestigiosos de Castilla. Era notorio que el
prelado nunca había sido muy ducho con las armas y que no
era un hombre devoto, pero nadie ponía en duda su refinada
habilidad para vengar ofensas.

El silencio de don Pedro no sorprendió a doña Elvira. Si
aquel hombre había conseguido que un noble tan rico como
don Manrique se fijara en su anodina hija, algo tendría que
ver su capacidad para manejarse donde otros mordían el
polvo. Ahora, sentado frente a ella, una vez solucionado el
problema de una primogénita con vocación de santidad que
lo había tenido a mal traer, aparecía la auténtica naturaleza
del caballero, más sosegada y, sobre todo, más calculadora.

—Me hacéis un gran honor —respondió finalmente don Pedro.

—Entonces, ¿aceptáis?

La pregunta era una mera cortesía. Nadie podía decir que no a la abadesa. Sin embargo, don Pedro se arriesgó a tantear su suerte:

—A falta de disponer de más información sobre vuestro contencioso, veo claro que la razón os asiste. Y eso me preocupa.

Hizo una pausa y esperó la reacción de doña Elvira. La religiosa no movió un músculo.

—El señor obispo cree tener razón, equivocadamente —se apresuró a puntualizar—. Es un hombre muy cercano al rey...

—¿Qué queréis a cambio? —lo interrumpió la abadesa, deseando poner fin a un día eterno.

—Me preocupa que el obispo pueda ejercer influencia sobre su majestad para perjudicar mi hacienda. No soy un hombre rico y tengo otra hija por casar. Lo poco de que dispongo lo tendré que entregar a don Manrique como arras para la boda de la mayor, pero queda mi pequeña María. ¿Quién la querrá por esposa sin dote? ¿Qué será de ella cuando falte yo?

—Se puede quedar aquí, si ese es vuestro deseo.

La sonrisa de don Pedro le hizo ver que, efectivamente, esa era la respuesta que esperaba.

—Podéis decirle al obispo que ya tenéis juez —anunció el hijodalgo en un tono pretendidamente solemne.

CAPÍTULO III

A dos días de viaje de Burgos, una feroz ventisca azotaba a los tres peregrinos. A lomos de una mula, una extranjera envuelta en un manto negro avanzaba penosamente junto a sus jóvenes sirvientes: un hombre pelirrojo y su mujer embarazada. La nieve les llegaba hasta la cintura y hacía imposible distinguir dónde estuvo una vez el camino.

Para combatir el frío, la extranjera se esforzaba en evocar la cálida tierra que la vio nacer. Como no podía traer a su memoria el perfume de la bergamota, tan irresistible para ella, se conformaba rememorando el reflejo del sol sobre la plácida lámina de agua salada que se veía desde su casa, los jardines rebosantes de limones, de un amarillo tan intenso o de un rojo desafiante. Salerno... El puerto donde se había acostumbrado al sonido de palabras que no entendía, donde se mezclaba el olor del sudor de los marineros con el de las especias que llegaban de todos los rincones del mundo conocido. Era el único lugar que podía competir con el paraíso, en palabras de no pocas de sus gentes. Quizá por ello, cuando la soberbia salernitana le resultaba insufrible, Dios hacía que la tierra temblara para recordar a sus habitantes que eran mortales. En pocos segundos los palacios se resquebrajaban y sus secretos quedaban expuestos a la vista de todo el mundo, como había ocurrido en la familia de la propia siciliana[1].

---

[1] En esta época, parte del sur de la península itálica, incluyendo Salerno, pertenecía al Reino de Sicilia.

Los ojos se le cerraban, no tanto por el sueño como por el frío que la atenazaba. De pronto sintió una violenta sacudida y el mundo se volvió del revés. ¿Un terremoto? No, simplemente se había caído de su montura. Sus criados acudieron prestos a levantarla. Se resignó a morir congelada, pero la providencia tenía otros planes. A varios metros frente a ellos se distinguía el humo que salía de la chimenea de lo que parecía una posada. La promesa de calentarse ante un fuego les dio la vitalidad que les faltaba para llegar hasta allí.

A medida que se acercaban, pudieron distinguir a una pareja que retozaba junto a la puerta, apenas iluminada por un tímido candil. Al verse sorprendidos, la mujer apartó las manos de su amante, más joven y agraciado que ella.

–¿Qué buscáis? –preguntó desabrida, anunciando ya que no eran bienvenidos.

–Cobijo –respondió la extranjera con su peculiar acento.

–Aquí ya no cabe un alma.

–¿Podríamos hablar con el dueño?

–Ha muerto esta misma mañana. Ha venido todo el pueblo a velarlo.

–Nos conformamos con cualquier rincón –suplicó Beatrice.

La mujer los miró con curiosidad.

–¿Tenéis dinero?

–Suficiente para pagaros el doble del precio habitual.

La posadera se encogió de hombros.

–Si no os importa compartir habitación con el muerto… Hasta mañana no lo enterraremos.

–No será un problema –se apresuró a responder la extranjera.

–Pero ¡doña Beatrice! –protestó su sirvienta.

–En mi vida ningún muerto me ha hecho daño. No puedo decir lo mismo de los vivos –zanjó la siciliana mientras sacaba de debajo de su manto una bolsa de cuero en la que tintineaban las monedas–. ¿A quién tengo que pagar?

–A mí. Soy la viuda –profirió la mujer con una sonrisa burlona.

La posadera les abrió la puerta y, tras atravesar un comedor atestado de familiares del finado, los llevó hasta una habitación en penumbra donde se adivinaba la silueta de un hombre maduro sobre una cama, con las manos entrelazadas sobre el pecho. La viuda les entregó el candil y los dejó a su suerte para que se acomodaran. Solo había otro camastro, al que se dirigió la siciliana mientras el pelirrojo y su esposa se resignaban a dormir sobre el suelo. Las piernas entumecidas de Beatrice la hicieron trastabillar. Tropezó con el lecho del difunto. La sacudida hizo que el brazo del cadáver se deslizara sobre el cuerpo y acabara cayendo a plomo. La siciliana apoyó el candil sobre el pecho del muerto y volvió a colocar el brazo en su posición original.

Si el agotamiento de sus sirvientes no los hubiera hecho rendirse al sueño tan pronto cerraron los ojos, podrían haberse percatado de que su señora observaba aquel cuerpo inerte con una mirada inquisitiva. Algo no encajaba. Sin pensárselo, Beatrice empezó a despojar de sus ropas al difunto hasta dejarlo completamente desnudo. Iluminó con el candil su espalda, sus piernas y, finalmente, su cara. A continuación se deshizo de su manto para sentarse a horcajadas sobre el hombre y, sin dudarlo, acercó el rostro a su boca.

De pronto la puerta se abrió de par en par. La viuda dio paso a unos acongojados familiares que pretendían presentar sus últimos respetos al fallecido. Todos se quedaron helados al contemplar la desconcertante estampa.

–¡¿Qué hacéis?! –chilló la viuda.

Las voces despertaron a los criados, que también se quedaron atónitos al ver a su señora sobre el cuerpo desnudo del finado.

—No está muerto —afirmó con seguridad Beatrice.

—¿Qué dice esta mujer? —gritó uno de los familiares.

La siciliana no se engañaba: de nada serviría que les contara que alguien que había muerto por la mañana debería presentar un agarrotamiento de miembros que no se daba en ese cadáver y, aunque al tacto su piel estaba fría, no había perdido el color, como ocurría cuando alguien fallecía y el rojo de la sangre se acumulaba en las zonas bajas de su cuerpo. No, ese difunto no presentaba rojeces en la espalda ni en la parte posterior de sus piernas y brazos, y respiraba levemente. Algo había atrapado a aquel infortunado entre la vida y la muerte. Lo había presenciado antes y, aunque desconociera la explicación, estaba segura de que existía una.

La viuda se abalanzó sobre ella para separarla de su marido.

—¡Fuera de aquí, perra!

Beatrice recuperó su manto, consciente de que, una vez más, sus conocimientos la habían puesto en una situación delicada. Los criados, resignados a volver al camino, se incorporaron maldiciendo la hora en que habían elegido ponerse a su servicio.

Cuando se disponían a abandonar el cuartucho, una tos los hizo volverse. El muerto había abierto los ojos y estaba tiritando.

—¡Dadme una manta!

Los familiares del difunto corrieron a abrazarlo profiriendo alabanzas al Señor, que había obrado el milagro de resucitarlo. Su viuda, sin embargo, buscó desesperadamente a su amante entre la muchedumbre que penaba por entrar en el dormitorio para contemplar el prodigio. Localizó al joven abandonando apresuradamente la posada. Su sueño de convertirse en dueña y señora de su propio destino se había esfumado. La posadera clavó sus ojos llenos de odio en la siciliana, a quien culpaba de su desgracia. Beatrice huyó, pues sabía por experiencia que, si permanecía más tiempo allí, solo conseguiría que confundieran con hechicería lo que para ella no era más que ciencia.

El día despertó como había acabado la víspera. El invierno inclemente azotaba las piedras y a las gentes de un Burgos cubierto por la nieve. Mientras tanto, en el patio de acceso a la hospedería, la cuadrilla que había huido despavorida tras descubrir el esqueleto había sido obligada a retomar su tarea. Ocultos tras la pantalla decorativa de los tapices, los trabajos avanzaban a buen ritmo. Freilas escogidas entre las más discretas trasportaban calderos de agua hirviendo para descongelar la tierra y facilitar el trabajo de las azadas. Sin embargo, tras una noche al raso, el naranjo que debía haber asombrado a los visitantes había perdido todas las flores y sus hojas habían palidecido hasta tornarse prácticamente blancas.

La anciana duquesa Leonor salió del palacio real de las Huelgas, anexo al monasterio y la hospedería, envuelta en su llamativo manto carmesí, seguida de varias de sus damas y de los nobles que la habían acompañado. A su lado caminaba, cogida de su brazo, la reina Leonor, encorvada y aterida. A pesar de contar solo cuarenta años, bajo ese frío polar aparentaba más edad que su madre. A ninguna de las dos las sorprendió ver frente a ellas a aquella figura solitaria que ignoraba la nieve que volvía a caer en gruesos copos. La abadesa, sin más abrigo que su hábito y su orgullo, permanecía de pie, hierática y majestuosa como una escultura pagana.

–Espero que hayáis descansado, majestad –dijo doña Elvira con voz firme.

–Nunca me ha gustado descansar –replicó la vieja dama–. Pero gracias igualmente por vuestros buenos deseos. Espero que vos hayáis disfrutado del frío.

–El Señor me protege.

La ambigüedad de la respuesta hizo sonreír a la anciana. ¿Hablaba de Dios o del rey, su yerno, que no se había dignado a ir a recibirla a pesar del inmenso favor que estaba a punto de hacer a su familia y al reino?

–No lo pongo en duda –apostilló la duquesa, apartando los copos que empezaban a acumularse en su manto.

La abadesa estaba decidida a alejar a sus visitantes de la zona de excavación hasta que los sepultureros hubieran acabado. Un suceso que en condiciones normales no cruzaría las murallas de Burgos corría el riesgo de magnificarse y convertirse en un escándalo que correría de boca en boca por todas las cortes europeas y que podría dañar la fama del monasterio y de su abadesa. Para evitarlo, doña Elvira había tomado la decisión de comportarse con naturalidad ante los recién llegados, lo cual implicaba que sería tan desafiante y soberbia como todos esperaban de ella.

–Es costumbre que mostremos nuestra humilde casa a las visitas –dijo con gélida cordialidad–. Ayer no fue posible, pero hoy querría tener el honor de acompañarlas.

La reina Leonor no soportaba por más tiempo el frío y replicó con impaciencia, sin poder evitar que le temblara la voz:

–No es necesario.

–Sí que lo es –respondió la duquesa, estudiando con sus ojos afilados las facciones inexpresivas de aquella abadesa. La dama nunca había huido de un enemigo y no iba a cambiar ahora.

Doña Elvira condujo a las dos mujeres y su séquito por los caminos más accidentados e incómodos y aprovechó los lugares más expuestos al viento helado para detenerse en prolijas explicaciones sobre los planes de construcción del nuevo templo, una majestuosa iglesia que había de competir en grandiosidad con otros monasterios de la orden del Císter que se alzaban por toda Europa. Leonor de Aquitania escuchaba impertérrita mientras la reina tiritaba y apretaba las mandíbulas para no regalar a los oídos de la abadesa su castañetear de dientes.

Viendo el sufrimiento de su hija, la duquesa se volvió hacia la abadesa con su mejor sonrisa y su acento aterciopelado:

–Magnífico todo lo que nos mostráis, pero no querría demorar más los deberes que me han traído hasta aquí. Me gustaría recogerme unos minutos en la iglesia para pedir al Todopoderoso que guíe nuestra decisión.

No se le escapaba a doña Elvira que la dama trataba de llevar a su hija bajo cubierto. Con gentileza les indicó el camino hacia la iglesia, que los reyes habían mandado construir veinte años atrás, cuando decidieron fundar el monasterio cerca del palacio de las Huelgas, en los prados del río Arlanzón.

La reina Leonor se había desvivido durante años para ampliar y embellecer Santa María la Real. Quería que este fuera su legado, una memoria en piedra de su paso por el mundo. Pero su ilusión se quebró cinco años atrás cuando su marido le dijo el nombre de la mujer que había de suceder a la abadesa que acababa de fallecer: doña Elvira.

Camino del templo, la duquesa alabó la flor que su anfitriona lucía en el pecho.

–Había oído que vuestras rosas eran completamente negras.

Doña Elvira le explicó que cuando florecían eran como el carbón, pero se volvían rojizas con el tiempo. Nadie conocía su origen. La planta llegó a Castilla con un cruzado que murió en el Hospital del Rey antes de poder explicar en qué tierras lejanas la había conseguido.

–Aunque muchos dicen que es una rosa, no se parece en nada. Las gentes simples tienden a buscar explicaciones demasiado sencillas para lo que ignoran.

La madre de la reina sonrió.

–Disculpad que me haya dejado llevar por las habladurías.

Fuera de estos muros se os conoce como la Rosa Negra. ¿Por las espinas, quizá?

–Quien me llama así no me conoce –replicó la abadesa, imperturbable. Habían llegado a su destino.

Cuando Leonor de Aquitania entró en la pequeña iglesia, que desbordaba yeserías mozárabes y arcos almohades, se volvió hacia su hija y comentó en voz alta para que todos los presentes la oyeran:

–Se diría una mezquita. Espero que la iglesia que estáis construyendo parezca cristiana.

Leonor se apresuró a excusarse:

–Mi esposo trajo albañiles musulmanes de Toledo.

Sin embargo, doña Elvira sabía que la invectiva iba dirigida en su contra:

–Pierda cuidado, señora –replicó a la anciana–. Será cristiana. Y lo parecerá tanto como vos.

El naranjo trasplantado languidecía frente a la hospedería. El esqueleto había sido convenientemente depositado en un granero en desuso. Fue allí donde uno de los labriegos se percató de que en el precipitado traslado, al cruzar el monasterio, se habían extraviado algunos huesos. Ya no había tiempo para buscarlos y, sobre todo, nadie estaba dispuesto a dar la mala noticia a doña Elvira, así que callaron.

En la sala capitular no cabía ni un alma. Cuatro infantas –Urraca, Blanca, la otra Leonor y la pequeña Mafalda– esperaban a su abuela Leonor. Las acompañaban los orgullosos arzobispos de Burdeos y Tours, los obispos de Poitiers y Saintes y los estirados senescales de Poitou, Gascuña y Anjou junto a sus equivalentes castellanos: el arzobispo de Toledo y los obispos de Palencia y Plasencia, entre otros. Solo faltaba el prelado de Burgos y todos sabían por qué.

En la chimenea ardía apenas un tronco. Los ilustres visitantes habían exigido a la cillerera que trajera más leña. La monja responsable de la intendencia del monasterio se excusó una y mil veces y prometió hacer todo lo posible para caldear la sala antes de que comparecieran las damas. Sin embargo, el tiempo pasaba sin que llegara la madera. El arzobispo de Burdeos caminaba de un lado a otro exigiendo explicaciones. Cansado de sus evasivas y silencios, agarró una silla y la arrojó al fuego justo en el momento en el que entraban la reina Leonor, su madre y doña Elvira.

La abadesa sonrió al arzobispo extranjero.

–Me alegra ver que mis órdenes se han cumplido y sus excelencias se sienten como en su propia casa –dijo señalando la lengua de fuego que rodeaba la pieza de mobiliario.

La duquesa de Aquitania reprimió una sonrisa.

–¿Por qué no han calentado la estancia? ¿Queréis que muramos congelados antes siquiera de empezar? –clamó el arzobispo, fuera de sí.

–Por supuesto que no –respondió con amabilidad doña Elvira–. Normalmente tenemos una provisión de leña para las visitas, pero, conocedoras de la piedad de los aquí presentes, creímos acertado donar en su nombre la madera al Hospital del Rey para calentar a los peregrinos y los pobres.

El arzobispo sentía que la sangre le hervía. ¡Aquella mujer se estaba burlando de él! La rabia no le dejaba pensar con claridad. Buscaba las palabras para darle una contestación a la altura de su petulancia, unas que fueran dignas de ser recordadas durante generaciones. Pero, antes de que el anciano pudiera pasar a la historia por su ingenio y afilada lengua, la duquesa Leonor respondió por él:

–Excelente idea, doña Elvira. Ahora acabemos cuanto antes.

Y extendió una mano a Urraca, la mayor de las infantas, para que la acompañara fuera de la sala. La niña buscó los ojos de su madre, pero la reina le había dado la espalda para avivar las llamas de la chimenea y conseguir que el color regresara a sus mejillas.

Mientras Leonor paseaba con Urraca entre los arcos y la nieve que cubría el jardín, en la sala capitular los caballeros y clérigos miraban con muy poca caridad cristiana a doña Elvira. La abadesa era consciente de que se encontraba entre enemigos que no le perdonarían que hiciera uso de sus privilegios. Y, precisamente por ello, no pudo resistirse. Elevó las manos al cielo y entonó una plegaria. Los presentes se miraron con estupor. ¿Una mujer iba a dirigir el rezo? ¿Y precisamente aquella? Entonces ocurrió algo que nadie esperaba: la reina se postró de rodillas y rezó con la abadesa. Los caballeros, arzobispos, prelados y senescales fueron imitándola con un crujido de sedas y articulaciones gastadas.

Fuera había dejado de nevar. La anciana duquesa de Aquitania observaba a su nieta de reojo, tomando nota mental de cada detalle: su rígida forma de caminar, la respiración nerviosa, su mirada huidiza, el temblor de sus miembros bajo el lujoso manto bordado con motivos florales. Todo tendría importancia si era la elegida para desposar al heredero del trono de Francia. La candidata tendría que ganarse el respeto de su marido y sus súbditos con su inteligencia, su belleza o su dinero, pero la vieja dama ya había detectado que la mayor de sus nietas casaderas carecía de dos de estos atributos.

—¿Sabes a qué he venido? —preguntó la anciana sin más preámbulo.

La niña asintió con timidez y respondió:

—Sí.

—¿Te gustaría casarte con el heredero de Francia?

Urraca miró a su abuela. Había ensayado las respuestas hasta la náusea con la noble familia a quien su madre había encargado su crianza, como era tradición: la reina necesitaba estar libre para acompañar a su marido, el rey Alfonso, en sus interminables viajes por Castilla. Sin embargo, a pesar de que hacía mucho que Leonor no se movía de Burgos, no había hecho el menor movimiento para reunir a sus hijos bajo su techo. La relación del rey con su descendencia distaba mucho de ser estrecha. El infante y sus hermanas raramente veían a su padre si no era en la efigie de los nuevos maravedís de oro que el monarca había hecho acuñar y, aun así, les inspiraba un respeto que rayaba el miedo.

La duquesa de Aquitania paseó la vista por el claustro. Sus ojos se posaron sobre un cuervo que miraba con curiosidad un objeto negro indefinible que destacaba en el enlosado a unos pasos de las dos mujeres. Leonor, impaciente, repitió la pregunta más alto y ahuyentó al ave:

–¿Te gustaría casarte con el heredero de Francia?

La infanta Urraca buscó en su memoria la respuesta más adecuada de todas las que le habían hecho aprender, pero se sorprendió a sí misma dejándose vencer por la sinceridad:

–¿Qué más da lo que yo quiera? Mi deber es servir a Castilla –murmuró.

La vieja dama miró a su nieta, decepcionada. Le sorprendía la tristeza de su mirada a una edad tan temprana. Le recordó a la reina Leonor cuando, con nueve años, le comunicaron que debía casarse con el rey de Castilla, cinco años mayor que ella. La misma tristeza que Leonor no había perdido en las tres décadas de matrimonio y los casi diez partos que había encadenado desde entonces.

–Una buena respuesta –mintió la duquesa–. ¿Volvemos?

Urraca asintió, atónita ante la brevedad de la conversación. Cuando llegaron a la sala capitular, a doña Leonor no le sorprendió que todos los presentes estuvieran arrodillados rezando, aunque sí le admiró que la única que permaneciera en pie fuese doña Elvira.

Al verlas entrar, la oración dio paso a un rumor nervioso

de comentarios en voz baja. La duquesa extendió su brazo en dirección a la siguiente infanta en orden de edad a quien debía examinar.

–Blanca, ¿verdad?

La interpelada respondió con decisión:

–Sí, majestad.

Y de un salto se plantó en la puerta junto a su abuela y, con familiaridad, la cogió de la mano. «Definitivamente, no ha heredado esa vitalidad de la madre», pensó su abuela.

Leonor repitió el paseo por el claustro y apenas modificó las preguntas:

–¿Por qué querrías ser reina de Francia?

–Porque vos me lo pedís –contestó la infanta.

La respuesta despertó la curiosidad de su abuela.

–¿Y quién soy yo?

Blanca la miró, confusa: nadie la había preparado para una pregunta tan directa.

Entonces la duquesa se agachó para recoger el objeto que había llamado la atención del cuervo minutos antes: una falange humana que conservaba adherida una uña ennegrecida. ¿Qué hacía allí? ¿Se trataba de una reliquia abandonada? ¿O debía considerarse indicio de alguna práctica inconfesable?

–No te voy a morder. ¿Quién soy? ¿Una vieja loca? –volvió a preguntarle a su nieta.

Blanca sonrió.

–Vuestra excelencia es… lo que yo quiero ser –afirmó la niña con descaro.

La anciana dejó escapar una carcajada que retumbó en todo el monasterio y que provocó que el hueso que acababa de encontrar se le escurriera entre los dedos. No le dio importancia. Su trabajo allí había terminado.

CAPÍTULO IV

Don Pedro de Alarcón se disponía a abandonar el monasterio con la mayor de sus hijas. María no entendía por qué los criados no preparaban su mula para emprender el viaje de regreso a casa, así que le preguntó a su hermana Cristina, que apenas había pegado ojo en toda la noche:

–¿Voy a hacer el camino en tu caballo?

Cristina la miró con pena. ¿Era posible que su padre no le hubiera contado qué futuro la esperaba? Ella no tenía fuerzas ni valor para decírselo. Don Pedro se acercó a sus hijas con paso firme.

–Despedíos –les ordenó.

Ahora era María quien miraba a Cristina con pena.

–¿Te quedas aquí? –preguntó la pequeña.

Su hermana negó.

–No, tonta. Te quedas tú.

La mayor abrazó a María con fuerza. La criatura apenas podía respirar, no tanto por el abrazo como por el impacto de la noticia.

–¿Cuánto tiempo?

–Para siempre –contestó impaciente el padre mientras separaba a sus dos hijas.

María no podía creer que Cristina, que siempre había deseado ser monja, abandonara el monasterio y ella, que había venido como mera acompañante, se quedara allí. ¿Qué había hecho? ¿Cuál era su pecado? Intentaba recordar sus travesuras más recientes buscando una explicación, algo que justificara la decisión de su progenitor.

No quería llorar, pues nada irritaba más a su padre que las lágrimas. Sabía que se arriesgaba a provocar su furia y que le cayera una lluvia de azotes, pero no podía evitarlo. Suplicó con un hilo de voz:

–Padre, no…

Don Pedro de Alarcón se dirigió a la abadesa, que caminaba junto a sor Inés hacia ellos.

–La tratarán bien, ¿verdad, ilustrísima?

–Por supuesto. Aquí nunca le faltará nada –contestó doña Elvira.

Don Pedro asintió marcial, montó en su caballo y salió al galope sin mirar atrás. María se sorbía las lágrimas, aterrorizada ante la visión del portón que se cerraba. La abadesa se acercó y, sin mediar palabra, le cruzó la cara con dos bofetadas.

–No llores. No tienes motivos.

María se quedó sin respiración. Doña Elvira la miró de arriba abajo, estudiándola como si acabara de adquirir una ternera. Se volvió hacia sor Inés para pedir su opinión.

–No es fuerte, pero lo será –comentó la monja.

–Más le vale –replicó la abadesa–. Ven conmigo –dijo decidida a la asustada criatura mientras la cogía de la mano–. Vamos a confesarte.

María intentó seguir el paso ágil de doña Elvira.

Al entrar en la iglesia, lo que a la duquesa de Aquitania le había recordado a una mezquita, a la niña le pareció una sala de tormentos donde la obligarían a admitir pecados que desconocía. Doña Elvira se sentó en un banco y palmeó la madera para que María se colocara a su lado.

–Tu padre me ha pedido que nos hagamos cargo de ti. Pero antes de aceptarte en nuestra comunidad debes limpiar tu alma de todo pecado. ¿En qué has ofendido a Dios y a su santa madre?

María no sabía qué responder.

–No lo sé...

–¿No te han enseñado los mandamientos? –inquirió impaciente doña Elvira.

María asintió.

–¿Has hecho daño a alguien a sabiendas? –insistió la abadesa.

El corazón se le paró en el pecho a la niña. Estaba segura de que aquella mujer no hacía preguntas al azar, por lo que admitió la culpa:

–Sí.

La abadesa la miró con dureza.

–¿Y por qué lo has hecho?

–Porque me daba miedo.

Doña Elvira sintió curiosidad.

–Pensaba... –prosiguió la niña de forma atropellada– que si yo le hacía daño a él me tendría más miedo y no me haría nada. Pero cuanto más daño le hacía, más miedo sentía yo. Porque él me odiaba con razón. Y yo sabía que a la mínima aprovecharía para clavarme las zarpas.

–¿Las zarpas? –preguntó la abadesa, confundida.

–Mi padre sabía que los gatos me dan respeto, mucho respeto, pero trajo uno para que cazara los ratones de la cocina y yo le tiraba de la cola para que no se acercara a mí... Un día lo atropelló un carro y me alegré –confesó, sorbiéndose las lágrimas.

–Así que te dan miedo los gatos –repitió la abadesa –. Eso te convierte en un ratón, ¿te das cuenta?

María se volvió con prevención hacia doña Elvira y sorprendió una leve sonrisa en sus labios. Para tranquilizarla, la abadesa añadió:

–Aquí no hay ratones.

–¿Porque hay gatos? –preguntó temerosa la niña.

–No. No hay ratones porque lo digo yo –sentenció doña Elvira.

La reina Leonor tosía arrebujada en su manto frente al gran fuego que los criados habían prendido en la sala principal del palacio de las Huelgas. Su madre daba buena cuenta de media perdiz asada sin dejar de caminar de un lado a otro de la estancia, planeando el regreso.

–He enviado un mensajero al rey de Francia haciéndole saber mi opinión. No se opondrá. Los dos salimos ganando con esta unión.

–¿Por qué Blanca y no Urraca?

La dama arrojó al fuego los huesos de la perdiz y se sentó junto a su hija.

–Tiene que desposarse con el heredero de Luis Felipe y vivir en París. ¿Hay un nombre más difícil de pronunciar para un francés que «Urraca»? ¿Cómo la llamará el pueblo? ¿«*Uggaca*»? Entrégala a un portugués, pero olvídate de casarla en Francia. Y ahora me voy a retirar…

La duquesa hizo ademán de levantarse.

–¿Tan pronto? He enviado un emisario para que vaya a buscar a mi hijo Fernando. Me gustaría que lo conocierais.

La anciana volvió a acomodarse en su asiento, disimulando el escaso interés que tenía en su nieto.

–¿Cómo es?

–Crece fuerte y sano. Lo está criando una noble familia a pocas leguas de aquí. No tardará.

Las dos mujeres se quedaron mirando el fuego. La dama hizo la pregunta que más temía su hija:

–¿Y Alfonso…? ¿Dónde está ahora tu marido?

–En Toledo. Le gusta más que Burgos –respondió rápida la reina.

–Es la antigua capital imperial –justificó la anciana sin un ápice de convicción.

Leonor tenía un sexto sentido para detectar la menor de las críticas en la voz de su madre.

–Me gustaría volver a París lo antes posible –dijo esta–. ¿Crees que Blanca estará preparada para viajar mañana?

–¿Pretendéis cruzar otra vez los Pirineos en pleno invierno?

–En primavera el tiempo será más clemente, pero quizá yo ya no esté aquí para verlo. Soy demasiado vieja para tentar a la fortuna. Esta alianza con el rey de Francia nos conviene a todos: vosotros ganáis un aliado y yo protejo mis territorios del sur.

–¿Vuestros territorios? Gascuña me pertenece –exclamó la reina con cierto rencor–. Me la entregasteis como dote y cuando llegó el momento de tomar posesión descubrí que también se la habíais prometido a mi hermano –apostilló.

A la duquesa la sorprendió e indignó a partes iguales aquel tono:

–Voy a hacer de tu hija la reina de Francia. Tú misma te has convertido en reina de Castilla y Toledo y has parido un heredero. ¡¿No tienes bastante?! –vociferó sin disimular su enfado mientras se levantaba con un vigor inusitado para alguien de su edad.

–Perdonadme. Tenéis razón. No tengo derecho a hablaros así –reculó inmediatamente Leonor.

Pero, en lugar de apaciguar a la anciana, estas palabras conciliadoras avivaron su ira:

–Claro que tienes derecho a hablarme así. ¡Eres la reina de Castilla! ¿Por qué te humillas ante una vieja?

Leonor bajó la cabeza.

–Yo no soy como vos.

–¡Te crie para que lo fueras! –bramó, tomando a su hija de la barbilla para obligarla a levantar la mirada–. Una reina orgullosa, digna, no una esposa ansiosa que tiembla como un cachorrillo cuando huele la nieve y se arrodilla ante sus enemigos en presencia de dignatarios extranjeros. ¡No me extraña que tu marido no quiera saber nada de ti!

Leonor sintió ahora que la sangre se le helaba en las venas.

–Alfonso... Alfonso... –balbuceó.

–¡Alfonso no está aquí! –repitió su madre–. Si él no quiere vivir en Burgos, ¿por qué no has ido tú a Toledo? ¿Por qué no estás con él? Espero que Blanca sea mejor reina que tú.

La furia de aquel inesperado ataque dejó a Leonor exánime. Sentía que le faltaba el aire, pero también era consciente de que no era momento de mostrarse vulnerable ante aquella mujer despiadada. Hizo un esfuerzo para hablar:

–No ha sido fácil. Cuando llegué a Castilla... ¡Ni me miró después de la boda!

La duquesa soltó una carcajada.

–Te casaste con diez años, él tenía quince. ¿Qué esperabas?

–Tenía una amante...

–Dime una reina que no sea una cornuda.

–¡Por supuesto que no esperaba que me fuera fiel! Pero tampoco que me humillara de ese modo. ¡Siete años estuvo amancebado con una judía de Toledo! –replicó con todo el dolor atesorado durante su matrimonio–. Con una judía, madre. ¡Rahel la Fermosa! ¡Me sustituyó en el lecho delante de toda la corte! ¿Acaso vos lo habríais tolerado? –rugió.

–Esa mujer está muerta y la mala conciencia de tu marido ha pagado este monasterio a tu mayor gloria. Pasarás a la posteridad como una reina piadosa. Deberías estar contenta.

Lo que la anciana duquesa parecía ignorar era el papel que su hija había tenido en todo aquello. Humillada y rota de dolor, Leonor se había aliado con algunos nobles castellanos y con un grupo de eclesiásticos que, más allá de los amoríos del monarca, estaban escandalizados por las prebendas que los judíos toledanos llevaban acumulando desde que el rey y Rahel andaban encamados.

En Burgos se contaba que cuando Alfonso se enteró de que su amante había sido degollada no paró hasta averiguar quién estaba detrás de la muerte de su bella amante. Los dos nobles responsables fueron colgados, otros implicados tuvieron que sufrir el destierro y la propia Leonor fue enviada a un convento en Galicia. Solo el tiempo suavizó la situación y el rey hizo las paces con Leonor levantando el monasterio de las Huelgas, donde se ubicaría el futuro panteón real. Todo parecía ir bien hasta que cinco años atrás murió la superiora y hubo que designar a una sustituta.

—Madre, claro que estaba contenta. Hasta que nombró abadesa a la hija que tuvo con ella.

—Que la nombre el lucero más brillante del cielo. ¿Qué te importa? Eres la madre de su heredero.

—¿Y si algo le ocurriera a mi hijo Fernando? Solo he parido mujeres. No sería la primera vez que un rey de Castilla nombra sucesor a un bastardo. Alfonso sería capaz de designar heredera a esa doña Elvira por delante de mis hijas.

—Me aburres, Leonor. Y si me aburres a mí, que soy tu madre, no quiero ni imaginar lo que debe de ocurrirle a tu marido. ¿No dices que el infante crece fuerte y sano? Alégrate y aparta esas preocupaciones absurdas que solo sirven para crispar los nervios a cualquiera que te escuche. Te aconsejo que dejes en paz a tu esposo. Deja que haga y deshaga. ¿Qué más te da con quién se solace mientras tú reines y le des descendencia?

—Solo quiero que mi hijo sea rey —susurró la reina.

Leonor miró a su derrotada hija con un sentimiento amargo, lo más cercano a la pena que su gélido corazón era capaz de experimentar.

CAPÍTULO V

Desde sus aposentos la abadesa tenía una excelente visión de todo lo que sucedía a la entrada del palacio. Junto a su confesor, fray Diego, observaba el carruaje de Leonor de Aquitania. Hacía más de media hora que la anciana debía haber hecho acto de presencia en el patio. Su séquito esperaba y desesperaba.

—¿Habéis averiguado quién enterró al muerto de la hospedería? —preguntó doña Elvira al sacerdote.

—Tengo mis sospechas, pero no he querido indagar hasta que despidamos a nuestros ilustres visitantes. ¿Os parece bien?

—No me parece mal —respondió ella.

Mientras tanto, en el patio la infanta Blanca ya había subido al carruaje junto con el exasperado arzobispo de Burdeos y otros insignes religiosos. Solo faltaba la duquesa.

—¿A qué estamos esperando? —inquirió el arzobispo.

La infanta se asomó al exterior.

—Mi abuela se está despidiendo de mi madre.

El arzobispo resopló con fastidio.

—Se nos hará de noche...

Pero, si el hombre se imaginaba una escena de lágrimas por la separación definitiva de las dos mujeres, estaba muy equivocado. Hacía un año que la duquesa había enterrado a su hijo predilecto, Ricardo Corazón de León, el único al que había querido de verdad. A su edad se había acostumbrado a despedirse del mundo que había conocido. El retraso de la duquesa no se debía a la pena, sino al incorregible hábito de repartir órdenes apenas disimuladas como consejos:

—Tu marido se mereció la derrota de Alarcos. ¿Quién le mandaba enfrentarse a los sarracenos solo? ¿Por qué no esperó a las tropas de León, que ya estaban en camino?

Leonor no sabía qué responder y su madre tampoco esperaba que lo hiciera.

—Te lo diré yo: por orgullo. En su vana cabeza creyó que podía vencer y no quiso compartir la gloria de la victoria con otro rey. Uno debe calibrar sus fuerzas antes de plantar cara al enemigo. Y saber buscarse aliados. Tú no los tienes. —A Leonor le sorprendió el brusco giro de la conversación—. ¿Quieres deshacerte de esa doña Elvira? No será fácil. Entre tu marido y tú la habéis convertido en la mujer más poderosa de la Iglesia de Castilla y seguramente de todo el mundo cristiano. Tiene oro, tierras, rebaños y, más que nada, privilegios. Muchos. Sobre todo para una mujer.

—Se lo entregamos todo al monasterio, no a su persona. ¿Cómo iba a saber que algún día ella ocuparía el cargo?

—Tu marido la convirtió en abadesa a sabiendas del daño que te haría su nombramiento. Y quizá precisamente por ello. El matrimonio es así. Al menos en nuestra familia.

Leonor ahogó un gemido que no frenó en lo más mínimo a su augusta madre:

—A una mujer como doña Elvira no le puedes hacer frente sola. Si te significas en la lucha contra su persona, el rey se pondrá de su parte.

—¿Debo conformarme? ¿Es lo que proponéis?

—No, en absoluto. Tienes que recular para poder avanzar. Necesitas aliados dispuestos a mancharse las manos. El más poderoso es Dios, aunque dudo que tenga el menor interés en inmiscuirse en las cuitas de una mujer, por muy reina que sea. Sin embargo, hay multitud de hombres que dicen hablar en su nombre. A una mujer poderosa nunca le faltan enemigos; lo sé por experiencia. En cinco años que lleva en el cargo estoy segura de que alguien le habrá declarado la guerra. Averigua quién y únete a él.

Leonor, con el gesto contraído, parecía querer memorizar cada una de las palabras de su madre. La anciana suspiró y volvió la cabeza hacia el carruaje que había de llevarla de vuelta a Francia. La reina se adelantó e hizo ademán de besarla en las mejillas, pero su madre se retiró, casi sorprendida.

–Tengo la piel helada. Siempre ha sido así y ya es demasiado tarde para cambiar.

Dio media vuelta y subió al carruaje. Nunca más se la volvió a ver en Castilla.

Por orden de la abadesa, sor Inés acompañaba a María en su recorrido por el monasterio, mostrándole las dependencias y los oficios de las mujeres con las que compartiría el resto de sus días. Le habló de las noventa monjas hidalgas y de sus noventa servidoras, algunas religiosas y otras no. Se cruzaron con un grupo de jóvenes nobles, vestidas completamente de blanco, que a diferencia de María no deberían trabajar para ganarse el pan. Sus familias habían pagado para que algún día fueran monjas con todos los derechos.

Al pasar junto a la iglesia oyeron ensayar al coro. Sor Inés la conminó a que la siguiera. Con pasos rápidos impropios de alguien de su peso, la religiosa penetró atropelladamente en el templo y a punto estuvo de llevarse por delante a uno de los moros de paz que estaban reparando las yeserías del techo. Se sentaron juntas en un banco de madera para escuchar a la docena de religiosas que entonaban un canto majestuoso, dirigidas por la enérgica hermana cantora. Sor Inés le contó a la muchacha que en un monasterio como Santa María la música era de vital importancia. No porque las acercara a Dios, sino porque placía a los poderosos que nutrían las arcas del cenobio. La niña, maravillada por las notas que salían de aquellas mujeres, las miraba, pensativa. Vestidas con sus hábitos blancos, le recordaban a moscas atrapadas en una telaraña, envueltas en finísima seda, debatiéndose por recuperar su libertad.

De repente sor Inés tosió. La maestra cantora se volvió y chistó, indignada. Sor Inés hizo un gesto de disculpa y regaló un capón a María.

–La niña, que ha cogido frío –dijo, sacudiéndose toda responsabilidad.

Sor Inés se levantó. María la siguió mientras se rascaba la cabeza. Tardaría un tiempo en descubrir que en la jerarquía del monasterio ocupaba el escalón más bajo y eso la convertía en el blanco de todos los golpes, merecidos o no.

Sor Inés y la niña salieron al patio justo a tiempo de ver cómo algunas dueñas que acababan de regresar de Burgos mostraban a sus compañeras con orgullo mal disimulado las telas y baratijas que habían comprado a los artesanos de la calle mayor, riendo a carcajadas como las frívolas que, en el fondo, nunca habían dejado de ser.

Atravesaron la enorme cocina y el refectorio. Le mostró las celdas individuales de las dueñas, con sus pequeños lujos, y subiendo por una empinada escalera llegaron hasta el gran dormitorio común de las freilas, donde le asignó un camastro. Allí le presentó a la hermana cillerera, que a partir de ese momento sería la encargada de proveerla de vestuario y calzado. La monja echó un vistazo rápido a la niña y al poco apareció con el hábito de las legas, negro por fuera y blanco por dentro, y un par de sencillos zapatos.

Mientras María se cambiaba, sor Inés se sentó en el camastro. La madera crujió. La niña temió que el lecho no soportara semejante peso y se imaginó durmiendo en el suelo. La navarra le preguntó si tenía alguna duda y, adivinando su temor a hablar, le dio otro capón. María comprendió que los castigos corporales llegarían independientemente de su comportamiento, así que reunió valor y se atrevió a hacer la pregunta que la rondaba desde hacía tiempo:

—¿Por qué os llaman «sor Inés» y no «doña Inés»? ¿Acaso no sois noble?

La hermana soltó una carcajada.

—Tan noble como se pueda ser en Castilla. ¿Sabéis cuántas doñas Inés hay en el monasterio? Tres. ¿Y cuántas sor Inés? Solo yo. Mi padre me dijo que la auténtica nobleza consiste en distinguirse de los demás, y eso he buscado.

María pensó que la navarra pasaba por alto que, por sus hechuras, era imposible confundirla con ninguna otra mujer, ya fuera religiosa o seglar.

Su periplo por el monasterio debía continuar. Sor Inés se levantó y las maderas volvieron a crujir. María agradeció al cielo que el humilde jergón hubiera resistido semejante prueba.

Al volver a la planta baja se cruzaron con la sacristana, que rezongaba por el precio que había tenido que pagar por la cera y el incienso para la iglesia.

—Hemos quemado en un par de días más velas que en todo el otoño.

—Dónde vamos a parar —replicó sor Inés en un tono rutinario.

La religiosa condujo a la niña a la bodega privada de la abadesa, que contenía el vino más preciado de toda Castilla, al alcance solo de la madre superiora y de sus invitados más exclusivos. Pasaron por un estrecho pasillo al que se abrían las puertas de los almacenes de las más variadas mercancías. Sor Inés masculló una maldición al descubrir una puerta abierta, pero al ir a cerrarla vio que había alguien en aquel cuartucho, habitualmente vacío.

–¿Qué se os ha perdido ahí dentro? –inquirió, desabrida, a aquella figura misteriosa.

–¿Os molesto? –respondió doña Elvira, dándose la vuelta.

Sin poder apartar los ojos del montón de huesos que se amontonaba a los pies de su señora, la navarra balbuceó:

–Disculpad, ilustrísima, no sabía que erais vos…

Hizo una reverencia y se alejó todo lo rápido que le permitieron sus temblorosas piernas.

De nuevo sola, la abadesa siguió observando aquellos restos humanos que habían puesto en peligro el éxito de la elección de la próxima reina de Francia. Podía enterrarlos en el cementerio y olvidar el asunto, pero su cargo le exigía encontrar a un culpable. ¿La reina? ¿El obispo? «Sería preferible un enemigo más interesante», pensó.

Finalmente decidió conservar el esqueleto. ¿Quién le decía que en el futuro no podría rentabilizarlo como cantera de nuevas reliquias, aunque hubiera perdido una falange? No pareció importarle: cada una de aquellas manos, asombrosamente, tenía seis dedos.

Burgos ya estaba a la vista. Beatrice y sus servidores habían hecho un alto en el camino. Sentados en los restos de un árbol caído, la sirvienta cortaba trozos de queso y tocino sobre una hogaza de pan mientras su marido hacía sonar una flauta que había fabricado con una caña reseca. La embarazada le ofreció a Beatrice una porción del improvisado almuerzo.

–Solo queso –dijo la siciliana.

–¿No queréis tocino? ¿No seréis judía? –bromeó el criado pelirrojo.

Los dos servidores se echaron a reír, pero el silencio de Beatrice hizo comprender al hombre que había acertado. Su compañera, menos espabilada que él, no supo ni pudo verlo. Tenía otras preocupaciones: la risa había hecho que un trozo de pan se le quedara atascado en la garganta. Trató de toser, pero no era capaz.

—Sois judía… —sentenció el hombre.

Beatrice no respondió, absorbida por la extraña risa de la embarazada. Pronto comprendió que su criada se estaba asfixiando. Sin perder tiempo, se colocó a su espalda y la golpeó con fuerza para ayudarla a expulsar lo que la impedía respirar.

—Pero ¿qué hacéis? ¡Dejadla! —protestó el pelirrojo.

Beatrice se plantó delante de la mujer, que seguía emitiendo un hipido agónico mientras las mejillas y los labios se tornaban violáceos. La siciliana le arrebató el cuchillo y se lo clavó en la base del cuello. Los ojos de la preñada la miraron con más sorpresa que dolor.

—¡¿Habéis perdido el juicio?! —se llevó las manos a la cabeza el marido, horrorizado.

Sin soltar el cuchillo, Beatrice se dirigió hacia él. El hombre reculó, pero la mujer no tenía intención de herirlo.

—¡Dame la flauta!

El pelirrojo se la lanzó a los pies. Beatrice la recogió y, con delicadeza, la introdujo en la abertura que acababa de practicar en la garganta de su servidora, paralizada por el miedo. El hipido dio paso a una curiosa melodía a medida que sus pulmones volvían a llenarse y expulsar aire a través de los orificios de la caña.

Aprovechando que Beatrice estaba de espaldas, el criado la golpeó con una rama. La siciliana se desplomó semiinconsciente. El hombre hurgó bajo su manto en busca de la bolsa de los dineros. Su esposa trató de decir algo, pero de su garganta solo salían silbidos ininteligibles. Aun así, se levantó todavía temblando y, sin dudarlo, se unió al apaleamiento con la esperanza de que su marido compartiera con ella el botín.

Fray Diego hizo entrar en la sala capitular a la comitiva de los freiles del Hospital del Rey, encabezada por fray Tomás. La abadesa los estaba esperando.

El comendador, ignorando por completo a doña Elvira, preguntó abruptamente a fray Diego el motivo de la reunión. La abadesa y su confesor estaban acostumbrados a este ninguneo. Fray Diego permaneció en silencio y, ante la falta de respuesta, el freile repitió, irritado:

–¿Y bien? ¿Cuál es el motivo de tanta urgencia?

Fray Diego continuó callado. Todos los presentes sabían que no se pronunciaría una palabra hasta que la abadesa diera su consentimiento. Sin embargo, el obstinado religioso insistió inútilmente una vez más:

–Hemos abandonado nuestras tareas en el hospital, donde es necesaria nuestra presencia, para venir a veros… ¿no tenemos acaso derecho a saber para qué se nos convoca? –se lamentó.

–Por supuesto –resonó la voz de la abadesa–, pero no podéis esperar entrar en una casa si llamáis a la puerta equivocada. Soy yo quien os ha convocado, no fray Diego.

El comendador apretó los dientes y se volvió hacia la superiora, sin disimular su enojo.

–Os escucho.

Doña Elvira sonrió e hizo un gesto a su confesor para que, ahora sí, hablara en su nombre. Fray Diego hizo una respetuosa reverencia y comenzó con tono grave:

–Ha llegado a nuestro conocimiento que habéis escrito a la corte expresando el malestar que os provoca que las rentas del hospital sean administradas desde este monasterio.

–Solo me limité a expresar mi parecer.

Fray Diego le mostró varias cartas con los sellos del Hospital del Rey.

–¿En tres cartas dirigidas al rey, a su mayordomo y al reverendo general del Císter? ¿Acaso no sabéis que fue voluntad de los patronos fundadores, sus majestades los reyes de

Castilla y Toledo, que su hospital fuera gobernado por sus excelencias las abadesas de Santa María la Real?

–Las cosas pueden cambiar –replicó fray Tomás.

–Y lo harán –intervino doña Elvira, cortante–. Preparaos para abandonar Burgos de inmediato.

Los monjes se miraban desconcertados.

–No podéis destituirme. Nuestra comunidad obedece a la orden del Císter, depende del abad de Cîteaux, como vos...

Doña Elvira se acercó a fray Tomás con un pergamino.

–Y aquí está la carta que os enviará el abad de Cîteaux para comunicaros vuestro traslado.

Fray Tomás la examinó indignado. Al percatarse de la ausencia de firma, se sintió momentáneamente aliviado.

–No tiene su sello...

–Pero lo tendrá, en cuanto mis emisarios se la entreguen en mano.

–Dudo mucho...

–Podéis dudar lo que queráis –lo interrumpió doña Elvira–, pero firmará. Si es que quiere el oro que hemos prometido al reverendo general. Y ahora decidme: ¿en cuánto aprecio os tiene el abad? ¿Tanto como para renunciar a seis mil maravedís?

La abadesa no esperaba respuesta. Con sus propias manos, abrió la pesada puerta que daba al claustro. La reunión había acabado.

–No tardará en llegar la contestación a vuestro gusto, con todos sus lacres. Nuestros caballos tienen fama de ser los más rápidos de Burgos. Han costado una fortuna, pero el gasto habrá valido la pena si me permite librarme cuanto antes de vuestra presencia. Podéis retiraros.

Fray Tomás se volvió hacia fray Diego en busca de auxilio. El confesor le dirigió una gélida mirada.

–Ya habéis oído a la abadesa. Que tengáis buen viaje. La orden de traslado afectará a todos.

–¿Adónde nos enviarán…? –balbuceó el freile limosnero, un hijodalgo de prominente barriga.

–A un monasterio en la montaña. No tendréis las comodidades de Burgos, pero estaréis más cerca de Dios –zanjó doña Elvira.

El monje rompió a llorar, conmocionado. Rojo de ira y de vergüenza, el comendador hizo un gesto a todos para que lo siguieran y no prolongar la humillación. Apenas salieron por la puerta, fray Diego suspiró. Estas escenas lo dejaban agotado. A la abadesa, en cambio, parecían insuflarle vida.

–Nadie creerá que estos desgraciados enterraron al ricohombre de la hospedería –dijo doña Elvira.

–Os equivocáis, ilustrísima: fueron ellos –replicó fray Diego, impaciente por cerrar la investigación que le había encomendado su señora–. Ese hombre debió de fallecer en el hospital y lo enterraron lo más cerca posible del monasterio para acusaros de prácticas deshonrosas.

–No lo han admitido…

–¿Es necesario? Ya habéis visto el escaso afecto que os profesan.

La abadesa no soportaba la tendencia de su confesor a elegir el camino más fácil. Sin embargo, no quería enzarzarse en una discusión con él cuando tenía asuntos más complejos que tratar.

–El merino don Pedro de Alarcón ha fijado ya la fecha para el juicio por la reliquia de santa Ana –anunció la abadesa.

–El obispo de Burgos se ha ofrecido a defender los derechos de la comunidad de Gradefes –asintió fray Diego, pesaroso.

–Un aliciente más para ganar.

Al ver la preocupación de su confesor, la abadesa sonrió.

–Animaos. En este asunto todos hemos pecado de orgullo. Dios no puede estar de mi parte, pero de la del obispo… tampoco.

CAPÍTULO VI

Don Manrique bebía una copa de vino tras otra, impaciente por consumar el matrimonio con la joven Cristina, hija de don Pedro de Alarcón. Al principio la chiquilla se había mostrado reacia al enlace, pero finalmente lo aceptó con una única condición: que la boda tuviera lugar en la iglesia del monasterio de Santa María. Don Manrique no puso ninguna objeción: las carnes frescas de una quinceañera bien merecían desplazarse hasta Burgos y pasar su noche de bodas en la hospedería del monasterio.

Y allí estaba, en su habitación, impaciente por desvirgar a su recién estrenada esposa, que se había quedado rezando a la reliquia de santa Ana para que su matrimonio fuera dichoso. «¡Como si la felicidad importara!», pensaba él mientras apuraba la siguiente copa. La bebida no le estaba sentando demasiado bien. Se tumbó en la cama. Dura, pequeña, incómoda. Mucho peor que la de su casa de Zúñiga. Volvió a servirse otra copa.

Oyó abrirse la puerta y entró la novia, ruborizada, joven, apetecible. Don Manrique se levantó con dificultad y fue a su encuentro para fundir su boca con la de Cristina. No era hermosa, pero tras una jarra de vino se lo parecía. Su lengua buscó la de la joven. Ella, inexperta, permanecía inmóvil, fría como una lápida de mármol. «Parece muerta», fue el último pensamiento de don Manrique, aunque a quien se

63

le detuvo el corazón fue a él. Su cuerpo se desplomó a los pies de la desposada, que, ignorante de los lances amorosos de una primera noche, no sabía si lo que estaba ocurriendo formaba parte de la normalidad.

Cristina permaneció varios minutos mirando el cuerpo inerte de su marido hasta que la palidez de su rostro la hizo comprender que se había quedado viuda. Abrumada, juntó las manos, se hincó de rodillas y dio gracias a Dios por haberla librado con tanta premura del suplicio de aquella unión. Fue tanta la devoción que volcó en el rezo que pronto le pareció que la habitación daba vueltas. Mareada, trató de salir al pasillo, pero antes de llegar a la puerta se desmayó.

Así encontró el servicio a la pareja al día siguiente, aunque Cristina todavía respiraba.

Sor Inés comunicó a doña Elvira las misteriosas circunstancias en las que había amanecido el matrimonio.

—¿La viuda ha contado qué ha ocurrido?

Sor Inés negó.

—Ha perdido el habla y yo diría que hasta el entendimiento. Tiene la mirada fija y los miembros sin fuerza. No es capaz ni siquiera de llevarse la comida a la boca. Está como muerta.

La abadesa ordenó que la trasladasen a una celda del monasterio para hurtar a la curiosidad de los peregrinos su súbita enfermedad y la sospechosa muerte de su marido. Cuando se quedó sola, la superiora sacó de un arcón un pergamino que no había tenido tiempo de archivar: era el testamento de Cristina de Alarcón. Por fortuna, no parecía estar en condiciones de cambiar sus última voluntades.

La arqueta que contenía los huesos de santa Ana brillaba en el salón principal del gran caserón que el Concejo de Burgos había acondicionado para el juicio en el que se dilucidaría quién era su legítimo dueño. El merino don Pedro de Alarcón, recién llegado del funeral de su yerno don Manrique, abrió la caja para admirar una vez más aquel fragmento de hueso enjoyado que había sembrado la enemistad entre el monasterio de Santa María la Real y el de Gradefes. Cerró los ojos y rezó hasta que notó la presencia de doña Elvira a su lado.

–Siento la pérdida de su yerno –le dijo protocolariamente la abadesa.

–Gracias, ilustrísima. Una desgracia... Pero quien me preocupa en este momento es mi hija.

–María se está adaptando perfectamente a nosotros y nosotros a ella.

La superiora omitió que sería así en tanto don Pedro fuera un juez justo, es decir, que fallara a su favor. Sin embargo, a este no le inquietaba la suerte de su hija menor, sino la de Cristina, la flamante viuda. La abadesa lo tranquilizó. Estaba recibiendo la mejor atención posible en el monasterio y, si Dios así lo quería, en breve estaría bien.

–Preferiría que se recuperara en mi casa –solicitó el merino.

–No creo que sea posible.

–¿Por qué?

–Porque doña Cristina me ha expresado su intención de tomar los hábitos. Nuestra casa es ahora la suya.

Don Pedro tardó unos segundos en forzar una sonrisa que apenas disimuló su cólera; tiempo más que suficiente para que la abadesa comprendiera que se arriesgaba a un veredicto contrario a sus intereses.

–¿Podría preguntar a su ilustrísima para qué queréis esta reliquia? –preguntó don Pedro cambiando de tema–. Si mal no recuerdo, en una visita reciente a vuestro monasterio me confesasteis que dudabais de su autenticidad.

–Y no la quiero –contestó sosegada–, pero devolver esa reliquia sería rebajarme y eso es algo que no puedo permitirme.

En todo momento debo demostrar que merezco la dignidad que el rey ha tenido a bien concederme. Soy la abadesa de Santa María la Real. No lo olvido en ningún momento y estoy obligada a que los demás tampoco lo hagan.

Don Pedro entendió que aquella última frase iba destinada a él.

La reina Leonor entró acompañada por un nutrido séquito. A doña Elvira no le sorprendió lo más mínimo que se dirigiera a ella para desearle suerte, puesto que, en su papel de patrona fundadora del monasterio, solo podía aspirar a que el juicio se fallara en favor de Santa María y su abadesa. Por supuesto, no creyó ni uno de sus reales buenos deseos.

Poco después irrumpió en la estancia doña Teresa Ansúrez, la abadesa de Gradefes, escoltada por varias dueñas y sus correspondientes freilas. Doña Elvira había acudido únicamente acompañada de su fiel fray Diego. Sabía que, en determinadas ocasiones, menos es más.

Don Juan de Lara, obispo de Burgos, entró pomposamente, cubierto con un magnífico manto bordado en plata y azul y una cadena de oro de la que pendía su mítica cruz, «confeccionada con ópalos arrebatados a los infieles en cientos de batallas», como le gustaba relatar a quien se acercara para admirar tan prodigiosa joya. Sin embargo, a sus espaldas, las malas lenguas contaban que el único botín de guerra que había conseguido en su pasado militar era la caída del caballo que lo había dejado cojo.

Avanzaba muy erguido, con gesto majestuoso. Todos sus esfuerzos se concentraban en contrarrestar un caminar renqueante que se empeñaba en recordarle que de cintura para abajo era tan humano como cualquier hijo de vecino. El prelado ofrecía su mano con el sello episcopal para que los presentes lo besaran en señal de sometimiento a su divina autoridad. Cuando extendió la mano ante la abadesa, doña

Elvira sonrió y sostuvo la mirada de su rival, ante el que no tenía ninguna intención de inclinar la cabeza. Pasaron varios segundos eternos sin que el obispo retirara la mano ni doña Elvira hiciera el menor gesto de sumisión. Finalmente, fray Diego intervino para templar los ánimos. Se apresuró a besar el anillo del prelado y, antes de que este pudiera volver a ofrecérselo a la abadesa, esta se alejó para ocupar el lugar que se le había asignado en la sala.

El juicio dio comienzo. Primero habló don Juan de Lara en nombre de las pobres monjas del convento agraviado, que habían visto cómo el tesoro más preciado de su congregación había sido arrebatado de su iglesia por los oficiales de doña Elvira. Y llovía sobre mojado. El prelado recordó las críticas enviadas a Roma, decenas de cartas de religiosos y nobles que se quejaban al santo padre de la inapropiada conducta de las dueñas de Santa María la Real.

—De todos es sabido que sus monjas hablan en exceso, se les permite recibir visitas en sus celdas privadas y no es extraño cruzarse con seglares en el claustro, incumpliendo el recogimiento, el silencio y la oración que exige la vida monacal.

El merino don Pedro de Alarcón dio la palabra a fray Diego, pero la abadesa exigió que se la dejara hablar.

Dio las gracias al obispo por dedicar su preciado tiempo a una simple discusión entre dos congregaciones de mujeres, y valoró especialmente que se hubiera tomado tantas molestias porque el abad de Cîteaux, de quien dependía Santa María la Real, todavía no había encontrado el momento para redactar un reglamento que regulara la vida monástica de las comunidades femeninas. La ironía de sus palabras quedó patente cuando refutó las acusaciones del obispo:

—Y, puesto que no contamos con norma alguna que nos ate, es difícil que mis monjas hayan podido quebrantar ninguna regla.

–Sin embargo –interrumpió don Pedro–, Dios tuvo a bien proveernos con diez mandamientos que me consta que no son respetados en vuestra comunidad.

El tono acusatorio del merino confirmó sus sospechas de que el juez se había vendido al bando contrario. Aunque se equivocaba: don Pedro solo servía a un señor, él mismo.

–¿Cómo cuál? –preguntó doña Elvira.

–«No matarás».

Un murmullo chisporroteó entre los asistentes como agua en aceite hirviendo.

Don Pedro prosiguió:

–Recién he enterrado a mi yerno, a todas luces envenenado en su noche de bodas en la hospedería de vuestro monasterio junto con mi querida hija mayor, que lucha por su vida.

–Estas acusaciones no tienen fundamento. ¿Por qué haríamos algo tan poco cristiano? –pronunció la abadesa, esforzándose por mantener la calma.

–Acabáis de confesarme que mi hija profesará la fe en Santa María tan pronto se recupere. ¿Qué será de su hacienda? La costumbre es que done sus bienes a la comunidad una vez haya hecho los votos. ¿Me equivoco?

Doña Elvira miró a su alrededor. La única mirada amiga que encontraron sus ojos fue la de fray Diego, profundamente apenado por el rumbo de los acontecimientos. La abadesa sabía que debía reaccionar rápido si no quería sufrir la peor de las humillaciones públicas en un juicio que ella misma había forzado.

–He venido no para que se juzgue el comportamiento de mi comunidad, sino para determinar si tengo el derecho a poseer en exclusiva la reliquia que me reclama la abadesa de Gradefes. Pero, vistas las graves acusaciones que se han vertido sobre mi persona… ¡solicito someterme al juicio de Dios! –exigió doña Elvira.

Un murmullo de sorpresa recorrió la sala. Don Pedro y el obispo se miraron atónitos. Incluso fray Diego sospechó que la tensión había afectado al buen entendimiento de su señora.

–Sabéis que están prohibidos por el santo padre –replicó el merino.

–Estoy segura de que nuestro buen obispo no tendrá inconveniente.

Don Juan de Lara le sostuvo la mirada. No podía creer que la abadesa se prestara a permitir que un hierro candente quemara sus carnes antes que aceptar que había obrado sin razón en el tema de la reliquia. Y, en cuanto a las acusaciones de don Pedro, solo parecieron creíbles cuando la abadesa optó por rebatirlas con una medida tan drástica. Había algo de verdad en la teoría del envenenamiento del infortunado don Manrique, estaba seguro. La abadesa acababa de revelar cuál era su flanco más débil, por dónde podía ser atacada. El prelado dio su consentimiento a que Dios decidiera.

Pocos minutos después llegó el herrero. Vestido con un delantal de cuero, sudoroso y tiznado, sostuvo frente a la abadesa unas largas tenazas con las que sujetaba un trozo de hierro al rojo vivo. Doña Elvira avanzó hacia él y extendió la mano. Don Juan de Lara exigió acercarse para que no hubiera dudas del resultado. La abadesa quiso sonreír, aunque solo consiguió esbozar una mueca que evidenciaba su nerviosismo y su miedo.

A pesar de que se había preparado mentalmente para ese momento, la visión del metal ardiente hizo que su corazón se acelerase como nunca. Pero ya era demasiado tarde para echarse atrás, así que adelantó la mano hasta rozar el hierro. Cerró los ojos, dispuesta a aceptar el martirio. De pronto, una voz en la puerta hizo que todos se volvieran:

–¡Detente!

El rey acababa de llegar.

El herrero soltó las tenazas y se postró ante su majestad, temiendo un inmerecido castigo. El hierro cayó en un cubo de agua, del que surgió una nube de vapor que envolvió a todos los presentes mientras inclinaban la cabeza.

—¿Qué está ocurriendo aquí? —bramó el rey Alfonso.

Don Juan de Lara intentó hablar primero para dejar patente la antigua amistad de su familia con el monarca:

—Su excelencia la abadesa de Santa María ha solicitado un juicio de Dios.

—¿Y vos lo habéis tolerado? —gritó el monarca, furioso.

El tono exasperado de Alfonso hizo ver a don Juan que en ese momento el rey distaba mucho de considerarlo un amigo.

—Creía que era una bravata y que doña Elvira retiraría la mano antes de resultar herida.

La aludida, ofuscada por estas palabras, se agachó, hundió la mano izquierda en el humeante cubo y sacó el metal todavía ardiente.

—¡No soy como vos! —gritó doña Elvira, ignorando el dolor.

El rey arrancó de su mano la barra de hierro mientras en la sala se extendía el inconfundible olor a carne quemada. Doña Elvira clavó sus ojos en la abadesa de Gradefes, que la miraba horrorizada, y sentenció:

—La reliquia volverá a Santa María. Podéis venir a visitarla siempre que queráis.

Nunca una invitación sonó menos sincera.

CAPÍTULO VII

Los asistentes al juicio se iban dispersando poco a poco. La reina abandonó el caserón apenas saludó a su marido. A pesar de los meses que hacía que no se veían, no habían intercambiado más que un par de frases frías y convencionales, evitando mirarse. Leonor fue en busca de su montura, seguida de su séquito. Ni podía ni quería permanecer un minuto más allí. Estaba obligada a mostrarse serena, incluso feliz. Su monasterio, el que había fundado con el rey Alfonso a mayor gloria de ambos, conservaría la reliquia de Santa Ana. Sin embargo, la victoria la había quemado en las entrañas. Su marido había intervenido en favor de aquella mujer delante de toda Castilla. Una vez más, Alfonso la había humillado en público.

–Enhorabuena, majestad.

Leonor se volvió. Era el obispo de Burgos quien la felicitaba.

–No veo por qué.

–Habéis ganado.

–¿Eso creéis?

El obispo estaba al corriente de la enemistad soterrada entre la abadesa y la reina, aunque nadie que no perteneciera al círculo más íntimo de Leonor habría podido escuchar jamás un reproche contra la religiosa.

–Esa mujer os ha derrotado a vos y a mí. Una judía nos ha humillado –sentenció la reina.

71

Don Juan de Lara fingió sorpresa.

–¿Estáis hablando de doña Elvira?

–Estoy hablando de la hija de la amante judía del rey. ¿Acaso no sabéis que la fe hebraica se transmite por vía materna? –añadió, crispada.

–De todos es sabido, sí.

–Entonces convendréis conmigo en que mi monasterio, mi pobre monasterio, está en las peores manos.

La reina estaba furiosa. En esos momentos era capaz de cualquier cosa con tal de calmar su frustración. Incluso de vender su alma al obispo si con ello ganaba un confidente.

–Tenéis que ayudarme, ilustrísima. Solo vos podéis.

–Con mucho gusto lo haría, pero no sé cómo un humilde siervo de Dios puede… –respondió el obispo, sin atreverse a demostrar la satisfacción que le producía aquella conversación, de la que preveía obtener grandes réditos en el futuro.

–¡Ahorraos esas bobadas! –lo interrumpió la reina, molesta–. Sois uno de los hombres más ricos de Castilla y habríais sido un gran soldado de no ser por vuestro accidente.

–¿Qué deseáis de mí?

–Que me ayudéis a salvar la corona. ¡La corona que un día ha de ser de mi hijo Fernando!

–El rey cuenta con un amplio respaldo…

–¡No es cierto! –interrumpió Leonor, vehemente–. El hecho de que se haya convertido en el paladín defensor de los judíos lo aleja cada día más de los reinos que podrían ser sus aliados. Pero lo peor es lo que ha hecho con doña Elvira.

El obispo dejó de escucharla. Había oído todo lo que necesitaba. De la boca de la inglesa seguían brotando las innumerables razones para sellar una alianza entre ambos, pero él se dedicó a observar la perfecta simetría de sus labios. Con las mejillas encendidas y la ira relampagueando en sus ojos, a sus casi cuarenta años seguía siendo una mujer atractiva.

–¿Qué me decís? –preguntó, ansiosa, Leonor.

–Que no puedo entender cómo el rey Alfonso pudo mirar a otra mujer teniendo como esposa a la más hermosa de las reinas.

La mano le dolía mucho. Doña Elvira y el rey se habían quedado solos en la sala del concejo.

–¿Sabéis a quién he visto en Aragón? Al abad de Cîteaux, vuestro superior –dijo el monarca–. Sigue pensando que fue una mala idea aceptar mujeres en el Císter.

–Nos ve como una carga porque debe proveernos de consejeros espirituales para las hermanas y sacerdotes para las misas.

–No, se queja porque dais muchos problemas. Y por lo que he visto no andaba desencaminado. ¿Qué necesidad teníais de apoderaros de esa reliquia?

«Al parecer, no han llegado a sus oídos los rumores del envenenamiento de don Manrique», valoró la abadesa. Dentro de todo, podía respirar tranquila. Sin embargo, no estaba acostumbrada a recibir críticas. Ni a callar.

–¿Habríais preferido que me rindiera y dejase que Gradefes se saliera con la suya? –protestó con vehemencia.

–También he recibido quejas de Roma. ¿Es verdad que negasteis la entrada a las Huelgas a su legado, el cardenal D'Angelo?

–¿De qué serviría el privilegio de decidir quién puede visitar el monasterio de Santa María si no puedo aplicarlo según mi criterio?

–¿Y para satisfacer vuestro orgullo creáis un conflicto absurdo con el papa? ¿No sabéis que tenemos entre manos asuntos importantes que podrían no llegar a buen puerto por vuestra culpa?

–Lamento mucho escuchar eso. Si hay algo que pueda hacer, aparte de presentar mi renuncia…

Doña Elvira era la única persona a quien Alfonso permitía esa actitud irreverente. La culpa la tenían sus ojos negros, idénticos a los de Fermosa, los cuales le provocaban una punzada de dolor que buscaba cada vez que podía. Aquella mirada profunda era una puerta al pasado, a sus quince años junto a la única mujer a la que amó y que se parecía tanto a doña Elvira…

El rey avanzó la mano para acariciar la mejilla de la abadesa, pero ella dio un paso atrás. La dureza de los ojos de la religiosa trajo a la memoria de Alfonso viejas escenas vividas con Fermosa tres décadas atrás. Discusiones apasionadas, tanto como los abrazos con los que se hacían olvidar. La judía no se dejaba impresionar por la corona: para ella Alfonso era solo un hombre y como tal lo amó. Y ahora el monarca, ante la hija de ambos, no podía evitar sentir que una parte de él habría preferido no ser nunca coronado.

–Los días que viví con tu madre fueron los mejores de mi vida, aunque me trajeran la desgracia –susurró Alfonso.

La abadesa sintió un escalofrío recorriéndole la espalda. Despreciaba a Alfonso. El rey se había dejado llevar por las pasiones y aquella lujuria pasada había causado un gran perjuicio a muchas personas, empezando por ella misma.

–¿Por qué me contáis eso? No conocí a esa mujer. Doña Ana de Ortega me crio como a una hija y es la única persona a quien llamé «madre».

–Cuando Castilla os mira, no ve a la ahijada de los Ortega, sino a la hija de Fermosa.

–¿Acaso tengo la culpa de mi nacimiento? –exclamó, crispada.

Y, poniéndose en pie, se inclinó ante el monarca y se dirigió hacia la salida. El rey la siguió con la mirada.

–¿Puedo contar con vuestra discreción? ¿No me causaréis más problemas con el santo padre?

Doña Elvira suspiró y se volvió lentamente.

–Si queréis que el papa vea con ojos favorables vuestra causa, decid a vuestros embajadores que le den el tratamiento de vicario de Cristo. El orgullo es su debilidad.

–¿Y cuál es la vuestra?

–No tener ninguna.

Unos aldeanos que recorrían los caminos buscando leña se detuvieron frente al tronco junto al que habían acampado Beatrice y sus criados. Empuñaron sus hachas, pero antes de que pudieran descargar el primer golpe en la madera descubrieron en el suelo un bulto cubierto por un manto negro. Al levantar la tela comprobaron que se trataba de una mujer. O al menos lo había sido. Con el rostro tumefacto por los golpes y la mirada perdida, dieron por hecho que estaba muerta.

Tras cargar la leña en sus monturas, se plantearon qué hacer con el cuerpo. Uno de ellos propuso venderla como comida para los cerdos al mismo porquero que les compraba la madera y, así, la ataron a la grupa de un burro como una mercancía más y emprendieron el camino.

Durante el trayecto, Beatrice no salió de ese estado entre la vida y la muerte que tantas veces había frecuentado en Salerno. En su mente se mezclaban las imágenes del pasado del que había huido. Las plantas medicinales del jardín de Minerva, los paseos con sus maestros junto al mar, las columnas que brotaban del espinazo de leones de mármol a la puerta de la iglesia, los suelos taraceados de piedras multicolores del patio de su casa bañadas por un sol cegador, las lágrimas de su madre, el dibujo de una sirena de dos colas, sus propias lágrimas…

Cuando los aldeanos descargaron la leña y a ella misma, Beatrice no abandonó su letargo. Oía voces lejanas, pero era incapaz de reconocer las palabras, porque en ese caso habría comprendido lo que el destino le tenía reservado.

El olor nauseabundo del barro mezclado con los excrementos la hizo reaccionar cuando un puerco ya estaba olisqueando la sangre reseca de su brazo. Antes de que la bestia se lo arrancara de un par de dentelladas, Beatrice reunió fuerzas para gritar. El porquero corrió hacia la pocilga, preocupado no por la suerte de aquella infortunada, sino por el posible daño que ella pudiera hacerle a su gorrino.

–Os la lleváis ahora mismo. Esta mujer ha resucitado de entre los muertos… ¡No quiero saber nada de ella! –clamó el porquero a los aldeanos mientras extendía la mano para que le devolvieran los sueldos que les había pagado por su carne.

CAPÍTULO VIII

Tras el juicio que había enfrentado a Santa María con Gradefes, la abadesa determinó que Cristina y María, las hijas de don Pedro, fueran enviadas al cercano hospital de la reina Leonor, conocido por todos como Hospital del Rey. La institución daba cobijo a multitud de peregrinos del Camino de Santiago, pobres y enfermos. Cristina sería atendida del precario estado en el que había quedado tras la abrupta muerte de su marido en el ala femenina, donde, como deferencia por la fortuna que podría donar al monasterio cuando recuperase la salud, contaría con el excepcional privilegio de disfrutar de una cama para ella sola. María, sin embargo, sería una simple lavandera.

Cargada con las sábanas recosidas y malolientes, María se dirigía hacia el río Arlanzón, tan crecido por el deshielo que el hospital se había visto obligado a contratar una barca para recuperar los lienzos que la fuerte corriente arrebataba de las manos de las lavanderas. Antes de que hubiera salido por la puerta, una freila la llamó para que la acompañase a la hospedería para recoger a un enfermo. A pesar de sus diez años, o quizá precisamente por ello, le tocaban los trabajos más gravosos.

Ambas mujeres se montaron en un carro y en pocos minutos llegaron a su destino. Al entrar en la habitación encontraron al enfermo en el suelo, desmadejado, con los ojos abiertos.

–Ayúdame –dijo la freila mientras lo cogía por debajo de las axilas.

María no daba crédito. El cuerpo estaba rígido; era evidente que había fallecido hacía horas.

–Pero está…

–Nadie te ha preguntado. Su ilustrísima ha ordenado que si alguien muere en la hospedería nos lo quedemos en el hospital por lo menos un día.

–¿Para qué?

–Porque la gente viene al monasterio a curarse, no a morir, y en el hospital es al revés.

Efectivamente, la nueva medida ordenada por doña Elvira tenía como objetivo contrarrestar los rumores sobre extrañas muertes y envenenamientos en sus dominios; rumores que el obispo de Burgos se había encargado de propagar a través de una red de maledicentes de pago.

Con muchos sudores, las dos mujeres consiguieron subir el cuerpo al carro y llevarlo hasta el ala masculina del hospital, donde don Fadrique, el médico, que en aquel momento estaba intentando despojar de un anillo al último ingreso, echó un somero vistazo al difunto que le traían.

–Su sitio es el camposanto.

–Son órdenes de doña Elvira –le recordó la freila.

El médico abandonó momentáneamente el intento de hacerse con aquel anillo. Ya lo conseguiría cuando el peregrino pasara a mejor vida, aunque tuviera que seccionarle el dedo. Para ello disponía de un pequeño puñal con mango de marfil especialmente diseñado para estos menesteres.

Se volvió hacia las mujeres y les indicó una cama en la que se arrebujaban tres soldados extranjeros.

–Ponedlo allí.

Los compañeros de lecho protestaron. Aunque solo uno de ellos estaba enfermo, los estatutos del hospital obligaban a aceptar a sus acompañantes sanos y ofrecerles cama y una comida al día hasta la curación del doliente. Los indignados compadres argumentaban que eran cruzados que se habían ganado por derecho propio pasar la noche en el hospital tras luchar contra las tropas de Saladino en las mismas puertas de Jerusalén. Demasiado se habían rebajado aceptando compartir la misma cama cuando por sus hazañas merecían un catre para cada uno de ellos.

–No en vano hemos hecho entrega al monasterio de varias astillas de la veracruz –defendió uno de ellos.

–Si juntáramos toda la madera de la veracruz que han traído los cruzados, tendríamos suficiente leña para calentar el hospital el invierno entero.

Todos se volvieron estupefactos hacia quien había osado poner en duda la veracidad de la ofrenda: la insignificante María.

La acusación hizo que hirviera la sangre de aquellos mercenarios, que se aprestaban ya a saltar de la cama y vengar la ofensa. María reculó, asustada. Afortunadamente para ella, don Fadrique era de su misma opinión.

–¿Qué demonios el hospital? ¡Habría madera para calentar todo Burgos! –bramó el médico.

Y soltó una risotada que contagió a los freiles y a no pocos pacientes. Los soldados, sintiéndose en minoría, vieron más prudente restar importancia a las palabras de aquella chiquilla. María aprovechó para visitar a su hermana.

El ala de las mujeres olía solo un poco mejor que los establos. Cristina seguía sumida en un estado letárgico. Su hermana la atendía, la peinaba cada día y le hablaba como si todavía estuvieran en casa de su padre. Pero María no se engañaba: era consciente de que su hermana mayor se iba consumiendo como el aceite de una lámpara y la nostalgia de su voz se le hacía insoportable. Nadie había intentado

79

averiguar qué le ocurría, qué había envenenado su sangre, si había un responsable tras ello, como afirmaba su padre, ni qué le podría devolver la salud, quizá porque Cristina valía más muerta que viva. Después de todo, tras el fallecimiento de su marido se había convertido en una mujer con un generoso patrimonio.

Tras asear a su hermana como buenamente pudo y besarle con cariño las yemas de los dedos, se dirigió al lecho que compartían dos ancianas. En cuanto apartó la manta con la que se tapaban, las mujeres protestaron. Sin embargo, María había aprendido que no valía la pena discutir con los pacientes. Allí era ella quien mandaba, lo que convertía a las enfermas en el escalafón más bajo de la jerarquía del monasterio y del hospital. Nerviosa por la suerte de Cristina, levantó amenazante la mano. Las viejas gritaron asustadas, pero nadie les prestó atención. Los gemidos, los gritos de dolor y los chillidos de pánico eran la única música que se escuchaba entre aquellas paredes. Sin embargo, por fortuna para las ancianas, la entrada de un par de fornidas monjas que cargaban el cuerpo exánime de una peregrina detuvo a María con la mano en alto.

Las monjas dejaron caer a la nueva enferma a los pies del médico, don Fadrique, que en ese momento inspeccionaba la herida en una pierna de una joven consumida por la fiebre. El médico no apartó las moscas que correteaban libremente por el miembro tumefacto. Era tan famosa su escasa pericia profesional como su afición por el oro ajeno.

—Yo creo que está muerta —dijo una de las monjas señalando a Beatrice mientras se secaba el sudor de la frente con el dorso de la mano.

—Todavía no, pero le falta poco —confirmó su compañera—. La han encontrado unos campesinos en el camino.

—¿Algo de valor? —preguntó el médico.

–Le han robado todo. No le han dejado ni las ganas de vivir.
El doctor se volvió de mala gana y echó un vistazo perezoso
al bulto inerte cubierto por un manto al que el polvo del
camino había conferido un color indefinido.
–Ponedla con las viejas. No creo que pasen de hoy ninguna
de las tres –ordenó el médico–. Y llamad al confesor. Será lo
único que podamos hacer por ella.
Las monjas hicieron un gesto a María para que se acercara.
La niña acudió a la llamada.
–Lávala y la metes en la cama de las desahuciadas –dijo la
freila de mayor edad.
–No hace falta lavarla. Esta no llega a la noche –apostó su
compañera.
–Acabo de cambiar las sábanas –protestó débilmente Ma-
ría–. Las ensuciará si no la lavo.
–Haz lo que quieras –dijo la más joven encogiéndose de
hombros–. En un rato ya estarán todas cagadas.
Las monjas se alejaron sacudiéndose el polvo del hábito.
María desvistió a Beatrice, se arrodilló a su lado y le pasó
un paño húmedo por las heridas. Parecía muerta, pero de
pronto abrió los ojos y la aferró por la muñeca con fuerza.
–Ayúdame... –susurró en un latín con acento extranjero.
Con dificultad se llevó sus dedos temblorosos a la boca y
escupió lo que parecía un maravedí de oro, que puso en la
mano de María. La niña dudó. Nunca había tenido dinero
y si el médico la descubría aceptando algo de una paciente
acabaría en el río. Se guardó la moneda en la boca con disimulo. Sabía a sangre.
–¿Dónde está mi ropa? –le susurró Beatrice sin soltarla.
La niña intentó zafarse, pero era inútil. ¿De dónde sacaba
la fuerza aquella moribunda?
–No podéis acostaros en la cama con esos andrajos.
–Tráemela.

81

–¿No me habéis oído? –dijo María, tratando de librarse de aquella mano que la retenía.

–¿Y tú a mí? Te he pagado. Puede que tenga algo más para ti.

María se quedó inmóvil y solo entonces la extranjera la soltó. «Con más oro quizá podría pagar a quien me ayudara a salvar a mi hermana», pensó la niña.

–Aquí está –dijo, tendiendo los mugrientos harapos a Beatrice.

La mujer agarró el vestido y lo tanteó buscando algo. Respiraba con dificultad. Aun así, no se detuvo hasta que localizó una costura. La siciliana cerró los ojos.

María temió que hubiera muerto, pero no, solo era una pausa para reunir fuerzas y rasgar el tejido. Salió a la luz una bolsa de lino y Beatrice sacó algo que puso en la palma de la mano de la criatura. Esta no ocultó su decepción: eran semillas.

–No es oro.

–Para mí valen más. Cuécelas en vino y tráeme una taza durante tres noches.

–Necesito oro –suplicó María.

–Cuando me cure, te daré lo que quieras –le prometió con un hilo de voz.

María no tenía un plan mejor para salvar la vida de su hermana, así que cuando anocheció corrió a las cocinas. Llenó un cacillo con vino y echó las semillas. Oyó un ruido. Rápidamente apartó el recipiente del fuego y se escondió dentro de la alacena.

A través de la puerta vio acercarse a una figura enorme, tambaleante. No fue preciso que la luz de la candela iluminara su cara para reconocer a sor Inés, que se dirigía a la despensa. María contuvo la respiración y se acercó lo más que pudo a la pared. La monja abrió la puerta, pero solo lo justo para tomar cuatro bollos preñaos, que ocultó en los pliegues del hábito, y volverse por donde había venido.

María tardó varios minutos en salir. Puso a calentar el vino con las semillas. En poco tiempo un extraño aroma invadió toda la cocina. La niña temía que aquel olor despertara a las freilas o, aún peor, al comendador del hospital. Si la descubrían robando vino la encerrarían en los calabozos del monasterio y quién sabe qué sería entonces de Cristina.

Vertió el brebaje humeante en un tazón y corrió hasta el ala femenina. La extranjera la estaba esperando. Esta le hizo un gesto para que se apresurara e ingirió aquel bebedizo de aroma indescriptible. Mientras Beatrice bebía, María hincó las rodillas en el suelo para rezar por su hermana.

–Rezar no cura a nadie, pero esto sí –susurró la extranjera.

Y apuró hasta la última gota.

CAPÍTULO IX

CAPÍTULO IX

Sor Inés deambulaba por el ala femenina del Hospital del Rey constatando con desagrado que todas las camas tenían más de una ocupante. La seguían un par de freilas que cargaban a la anciana sacristana. Esta gemía lastimeramente. Tenía fiebre; sus habituales desvaríos, reales o fingidos, se habían acentuado y en sus piernas hinchadas los tobillos habían desaparecido.

Se rumoreaba que su quebranto empezó el mismo día que la interrogaron por la misteriosa desaparición de un valioso cáliz de la iglesia del monasterio. Muchos comprendían que, ante la insinuación de que el robo había sido obra suya, la sacristana hubiera caído enferma. Era preferible la ira de Dios a la de doña Elvira.

Sor Inés se detuvo frente al lecho que Beatrice ocupaba en solitario. Las dos ancianas que lo habían compartido con ella iba a va camino del camposanto. Don Fadrique no acostumbraba a errar su pronóstico cuando se trataba de predecir la muerte de sus pacientes.

—Aquí —señaló la navarra.

María, que recogía ropa sucia unos metros más allá, vio cómo las freilas retiraban las sábanas y sacudían vigorosamente a la extranjera para comprobar si todavía respiraba.

Para su sorpresa, la mujer apartó bruscamente sus manos y se puso en pie sin que fuera preciso darle más explicaciones.

Cogió una manta para cubrir su desnudez y se alejó de allí con una elegancia que la chiquilla solo había visto en las damas de la nobleza que de vez en cuando se instalaban en la hospedería del monasterio para respirar unos días en libertad, alejadas de sus familias. La niña estaba maravillada por la milagrosa recuperación de aquella peregrina de movimientos felinos en apenas una semana. Sintió un escalofrío que le recorrió toda la espalda. Los gatos seguían sin gustarle.

Mientras las freilas acostaban a la monja indispuesta en el lecho vacío, María se acercó a la extranjera para conducirla hasta un camastro ocupado por una vieja dama pensionada que protestó, como solía hacer cada vez que se le requería que hiciera un hueco en su cama. La mujer repetía insistentemente que había donado al hospital todos sus bienes con la condición de tener techo y comida hasta el fin de sus días. Nadie le prestaba atención y, si alguien la hubiera escuchado, la primera sorprendida habría sido la propia dama.

La chiquilla arropó a las dos mujeres y, cuando se iba a marchar, Beatrice la llamó.

—Gracias —susurró, y al sonreír mostró los dientes más perfectos que María hubiera visto jamás.

La niña se estremeció ante semejante visión. «¿Es un demonio?», pensó justo antes de correr a reunirse con las otras freilas en busca de amparo. El corazón le latía veloz, como un cordero que hubiera oído el aullido de los lobos.

—Habría que bañarla —dijo una freila señalando a la monja convaleciente.

—¡Por supuesto que no! —replicó escandalizada sor Inés—. ¿Acaso somos infieles?

Una de las freilas se acercó a la enferma para despedirse.

—Ánimo, señora. Cuando estéis en condiciones de caminar, iremos juntas a Santiago y el santo os devolverá el color a las mejillas. No hay remedio más eficaz que peregrinar.

María salió del hospital repitiendo mentalmente estas palabras. «No hay remedio más eficaz que peregrinar». ¿Cómo no se le había ocurrido antes? Era lo único que podría salvar a su hermana. «Pero ¿cómo lo haré para acompañarla hasta la ciudad del apóstol?» se preguntaba mientras lavaba los lienzos en el río. Necesitaría un par de monturas o, como mínimo, una para Cristina. Y dinero suficiente para provisiones. Reflexionaba sobre si sería lícito pedir ayuda a un demonio, aunque fuera por una buena causa, y si la extranjera tendría suficiente oro y se lo daría a ella. Se lo había prometido, pero desconocía si cumpliría su palabra o le pediría algo más a cambio... ¿Tal vez su alma?

Estas cavilaciones la retrasaron. Era noche cerrada cuando acabó sus tareas. Miró al cielo. Ni una nube. Nunca había visto con tanta claridad el campo de estrellas que parecía indicar el camino a seguir hacia Santiago. Lo interpretó como una señal de Dios para que emprendiera el viaje cuanto antes y corrió hacia el ala femenina del hospital para preparar la partida.

Al llegar a la puerta se detuvo. Su hermana no estaba sola. No es que hubieran acostado en su cama a otra enferma: Cristina había recibido una visita. Un hombre embozado permanecía a su lado apoyando la mano sobre su boca y su nariz. María dudó. ¿Sería un nuevo médico? Pero, cuando vio que el cuerpo de su hermana se agitaba con las pocas fuerzas que conservaba, comprendió que el desconocido la estaba asfixiando.

–¡Déjala en paz! –chilló.

El desconocido escapó por una puerta lateral. María corrió tras él. No sabía qué haría cuando le diera alcance, pero la rabia pesaba más que el miedo. El hombre montó en su caballo y ella se detuvo, petrificada. No necesitó verle el rostro cuando el criminal se volvió hacia ella antes de huir al galope para reconocer a don Pedro de Alarcón, su padre.

Solo lo había visto un testigo: ella misma, una insignificante freila. ¿Quién la creería? Podía contárselo a sor Inés, pero sabía que su respuesta sería un capón, probablemente una bofetada, por hablar mal de un padre. La navarra, que veneraba la memoria de su progenitor, no concebía que no todo el mundo sintiera un apego tan fuerte hacia quien le dio la vida.

No tenía tiempo que perder. Quizá todavía se podía hacer algo por su hermana. Regresó al hospital tan rápido que parecía volar. Se acercó al lecho de Cristina casi sin aliento y apoyó su cabeza sobre el pecho con prevención. Esperó, cerró los ojos y se esforzó en escuchar el menor latido, pero fue inútil.

–¡No te mueras! –suplicó en un susurro.

Su hermana tenía la mirada perdida. María no quería creer, no quería pensar, no quería sentir. Acarició su rostro, dotado de una belleza que se le había negado en vida. Entonces echó a correr. Necesitaba un milagro y debía ser rápido: sabía a quién pedírselo.

La vieja dama pensionada roncaba plácidamente. Se diría que había olvidado la afrenta de tener que compartir su cama por enésima vez con una peregrina. María se plantó frente a la extranjera, que también dormía. ¿Cuántos años tendría? Era difícil saberlo. Sus ojos decían una cosa, pero la tersura de su piel otra. De pronto Beatrice despertó y la miró fijamente. María dio un respingo.

–¡Tenéis que salvarla! –suplicó.

La mujer la miró con tristeza y una sonrisa amable. No era la primera vez que oía aquellas palabras.

–¿A quién?

–A mi hermana. Ha muerto.

–Entonces ya nadie puede hacer nada por ella. Y yo menos.

–Pero… estáis curada. Me dijisteis que podía pediros lo que quisiera…

–Y cumpliré mi palabra, pero…

–¿Por qué no queréis repetir el milagro con Cristina? –sollozó María, con un dolor que tardaría años en desaparecer.

–Yo no hago milagros.

–Don Fadrique dijo que vos moriríais.

–Y es lo que habría sucedido si no me hubieras ayudado. El remedio que me diste me curó, pero ninguna medicina puede devolver la vida a quien la ha perdido.

María la miró con una mezcla de odio y temor.

–¿Quién sois?

–No te interesa quién soy, pero sí qué soy. Estudié medicina…

–¿Médico, una mujer? –dijo con escepticismo.

«¿Acaso me cree tan estúpida como para no saber que eso es imposible? ¿Por qué se burla de mí?», pensó la chiquilla.

–En el Reino de Sicilia no es extraño. Te prometí que te daría lo que quisieras. Sin embargo, hice un juramento y no puedo mentir sobre la salud de un paciente. Pídeme cualquier otra cosa y te la daré.

María estaba conmocionada. ¿Podía ser cierto lo que le había contado aquella mujer? El desgarro por la muerte de su hermana, el dolor que había presenciado entre los muros de ese hospital, la frecuente desidia que advertía en algunos de quienes allí atendían a los enfermos… Todo la golpeaba por dentro y despertaba en ella una idea que empezaba a tomar forma. Mil preguntas se agolpaban en su mente, pero solo una se abrió paso hasta sus labios:

–¿Podría yo aprender a curar? ¿Me enseñaríais?

No se había equivocado María en el precio que le exigiría la extranjera. Acabaría vendiendo su alma, aunque a una divinidad inesperada.

CAPÍTULO X

Al día siguiente los gritos se oían en toda la iglesia. Doña Elvira, reunida con su confesor, no podía soportar las llamadas a la prudencia de fray Diego.

—¿Renunciar a la herencia de la viuda de don Manrique? ¿Por qué? —preguntó la abadesa.

—¿Olvidáis que don Pedro de Alarcón osó acusaros delante de la reina y el obispo de haber envenenado a su yerno y su viuda? Ahora que ha muerto su hija, don Pedro esperaba quedarse con toda su hacienda y, de pronto, aparece un documento firmado por doña Cristina el mismo día de su boda donde nombra heredero de sus bienes al monasterio. ¿Qué creéis que pensará toda Castilla?

—¿Quién os dice que no fue doña Cristina quien planeó acabar con su vida y la de un marido que le repugnaba?

—Habría sido incapaz de cometer semejante pecado mortal. Era un ser piadoso.

—Todavía no he conocido a un alma piadosa que no esconda un hipócrita. Incluso vos.

La invectiva sorprendió al sacerdote, aunque no era la primera vez que presenciaba un ataque de este tipo. Cuando alguien la contradecía, doña Elvira se aferraba a cualquier agravio del pasado para forzar un cambio de opinión en su interlocutor.

—Mi único objetivo en la vida es serviros... —balbuceó fray Diego.

–¿Estáis seguro? No puedo evitar recordar que la idea de comprar el naranjo para deslumbrar a la duquesa de Aquitania fue vuestra.

Fray Diego se quedó paralizado.

–¿Creéis que yo conocía la existencia del muerto? ¿Qué ganaba sacándolo a la luz en el peor momento para vos? ¿Os he dado alguna vez motivo para pensar que vuestras desgracias me provocan satisfacción?

La abadesa lo miró desafiante.

–Sois mi confesor. Vuestro deber es imponerme penitencias.

–¡Basta! No tiene sentido seguir esta conversación.

–No me digáis cuándo debo hablar y cuándo callar...

–¡Sí os lo digo! –gritó el confesor–. Y solo me arrepiento de no haberlo hecho antes. He sido cobarde. No tenía valor de enfrentarme a vuestra ira y he callado demasiadas veces. Solo por este motivo ya merezco abandonar mi cargo.

–¿Queréis iros? ¡Muy bien! ¡Ahí está la puerta! –replicó la abadesa, furibunda.

Fray Diego se esforzó por mantenerse entero y que no aflorase la decepción que sentía. La abadesa había aceptado su renuncia sin discutirla. Se disponía a salir cuando oyó la voz de doña Elvira en un tono dulce que pocas veces había empleado con él:

–Antes de marcharos querría pediros que me rindierais un último servicio.

–Por supuesto –contestó, más como un soldado que como un hombre de fe.

–Quiero que vayáis al palacio del obispo y le anunciéis que a partir de ahora los molinos de Olmedo y Zúñiga de don Manrique me pagarán sus diezmos a mí y no a él.

La petición era una verdadera provocación. Fray Diego asintió, pero antes de retirarse escuchó a su señora:

–Y os equivocáis. Un cobarde no me habría hablado como lo habéis hecho vos.

El castillo de Burgos, residencia habitual de los reyes, era una sólida fortaleza construida en el cerro de San Miguel. Desde sus torres se divisaba toda la ciudad, con sus barrios bien delimitados para que cristianos, judíos y mudéjares se mezclaran lo menos posible. Cada comunidad se sentía superior a las otras, aunque solo fuera por estar convencida de rezar al Dios verdadero.

El obispo de Burgos se dirigía hacia el castillo con un pequeño séquito. Había ordenado preparar su caballo con los arreos más vistosos. Aun no tratándose de una visita protocolaria, disfrutaba exhibiendo su riqueza. O desviando la atención de su torpeza, como sostenían sus numerosos enemigos.

Cruzó el gran portón y fue recibido por el jefe de la casa de la reina, el mayordomo Rodríguez de Contreras, quien lo conduciría hasta la sala donde lo esperaba Leonor.

–El rey continúa en Toledo –anunció el viejo noble mientras caminaba a grandes zancadas.

–Por supuesto –respondió don Juan de Lara esforzándose por no quedar rezagado.

En su antecámara, Leonor miraba concentrada los pergaminos que revoloteaban a sus pies, como si el otoño hubiera llegado a un extraño bosque. Una dama se apresuró a cerrar la ventana para cortar el paso al viento que había causado semejante estropicio. Mientras tanto, un anciano sujetaba en la mano los escasos pergaminos que no habían caído al suelo y leía con voz gangosa y tono grandilocuente una crónica del reinado de Alfonso VIII:

–«La muy discreta reina, con su buen juicio, estuvo al lado del monarca para ayudarlo a tomar la decisión que fuera más conveniente para…».

La entrada de don Juan de Lara interrumpió la lectura. La reina hizo un gesto a su cronista para que prosiguiera. El anciano, cohibido por la presencia del obispo, reanudó en voz algo más baja la glosa de las innumerables virtudes de Leonor Plantagenet, tantas que se diría que la santísima Virgen tendría derecho a estar celosa.

El obispo sonrió. No le sorprendía que Leonor hubiera encargado a un escribano un texto que recopilara sus hechos para asegurarse el lugar en la historia que, según ella, merecía. Sin embargo, no pudo evitar torcer el gesto ante la torpeza de la prosa cuando escuchó repetir «la muy discreta reina» por quinta vez.

Don Juan arrebató el pergamino al anciano y lo lanzó al suelo.

–¿Esto es lo mejor que sabéis escribir?

El escribano buscó con la mirada la defensa de la reina. Sin embargo, Leonor parecía encantada con la situación.

–Podéis retiraros –dijo, reprimiendo una sonrisa.

El anciano hizo ademán de agacharse para recoger los pergaminos, pero don Juan de Lara le dio un puntapié en los cuartos traseros.

–Dejadlos. Ya me encargaré personalmente de quemarlos.

El humillado escritor corrió hacia la puerta rezando para que el obispo no convenciera a la reina de que aquel trabajo no merecía ser pagado. Para comprar aquellos pergaminos había tenido que pedir un préstamo en el barrio judío y, si no devolvía el dinero, la ruina caería sobre él y su familia. En Castilla no ocurría como en otros lugares más «civilizados» al norte de los Pirineos, donde la usura de los hebreos se veía castigada periódicamente con «santas persecuciones» y «justos saqueos» que tenían el benéfico efecto colateral de eximir a los cristianos de bien de la obligación de devolver el dinero a los prestamistas.

A un gesto de la reina, su dama salió también para dejarlos a solas.

–Ese hombre no merece escribir vuestra vida. No os conoce.

–Para escribir lo que deseo que se diga de mí no hace falta conocerme. No quiero pasar a la historia como una cornuda.

–Nadie recuerda ya a Fermosa.

–No es cierto. Me tomó años eliminar su nombre de todos los documentos donde se la mencionaba, pero ¿y la gente que la conoció? ¿Cómo puedo arrancarla de su memoria?

–La muerte lo borra todo.

La reina se sobresaltó. ¿Acaso el obispo estaba insinuando que acabara con la vida del rey? No podía ser cierto. Era un plan absurdo y peligroso. Sin embargo, era un plan extrañamente atractivo.

–Lo único que permanece inalterable de generación en generación es lo que recogen nuestros escritos. Dejadme que sea yo quien os haga el retrato que leerán vuestros descendientes. Nadie será más benévolo que yo con vuestros defectos.

Leonor relajó el gesto. Todo había sido una confusión, una mala jugada de su imaginación. Don Juan no le estaba proponiendo acabar con su marido. Era un alivio, y una decepción.

–¿Queréis halagarme y sacáis a relucir mis faltas? –respondió Leonor.

–Son pocas y no hacen más que resaltar vuestras virtudes.

El obispo avanzó cojeando entre los pergaminos que alfombraban el suelo.

–Prefiero ser yo quien controle lo que se diga de mí. Ahora somos aliados, pero los dos sabemos que ninguna alianza es eterna –proclamó la inglesa.

No le agradaba estar demasiado cerca de aquel hombre precisamente porque, a pesar de la pobre apariencia física del obispo, sentía hacia él una atracción que no podría soportar que alguien descubriera.

–Tenéis razón. Pero nuestros enemigos nos empujan a colaborar –aseguró el prelado–. ¿Sabéis de la última traición de doña Elvira? Se dice que ha falsificado el testamento de la viuda de don Manrique para apropiarse de su herencia. ¿Cuántos casos más habrá como el suyo?

–Estamos obligados a hacer algo para detenerla –proclamó la reina, escandalizada.

–Perded cuidado. Tengo quien espíe en su casa –le confió el obispo–. La historia no la recordará como a vos.

De súbito volvió a abrirse la ventana. La reina contempló hipnotizada cómo las hojas que relataban su vida eran arrastradas de un lado a otro. Sus argumentos eran tan livianos, sus adjetivos tan huecos, que una simple ráfaga bastó para levantar aquellos pergaminos a la altura de los ojos del obispo y de ella misma.

CAPÍTULO XI

La sacristana no entendía por qué aquella joven freila la había hecho orinar en una bacinilla después de obligarla a cruzar toda la enfermería hasta las letrinas. María tampoco habría podido darle una explicación. Lo hacía porque así se lo había ordenado la extranjera.

Después de acompañar nuevamente a la monja a su cama, la jovencita llevó la orina a la sala sin nombre, comunicada con el pabellón masculino y el de las mujeres, donde se depositaban los cadáveres hasta que los sepultureros venían a buscarlos. Allí la esperaba la doctora siciliana. La mujer examinó el color del líquido, lo olió, lo tocó con la punta de los dedos y probó una pequeña cantidad cerrando los ojos…

María no se perdía detalle. En las últimas horas la peregrina le había hecho jurar que no contaría a nadie cuál era su profesión ni su procedencia. Solo cuando se aseguró del silencio de la muchacha le dijo que se llamaba Beatrice y que llevaba fuera del Reino de Sicilia varios años. Había residido en al-Ándalus hasta que el fanatismo religioso de los almohades la había obligado a viajar al norte, y así fue como llegó a Burgos. No quiso hablarle de la agresión que la había llevado al hospital y María no preguntó. Bastante tenía con intentar retener sus lecciones. Su cabeza era un batiburrillo de conceptos que la desconcertaban.

Beatrice le había contado que los seres humanos estaban

compuestos por cuatro fluidos: bilis negra, bilis amarilla, flema y sangre. Y a cada uno de ellos le correspondía un elemento: tierra, fuego, agua y aire, respectivamente. Pero, además, era necesario tener en cuenta dos cualidades vitales: la humedad y la temperatura. Así, la sangre es húmeda y caliente; la bilis negra, seca y fría; la bilis amarilla, caliente y seca; y, por último, la flema, húmeda y fría. Las enfermedades provocaban desequilibrios en estos fluidos y la labor del médico era reestablecer la armonía aplicando remedios que revirtieran la descompensación.

—Si el paciente sufre una enfermedad que aumenta la sequedad y la temperatura, tendremos que administrarle medicamentos húmedos y fríos. ¿Lo entiendes? —le explicó la siciliana. María asintió porque creyó que era lo que se esperaba de una buena alumna. Sin embargo, Beatrice no ocultó la decepción que le provocaba su docilidad—. ¿Por qué me mientes?

—No lo entiendo, pero quiero entenderlo.

La extranjera suspiró, arrepintiéndose de haber aceptado la tarea de instruir a aquella freila.

—¿No te das cuenta de que el ejercicio de la medicina conlleva una gran responsabilidad? Tienes que estar muy segura de tus conocimientos y no aplicar tratamiento alguno si no es necesario. La vida del enfermo está en tus manos. ¿Eso lo entiendes?

María asintió, esta vez con convicción. Beatrice la miró con gravedad y le acarició la cabeza. La niña se agitó, incómoda. Hacía mucho que nadie la trataba amablemente. Lo máximo que había conseguido era que sor Inés le diese algún capón suave cuando quería burlarse de su ingenuidad.

—¿Dónde guarda el médico las medicinas?

—Los remedios más caros y peligrosos, en el cuarto del comendador, y el resto en la botica.

—Llévame.

María la acompañó a la botica, donde Beatrice se dedicó a abrir frascos y examinar el instrumental para preparar ungüentos y pociones. De vez en cuando sacudía la cabeza y mascullaba algo en una lengua que la criatura no entendía. De un tarro sacó unas hierbas, se las acercó a la nariz y las echó a un almirez. Se subió a una banqueta para llegar al estante más alto y se le escapó un grito de júbilo al descubrir dentro de una caja de madera unos matojos malolientes. Cogió un par de hojas y las incorporó al mortero. Repitió esta operación con varias hierbas más y cuando el almirez estaba a la mitad de su capacidad empezó a machacar la mezcla con brío. Se notaba que no era la primera vez que lo hacía.

Mientras preparaba la poción, le explicó a María que la escuela médica de Salerno era famosa desde hacía siglos. Cuando el duque de Normandía, Roberto II, fue herido por una flecha envenenada en Tierra Santa, acudió a la ciudad con su esposa, Sibilla di Conversano. Los médicos le dijeron que para sanarlo era preciso extraer el veneno, pero eso solo se podría conseguir succionándolo y quien lo hiciera perecería inevitablemente. La esposa de Roberto, que los había estado escuchando en secreto, esperó a la noche para acercarse al lecho de su marido y succionó el veneno de la herida.

—Por la mañana, cuando su marido despertó, se sintió mucho mejor. Quizá el veneno que lo enfermaba era su matrimonio —dijo con una ironía que María no percibió.

Beatrice añadió unas gotas de agua de rosas a la mezcla y la vertió en una cazuelita.

—Mézclalo con las sopas de la monja sin que se entere y ya verás como mañana estará mejor.

María asintió.

—¿Y a mí no me pasará nada? —preguntó, preocupada.

Beatrice soltó una carcajada. María dio un paso atrás, aunque injustificadamente: a diferencia de sor Inés, la siciliana no intentaría nunca darle un capón.

—No, boba. Fíjate que no hay ninguna leyenda en la que un hombre deba sacrificarse para salvar a otro. Siempre somos nosotras, las mujeres, las que tenemos que morir para que viva un varón. ¿Y sabes por qué?

María negó.

—Porque las leyendas las escriben los hombres.

María esperaba a que el nuevo comendador del hospital, fray Martín, acabara de hablar con don Fadrique. Desde donde se encontraba, transmitía al galeno las quejas que había recibido de los familiares de varios peregrinos que acusaban al hospital de haberles desvalijado mientras estaban bajo su protección. Don Fadrique se limitó a hacer un gesto de sorpresa y falsa indignación.

—No valoran nuestra labor. Si no fuera por nosotros, las calles de Burgos estarían atestadas de gente de malvivir. Hace años solo atendíamos a los peregrinos que deseaban fervientemente llegar a Santiago o regresar a sus casas tras visitar la tumba del santo. Pero ahora nos llega la peor gentuza. ¿Cuántos de estos peregrinos no son más que vagabundos que van de ciudad en ciudad pidiendo limosna y aprovechándose de instituciones tan honradas como esta? ¡Qué vergüenza!

El médico prosiguió su queja durante varios minutos más, pero no consiguió aplacar al comendador hasta que le entregó una pesada bolsa de oro que había preparado. Fray Martín dio una amistosa palmadita en el hombro de don Fadrique e hizo suyos los argumentos del galeno.

—¡La gente se queja sin razón! ¡Con lo que nosotros hacemos por ellos!

Ambos sonrieron con complicidad y no precisaron decirse nada más.

María esperó a que fray Martín pasara junto a ella para abordarlo.

—¿Podría hablar con su ilustrísima?

—Reserva ese tratamiento para la abadesa. ¿Qué quieres?

—Cada día vienen más peregrinos y no damos abasto.

—Lo sé. Pero no tenemos medios para más personal.

—¿Y si hubiera quien se conformara con la comida y el techo?

—Si hubiera alguien así, te diría que debe de estar muy desesperado. ¿De quién se trata?

—Una peregrina que llegó hace unos días muy enferma. Se curó gracias a Santa María y a los cuidados de don Fadrique y querría corresponder al hospital con su trabajo.

Fray Martín la miró con cierta ironía, como si confiara más en la intervención divina que en la ciencia del médico. María señaló a Beatrice, que los observaba expectante desde una esquina de la enfermería.

—Tiene buen porte... —comentó como si fuera un defecto—. Está bien. Pero que no ponga un pie en el ala de hombres. No quiero problemas.

—No lo hará —respondió María con una sonrisa.

Sus ojos brillaban con tal intensidad que el comendador comprendió que algo tramaban, pero le dio la importancia que merecía un plan urdido por una freila de diez años y una peregrina extranjera: ninguna.

Su primera tarea conjunta fue recoger el cadáver de un huésped alojado en la hospedería y trasladarlo al hospital antes de que corrieran rumores sobre la causa de su muerte. En esta ocasión las sospechas estaban más que justificadas: el difunto era un hombre joven y sano que había acudido a conocer a la novicia con quien su familia planeaba casarlo.

María enseñó a Beatrice dónde estaba el carro dedicado a tales menesteres y juntas se pusieron en marcha.

Domingo, el anciano encargado de la hospedería, las hizo entrar por la cocina. A través de un estrecho pasillo las condujo hasta la habitación del difunto. En el camino tuvieron que sortear un par de ratas muertas.

—¡Malditas sean! —se lamentó el anciano—. Estaban en el cuarto. Parece que lo han olido. Si no me doy prisa, se le comen las orejas. ¡Mira que les gustan las orejas y las narices a estos animales! ¡Y a estas, además, el vino!

A Beatrice le llamó la atención que uno de los roedores había vomitado.

—¿Las habéis matado vos? —preguntó la siciliana.

—No ha hecho falta. A todo el mundo le ha dado por morirse hoy —replicó Domingo, ansioso—. Vamos.

María entró primero en la habitación. El cadáver estaba en el suelo, en la misma posición en la que había caído muerto. La niña se apresuró a cogerle de las piernas para levantarlo, pero Beatrice parecía más interesada en curiosear la estancia. Se fijó en una copa dorada con esmaltes, volcada al lado del cuerpo. La siciliana se la acercó a la nariz. Domingo asomó la cabeza por la puerta.

—El vino es bueno, ¿eh? —presumió el encargado.

—Una copa demasiado lujosa para una hospedería —comentó la mujer.

—Cuando se aloja algún notable, la abadesa manda traer piezas de vajilla del monasterio.

La doctora señaló otra copa sencilla sin ningún tipo de decoración.

—¿Y esa otra copa?

—Por si los peregrinos vienen con sus esposas. Daos prisa. Nadie puede veros aquí.

En cuanto Domingo desapareció de su vista, Beatrice se guardó la copa dorada esmaltada en la bolsa que ocultaba bajo sus ropas.

–¡Dejad eso! –protestó María.

–Tu hermana enfermó estando alojada aquí, ¿verdad?

–Sí, pero devolved la copa, os lo ruego.

–Lo haré, a su debido tiempo –le prometió su maestra.

Entre las dos taparon al supuesto enfermo con una manta que le dejaba al descubierto la cabeza y lo sacaron de allí lo más discretamente que pudieron.

Cuando se fueron, Domingo se apresuró a añadir una muesca en la madera de una puerta. Aunque no sabía leer ni escribir, eso no era obstáculo para que don Juan de Lara le pagara generosamente sus informes verbales sobre los huéspedes que no salían vivos de la visita al monasterio.

Dado que el comendador había prohibido a Beatrice entrar en el ala masculina del hospital, María tuvo que buscar la ayuda de un freile para acostar al joven en un lecho donde los otros pacientes no cuestionaran la versión de que estaba dormido.

Mientras tanto, Beatrice se dirigió a la cocina, donde, aprovechando un descuido de la cocinera, se hizo con una cucharada de miel, que vertió en la copa dorada que había sustraído. Añadió un poco de agua, removió asegurándose de que se mezclara con el poso de vino y dejó la copa en la sala sin nombre junto a una ventana abierta.

Al día siguiente, María le advirtió acongojada que en la hospedería habían echado en falta la copa. Beatrice fue a buscarla. No le sorprendió el zumbido de las moscas que, atraídas por el olor de la miel, revoloteaban indecisas sin acabar de posarse sobre los bordes del recipiente. Pero lo que en realidad le interesaba a la siciliana eran las moscardas que agonizaban en el suelo junto a decenas de cadáveres de otros insectos alados más valientes que habían probado la bebida.

María miró con gesto interrogante a su maestra, que no tardó en darle una explicación.

–Hay venenos que matan a las moscas y no hacen daño a las ratas; otros matan a las ratas y no afectan a las moscas. Luego están aquellos que matan a ratas, moscas e incluso a un hombre que pretenda casarse con una novicia.

Doña Elvira paseaba de un lado a otro de sus aposentos privados desgranando una lista de pecados menores, anodinos e inofensivos en la que sería su última confesión ante fray Diego. El clérigo ya lo tenía todo dispuesto para abandonar Burgos en cuanto diera la absolución a quien había sido su señora los últimos años.

–Y reprendí con excesiva dureza a la hermana sacristana. La próxima vez seré más paciente, lo prometo; aunque debéis admitir que incluso a vos os ha sacado de quicio más de una vez –confió a fray Diego.

–¿Es todo?

–Sí –sentenció ella.

–¿Ningún pecado de orgullo?

–No –repitió doña Elvira, como si le sorprendiera la insistencia del religioso.

Fray Diego suspiró, dándose por vencido.

–Rezad veinte padrenuestros y diez avemarías…

–Cuatro y tres. Me parece más que suficiente –lo corrigió doña Elvira.

Fray Diego se levantó e hizo la señal de la cruz en el aire, roído por la culpa. En su fuero interno sentía que era mayor su penitencia que la de la abadesa.

–Me marcho ya –le anunció–, pero antes permitidme daros un último consejo. Tened cuidado, ilustrísima: si alejáis a vuestros amigos, solo os quedarán enemigos. Y puede que dentro de poco ni siquiera ellos.

Doña Elvira desvió la mirada.

–No os vayáis. No os lo suplico porque no está en mi naturaleza. Dios sabe que tengo muchos defectos, pero sé reconocer a un leal colaborador.

—Ya he enviado cartas... —se excusó fray Diego.

—Mis jinetes han interceptado a vuestros mensajeros —lo interrumpió ella. Fray Diego no sabía si sentirse halagado o prisionero—. No estoy dispuesta a contarle mis pecados a un nuevo confesor.

—Ni siquiera me los confiáis a mí —protestó fray Diego.

—Pero vos sabéis que están ahí y con eso basta.

SEGUNDA PARTE
Burgos, 1203

CAPÍTULO XII

Habían pasado ya tres años desde la llegada de Beatrice. Ella y María acostumbraban a ir juntas a todas partes, también a lavar la ropa en las aguas del Arlanzón. La niña apenas se mojaba los pies, a diferencia de la siciliana, que dejaba que el agua le llegara a la altura de la cintura o incluso más arriba.

Beatrice disfrutaba enormemente de estos momentos. A veces fingía que se le escurría de las manos una sábana, que era arrastrada inevitablemente por la corriente. Con esa excusa, nadaba con soltura hasta la parte central del río para recuperar el lienzo. Las otras freilas, escandalizadas, la contemplaban salir del agua con movimientos suaves y sensuales, con la ropa pegada al cuerpo, radiante, como si perteneciera a otro mundo. María también la observaba, pero con admiración. Sin embargo, rechazaba invariablemente las invitaciones de la extranjera para que la acompañara en el baño.

Ninguna de las freilas había aprendido a nadar, ni a mirar con simpatía a quienes se apartaban de la norma. María oyó más de una vez conversaciones en las que criticaban a aquella forastera de modales aristocráticos que en plena madurez había elegido voluntariamente trabajar como una sierva. Alarmada por lo que intuía un gran peligro, advirtió varias veces a Beatrice de que su comportamiento provocaba comentarios maliciosos. Sin embargo, su maestra no estaba dispuesta a privarse de aquellos pequeños placeres.

–Ya he renunciado a demasiadas cosas. Y las que me critican se sentirían mucho mejor si ellas mismas probaran los beneficios de un baño.

María comprendió que era una guerra perdida discutir con su maestra y a partir de entonces añadió a sus tareas habituales otra más: protegerla de sus extravagancias ocultándolas o justificándolas ante el resto de las lavanderas.

Un día, desoyendo sus protestas, Beatrice cogió a María de la mano y la arrastró hacia donde el agua cubría. La muchacha chillaba desesperada, suplicando que la soltara. Las freilas, alarmadas, se arremolinaron en la orilla, sin atreverse a intervenir. No sabían nadar, pero sí gritar, y a ello se dedicaron con ahínco:

–¿Qué hace esa insensata? –exclamaban, compitiendo por ver quién maldecía más alto a aquella desgraciada.

En poco tiempo Beatrice había llevado a María hasta el centro del río. La muchacha lloraba aterrorizada, pero su maestra le susurró al oído:

–No dejaré que te pase nada.

–¡Llevadme a la orilla!

–Ve tú misma. Tienes piernas y brazos, y una cabeza para que te guíe.

–¡Me voy a ahogar! No sé nadar.

Beatrice se apartó sin soltarle las manos. María seguía muerta de miedo.

–Si dejas de ver el agua como una enemiga, te ayudará a flotar.

María vio cómo la siciliana extendía su cuerpo horizontalmente, en apariencia sin dificultad. Haciendo un gran esfuerzo, la imitó. Aferrándose con fuerza a las manos de Beatrice, sintió una sorprendente sensación de ingravidez. El agua la aligeraba de su peso. ¡Lo había conseguido! Flotaba, pero lo que experimentaba iba más allá de una simple sensación física. Era algo completamente nuevo, desbordante, liberador. Comenzó a llorar de alegría. Por primera vez, ella, la insignificante María, se sentía orgullosa de sí misma. En los días sucesivos Beatrice le enseñó a bracear y poco a poco las dos compartieron el placer de sumergirse sin miedo en aquellas aguas.

Nadar no fue lo único que María aprendió de Beatrice. La extranjera continuó instruyéndola en el arte de curar. Le explicó que, para elaborar un diagnóstico, aparte del estudio de la orina y el pus, se debían tener en cuenta las pulsaciones del enfermo, la presencia de fiebre, la edad, la estación del año y otros particulares. El tratamiento podía consistir en un cambio en la dieta o bien la administración de medicamentos elaborados a partir de plantas medicinales, que se podían clasificar, igual que los humores, según su grado de frialdad, calidez, sequedad o humedad.

Pronto María llegó a identificar hasta cuatrocientas especies vegetales, sumando las de la botica del hospital y las que encontraban en sus paseos por el campo y en las furtivas expediciones a los herboristas del mercado. Beatrice la instruyó en el arte de regatear precios, de fingir desinterés en las mercancías para conseguir descuentos o de improvisar rocambolescas excusas y trágicas historias para conseguir gratis los productos que no podían pagar.

La siciliana aprovechaba estas salidas para despojarse del velo y adornar sus cabellos con cuantas flores hallaba.

—Para una mujer es muy importante cuidar su aspecto, da lo mismo su edad y condición.

Le explicó cómo elaborar remedios contra las dolencias más comunes, pero también empleó muchas horas en enseñarle a preparar afeites para dar color a los labios, mantener el aliento fresco y la dentadura blanca o conservar un rostro libre de arrugas. Mil veces intentó Beatrice convencer a la muchacha de que se aplicara un ungüento para eliminar las pecas que oscurecían sus mejillas. María se negaba, convencida de que a nadie le importaba su apariencia.

—Pero debería importarte a ti —la reprendía Beatrice.

En el hospital, las dos mujeres se tomaban la licencia de modificar los tratamientos prescritos por don Fadrique cuando, en opinión de Beatrice, corría peligro la vida de la enferma. Tuvieron que aguzar el ingenio para que ellas, dos humildes freilas, pudieran examinar a las pacientes y acceder a los medicamentos que las sanaran. Intentaban estar siempre en la enfermería cuando se producía un ingreso. La excusa de comprobar si las sábanas estaban limpias les permitía tomar la temperatura y, en muchos casos, el pulso. Cuando una enferma quería ir a la letrina, se encargaban de recoger la orina en una bacinilla.

Para cambios en la alimentación, María se aventuraba por la noche en la cocina del hospital y asaltaba la alacena. Allí preparaba no pocos remedios. Muchas veces estuvo a punto de ser sorprendida por sor Inés, que continuaba visitando el hospital para llevarse bollos preñaos y trozos de merluza seca con los que saciar su gula. Alertada por el inconfundible sonido de los pasos de la monja, María siempre conseguía esconderse a tiempo y así sor Inés regresaba a su celda en el vecino monasterio sin ser consciente de que sus hurtos tenían testigo.

Una noche María se confió y cuando oyó llegar a la monja ya era demasiado tarde para esconderse. Sor Inés la sorprendió *in fraganti* removiendo un cocimiento de hierbas.

—Buenas noches —dijo absurdamente María.

—¿Qué haces aquí? —gruñó sor Inés—. No son horas.

—Yo también tenía hambre.

—¿«También»? —repitió ofendidísima sor Inés, y le dio un capón—. ¿Crees que he venido aquí para comer?

–No lo sé. Pero si así fuera nadie podría tomároslo en cuenta. Dicen que la cillerera de Santa María ha puesto un cerrojo en la despensa.

Sor Inés miró a la muchacha de arriba abajo. La veía distinta, más segura de sí misma. También la religiosa había cambiado: había perdido el color y la alegría. Empezaba el día cansada y ya no podía llegar a todas partes con la rapidez de antaño. En muchas ocasiones, cuando creía llevar una primicia a la abadesa, descubría que fray Diego u otra freila se le habían adelantado. Lo achacaba a que se estaba haciendo mayor, pues ya había pasado de los treinta años…

–Si queréis comer algo de la alacena, no diré que os he visto –insistió María.

Sor Inés pareció dudar. ¿Debía aceptar su debilidad y la complicidad de una criada? «¡De ninguna manera!», se dijo.

–Pero ¿quién te has creído que eres para darme permiso para nada? No eres nadie –rugió, indignada.

–Perdonadme –se disculpó la joven empleando su mejor tono lastimero.

–Debería castigarte por estar aquí y robar la comida de los enfermos.

La religiosa echó un vistazo al cacillo. No había nada de consistencia; solo hierbas y agua. Estaba a punto de probarlo con una cuchara de madera, pero María la detuvo.

–No. ¡No es para comer! –Sor Inés la miró intrigada–. Es una pomada para borrar mis pecas.

–Así que te dedicas a sacar un dinero preparando potingues.

–No, no cobro. Pero, por favor, no se lo digáis al comendador ni a la abadesa –volvió a suplicar con un tono lastimero que sabía que desarmaba a sor Inés.

No porque le infundiera pena la chiquilla, sino porque la hacía sentir que era ella quien tenía la sartén por el mango.

–Yo era muy rubia de niña, pero la edad todo lo estropea.

¿No tendrías nada para aclarar el pelo? –preguntó sor Inés con desinterés mal fingido.

María asintió. Recordaba uno de los preparados que le había mencionado Beatrice. Mezcló corteza de saúco, flores de genista y azafrán con yema de huevo. Lo hirvió todo en agua y con la espuma que se formó creó un ungüento. Sor Inés se lo guardó con gesto desdeñoso.

–Veremos si funciona…

Poco después, María regresó al dormitorio común con el corazón acelerado. Mientras se desvestía, no paraba de darle vueltas a lo absurdo de lo vivido minutos antes. «¿Para qué quiere sor Inés volver a ser rubia, si como monja está obligada a llevar el pelo corto y oculto?», se preguntó María. Se la imaginaba sola, en su celda, contemplándose en su valiosísimo espejo veneciano, el mayor y de mejor calidad de toda la abadía, regalo de su hermano. Quizá en esos momentos, cuando se quitaba el velo negro y contemplaba sus escasos mechones pajizos, olvidaba sus tobillos hinchados, sus gruesos muslos, sus pechos rebosantes y se sentía tan bella como había soñado ser de niña.

María no volvió a ver a sor Inés hasta semanas más tarde. El color había vuelto a sus mejillas, estaba risueña y sus piernas habían recuperado ligereza. Aunque todos comentaban la mejoría de ánimo de la monja, solo ella y María sabían el porqué. La joven empezó a pensar que quizá su maestra no andaba desencaminada cuando le decía que una mujer no debía descuidar su aspecto, aunque únicamente fuera para disfrutarlo en su soledad.

CAPÍTULO XIII

El verano estaba siendo inclemente, no solo para los enfermos del hospital, sino también para los freiles que los asistían. Por eso, cuando Beatrice y María recibieron el encargo de ir a la hospedería para recoger a un enfermo, la siciliana se imaginó lo peor. No se equivocaba. Antes de que Domingo les abriera la habitación del huésped, el olor nauseabundo anunciaba lo que encontrarían dentro.

El fallecido era un hombre que todavía tenía en su mano una copa, dorada y con esmaltes, aunque el calor había evaporado todo rastro de vino y había atraído un enjambre de moscas que no habían perdido el tiempo. Decenas de larvas se movían frenéticamente sobre el rostro del difunto.

--No podemos llevarlo así al hospital --se lamentó María.

Beatrice cogió un paño para borrar del cuerpo cualquier evidencia de que la descomposición había comenzado.

--Ya está... No huele peor que el mendigo que acogimos ayer.

María miró asqueada la tela, en la que las larvas parecían protestar por su desalojo. No podía entender que la siciliana la guardara bajo su propia ropa. Era como si la muerte no le inspirara la misma repugnancia que a ella, pero no se atrevió a preguntar.

Entre las dos colocaron el cadáver en una carretilla y se dirigieron al hospital. Mientras María buscaba un acomodo para el cuerpo con la ayuda de un freile, perdió de vista a Beatrice, que seguía teniendo vetada la entrada al ala masculina.

Cuando terminó la tarea fue a buscar a su maestra. La encontró en el gallinero, estudiando a una clueca que dormitaba en un saliente, empollando sus polluelos.

–¿Qué hacéis aquí? –preguntó María.

–Observar.

La niña trató de encontrar algo que mereciera la pena ser estudiado: los huevos recién puestos, la paja, el estiércol... De pronto, la clueca se dejó vencer por la somnolencia y cayó desde una altura de metro y medio, dejando a sus crías a la intemperie.

–¡Ajá! –gritó eufórica Beatrice mientras señalaba a la gallina, que permanecía inmóvil en el suelo.

María la miró, interrogante.

–Hace tanto calor que es normal que los pájaros caigan desmayados. Lo vemos cada día.

–No se ha desmayado. Está muerta. Le he dado de comer los gusanos del hombre de la hospedería. ¿Qué crees que le ha pasado?

María no quería decepcionar a su maestra, pero como no tenía una explicación prefirió callar.

–La gallina ha muerto por el veneno –le explicó Beatrice–. El mismo que ha matado al huésped que hemos ido a recoger.

–Pero los gusanos estaban vivos... –murmuró María, confundida.

–Porque esta ponzoña es inofensiva para ellos. La han retenido en su cuerpo sin que les afecte... Sin embargo, para la gallina ha sido letal. El mundo de los venenos es caprichoso. Unos matan a unas criaturas y respetan a otras. Y a veces lo que es mortal no es la hierba o la raíz o el mineral *per se*, sino la dosis que se administre.

La muchacha trató de encontrar un nexo entre las muertes sospechosas.

—Entonces, ¿vos sospecháis que hay dos asesinos que se dedican a envenenar a los peregrinos de la hospedería? —preguntó María.

—O hay uno solo que conoce al menos dos venenos —respondió la siciliana

—Pero ¿cómo lo han...? ¿Cómo lo ha hecho? ¿Metiéndolo en la comida?

—Los dos hombres habían tomado vino cuando murieron. Seguramente la ponzoña se encontraba en la bebida o en las paredes de la copa.

—Si estaba en la copa, la podría haber puesto cualquiera hace semanas —razonó la joven.

—O minutos —dijo Beatrice, satisfecha de los progresos de su pupila.

Furiosa, cruzó la puerta del castillo. Con zancadas impropias de su cuna, atravesó el patio y se dirigió al edificio principal, custodiado por dos guardias. El más joven le cerró el paso. El otro, veterano, se inclinó con respeto y afecto; la recordaba muy bien de niña, correteando tras aquellos muros. La recién llegada clavó en el guardia novato una fría mirada de acero, la misma que había heredado de su abuela Leonor, duquesa de Aquitania.

—Es doña Berenguela, reina de León —advirtió el guardia veterano a su compañero.

—Ya no —apostilló la mujer sin apartar la vista del soldado que había osado detenerla.

El joven guardia se apartó acobardado y la hija mayor de Alfonso y Leonor pudo entrar en la que había sido su casa. El resto de los guardias y sirvientes que se cruzaron en su camino le abrieron las puertas y se inclinaron a su paso sin objeción. Algunos incluso parecían alegrarse sinceramente de su regreso, porque Berenguela había vuelto para quedarse. La dama se dirigió a las escaleras. Eran los mismos peldaños que había subido de dos en dos cuando, con siete años, le anunciaron que se casaría con Conrado, el quinto hijo del emperador del Sacro Imperio Romano Germánico. Berenguela era la primogénita de los reyes de Castilla y, a falta de hermano varón, la heredera. Indiscutiblemente era un buen partido. A la pequeña le fascinó el sobrenombre de su futuro suegro: Barbarroja. Se imaginaba que tendría la cara cubierta de vello color sangre y que sería un gigante, como concebía que eran todos los grandes hombres. No obstante, pese a tantas cavilaciones, no llegaría a conocer al emperador.

El nacimiento de su hermano Fernando, que pasó a ser el nuevo heredero de Castilla, hizo que el novio, y especialmente el padre del novio, perdieran todo interés en aquella unión. Su flamante pretendiente solo volvió a dar señales de vida para deshacer lo firmado. Berenguela había pasado a ser una segundona sin que ella, ni por acción ni por omisión, hubiera hecho nada para merecerlo. Aunque no anhelaba aquella boda –ni ninguna otra–, le dolía profundamente verse rechazada.

Habría de esperar ocho años más para casarse con un primo de su padre, Alfonso IX, rey de León. En esas tierras vivió sus mejores años y parió cinco hijos. Al primer varón lo llamó Fernando, como el hermano que le había arrebatado las esperanzas de sentarse alguna vez en el trono de Castilla.

Los padres de Berenguela sabían que el futuro de aquel matrimonio era incierto debido a la consanguinidad de los cónyuges, un tema en el que Roma se había vuelto especialmente puntillosa. Aun así, Leonor empujó a su hija a contraer esas nupcias antes de conseguir la dispensa papal.

A pesar de las presiones de los reyes de Castilla y de León, finalmente el santo padre les hizo llegar la temida sentencia de anulación.

—Conseguiremos que declare legítimos a nuestros hijos —le dijo su marido a Berenguela antes de invitarla a abandonar la corte leonesa.

La dama volvía a Castilla. No como reina, no como madre, sino como mercancía descartada. Por segunda vez. «No habrá una tercera», se juró a sí misma mientras recorría los últimos metros que la separaban de la antecámara de su madre.

Las damas que esperaban frente a la puerta de los aposentos reales no tuvieron tiempo de impedirle el paso. Berenguela entró como un torrente de aguas bravas. Allí estaba Leonor, sentada en el banco corrido, frente a la ventana. A su lado reconoció al obispo de Burgos. La reina dio un respingo y se levantó.

—¡Berenguela! —exclamó Leonor, ruborizada como una adolescente.

Don Juan, bastante tranquilo, tendió la mano a la joven, que lo miraba con indisimulado desprecio.

—El papa ha anulado mi matrimonio contra la voluntad de Dios —le espetó Berenguela—. Mal día habéis elegido para que bese vuestro anillo.

—No os preocupéis. Enviaré una carta a Roma...

—¿Ahora que mis hijos se han quedado en León? ¿Por qué no lo hicisteis cuando podía servir de algo? —Y, mirando a su madre, continuó—: ¿Estabais muy ocupado?

—No hables así al señor obispo —le recriminó la reina.

—Lamento si le he ofendido. Pero en ese caso sabrá cómo me siento yo.

A pesar de su poderosa presencia, Berenguela era la viva imagen del desconsuelo. Se sentó en el banco del que había desalojado a su madre.

–Mi pobre Fernando, mi niño… ¡Me lo han quitado!

Y su voz se quebró con un desgarro tan sincero, tan humano, que hizo que Leonor se avergonzara de ella.

–No es para tanto. También yo tuve que renunciar a mis hijos para que los criaran familias de bien –dijo Leonor, intentando reconducir la situación.

–¡Yo no soy como vos! –replicó rabiosa, y resultaba evidente que se alegraba de ello.

La reina estaba impaciente por dar por concluida aquella conversación que había derivado en una muestra demasiado cruda para su gusto del dolor de su hija. En su opinión, una dama no debía mostrar abiertamente sus sentimientos, ni siquiera ante su confesor, y no quería que don Juan de Lara creyera que no había sabido educar a su primogénita.

–Estás agotada por el viaje. Tienes preparada una habitación. Cuando hayas descansado…

Berenguela se puso en pie. Sabía que a su madre la irritaba todo lo que no fuera disimulo. Intentó controlarse: no había ido al castillo para amargarle el día, sino para comunicarle algo importante.

–Me instalaré en el palacio de las Huelgas. Mi séquito se quedará en la hospedería, si a vos os parece bien.

–¿Pretendes vivir al lado del monasterio de Santa María? ¿Acaso no sabes quién es la abadesa?

–Doña Elvira. Me lo dejasteis muy claro en vuestras cartas. Tres en siete años…

La reina ignoró la velada crítica como madre. Leonor se había limitado a repetir lo que había recibido de la suya y, con este razonamiento, su conciencia quedaba tranquila y olvidaba lo mucho que en el pasado le había dolido a ella esa misma frialdad que ahora imitaba.

Desde la ventana Berenguela podía ver toda la ciudad de Burgos, el hogar que había extrañado tantos años atrás y al que, sin embargo, no habría querido volver por nada del mundo. Suspiró.

—Os dejo para que podáis continuar discutiendo esos temas tan importantes que vuestras damas no deben oír —susurró la joven al oído de su madre.

Hizo una leve reverencia y abandonó la estancia.

—Es idéntica a su padre —se lamentó la inglesa.

El obispo sonrió. A diferencia de la reina, él había disfrutado de la visita. Aunque no había heredado la belleza de su madre, Berenguela le había impresionado positivamente.

—No querría robaros más tiempo —dijo Leonor, incómoda con las insinuaciones que había dejado caer su hija acerca de su relación con el obispo.

—Seré breve —prometió don Juan—. Como os decía, ha llegado a mis oídos que desde hace tiempo doña Elvira ordena trasladar a todo fallecido en la hospedería al Hospital del Rey, independientemente de su cuna. Nobles y labriegos son tratados como peregrinos anónimos y su muerte siempre se atribuye a una enfermedad, a complicaciones en el viaje o al asalto de bandoleros. Cualquier excusa es buena con tal de disipar las sospechas de envenenamiento que circulan. Sin embargo, la mayor parte de los que encuentran la muerte en la hospedería son ricohombres mayores, casados o a punto de casarse con mujeres que acaban ingresando en el monasterio. ¿Y qué más tienen en común todos esos óbitos?

La reina lo miró, intrigada. Le molestaba no seguir los a veces enrevesados razonamientos del obispo. No dijo nada; se limitó a asentir levemente y sonreír. Había aprendido que, para parecer inteligente, un falso silencio cómplice era tanto o más útil que una pregunta ingeniosa.

El obispo sonrió a su vez. Le impresionaba la rapidez con la que la reina parecía captar al vuelo sus ideas.

—Efectivamente, la principal beneficiada es doña Elvira.

Viudas y huérfanas le entregan sus haciendas a cambio de vivir bajo su techo.

La reina asintió, como si el obispo se hubiera limitado a confirmar lo que ella ya había deducido. Sin embargo, una duda la asaltaba:

—¿Y qué ocurre con las mujeres que mueren en la hospedería o el hospital?

—Hace tiempo que no muere ninguna —dijo el obispo como si fuera un detalle menor.

Leonor no pudo expresar su sorpresa porque don Juan rozó su mano tan suavemente que la reina se estremeció como una hoja bajo la lluvia.

CAPÍTULO XIV

Las sábanas puestas a secar dibujaban un irregular mosaico con todos los matices del blanco en el prado vecino al río. Por los corredores que dejaban los lienzos deambulaban las lavanderas camino de la orilla, del hospital o de la sombra de un árbol donde descansar unos minutos al abrigo de las miradas del comendador y sus correveidiles.

María y Beatrice disfrutaban de una pausa tumbadas sobre la hierba, contemplando el paso perezoso de las escasas nubes. La siciliana señaló una de forma especialmente caprichosa.

—Se parece al minarete de la mezquita de Sevilla. Es el edificio más alto que el hombre haya puesto en pie.

Era la primera vez que Beatrice mencionaba su vida previa a la llegada a Burgos. María aprovechó para satisfacer su curiosidad sobre el mítico al-Ándalus.

—¿Cómo son los árabes?

—¿Qué pregunta es esa? —respondió la doctora, ahogando una carcajada—. Tienen dos piernas, dos brazos, una cabeza y dos ojos. ¿Acaso no has visto a los moros de paz que viven en Burgos?

—Sí, pero les he oído decir que ellos no son como esos salvajes del sur.

Beatrice asintió y volvió la vista a las nubes.

—Los árabes son como las piedras del río: aunque a todas las moje la misma agua, no hay dos iguales. Son muy parecidos a los cristianos, en lo bueno y en lo malo.

–Entonces, ¿tienen alma? El comendador dice que no.

La doctora suspiró, profundamente irritada.

–Lo único que puedo decir es que en todas partes he encontrado gente leída muy ignorante y analfabetos que me han dado grandes lecciones.

María se mordió los labios. Se moría de ganas de averiguar más sobre el pasado de su maestra, sobre qué paisajes había visto y quiénes eran esas gentes que había conocido en sus viajes. Pero, en lugar de ser ella quien preguntara, lo hizo la siciliana:

–¿Nunca has salido de Burgos?

La muchacha negó con la cabeza.

–Sevilla te gustaría –afirmó Beatrice.

–¿Cómo es? ¿Es cierto que allí viven veinte mil almas?

–Es una de las ciudades más hermosas que puedas imaginar. En primavera huele a azahar y por las noches se oyen laúdes en los barcos del río. Al menos cuando los soldados almohades no están cerca. Han prohibido la música, como si a su Dios pudiera ofenderle la belleza… El zoco es mucho más grande que cualquier feria que haya en Castilla, y los baños son maravillosos, con agua fría, caliente, templada. La luz entra por el techo, a través de unas celosías cegadas con alabastro. Es como pasear desnuda por un bosque de mármol.

María no se había imaginado nunca paseando desnuda por ningún bosque y, en caso de que lo hiciera, dudaba mucho de que fuera una experiencia placentera.

–Me recordaba a mi tierra. En Salerno tenemos aguas termales. El agua sale caliente de las entrañas de la tierra.

–¿Viene del infierno? –exclamó horrorizada María.

Beatrice soltó una carcajada cristalina.

–No, el infierno no estaba en los baños. Estaba en mi casa.

Y la sonrisa se volvió amarga.

La aprendiz sintió un escalofrío apenas un segundo antes de que un inesperado grito de dolor las hiciera volverse. Una embarazada se dirigía tambaleante hacia las lavanderas, dejando un reguero de sangre que bajaba por sus piernas. Las freilas se apresuraron a recoger las sábanas limpias para evitar que se mancharan. Solo María y Beatrice corrieron a auxiliar a aquella pobre mujer.

—¡Ayuda! ¡Por Dios! —gritó desesperada antes de caer de rodillas, sujetándose el vientre con ambas manos.

Beatrice llegó a su lado.

—¿Qué ocurre?

—El niño no quiere nacer. No puedo más, no puedo más... —gimió, exhausta.

Tenía la ropa empapada de sudor, de sangre, de lágrimas de puro agotamiento.

Beatrice la hizo tumbarse y abrir las piernas para examinarla bajo las faldas. María tomó la mano de la mujer mientras esperaba indicaciones de su maestra. Cuando la siciliana levantó la cabeza, comprendió que algo no andaba bien.

—Viene de nalgas.

La parturienta volvió a gritar, retorciéndose de dolor. La siciliana sacó de una bolsa bajo sus ropas una botellita y le dio a beber unas gotas del contenido.

—Así, así... tranquila...

Las freilas se arremolinaron alrededor, intercambiando consejos sobre cómo actuar o dónde sería más conveniente enterrarla cuando muriera desangrada. La que tenía piernas más ágiles corrió en busca de un confesor mientras las demás levantaban las manos hacia el cielo para orar.

—¡Apartaos, me tapáis la luz! —gritó Beatrice, que obligaba a la parturienta a adoptar posturas que a sus compañeras del lavadero no podían parecerles más extrañas.

Sin embargo, la joven madre no protestaba. Parecía haber caído en un estado de beatitud donde nada la perturbaba. Las freilas se situaron unos metros más allá para seguir rezando y cuchicheando sin disimulo.

Cuando llegó el confesor con la freila que le había dado aviso, los recibió un sonido insólito en aquella parte del río: el llanto de un niño sano. Su madre estaba exhausta, pero extrañamente tranquila. El confesor se arrodilló a su lado para administrarle los últimos sacramentos.

—Yo de vos guardaría los santos óleos e iría pensando en un nombre para bautizarlo —le aconsejó la partera.

La madre sonreía, alelada. El sacerdote miró a las mujeres en busca de una explicación.

—¿Está ebria? —preguntó el confesor mientras olía el aliento de la recién parida.

Todas se volvieron hacia Beatrice, que caminaba ya hacia el río para lavarse la sangre de las manos y la ropa. María, preocupada por las miradas suspicaces de sus compañeras, corrió tras ella.

—¿Qué le habéis dado? —preguntó en voz baja.

—Jugo de adormidera.

María no daba crédito a sus oídos.

—¿Opio? ¿Por qué?

—Porque sufría. ¿No has oído sus gritos?

—Pero es voluntad del Señor que las mujeres den a luz con dolor.

—Si tengo que ir al infierno por aliviar el sufrimiento de un paciente, iré.

—¿Cómo se os ha ocurrido? —exclamó, horrorizada.

—¿Crees que he improvisado? La medicina no es un capricho. Sabía muy bien lo que estaba haciendo.

Beatrice le habló de Trótula di Ruggiero, una gran doctora de Salerno que durante el siglo anterior había escrito varios tratados sobre enfermedades femeninas, embarazo e incluso cosmética. Una mujer que mucho antes que ella se había atrevido a prescribir opiáceos a las parturientas, ignorando el mandato bíblico, y que llegó a afirmar que la esterilidad de una pareja podía deberse al varón y no siempre a la mujer, como se tendía a creer. Tan grande era su prestigio que, al parecer, cuando falleció, los habitantes de Salerno formaron una fila de dos millas para rendirle homenaje en su último viaje. María, boquiabierta ante semejante prodigio, se preguntaba si lo excepcional eran los méritos de Trótula o el talante de los salernitanos.

La llegada de un grupo de freilas las hizo girarse.

–¿De dónde has salido tú? –preguntó con tono amenazante Eldonza, la más osada.

–De mi madre, como vos –respondió Beatrice con una dulce sonrisa que desconcertó a las lavanderas.

–¿Por qué una peregrina que viene de Sicilia tiene que pasar antes por Sevilla para llegar a Compostela?

Beatrice sostuvo la mirada a aquellas mujeres que se habían constituido en un tribunal con autoridad para juzgarla. Se negaba a responderles. No quería entrar en su juego. Estas avanzaron un paso hacia ella. María se interpuso, aunque Eldonza la apartó de un manotazo y la hizo caer al río.

Beatrice no se movió un ápice. Hacía años que se había jurado a sí misma que nunca más toleraría un abuso. Antes prefería la muerte. «Una y mil veces la muerte», pensó. Su frenético corazón le decía que esta quizá no anduviera muy lejos. Sin embargo, cuando llegó el primer golpe no reaccionó. Se quedó petrificada como un corderillo ante el matarife.

Desde el agua, María vio cómo las freilas, con Eldonza al frente, golpeaban a Beatrice sin que ella, inexplicablemente, hiciera nada por defenderse. La muchacha, aferrada a una rama para evitar que la arrastrara la corriente, gritó con toda su alma:

—¡Noooooooo!

De repente sintió que alguien la agarraba con fuerza del brazo. No era el ánima en pena de su añorada hermana, sino sor Inés. La monja se volvió hacia las freilas que estaban pateando a la siciliana en el suelo.

—¡Venid aquí ahora mismo! ¡Ayudadme!

Al oír la orden de la doña, las lavanderas se olvidaron de Beatrice y se apresuraron a asistir a la monja en el rescate de la joven. Apenas puso un pie en tierra firme, María echó a correr hacia el lugar donde yacía el cuerpo de la extranjera. Temblando, le cogió la muñeca para comprobar el pulso, como le había enseñado su maestra. Beatrice estaba lívida, con la mirada perdida. Tenía el rostro y las extremidades enrojecidas, pero lo que más le dolían no eran los golpes de aquellas freilas ignorantes, sino su propia pasividad.

—Cobarde, cobarde... Soy una cobarde —se repetía a sí misma en susurros.

María no sabía qué hacer. Nadie le había hablado de ningún remedio para combatir el miedo. De pronto, Beatrice la abrazó. La aprendiz dio un respingo. No había recibido un abrazo desde hacía mucho tiempo. Permanecieron así, juntas, en silencio, un largo minuto. La joven vio cómo, poco a poco, la angustia de su maestra se disipaba mientras en ella crecían la incomodidad y la decepción, consciente de que la debilidad de su maestra la obligaba irremediablemente a ser fuerte por las dos.

Al cabo de un rato llegó sor Inés con el grupo de agresoras.

—¿Qué ha ocurrido? —preguntó con toda la autoridad de su rango y peso.

—Nada —se adelantó a contestar Beatrice, incorporándose con su elegancia habitual.

Y era tal la seguridad que transmitía en su actitud y en sus movimientos felinos que incluso María llegó a dudar de que segundos antes esa misma mujer se hubiera refugiado en su pecho buscando consuelo.

Sor Inés miró a todas con desconfianza, pero no tenía tiempo que perder. Se volvió hacia las freilas y puso los brazos en jarras, creando la ilusión de doblar su tamaño. Las mujeres dieron un paso atrás, intimidadas.

–Si volvéis a tocarle un pelo a María, os las veréis conmigo. ¿Me habéis entendido?

Las freilas asintieron, sorprendidas por el inesperado aprecio que había surgido entre la humilde lavandera y aquella dueña navarra. Sor Inés cogió de la mano a María y le hizo un gesto para que caminara a su lado de vuelta al hospital.

Apenas habían recorrido unos metros, la monja le susurró al oído:

–Se me ha acabado el ungüento.

CAPÍTULO XV

Ducados, taros amalfitanos, florines, maravedís y otras monedas venidas de todos los rincones de Europa se apilaban en montones perfectamente alineados sobre la mesa de doña Elvira. La abadesa repasaba las cuentas del Hospital del Rey en presencia de su comendador, fray Martín, y de sor Inés.

–No entiendo vuestras reservas, ilustrísima. Los peregrinos nunca han dejado grandes donativos en nuestro hospital –dijo alarmado fray Martín.

–Es cierto, los pobres que sanan no dejan donativos. No obstante, si mueren dejan mala fama y esto sí que acaba menguando el dinero que llega a nuestras arcas. Aunque seguís sin explicar por qué las mujeres que ingresan enfermas acaban saliendo por su pie y, en cambio, los hombres van uno tras otro al cementerio.

–Es voluntad de Dios.

La superiora suspiró, hastiada.

–Y es mi voluntad que desaparezcáis de mi vista hasta que el Señor os ilumine con alguna idea más elaborada –replicó doña Elvira, dando por zanjada la conversación.

El comendador asintió, avergonzado, y salió de los aposentos. Doña Elvira se quedó mirando el pergamino que había recibido días antes con aquellas llamativas cifras de ingresos y altas médicas. No pasó mucho tiempo antes de que unos guardias trajeran a su presencia a don Fadrique.

–¿Podéis explicar por qué últimamente las mujeres sanan y los hombres mueren? –inició el interrogatorio la abadesa.

El galeno, fascinado por los montones de monedas de la mesa, tenía serias dificultades para apartar la vista de tanto oro. Sin embargo, haciendo un esfuerzo sobrehumano, miró a su ilustrísima.

–Los hombres vienen de más lejos, llegan más cansados –dijo don Fadrique.

El médico no escuchó la siguiente pregunta de la abadesa. El mundo se había detenido para él, convencido como estaba de que le habían mandado llamar para premiar su pericia profesional. Y, a tenor del dinero colocado con esmero sobre la mesa, la recompensa parecía ser más que generosa.

–Os he hecho una pregunta –repitió irritada doña Elvira.

Don Fadrique, confuso, soltó una generalidad que no lo comprometía en lo más mínimo.

–Un médico aprende con la experiencia.

–Sí, y, por lo visto, dejáis morir cada día mejor a los pacientes del pabellón de hombres. Eso ya lo esperaba de vos. Lo que no se explican son las curaciones, pero lo que está claro es que no se deben a vuestra mano. No sé por qué el señor comendador os ha mantenido en el cargo, aunque sospecho que tiene que ver con las denuncias de robos a pacientes.

–Debe de ser cosa de la reliquia de santa Ana, ilustrísima –intervino sor Inés.

La abadesa se volvió hacia ella, pensativa. Descartaba totalmente la intervención divina, pero no la de aquella monja. Si sor Inés se había atrevido a participar en la conversación, sin duda era porque sabía algo que los demás desconocían.

–Vos misma habéis mejorado mucho de ánimo en los últimos meses –comentó con un inusual tono dulce y suave, que resultaba de lo más inquietante–. ¿A qué se debe el cambio? ¿Os habéis encomendado a la santa?

Sor Inés sintió que la sangre incendiaba sus mejillas. Su rubor no pasó inadvertido para nadie.

–¿O hay otro motivo? –insistió la superiora.

–No… pe… no… –balbuceó sor Inés.

–Hay otro motivo –sentenció doña Elvira, y suspiró–. Fuera todo el mundo.

Sor Inés corrió hacia la puerta, impaciente por librarse de tener que dar explicaciones. Sin embargo, la abadesa le requirió que se quedara.

–Vos no.

Doña Inés, al ver que el médico cerraba la puerta al salir, sintió que el corazón se le iba a salir del pecho.

–Ahora es un buen momento para confesaros –se justificó la abadesa mientras la invitaba a sentarse frente a ella–. ¿Tenéis algo que contarme?

Sor Inés tragó saliva antes de arrancarse a hablar:

–Algunas noches me escapo a comer a las cocinas.

–El pecado de la gula en vuestro caso se da por sentado. ¿Ninguno más?

–Orgullo –añadió con temor.

Por el tono empleado por la monja, doña Elvira estaba segura de que se estaba acercando a la solución del enigma de las curaciones.

–¿Y de qué estáis tan orgullosa? ¿Acaso habéis curado vos a todas esas mujeres?

Sor Inés negó con los ojos húmedos.

–¿Entonces? –continuó la abadesa, impaciente.

Sor Inés se levantó, caminó hacia la ventana, por donde entraba el sol de la tarde, y con mano temblorosa se despojó del velo, la cogulla… hasta quedar vestida únicamente con una sencilla túnica blanca. Al contraluz, su figura rotunda se recortaba en la ventana. La abadesa se acercó y solo entonces reparó en el extraño aspecto del cabello de la religiosa, cubierto de un emplasto color pajizo. Acercó su mano y comprobó que todavía estaba húmedo.

–¿Qué es esto? –inquirió, perpleja.

Sor Inés sentía que sus ojos se llenaban de lágrimas, aunque ahora no era de miedo, sino de satisfacción. Por fin podía compartir con alguien la belleza de sus cabellos teñidos.

–Es un ungüento.

–Eso ya lo veo. Es asqueroso... Estáis ridícula. Suerte tenéis de no veros.

La monja sintió que el mundo se detenía. «Ridícula». Sí, se sentía terriblemente ridícula, vulnerable y estúpida.

–¿Os lo ha dado don Fadrique? –inquirió la superiora.

La navarra sabía que si respondía a esa pregunta tendría que renunciar a la fuente de su felicidad de los últimos meses, pero estaba dispuesta a cualquier cosa con tal de dar por acabado el humillante interrogatorio.

–María, la freila, hija de don Pedro de Alarcón –confesó la religiosa.

Doña Elvira recordaba muy bien al padre, aunque no tanto a su hija, a quien apenas había vuelto a ver un par de veces desde que ordenó su traslado al vecino hospital.

–Traedla.

Sor Inés asintió y se acarició los cabellos por última vez. Quería memorizar su tacto untuoso antes de volver a cubrirse para cumplir la orden. Este gesto y sus ojos acuosos no pasaron desapercibidos para doña Elvira. Intuía que había ofendido a su fiel asistente y, sin embargo, no alcanzaba a saber cómo.

Sor Inés se inclinó ante la abadesa y salió para cumplir sus órdenes. Nunca más volvió a usar tinte alguno.

Minutos después era la pobre María quien temblaba muerta de miedo frente a la abadesa y la monja navarra.

–Así que ahora te dedicas a preparar ungüentos –proclamó doña Elvira.

–A veces, ilustrísima –respondió María.

–¿Y quién te ha enseñado?

–Mi padre –mintió sin convicción.

La respuesta hizo perder la paciencia a la abadesa, que avanzó decidida hacia ella con la mano levantada.

–¡No me hagas perder el tiempo! –gritó.

Pero, antes de que doña Elvira pudiera golpearla, sor Inés se le adelantó y propinó un fuerte capón a María que dejó a la freila rascándose la cabeza durante un buen rato.

–¿Quién? –insistió la abadesa.

–El diablo –susurró la chica.

Sor Inés se llevó la mano al pecho, impresionada.

–Si fuera el diablo no lo admitirías –replicó con frialdad la abadesa–. ¿Quién?

María no sabía cómo librarse de aquel examen. No quería traicionar a la única persona que le había dado esperanzas desde que había llegado allí. Miró hacia la ventana y pensó que, si era lo bastante veloz, podría precipitarse por ella antes de que ninguna de las dos mujeres la pudiera detener.

–Debe de ser alguien muy querido para que te hayas arriesgado a acabar en la hoguera –insistió doña Elvira.

–¡Yo lo sé, ilustrísima! –exclamó triunfante sor Inés, recordando el largo abrazo que había presenciado junto al río semanas antes entre la muchacha y otra lavandera.

María se volvió hacia la navarra. El mundo se le vino abajo cuando vio cómo le brillaban los ojos a su delatora. Efectivamente, sor Inés estaba pletórica por el gran servicio que iba a poder prestar a su superiora, algo con lo que compensaría la vergüenza de haberse mostrado ante ella en toda su fragilidad.

Beatrice esperaba en la penumbra de la mazmorra. Le dolía el cuerpo y le sangraba el labio. Los mismos guardias que le habían atado las manos a la espalda la habían golpeado hasta cansarse. Aquellos hombres no sabían de qué se acusaba a la freila, pero el solo hecho de que la abadesa les hubiera ordenado encerrarla era motivo suficiente, a su juicio, para dejarla al borde de la inconsciencia.

La celda estaba fría, húmeda, y olía terriblemente mal. Beatrice había temido tanto que llegara este día que ahora se sentía extrañamente tranquila. Su huida había terminado.

De repente oyó pasos acercándose y poco después el carcelero descorrió los cerrojos. Alguien que empuñaba una antorcha se acercó. No podía verlo bien.

–Pero ¿cómo os han hecho esto?

A pesar de su vista borrosa debida a los golpes, Beatrice reconoció los rasgos de la abadesa, a quien había visto predicar en la iglesia en un par de ocasiones.

–Han hecho lo que vos habéis ordenado, ilustrísima.

–Nunca dije que os pusieran una mano encima. Pero el culpable será castigado, no os quepa la menor duda.

Beatrice no la creyó. Doña Elvira se volvió hacia la entrada de la celda.

–Traed el vino –ordenó al carcelero.

La abadesa encajó la antorcha en un saliente de la pared y se acercó a la detenida.

–¿Cómo os llamáis?

–Beatrice d'Acquaviva.

–Y sois médico, por lo que me han contado.

Beatrice soltó una carcajada que había ensayado mil veces. Había llegado el momento de la gran representación.

–Os han engañado. ¿Quién os ha dicho semejante necedad? –dijo.

–Alguien que os conoce bien: María de Alarcón.

–Es una niña. No sabe lo que dice.

–Es verdad que es muy joven, pero ya no es una niña. Y no miente. Sois siciliana, de Salerno, ¿verdad?

Beatrice asintió, impresionada por la información que manejaba la abadesa. «¿A qué torturas habrá sometido a María para que haya revelado mis secretos?», se preguntó.

–Salerno… –prosiguió doña Elvira–. No conozco a nadie de Salerno. Sin embargo, sí que mantengo correspondencia con la abadesa del monasterio del Goleto. Tenemos mucho en común. Ambas sabemos lo que es dirigir una comunidad masculina. No es fácil. Los hombres nos dan poder, aunque si lo usamos se ofenden. No está en su naturaleza obedecer a las mujeres…

–No es cuestión de naturaleza, sino de voluntad –susurró Beatrice.

A la abadesa pareció divertirle el comentario.

–¿Cuánto hace que salisteis de Sicilia? ¿Reinaba todavía el emperador Enrique VI?

La prisionera no contestó y bajó la cabeza.

–Por lo que me han contado, no era muy querido en vuestra tierra. Un suevo casado con Costanza de Altavilla, una normanda. Extraño matrimonio donde los haya.

–Como todos.

La abadesa sonrió, sorprendida por la aparente tranquilidad con la que aquella mujer encaraba su interrogatorio. Doña Elvira continuó:

–Supongo que alguien pensaría que nada mejor que una boda para pacificar dos reinos enemigos. –La abadesa recordó cómo el emperador reclamó el trono cuando falleció el último rey normando. Sin embargo, los sicilianos tenían su propio candidato–. Perdonad que no recuerde todos los detalles. La abadesa del Goleto no da demasiada importancia a la genealogía. Sin embargo, siente una especial predilección por enumerar los ultrajes, las vejaciones y las torturas y, por lo que se ve, vuestro emperador Enrique era un maestro en estos temas. Cuando ya todos sus enemigos se habían rendido, mandó que castraran y le sacaran los ojos al hijo de su rival, un niño. ¿Lo sabíais?

–Sus oficiales se encargaron de que la noticia llegara hasta el último rincón –respondió la siciliana.

–No me extraña que el emperador no fuera muy llorado cuando murió. Dicen que envenenado por su propia mujer, Constanza. ¿Habíais oído algo?

Beatrice negó mirando al suelo.

–No la juzgaré por acabar con alguien tan odioso. ¿Conocisteis a la emperatriz? Tengo entendido que pasó por Salerno para curarse de una dolencia.

Beatrice levantó la cabeza y miró a la abadesa, que había hecho una pausa. Aunque apenas podía distinguir su rostro, percibía con claridad sus intenciones.

–Me cuesta creer que una emperatriz tuviera esos conocimientos de medicina o de brujería –prosiguió doña Elvira–. Alguien debía de asistirla, alguien experto en venenos. O experta.

–¿Y creéis que fui yo? –preguntó Beatrice.

–Decídmelo vos.

–No –respondió con rotundidad.

La abadesa esperaba esa respuesta, pero tenía preparado el argumento que doblegaría a su prisionera.

–Desde hace unos años pesa sobre nuestro monasterio y sobre mi propia persona la sospecha de que envenenamos a un ricohombre, don Manrique, y a su esposa, doña Cristina de Alarcón. Más o menos el suceso coincidió con vuestra llegada a nuestra casa. Me resultaría muy fácil hacer que os juzgaran y acabar con esas habladurías. Sin embargo, os daré una oportunidad.

Se volvió hacia la puerta cuando el carcelero entró con dos copas y una jarra. El servicio, demasiado lujoso, daba pie a sospechar que estaba preparado de antemano. Doña Elvira se sirvió vino y bebió un sorbo.

–Tengo algo para vos.

Beatrice forzó los ojos para seguir los movimientos de la abadesa, aunque todo seguía borroso. No pudo ver cómo sacaba de sus vestidos un par de frascos de plata. Abrió el primero y lo acercó a Beatrice para que lo oliera.

–¿Sabéis qué contiene?

La prisionera reconoció el olor inmediatamente, pero negó. La abadesa abrió el segundo frasco y repitió la operación.

–¿Y este?

Beatrice volvió a negar.

–No puedo saberlo. No soy médico, ya os lo he dicho.

Doña Elvira asintió.

–Y os he oído.

Entonces vertió el contenido del primer frasco en la copa de la que había bebido. Vació el segundo en la otra y la llenó de vino.

–En una de estas copas hay acónito, un veneno muy potente. ¿Seguro que no sabéis decirme cuál de las dos lo contiene?

La siciliana volvió a negar.

–No.

Doña Elvira suspiró. Aunque todo estaba saliendo como había planeado, habría preferido que aquella mujer se lo pusiera más fácil. Se volvió hacia la puerta e hizo un gesto al carcelero.

–Traedla.

Beatrice se puso en guardia. Enseguida apareció el carcelero, llevando de la mano a María.

–Tu maestra dice que mientes.

La joven empezó a gimotear:

–Lo siento.

–No llores –ordenó la abadesa–. ¿Ves estas copas? Una contiene una mezcla de hierbas inofensiva. En la otra hay acónito. ¿No te ha hablado tu maestra de esa planta?

María negó y miró a Beatrice, que parecía contener la respiración.

–Según don Fadrique –explicó la superiora–, de sus raíces se extrae un veneno que puede acabar con la vida de una persona en horas. Pero tu maestra se niega a decir en cuál está. Espero que a ti te lo cuente. Por tu bien. Coge una copa –ordenó.

María y Beatrice se quedaron petrificadas.

–No lo hagáis –rogó la siciliana–. Os lo suplico, no le hagáis eso a la niña.

–No se lo hago yo, se lo hacéis vos.

La superiora dio un empellón a María, urgiéndola a elegir uno de los recipientes.

–No puedo perder más tiempo.

María avanzó hacia las copas que la abadesa había colocado en un saliente de la pared. Miró a Beatrice esperando una señal, el menor indicio de que elegía la correcta. No podía saber que la visión borrosa de la doctora le impedía distinguirlas.

–Rápido –insistió doña Elvira.

Pero María corrió a arrodillarse ante su maestra y juntó las manos para suplicarle, como había visto que hacían los condenados en las escenas del juicio final que decoraban las iglesias de media Castilla.

–Yo no os he delatado… –dijo entre hipidos y sollozos.

–Eso da igual ahora –susurró Beatrice.

–¡Ayudadme! –suplicó María, muerta de miedo.

La abadesa agarró a la muchacha del brazo para llevarla de vuelta ante las copas.

–¡Ya está bien de palabrería! Elige una y bebe.

María cogió una copa y la acercó a sus labios. Se sorprendió murmurando oraciones de su niñez que no había repetido en años y que, sin embargo, habían permanecido agazapadas en su mente esperando el momento en que fueran necesarias.

Se volvió hacia su maestra, que tenía la cabeza baja. «¿También estará rezando?» se preguntó. ¡Ni siquiera estaba mirando si había hecho la elección correcta! ¿Tan poco le importaba lo que le ocurriera? A María aquellos años la habían marcado profundamente. ¿Y para la siciliana? ¿No habían significado nada? La joven cerró los ojos y se dispuso a beber hasta la última gota de aquel vino de olor extraño.

–Las dos tienen acónito –dijo Beatrice, dándose por vencida.

María se detuvo. La abadesa le arrebató la copa de las manos y la dejó junto con la otra.

–¡Sabía que ese inútil de don Fadrique no podía estar detrás de las curaciones! –dijo la abadesa, triunfante.

Beatrice permaneció en silencio. Esperaba resignada el castigo de doña Elvira. Estaba cansada de huir.

–La abadesa del Goleto también mencionaba en sus cartas a los médicos de Salerno y a sus doctoras, que no tienen nada que envidiar a los hombres. Me habló especialmente bien de una tal Giuditta. Hace cinco años que nadie sabe de ella…

La siciliana no se inmutó. Doña Elvira se volvió hacia María.

–Vete –le ordenó.

La joven corrió sin pensárselo hacia la puerta mientras doña Elvira se acercaba a la prisionera.

–Me da lo mismo lo que hayáis hecho en el pasado. Solo me interesa lo que podéis hacer por el Hospital del Rey. Quiero que lo convirtáis en el mejor y más próspero de todo el Camino de Santiago. Que su fama sea tan grande que los enfermos duden si vale la pena continuar hasta Compostela para buscar un milagro.

Beatrice miró a la abadesa, confusa.

–¿Queréis que siga ejerciendo mi oficio? –preguntó Beatrice.

–¡Por supuesto! –replicó la superiora–. Habéis demostrado vuestra competencia. Don Fadrique ya está recogiendo sus cosas. Mal que nos pese, estamos en Castilla, no en Salerno, y nadie vería con buenos ojos una mujer al mando. Pero buscaremos la manera. Estoy asumiendo muchos riesgos por vos. Espero que estéis a la altura.

–No sé qué decir.

–Está decidido. Descansad. Una noche en el calabozo no os hará mal. Así vuestras compañeras freilas no recelarán de vos. Mañana hablaremos. –Y, masajeándose la mano, añadió–: Quiero que le echéis un vistazo a esta maldita quemadura que no termina de sanar.

La abadesa se dirigió hacia la puerta. Pero a la siciliana la reconcomía una pregunta:

–Si yo no hubiera hablado…, ¿habríais permitido que la niña muriera?

Doña Elvira se volvió, molesta.

–¿El rey Salomón habría permitido que la criatura que reclamaban dos madres fuera partida por la mitad?

–Vos no sois Salomón.

–Ni vos sois quien para juzgarme.

La abadesa creyó que había dicho la última palabra, pero Beatrice no era como las demás dueñas y freilas con las que acostumbraba a tratar.

–Alguien ha estado matando peregrinos en la hospedería. Yo he contado dos hombres muertos, aunque podrían ser muchos más. Ambos estaban solos en su habitación y ambos eran muy ricos. Demasiada casualidad, ¿no creéis?

La abadesa se quedó unos segundos en silencio. Le gustaba aquella mujer. Hacía tiempo que no encontraba a alguien cuya inteligencia valiera la pena poner a prueba.

–Hace tres años encontramos un esqueleto enterrado bajo un arbusto en la explanada de la hospedería.

–¿También envenenado?

–Averiguadlo vos y seréis recompensada. Nada me placería más que atrapar al culpable y que pague con su vida.

–¿Aunque seáis vos? –se atrevió a preguntar Beatrice.

–Especialmente si soy yo –sonrió doña Elvira como quien recibe un halago.

CAPÍTULO XVI

Beatrice estudiaba en silencio la maraña de raíces en la que habían quedado atrapadas algunas costillas del enigmático cadáver. Sor Inés la había acompañado al almacén donde se conservaban los despojos desde su descubrimiento bajo un arbusto moribundo. La doctora examinó los huesos uno por uno, limpiándolos de restos de tierra y raíces, y los fue colocando en su posición natural hasta recomponer el esqueleto de quien identificó como un varón de veintitantos años, a tenor del desgaste de la dentadura y la presencia de las muelas del juicio. No era la primera vez que observaba seis dedos en una mano. En Salerno incluso lo había visto en todos los miembros de una misma familia. Dado que los huesos del brazo izquierdo estaban algo más desarrollados que los del brazo derecho, dedujo que era zurdo. Llamó su atención que en el húmero derecho fuera visible una fractura provocada con toda probabilidad por una espada que dejó una marca rectilínea. No había sido una herida mortal, ya que las dos partes del hueso se habían soldado con un ligero desplazamiento, lo que indicaba que pudo sobrevivir sin tener que hacer esfuerzos que pusieran en riesgo su recuperación, algo que no habría sido posible si hubiera tenido que ganarse el sustento con el sudor de su frente.

Los jirones de ropa con hilos entorchados confirmaban

una posición social desahogada. El tejido no era común, al menos en Castilla.

Reparó en que a los pies de los despojos había algunas flores marchitas de ese mismo otoño y una rosa negra idéntica a la que solía lucir la abadesa. La tomó en sus manos. Estaba cubierta de espinas finísimas. Para quien hubiera depositado aquella ofrenda el cadáver no era anónimo.

–¿Quién tiene acceso a los almacenes?

La navarra se encogió de hombros, aparentemente dolida porque la abadesa no le hubiera confiado antes la existencia de aquel misterio.

–La cillerera y todo aquel a quien deja la llave.

–¿Son muchos?

–Si no son muchos, son demasiados.

Beatrice decidió que no valía la pena conversar con la otra dueña. Aunque las pesquisas respondían a una petición expresa de la abadesa, era consciente de que sus subordinadas no veían en la extranjera a alguien capacitado para resolver misterio alguno y cualquier pregunta la interpretaban como una crítica a su propio desempeño. Prefirió centrarse en el estudio minucioso de la tierra que había acompañado a los restos hasta su actual lugar de reposo. Encontró lo que parecían semillas que no habían tenido ocasión de germinar.

–¿Los frutos del arbusto eran comestibles?

–Yo desde luego no los probé –respondió sor Inés, esforzándose por hacer evidente su desinterés.

Beatrice guardó las semillas en su bolsa, agradeció encarecidamente su tiempo a su guía y emprendió el regreso al hospital. Aunque antes se detuvo junto al muro trasero, donde abrió un hoyo en la tierra y plantó las simientes con la esperanza de que el tiempo las hiciera hablar.

En la humilde iglesia del Hospital del Rey no faltaba nadie.

O casi nadie. Allí estaban el comendador fray Martín, el freile limosnero, los oficiales, el bodeguero, las freilas enfermeras y lavanderas, los capellanes y los criados. La ocasión lo merecía. Pocas veces la abadesa de Santa María la Real se dignaba a visitarlos y muchas menos a dirigirles unas palabras. Suponían que aquella inusual reunión respondía a la fulminante destitución de don Fadrique, de la que todos estaban al corriente.

La abadesa entró acompañada por sor Inés. Miró fugazmente a toda aquella gente preguntándose si estarían a la altura de los nuevos retos, pero no se entretuvo demasiado en estudiar sus caras y su posible capacidad. «Cuanto antes acabe esta representación, mejor para todos», se dijo. Subió al altar y se dirigió a su público:

–No quiero entreteneros. Todos tenemos nuestras obligaciones. Como sabréis, don Fadrique ha tenido que ausentarse de Burgos por problemas que ahora no vienen al caso. Nos hemos visto obligados a buscarle un sustituto y afortunadamente la providencia ha estado de nuestro lado. Seguramente os sorprenderá mi decisión, pero confío en que en poco tiempo seréis capaces de ignorar las obvias dificultades de este nombramiento.

Doña Elvira se volvió hacia sor Inés. La monja, apostada junto al portón, hizo un gesto a alguien que esperaba en el exterior. Todos los presentes se volvieron hacia la entrada. ¿Quién sería el nuevo médico que iba a desconcertarlos? ¿No exageraba la abadesa?

Cuando vieron entrar a Beatrice y María, un murmullo escandalizado invadió el templo: «¡Una mujer!». Ni siquiera los golpes del comendador sobre el altar pidiendo calma consiguieron acallar las voces y los gritos de protesta. La situación estaba a punto de descontrolarse.

–¡Silencio! ¡Silencio! –pidió sin éxito fray Martín.

Pero el alboroto continuó hasta que aquella turba indignada vio entrar a alguien más, un hombre enjuto de mejillas apagadas. Doña Elvira hizo oír su voz por encima del griterío:

–Entrad, don Yagüe. Os aseguro que normalmente estas gentes se comportan como buenos cristianos. Y si no lo hacen tenéis mi permiso para castigarlos como se merecen.

Los freiles, las lavanderas, el bodeguero y el resto sonrieron al comprender que todo había sido una confusión. Los menos bajaron la cabeza, avergonzados de haber dudado del buen tino de la superiora. Solo el comendador permanecía serio, tenso como las cuerdas de un velero en mitad de una galerna.

–Don Yagüe lamentablemente no podrá daros las gracias por esta acogida –dijo, irónica, doña Elvira–. Los sarracenos lo tuvieron preso durante varios años y, a pesar del buen servicio que les prestó curando a sus enfermos durante su cautiverio, antes de concederle la libertad le cortaron la lengua.

Un murmullo de indignación coreó esta revelación.

–Sin embargo, una freila lo conoce desde hace tiempo y será la encargada de hacer de intérprete. Doña Beatrice…

Las lavanderas se miraban atónitas: la abadesa había llamado «doña» a aquella freila. ¿La había puesto a la altura de las hijas de nobles y caballeros? María disfrutó viendo sus caras de espanto. Conocía cómo funcionaba la jerarquía entre las freilas y aquellas que habían agraviado a la siciliana temían que esta estuviera en posición de hacerles pagar sus ofensas pasadas. La aprendiz adivinaba a las más agresivas al borde del colapso. Se regodeó imaginándolas en un futuro cercano humillándose ante Beatrice y ella misma para conseguir su perdón. ¡Qué vuelcos más inesperados daba la vida! Para todos aquellos que habían competido en darle capones, María había dejado de ser una niña en aquel preciso instante. Y todo se lo debía a una persona: su maestra. La miró llena de orgullo.

Sin embargo, Beatrice no parecía feliz con su nueva situación. Daba la impresión de que, si pudiera, se arremangaría las faldas y saldría corriendo sin mirar atrás.

Don Yagüe emitió unos sonidos guturales ininteligibles y se volvió hacia la siciliana. Ella asintió y habló en su nombre.

–Don Yagüe me pide que os diga que a partir de ahora cambiarán algunas cosas.

La reacción de aquella audiencia de estómagos agradecidos era la que cabía esperar: incomodidad ante cualquier cambio que supusiera aumentar su carga de trabajo o ver alterada su apacible rutina.

El galeno mudo farfulló algo más. Beatrice lo miraba, fingiendo memorizar todo lo que decía. Cuando don Yagüe calló, la doctora tomó el relevo para traducir la perorata. Habló de la necesidad de potenciar el huerto de plantas medicinales del hospital, ampliar el terreno cultivado y aumentar la variedad de plantas con semillas y esquejes que la propia Beatrice se encargaría de conseguir en el mercado de herboristas de la ciudad. También sería necesario comprar recipientes de cerámica para preparar y contener los remedios, así como frascos de cristal para examinar la orina de los enfermos…

Un freile enfermero, escuálido y quebradizo como una espiga reseca, fue el primero en quejarse. Se levantó y dirigiéndose al comendador dijo:

–Eso no tiene ni pies ni cabeza. ¿Cristal para ver la orina? ¿Y por qué no copas de plata y oro con nácar y esmaltes? Los enfermos son torpes; muchas veces no tienen ni fuerzas para ir a la letrina y acaban ensuciándose encima…

–Por eso, a partir de ahora, los freiles del hospital deberán ser personas fuertes capaces de cargar a un enfermo sin esfuerzo –respondió Beatrice.

El aludido palideció. Su raquítica constitución lo descartaba automáticamente para el cargo que había desempeñado desde hacía años. Buscó el apoyo del comendador, pero este continuaba mirando al frente, tenso. Era el timonel de un barco a la deriva.

–La orina es una fuente de información para establecer el diagnóstico de un paciente –aclaró Beatrice–. Hay que medir no solo cuánto líquido evacúa, sino también sus cualidades. ¿A qué huele? ¿Tiene espuma? ¿Cómo es de turbio? Con el tiempo se pueden identificar hasta veinte colores distintos. Los recipientes de cristal son precisos para estudiar las capas de sedimentos que se formarán al dejarlo reposar.

La abadesa captó miradas suspicaces entre los presentes. Era imposible que el doctor mudo hubiese dado tantos detalles en su balbuceo de apenas medio minuto, por lo que se sintió obligada a intervenir:

–Como veis, antes de esta reunión doña Beatrice ha tenido ocasión para hablar largo y tendido con don Yagüe sobre los planes de futuro para el hospital. En fin, creo que tiempo habrá para entrar en detalle. Si alguien se siente incómodo con los cambios que han de venir, solo tiene que comunicárselo al comendador y con mucho gusto será enviado a un monasterio montañés para que alcance la salvación eterna mortificando su cuerpo con el frío y el ayuno.

Se produjo un silencio sepulcral. Los congregados sabían que en pocos sitios iban a comer mejor que en el hospital y, por mucho que aumentaran sus tareas, estas nunca se podrían comparar con el duro trabajo en el campo.

La abadesa señaló la puerta, dando por concluida la reunión.

–Que cada uno vuelva a sus quehaceres con mi bendición.

Los freiles, criados, enfermeros, capellanes y el resto del personal desfilaron frente a la abadesa. Inclinaban la cabeza y salían hacia la plaza. Tras presentar sus respetos a doña Elvira, las lavanderas pasaron deliberadamente de largo frente a Beatrice y María.

La muchacha no podía creer que las ignoraran de forma tan evidente. ¿Acaso no habían oído a la abadesa declarar «doña» a la siciliana? Estaba decepcionada. Acababa de descubrir que los estratos más bajos tienen sus mecanismos para incumplir las órdenes con las que no comulgan. Sus sueños de adulación tendrían que esperar.

Doña Elvira fue al encuentro de don Yagüe e hizo un gesto a Beatrice y María para que se unieran a ellos.

–Todo ha ido razonablemente bien. Don Yagüe, no creo necesario recordaros que, si no cumplís el juramento, vuestra familia perderá la casa y las rentas que acordamos. En los próximos meses no faltarán quienes os ofrezcan la luna a cambio de declarar contra mí. La tentación será grande, pero yo en vuestro lugar intentaría resistir. Si reveláis cuál es la naturaleza de nuestro pacto, diré que mentís y sabéis tan bien como yo que perderéis el litigio. Y esta vez ya no tendréis una lengua para cortar. Quizá el verdugo os arranque los ojos.

Don Yagüe asintió. La abadesa extendió la mano y el médico se apresuró a besar su anillo a la misma velocidad con la que obedecería en el futuro cualquier deseo de doña Elvira, por nimio que fuera. Después, la superiora le pidió que la dejara a solas con Beatrice y María.

–He comprometido mi prestigio en esta empresa –les recordó a las dos mujeres–. Espero que estéis a la altura. Si alguien descubre la farsa, no me quedará más remedio que declarar que me engañasteis.

–Pondré mi alma en esta tarea –respondió Beatrice–, pero también debo advertiros que apenas he trabajado en un hospital. En Salerno atendía a mis pacientes en sus casas.

–Por malo que sea vuestro desempeño, no será peor que el de don Fadrique.

El comendador se acercó con un alterado capellán que no paraba de gesticular como si espantara moscas.

–Ilustrísima, entiendo que vuestra intención es inmejorable… Sin embargo, temo que no os hayan asesorado bien. ¿Para qué cambiar algo que funciona?

–Los familiares de los fallecidos no opinan como vos –respondió doña Elvira.

–Si Dios los ha acogido en su seno es porque les ha llegado la hora y ningún médico podría haberlo evitado –replicó el sacerdote.

–Entonces, si conseguimos curar a más pacientes también será voluntad de Dios, ¿no os parece? –lanzó Beatrice.

El capellán la miró, indignado.

–¿Quién sois vos para discutir cuestiones de doctrina?

–No os preocupéis –intervino rápidamente la abadesa–. La gente seguirá muriendo y vos continuaréis oficiando entierros. Y cobraréis por ello.

El ofuscado clérigo se quedó más tranquilo y Beatrice aprovechó para entregar al comendador una nota doblada.

–Don Yagüe me ha encargado que os entregue esta lista con todo lo que necesitaremos.

El hombre echó un vistazo rápido al escrito.

–Algunas de estas mercancías no se encuentran en Burgos ni en ninguna ciudad cristiana. Habrá que comerciar con los infieles.

–¡De ninguna manera! –protestó el viejo capellán–. ¿Y si nos venden algún mejunje que hace que los buenos cristianos se conviertan al islam?

–Si su fe es tan débil no serían buenos cristianos, serían simplemente necios, y en ese caso casi mejor deshacernos de ellos –razonó la abadesa, y volviéndose hacia fray Martín añadió–: Comprad todo lo que os pida el nuevo médico.

El comendador asintió mirando de reojo a Beatrice. Había intuido cuando la conoció que le traería problemas, aunque nunca imaginó que fueran de aquella índole.

—¿En la lista está todo? —preguntó.

—No, falta algo —respondió Beatrice sosteniendo su mirada—. Añadid jugo de adormidera.

La siciliana lo necesitaba para el hospital, pero sobre todo para ella. Desde que había tocado la flor azabache, sentía una comezón insoportable en la mano. Entendía que las lenguas más afiladas del hospital llamasen a doña Elvira «la Rosa Negra»: sus aparentemente inofensivos pinchos se clavaban en lo más profundo de la carne, robaban el sueño e impedían pensar en otra cosa. Era el mismo efecto que provocaba la abadesa en sus enemigos. Sin embargo, ella no manifestaba ningún síntoma. Como una serpiente, era inmune a su propia ponzoña.

Fray Diego había oído hablar de los cambios en el hospital. Al principio no les dio importancia; no era la primera vez que una abadesa destituía a un médico incompetente. Pero, cuando descubrió que el sustituto era un galeno mudo a quien unos sarracenos habían arrancado la lengua, supo que doña Elvira tramaba algo. El sacerdote conocía a don Yagüe de sus viajes al vecino Reino de León. Sabía que nunca había estado preso y que los musulmanes no tenían nada que ver con su mutilación.

Efectivamente, el galeno había ejercido la medicina en Sahagún, donde se había ganado una bien merecida fama atendiendo a los nobles y artesanos que tenían medios para pagar sus servicios. Desde hacía años la ciudad vivía inmersa en disputas constantes con el monasterio real de San Benito, que gracias a su fuero había convertido a los habitantes en vasallos con multitud de obligaciones, desde la imposición de usar el horno del cenobio a la prohibición de vender vino y pescado.

Una noche unos menestrales llevaron a un malherido a la casa de don Yagüe. Aquel pobre hombre había destacado en la crítica a la política del abad y este había enviado a unos facinerosos para que le dieran su merecido, que en su opinión no era otro que un salvoconducto al otro mundo. Antes de expirar, el moribundo hizo jurar a don Yagüe que haría justicia. El médico era amigo de la familia y no pudo negarse. Poco después compareció en el juicio contra el monasterio, donde, como cabía esperar, el tribunal falló a favor del abad. Pero este, no contento con el resultado, exigió que se escarmentara a todos los que habían declarado contra él, entre ellos don Yagüe. La condena no pudo ser más cruel: ablación de la lengua por falso testimonio y pérdida de todas sus posesiones, que pasaron a manos del monasterio.

Mientras recordaba esta historia, fray Diego se dirigía a los aposentos privados de doña Elvira. La abadesa lo había mandado llamar para que la confesara. El clérigo confiaba en resolver el misterio de aquella sospechosa contratación. Estaba decidido a dejar atrás los tiempos en los que permitía que su ilustrísima le regateara los pecados que merecían ser confesados y sus correspondientes penitencias. «Si quiere mi absolución, deberá ganársela humildemente», se repetía el religioso.

Se detuvo frente a la puerta, tomó aire, se santiguó, rogó a Dios que le diera fuerzas y entró en la estancia. Encontró a doña Elvira mirando por la ventana que daba al patio.

—Empecemos —le ordenó la abadesa sin volverse.

—Preferiría que os sentarais —dijo resuelto fray Diego—. Para que la confesión sea efectiva es necesario hacer un examen profundo de la conciencia y me temo que la ventana podría distraeros.

Doña Elvira se volvió, extrañada. En condiciones normales se habría negado, pero hoy precisaba que su confesor fuera especialmente indulgente. La superiora asintió y ocupó una silla frente al sacerdote.

–Perdonadme, padre, porque he pecado –suspiró rutinariamente.

–¿Contra qué mandamiento habéis pecado, ilustrísima?

–He mentido. Aunque la causa lo merecía.

Fray Diego sonrió ante aquella pueril justificación que había oído en tantas ocasiones.

–Mentir nunca es una solución.

–Dejadme acabar –lo interrumpió ella–. He nombrado nuevo médico en el Hospital del Rey.

–Lo sé. Don Yagüe.

Ahora quien sonrió levemente fue ella, anticipando el efecto que tendrían sus palabras en aquel hombre tan poco dado a los excesos.

–No, es una mujer. Una siciliana.

Fray Diego se quedó helado. «¿La intérprete extranjera?», recapacitó. Las piezas iban encajando y su corazón se aceleraba al mismo tiempo que se le secaba la boca.

–De Salerno –precisó la superiora–. Allí es común que las hijas de la nobleza aprendan medicina. Y, si no es común, al menos no es imposible.

–¿Habéis puesto la vida de hombres en manos de una mujer? –exclamó escandalizado el clérigo–. Pero ¿no os dais cuenta? ¡Esto excede con mucho cualquier otro pecado!

–¿Por qué? ¿Creéis que lo hará peor que don Fadrique?

–Por supuesto que no –concedió fray Diego cabeceando–. Pero no se trata de eso...

–Yo creo que sí. Esa mujer trabajaba de lavandera en el hospital y aprovechó para tratar a algunas mujeres. Tenía prohibido entrar en el ala de hombres. Por eso ellos morían como moscas mientras que las mujeres salían por su propio pie.

–¡No podéis mentir en algo así! –insistió el confesor.

–Ya está hecho.

–Tendréis que decir la verdad.

–No, es demasiado tarde.

–En ese caso no obtendréis mi absolución –la amenazó fray Diego.

–No la pretendía.

–Entonces, ¿para qué me habéis hecho llamar? –preguntó el hombre, consciente de que la respuesta no le iba a satisfacer.

–No quiero vuestro perdón, pero necesito vuestro silencio. No podía ni quería ocultaros algo tan importante. Ahora estoy más tranquila.

–¿Tranquila? –dijo el confesor, creyendo vivir una pesadilla–. ¡Estáis en pecado mortal!

–¿Y quién no? –replicó ella sin el menor asomo de pesar.

Fray Diego se levantó indignado. Se dirigió hacia la ventana. Necesitaba ordenar sus ideas. ¿Qué salida tenía? ¿Denunciar la farsa? El secreto de confesión le ataba las manos.

–Tenéis enemigos poderosos… –dijo fray Diego, casi sin aliento–. Lo que no entiendo es por qué los ayudáis a destruiros.

No fue el tono exhausto de fray Diego lo que alarmó a la abadesa, sino la intuición de que manejaba información de la que ella carecía. El confesor siguió hablando de manera paternal:

–He recibido noticias de Roma. El santo padre no ve con buenos ojos vuestra costumbre de confesar a las hermanas ni de predicar la homilía y mucho menos bendecir a las novicias que hacen los votos perpetuos.

–No es una costumbre. Es un derecho que nos asiste desde antes de que este papa se sentara en la silla de San Pedro y…

–¿Y no podríais ser más discreta? –se atrevió a interrumpirla fray Diego.

Aunque doña Elvira sabía que a ojos de su confesor lo que le pedía era un sacrificio menor, para ella suponía una renuncia imposible. ¿Qué debía hacer para ser más discreta? ¿Anularse, callar, acatar, humillarse ante sus críticos? ¿Eliminar todas las aristas de su personalidad para llevar una vida insustancial? Le dolía que fuera precisamente fray Diego quien le pidiera una rendición. Le lanzó una dura mirada y zanjó la conversación del peor modo posible:

–Rezaré diez padrenuestros y diez avemarías. Podéis retiraros.

Lo había rechazado como confesor y consejero. La doble ofensa no sorprendió al clérigo.

–Os lo repito, ilustrísima: estáis jugando con fuego.

La abadesa levantó la mano para mostrarle la antigua quemadura del juicio de Dios, que se resistía a sanar.

–El fuego y yo somos viejos conocidos. No nos tenemos miedo.

CAPÍTULO XVII

Tras ser despedido del hospital, don Fadrique dirigió sus pasos a Toledo, donde la fama de su incompetencia le había precedido, de modo que se vio forzado a regresar a Burgos. Sin perder tiempo, acudió al palacio episcopal para ofrecer sus servicios a quien sabría valorarlos. Sin ahorrar en exageraciones, describió ante don Juan de Lara las medidas impuestas por doña Elvira para disimular las muertes en la hospedería trasladando los fallecidos al hospital, donde él se vio obligado, contra su voluntad, por supuesto, a fingir que estaban vivos cuando, en su cualificada opinión, era evidente que habían sido torturados, envenados, mutilados, eviscerados... El obispo escuchaba con aparente interés. Tenía frente a él una pieza clave de la política de engaño de su rival, un galeno pomposo y vacuo que disfrutaba oyendo su propia voz.

Cuando don Fadrique hizo una pausa para respirar, don Juan de Lara aprovechó para interrumpir su monólogo de afrentas y tormentos:

—Durante mucho tiempo he esperado que la providencia me proporcionara un testimonio de primera mano de las vilezas cometidas por doña Elvira.

—Aquí me tenéis —proclamó don Fadrique, exultante.

—He pagado espías e interrogado a sirvientes hasta acumular muchas pruebas de lo que vos acabáis de relatar.

–Y lo repetiré delante del rey si es preciso.

El obispo sonrió y asintió.

–Gracias a vos, estos años de minuciosa investigación no han servido para nada. –Y levantó ligeramente la voz para repetirlo–: Para nada. –Y la tercera vez que lo dijo ya no había dudas de que estaba furioso–: ¡Para nada!

Don Fadrique reculó confundido.

–Prescindiendo de vos, la abadesa se ha blindado ante las críticas. Vos erais el médico. Si alguien moría era vuestra responsabilidad… Y que conocierais lo que sucedía y callarais no os hace mejor testigo.

–Le temía –farfulló el galeno, temblando.

–Es evidente que no sois valeroso, pero tampoco competente. Desde que habéis abandonado el hospital se han reducido los fallecimientos no solo en la hospedería, sino también en el Hospital del Rey.

–¡Es cosa de brujería! ¿Necesitáis más pruebas de la inmoralidad de esa mujer? –argumentó desesperado el doctor.

–Sí, pero me temo que vos no estáis en posición de proporcionármelas.

Y, con un gesto brusco a su secretario, don Juan dio por terminados la conversación y los sueños de don Fadrique de una vida fácil.

La sala sin nombre del hospital estaba irreconocible. Donde antes se apilaban los cuerpos de los fallecidos ahora había un gran horno. María pasaba el tiempo trajinando entre ollas, alambiques, embudos, cucharones, tarros de loza o incluso de madera de un extraño árbol que los viajeros llamaban «bambú» y que, tapados con tela o pergamino, guardaban los ingredientes más preciados. Allí elaboraba ungüentos, jarabes, tisanas y otros remedios siguiendo escrupulosamente las instrucciones de su maestra.

Había aprendido a preparar licores de hierbas, flores y plantas que no siempre terminaban calentando la garganta de los enfermos. Algunas tardes Beatrice y ella cerraban la puerta y se entregaban a la loable tarea de asegurarse de que aquellas bebidas tuvieran un sabor agradable al paladar y en caso contrario las endulzaban con miel.

Aquel día estaban particularmente alegres tras haber hecho una cata de varios licores indicados para dolencias del riñón.

—¿Por qué en Salerno a las mujeres se nos permite aprender y enseñar medicina?

Beatrice se encogió de hombros.

—Cuando yo nací ya sucedía desde hacía más de cien años.

La siciliana le contó que en el puerto de su ciudad natal coincidían todos los mundos conocidos: el latino, el griego, el hebreo y el árabe. Beatrice veía desde su casa los barcos que llegaban o partían cargados de todo tipo de mercancías, pero también de algo inmaterial y muchísimo más valioso: conocimiento.

—Teníamos médicos de todas las religiones —prosiguió su maestra—. A nadie se le interrogaba acerca de su credo y la Iglesia no se entrometía en la enseñanza.

María creyó llegado el momento de plantear la duda que la rondaba desde hacía mucho y que le había robado no pocas noches de sueño.

—Hay algo que querría preguntaros pero no sé si... —deseaba una respuesta tanto como la temía.

—Habla.

—¿Os llamáis Giuditta? —susurró la joven con prevención, recordando las palabras de la abadesa en el calabozo.

La siciliana suspiró, incómoda. No quería ni podía dejar que el interrogatorio fuera más allá.

—Me llamo Beatrice. Nacida en Salerno. Médico. No necesitas saber más.

Beatrice bebió un considerable trago de licor de hierbas, suficiente para sanar los riñones de media docena de mujeres de su misma complexión, y se lo pasó a la joven, que se limitó a mojarse los labios con aquel alcohol ardiente y perfumado. María estaba mareada. Sin embargo, no quería que su maestra lo advirtiera y redujera la frecuencia de aquellas veladas etílicas.

La muchacha temía haberse pasado de curiosa y Beatrice temía que sus insuficientes explicaciones hubieran creado más dudas de las que habían resuelto. Las dos mujeres se miraron muy serias, como nunca lo habían hecho, hasta que de pronto estallaron en carcajadas. La tensión acumulada y el licor les impedían dejar de reír. Sabían que no tardaría en llegar alguien reclamándoles silencio y, efectivamente, en unos segundos se abrió la puerta y apareció don Yagüe urgiéndolas a mantener la compostura. Sin embargo, ellas redoblaron el volumen de su risa, incontenible y liberadora.

Don Yagüe, ofendido, levantó una mano amenazante. Ambas enmudecieron. Beatrice se quedó lívida, paralizada, y contuvo la respiración. María se interpuso entre el médico y su maestra.

—Atreveos a tocarnos y veréis qué poco tarda la abadesa en daros un castigo que os hará olvidar que no tenéis lengua.

Don Yagüe bajó la mano. Estaba furioso. Furioso por no poder dar un escarmiento a aquella insolente chiquilla que osaba desafiarlo. Furioso por verse obligado a prestar su buen nombre para que una extranjera aplicara tratamientos con los que no podía estar más en desacuerdo. Furioso porque aquellas mujeres podían reír y él ya no recordaba lo que era la alegría.

Don Yagüe había enviado una carta para quejarse a la abadesa. En ella le hacía saber que, a sus ojos, las prácticas de Beatrice en el hospital estaban más cerca de la brujería que de la medicina. ¡Aquella extranjera había exigido que todo el personal y los enfermos se lavaran! Además, el huerto de plantas medicinales se había llenado de especies que él no conocía, lo que equivalía a decir que eran inútiles. Y, para colmo, la siciliana exigía que cada día se peinara a las enfermas y se les elogiara por su aspecto.

A Beatrice no se le escapaba la incomodidad del médico que les servía de protección. Al principio había intentado explicarle con buenas palabras el fundamento de cada una de sus medidas, pero, dado que don Yagüe seguía viéndose a sí mismo dos palmos más alto que el resto de los mortales, acabó perdiendo la paciencia y tratando a su colega como un sirviente con quien era inútil mostrar amabilidad.

Aunque invariablemente la primera reacción de don Yagüe era despreciar todo cuando dijera aquella usurpadora, no era estúpido y, en las horas y días siguientes, reflexionaba sobre aquellas peregrinas ideas. Con el paso del tiempo empezó a apreciar la sabiduría en las lecciones de la siciliana.

Poco a poco, el ritmo de curaciones en el ala masculina se equiparó al de la enfermería femenina. A ello contribuyeron tanto las nuevas técnicas de Beatrice como la supervisión de los casos, que permitió acabar con algunos abusos que habían pasado desapercibidos a los anteriores galenos.

Un día María pasó por delante del lecho compartido por tres cruzados extranjeros que esperaban desde hacía semanas a que su compañero enfermo recobrara la salud. Le extrañó no ver a nadie en la cama. Oyó gritos apagados que venían de las letrinas y se aventuró a descubrir el origen de aquellos misteriosos ruidos. Sorprendió a uno de ellos tapando con la mano la boca de su compañero enfermo mientras un tercero reabría con un cuchillo las heridas de este. María comprendió que los soldados se estaban asegurando su estancia en el hospital alargando artificialmente la recuperación de quien llamaban amigo.

La joven, temiendo ser descubierta, se ocultó en un cubículo, donde la recibió un maullido rabioso. Los cruzados se volvieron alarmados. Dejaron en el suelo a su compañero y se acercaron para investigar. Cuando vieron que María, muerta de miedo, era víctima de los salvajes arañazos de un felino, estallaron en carcajadas. Aunque intentaba apartarlo con patadas y manotazos, una y otra vez volvía a lanzarse sobre ella para morderla y clavarle sus uñas. La joven no entendía el violento comportamiento de aquel animal hasta que descubrió en un rincón unos bultos diminutos que apenas se movían. Eran cachorros. Estaba ante una madre dispuesta a todo por proteger a su prole. Armándose de valor, prefirió salir al encuentro de los dos soldados.

Uno de los hombres metió la mano bajo la ropa de María para palpar sus senos adolescentes. El otro reía cómplice hasta que que, de pronto, cayó desplomado, inconsciente. Su compañero se volvió, sorprendido. Apenas tuvo tiempo de ver lo que se le venía encima. Un grueso tronco le golpeó la mandíbula y le rompió varios dientes, que fueron a parar a los pies de la freila.

María, atónita y cubierta de sangre, vio que su salvador era nada más y nada menos que don Yagüe. El médico se acercó a ella y examinó sus heridas. Farfulló algo que la joven no entendió.

–Gracias –susurró ella.

El hombre asintió e hizo un gesto para que lo siguiera hasta la enfermería, donde le aplicó un ungüento. Aunque lo habitual habría sido avisar a Beatrice, María se dejó hacer. Aquel remedio le escocía, pero le debía a aquel médico amargado la satisfacción de ejercer su oficio sin supervisión. Cuando el galeno terminó de aplicar la pomada, miró a la muchacha y sucedió algo que nunca más se repetiría: don Yagüe sonrió.

CAPÍTULO XVIII

Sentado en el altar junto a otros sacerdotes, fray Diego observaba admirado la iglesia del monasterio, engalanada con cientos de flores blancas para la misa solemne del Espíritu Santo. La maestra cantora trataba de contener sus nervios antes de estrenar la pieza musical compuesta exprofeso para dar lustre a una ceremonia excepcional. No todos los días profesaban tres hijas de la más alta nobleza de Castilla. Las jóvenes novicias, de apenas dieciséis años, vestían por última vez el velo blanco. Las dueñas veteranas habían desplegado su largo velo negro, como solo ocurría en las grandes ocasiones, y se mostraban orgullosas como sombríos pavos reales. Los trajes suntuosos y las joyas de los invitados competían en magnificencia con el nuevo cáliz y el crucifijo del altar. El oro, los esmaltes y las piedras preciosas reflejaban la luz del millar de velas que iluminaban el templo y que habían pagado los padres de las aspirantes, para alivio de la avara sacristana.

El obispo de Sigüenza, amigo de las familias de dos de las postulantes, también se contaba entre los presentes. Se había ofrecido a oficiar la misa, pero, para su sorpresa, doña Elvira había rechazado su propuesta y ahora entendía por qué. Atónito, escuchaba a la abadesa predicando el evangelio. Aunque ya lo habían prevenido, verlo con sus propios ojos le provocaba una mezcla de incredulidad y enojo, la misma que sentían no pocos de los asistentes. Y, a pesar de ello, nadie podía negar que doña Elvira dio un sermón impecable, a ratos brillante.

Recordó a las jóvenes el significado profundo de cada uno de los votos que iban a pronunciar. Aunque les habló brevemente de pobreza y castidad, se detuvo largamente en las maravillas del privilegio de obedecer. «Su voto preferido», pensó con amargura su confesor, sentado junto al resto de los oficiantes.

A pesar de que había llegado el invierno, en el interior del templo hacía calor. El sudor corría por el rostro de las monjas del coro, de los invitados y se diría que incluso de las tallas policromadas de los santos. Las religiosas profesas se tumbaron boca abajo frente al altar con los brazos en cruz. El coro entonó un cántico solemne que loaba la muerte al mundo de las novicias y alababa su resurrección a una nueva vida en Cristo.

La abadesa observaba la escena con mal disimulada satisfacción. El patrimonio que las tres aspirantes habían donado a Santa María la Real era enorme. Además, la reputación del hospital había mejorado hasta el punto de que más de un ricohombre se había presentado a sus puertas solicitando ser atendido como un peregrino o un mendigo más. «Las cosas no pueden ir mejor», pensó la abadesa.

Y entonces sucedió. Cuando el sacerdote invitó a las postulantes a levantarse del suelo, una de ellas no se movió.

Beatrice se acercó al lecho del soldado extranjero. Desde que sus falsos amigos habían sido expulsados del hospital por sus intentos de cronificar las dolencias de aquel compañero, el estado del enfermo había mejorado visiblemente. Aunque fue preciso amputarle un brazo gangrenado, ya no se le oía delirar en aquella lengua extranjera que atraía a Beatrice como los escollos a un navío. El siciliano era su lengua materna. No podía evitar sentir un placer insano al oírla de labios de aquel hombre que había estado tantas veces al borde de la muerte.

Beatrice le dio a beber vino de un cuenco. El hombre abrió los ojos y la miró, confuso.

—¿Estoy muerto? —preguntó en la lengua vulgar del Reino de Sicilia.

—Tanto como yo —respondió ella en latín.

—Por eso os lo pregunto —insistió él, también en latín.

—Estáis vivo y bien vivo —le dijo ella con dulzura—. Y pronto estaréis mejor. ¿Cómo os llamáis?

—Riccardo. ¿Y vos?

—Beatrice.

—No es un nombre castellano. Y vuestro acento tampoco.

—En Burgos se juntan muchos caminos —replicó ella.

Incómoda, Beatrice se alejó para dar de beber a otros pacientes. Se volvió disimuladamente hacia el cruzado, pero Riccardo había cerrado los ojos y parecía sumido en un profundo sueño.

La doctora no vio venir al comendador, que caminaba en su dirección con un saco en la mano. A punto estuvieron de chocar. Fray Martín la esquivó mascullando una maldición y siguió su camino hasta la sala sin nombre. Allí encontró a María preparando un ungüento en un gran almirez.

—Ocupaos de esto.

María lo miró con curiosidad. El comendador dejó caer el saco en el suelo. La muchacha se acercó, pero, al ver movimiento en el interior, se echó atrás.

—¿Son serpientes?

—Comprobadlo vos misma —replicó fray Martín, con gesto adusto.

María apartó la tela y descubrió varias bolas de pelo que temblaban ateridas, reclamando con débiles maullidos el calor de su madre. Eran los cachorros de la gata.

–¿Qué queréis que haga?

–Deshaceos de ellos.

María volvió a mirar a aquellas menudas criaturas. Cerró el saco y salió en dirección al único lugar donde se le ocurría que podía llevarlas: el río.

El tiempo había cambiado bruscamente. El cielo despejado de la mañana se empezaba a poblar de nubes amenazantes y, lo peor, soplaba un viento gélido. La joven se detuvo en la orilla. Los gemidos de los gatitos se habían intensificado, quizá por el hambre y el frío o porque adivinaban su destino.

Solo tenía que dejar caer la bolsa en el agua y la corriente haría el resto. Después podría volver al hospital y seguir con su rutina. Sin embargo, algo le impedía cumplir la orden del comendador. Y no era miedo. O no era solo miedo. Llevaba meses aprendiendo a luchar contra la muerte y ahora se resistía a acabar con la vida de otros seres vivos.

–¡Niña! ¡Niña!

Los gritos de sor Inés, jadeante y corriendo hacia ella, la alarmaron.

–¿Dónde está el médico? –preguntó sin aliento al llegar a su altura.

–En el hospital, supongo.

–Tenéis que venir –dijo, intentando recuperar el resuello–. Don Yagüe, esa tal Beatrice y vos.

–¿Yo?

–Lo ordena la abadesa. Os espera en la iglesia.

–No puedo –dijo, y la voz se le quebró–: tengo que…

Sor Inés reparó en la bolsa, que había quedado a escasos centímetros del agua. La abrió y al ver a los cachorrillos comprendió la inquietud de la joven. La corpulenta religiosa ató el saco y lo lanzó con destreza al río. María observó con un nudo en la garganta cómo la tela se hundía lentamente.

La religiosa la agarró de la mano y tiró de ella con fuerza.

–No sintáis lástima por ellos. Habrían crecido y, si un día hubieran tenido que sacaros los ojos por la raspa de una sardina, lo habrían hecho. Los gatos son como las personas.

Los nobles invitados a la ceremonia de toma del velo habían formado corrillos frente a la iglesia. Se propagaban rumores para todos los gustos que trataban de explicar el comportamiento de la novicia. Había partidarios de atribuirlo al calor, a la socorrida intervención de Satanás o, los malpensados, a un nuevo caso de envenenamiento. Todos recordaron la muerte de don Manrique y su esposa apenas tres años antes. La ilustre concurrencia vio pasar frente a ellos a sor Inés con don Yagüe, a quien algunos ya conocían, y dos pasos más atrás a Beatrice con María.

Los guardias que custodiaban la puerta de la iglesia les dejaron entrar. En el interior, las flores blancas pisoteadas y las velas apagadas daban testimonio del esplendor de la ceremonia que se había visto truncada abruptamente. Doña Elvira estaba sola con la infortunada novicia, que sollozaba, hecha un ovillo en el suelo, junto a un charco de vómito.

La abadesa pidió a sor Inés que saliera. La monja no hizo ningún gesto que delatara lo mucho que le dolía ser excluida. Desde que la superiora había ridiculizado su extravagancia de teñirse el pelo, se mostraba extraordinariamente sumisa en todo y buscaba hacerse perdonar un pecado que solo existía en la cabeza de la dueña.

–Perdió el conocimiento –explicó doña Elvira–, y desde que se ha despertado no para de llorar.

–¿Es posible que se haya arrepentido de tomar los votos? –planteó Beatrice.

–Examinadla –ordenó la abadesa para no tener que responder más preguntas.

Beatrice se agachó junto a la enferma, pero doña Elvira la reprendió con vehemencia:

—¡Vos no! ¡El médico!

Beatrice se incorporó y don Yagüe se arrodilló junto a la novicia. Mientras el hombre tomaba el pulso a la chica, Beatrice y María examinaron la naturaleza del vómito. La doctora tuvo una intuición. Se acercó a la chica y le secó las lágrimas con la manga de su vestido. A continuación le cogió la mano como una amiga y sonrió al comprobar que la joven se calmaba. Entonces se inclinó sobre ella y le dijo algo al oído. De pronto la novicia la miró con ojos desorbitados, temblando. La siciliana no necesitó nada más.

Regresó junto a la abadesa y le anunció:

—Está embarazada.

La superiora apretó los dientes. Asintió y pidió que la dejaran a solas con la joven.

Cuando Beatrice, María y don Yagüe salieron al patio, todas las cabezas se volvieron hacia ellos. Don García, un hombre corpulento vestido de terciopelo y oro, se acercó al médico con el gesto descompuesto.

—¿Qué tiene mi hija?

Don Yagüe se giró hacia Beatrice, pero la siciliana, metida en su papel, calló en espera de que el médico elaborara un diagnóstico que ella pudiera traducir. El mudo farfulló un par de frases sin sentido y a continuación la miró, pasándole el testigo.

—Lamentablemente, el doctor no lo sabe —sentenció la siciliana.

El padre de la novicia miró al médico con desprecio y don Yagüe hizo lo propio con Beatrice, molesto por haber quedado como un incompetente. Esta cadena de miradas despectivas se rompió cuando la abadesa salió de la iglesia arrastrando del brazo a la novicia.

–¡Preñada! –gritó para que todos la oyeran–. ¡Queríais engañarnos a todos, pero el Señor ha visto vuestra vileza y os ha castigado ante los ojos de toda Castilla! Habéis mancillado el buen nombre de nuestro monasterio con vuestra lascivia.

La abadesa la empujó violentamente. El viento agitaba la larga cola de su velo como un látigo. La joven cayó a los pies de su familia. Los padres permanecían mudos, con el rostro enrojecido por la vergüenza y la rabia.

–Tened a vuestra hija, don García –escupió doña Elvira–; este no es lugar para gente como ella. Ha deslucido un día glorioso para nuestro monasterio y para la vida de religión de dos de sus compañeras. No es digna de Santa María la Real.

Finalmente, el padre reunió fuerzas para hablar:

–Vuestro médico podría estar errado...

Doña Elvira clavó sus ojos negros en aquel hombrecillo.

–Nuestro médico podrá errar con la carne, pero el pecado de vuestra hija es del alma.

La abadesa se abrió paso ignorando las miradas escandalizadas de los poderosos de Castilla. No se dio cuenta de que, aunque el sol seguía brillando, había comenzado a nevar.

CAPÍTULO XIX

Beatrice, María y don Yagüe caminaban en silencio sin prestar atención al manto blanco que empezaba a acumularse sobre los tejados. Las dos mujeres no podían olvidar la expresión de terror de la novicia al ver descubierto su secreto. El médico, en cambio, no podía olvidar la mirada de desdén del padre de la joven cuando Beatrice lo acusó de no tener un diagnóstico.

–¿Qué creéis que le pasará? –preguntó María a su maestra.

–Nada bueno. Supongo que volverá a su casa. O su padre la encerrará hasta que muera.

–¿Y a él?

–¿A él? –preguntó Beatrice, aunque intuía a qué se refería.

–Sí, al hombre que la ha asaltado.

Beatrice se detuvo.

–¿Cómo sabes que la han violado? –inquirió alarmada.

–Está embarazada, ¿no? –respondió convencida.

–Pero podría ser que se hubiera acostado con el padre de buen grado.

María la miró atónita.

¿Era una broma? Aquello no tenía sentido. No le cabía en la cabeza que una mujer voluntariamente se prestara a satisfacer los deseos de… No, no, de ninguna manera.

–Eso no puede ser –replicó.

–¿Por qué no? –dijo Beatrice, conteniendo la risa–. Yacer con un hombre puede ser muy placentero. O atroz.

María se quedó cavilando.

–¿Y de qué depende? –se decidió a preguntar.

–A veces es cuestión de suerte.

Al llegar al recinto del hospital, el doctor seguía enfurruñado. Se dirigió a sus aposentos, los más lujosos solo después de los del comendador. Beatrice y María continuaron hasta la enfermería para una última ronda de visitas antes de retirarse al dormitorio común de las freilas.

María se quedó petrificada al reconocer a uno de los enfermos en el ala masculina. A Beatrice también le sorprendió ver en la cama de Riccardo a un nuevo inquilino. Las dos mujeres se acercaron. María ya no tuvo ninguna duda: el nuevo paciente era su padre.

Don Pedro de Alarcón estaba inconsciente. Tenía el rostro horriblemente hinchado y restos de sangre seca por el cuerpo y la ropa. El tabique de su nariz describía una curva imposible. Su estado habría movido a la compasión a cualquiera, excepto a su hija.

Sabía que se había arruinado tras desafiar a doña Elvira en el célebre juicio de la reliquia. Para recuperar su posición lo fio todo a heredar el patrimonio de Cristina, su hija viuda. No podía permitirse el lujo de que la joven se recuperara y legara sus bienes al monasterio. Por eso la mató, sin saber que previamente Cristina había redactado un testamento en el que no se mencionaba a su padre. Hacía años que don Pedro malvivía en las calles de Burgos como un mendigo más.

Riccardo se incorporó ufano en el lecho cuando vio acercarse a Beatrice con María.

–Seguís vivo –dijo la siciliana con una sonrisa.

–Culpa vuestra –respondió él con alegría.

–Del médico, querréis decir –lo corrigió Beatrice.

–Tengo algo para vos.

El hombre sacó de debajo de la almohada una tosca flor hecha con miga de pan amasada pacientemente. A Beatrice se le escapó una carcajada cristalina.

–Pero… no debéis desperdiciar el pan. Tenéis que comer para reponeros.

–¿Hay mejor alimento que vuestra sonrisa? –celebró el soldado.

Beatrice enrojeció y miró de reojo a su alumna.

–¿Quién es vuestro compañero? –preguntó la doctora, impaciente por cambiar de tema.

–Ha llegado así. Todavía no ha dicho nada.

Beatrice examinó aquel rostro deformado, ignorando que estaba ante el hombre que más odiaba María.

–Ve a buscar a don Yagüe –le ordenó–. Esta fractura debe de dolerle.

–Me alegro.

Beatrice se volvió, extrañada.

–No merece que movamos un dedo para ayudarlo –insistió la muchacha–. Es mi padre. Y es un ser odioso. Vi con mis propios ojos cómo mataba a mi hermana.

Beatrice suspiró y asintió con gesto grave. Cogió a la joven de la mano y la llevó a un lugar donde nadie pudiera oírlas.

–¿Quieres decir que fue él quien la envenenó?

María la miró perpleja. ¿Por qué le hablaba de venenos?

–¡No! Le tapó la boca y la nariz hasta que la asfixió.

Beatrice asintió, pensativa.

–Nosotras no podemos decidir quién merece nuestra ayuda y quién no –le explicó, midiendo sus palabras.

–¿No habéis oído lo que hizo? –protestó María.

Su maestra asintió.

–Y, aun así, te pido que vayas a buscar a don Yagüe para que pueda examinarlo y calmar su dolor.

María no podía creerlo. ¿Beatrice pensaba atenderlo?

—Los médicos no podemos jugar con la vida de nuestros pacientes —le explicó la siciliana—. Eso solo lo pueden hacer Dios y el rey. Si quieres seguir aprendiendo, irás a buscar a don Yagüe. Pero, si lo más importante para ti es ver sufrir a ese hijo de mala madre, me estarás demostrando que no eres digna de mi tiempo. Decide. Y rápido.

María, con los ojos al borde de las lágrimas, habría querido golpear a su maestra. Se sentía traicionada. ¿No la había curado cuando llegó medio muerta al hospital? ¿Acaso no la había defendido de los celos y la ignorancia de las freilas? ¿Por qué ahora no podía ponerse de su parte en un asunto tan terriblemente doloroso para ella? ¿Por qué la obligaba a elegir entre su necesidad de hacer justicia y su amor por aquel arte que acababa de descubrir?

La muchacha dio media vuelta sin decir nada. Beatrice la observó alejarse cabizbaja, con los dientes apretados, mientras asumía que su maestra le había dado la primera lección con la que no estaba de acuerdo. La doctora suspiró, sin darse cuenta de que de sus manos caía una lluvia de migajas a medida que la flor de pan se deshacía entre sus nerviosos dedos.

—¿De veras queréis hacerme creer que no estabais al tanto de los devaneos de la hija de don García? —dijo doña Elvira, furiosa, caminando de un lado a otro en sus aposentos.

—Os lo aseguro, ilustrísima —respondió sor Inés, y su voz sonó desesperada—. ¿Cómo iba a encubrir algo así?

—Mal arreglo tiene esto —concluyó la abadesa—. Si lo sabíais y me lo ocultasteis, me habéis traicionado. Y, si no sabíais nada, me habéis hecho un pobre servicio y tendré que pensar que no estáis a la altura de vuestro cargo.

Sor Inés, muy tensa, no pronunció palabra. Sus ojos acuosos lo decían todo. Doña Elvira le indicó la puerta.

–Si queréis llorar, id a vuestra celda.

La monja hizo una reverencia y salió conteniendo la respiración para no importunar más a la superiora. Le dolía el pecho, pero todavía más le dolían las palabras de aquella mujer por quien estaba dispuesta a dar su vida.

La abadesa se acercó a la ventana para tranquilizarse, pero la providencia quiso que viera a fray Diego dirigirse a la iglesia de Santa María. Su furia creció hasta niveles que le eran desconocidos. Se echó un manto sobre los hombros y salió al pasillo mascullando maldiciones contra el sexo masculino.

Cuando doña Elvira entró en la iglesia, fray Diego estaba tomando confesión a una dueña mientras otras dos esperaban su turno. Sin pensárselo, la abadesa se dirigió a la religiosa que se estaba confesando, la agarró por el brazo y la obligó a levantarse.

–Sea lo que sea que hayáis hecho, estáis absuelta.

Y, haciendo la señal de la cruz en el aire, la conminó a salir con un enérgico movimiento de cabeza.

Las otras religiosas la miraban atónitas. La abadesa se volvió hacia ellas.

–Vosotras también. A menos que hayáis matado o robado del cepillo, quedáis limpias de pecado. Y ahora volved a vuestras celdas para meditar sobre la virtud de la discreción.

Las mujeres se apresuraron a abandonar el templo, aunque resultaba menos probable que obedecieran la orden de ser discretas.

Doña Elvira se sentó frente al sacerdote.

–¿Queréis confesaros? –le preguntó él, conciliador.

–He pecado –comenzó doña Elvira–. He pecado porque no he querido ver.

La abadesa cerró los puños. Estaba furiosa consigo misma. Inspiró profundamente, tratando de calmarse. No quería que la rabia le impidiera cumplir su deber.

–He dejado que hagáis y deshagáis con esas jóvenes y no he sabido protegerlas como una madre –dijo finalmente doña Elvira.

–No os entiendo –mintió el confesor.

–Yo creo que sí. Juradme por Dios, nuestro Señor, que no sois el padre del hijo que espera esa desgraciada.

La evasiva del clérigo no la sorprendió:

–¿Me pedís que atente contra el segundo mandamiento? ¿Pretendéis que tome el nombre de Dios en vano? –exclamó él, escandalizado–. ¿Habéis hablado con ella?

–¿Para qué? Mentiría para protegeros creyendo que así se protege a sí misma.

–¡Me acusáis sin pruebas! –protestó con vehemencia el clérigo.

–Os he visto demasiadas veces rondando la celda de las novicias.

–Son jóvenes. Tienen dudas y necesitan que alguien las reconforte...

–¿En el lecho?

–¡Nunca he hecho nada indigno! –insistió, con todas las venas del rostro palpitando por la tensión.

La abadesa cabeceó decepcionada.

–Y lo peor es que estáis convencido de vuestra inocencia. Es difícil pecar cuando no se ve la ofensa a Dios.

–Os repito que...

–No es necesario –lo interrumpió doña Elvira–. No puedo imponeros una penitencia porque excede mis atribuciones, aunque os prohíbo que os acerquéis a las jóvenes profesas, estén tristes o alegres. Si necesitan que alguien las consuele, que se dirijan a su maestra de novicias. No es tan compasiva como vos, pero al menos no las dejará encintas.

La cocinera lo buscó y rebuscó por toda la cocina, en la

alacena, incluso dentro de la gran olla en la que hervía permanentemente el caldo para calentar el estómago de los enfermos. No tuvo éxito. Su cuchillo favorito no apareció. Resignada, informó al comendador con la vaga esperanza de que comprara otro igual en el próximo mercado, aunque lo único que consiguió fue una severa amonestación por no cuidar mejor las propiedades del hospital.

Mientras tanto, en la enfermería de hombres, don Pedro de Alarcón se recuperaba de sus heridas. María, que finalmente había aceptado cuidarlo, se consolaba pensando que su nariz rota le condenaría a respirar con dificultad hasta el fin de sus días. El hijodalgo venido a menos seguía compartiendo lecho con Riccardo, el cruzado manco al que Beatrice visitaba con mayor frecuencia que al resto de los pacientes. El soldado siempre tenía un regalo para ella. Las flores de miga de pan dieron paso a canciones en su lengua materna, que la doctora fingía escuchar con desinterés, aunque era evidente que aceleraban su pulso y le traían a la memoria momentos infelices. A pesar de ello, la siciliana no rehuía el amargor de esos recuerdos.

—La herida cicatriza bien —le anunció Beatrice—. Pronto el doctor os enviará a vuestra casa.

Por la expresión de su cara, se diría que Riccardo había recibido la peor de las noticias.

—¿Y no podéis hacer nada para retrasar mi partida? —preguntó en tono lastimero.

Beatrice sonrió nerviosa.

—¿Qué queréis? ¿Que os amputemos el otro brazo?

—Lo prefiero a dejar de ver vuestro rostro cada mañana.

Beatrice se sonrojó y bajó la cabeza, incapaz de sostenerle la mirada.

Una sonora ventosidad alargada con pericia de virtuoso rompió la magia del momento. Don Pedro soltó una carcajada, satisfecho de la hazaña de su vientre. La caída en desgracia del hijodalgo, más la mala vida en las calles y los golpes recibidos en la cabeza, le habían borrado no ya cualquier rastro de educación, sino incluso de inteligencia.

—¡Malnacido! ¡Juro que te mataré! —gritó el siciliano, aunque solo consiguió que su compañero de cama riera con más ganas.

Beatrice se alejó sin percatarse de que sus pies arrastraban inexplicables virutas de madera que se habían acumulado a los pies del camastro de los dos hombres.

La doctora fue a buscar a María a la sala sin nombre. La encontró enfrascada en la preparación de varios elixires.

—La mujer del carnicero está bastante mejor —anunció Beatrice.

—¡Si llegó más muerta que viva! —exclamó atónita la aprendiz—. ¡Parecía que no iba a durar más de una semana!

—Es lo que esperaba ella. Y sobre todo su marido, que ya estaba haciendo planes para casarse con su vecina. Pero la convencí de que lo que tenía era una simple calentura.

—Vos misma dijisteis que el exceso de bilis negra la iba a consumir —recordó María, intentando encontrar una lógica a aquella prodigiosa recuperación.

—Sí, los efluvios habían llegado a su mente y le habían nublado el entendimiento. Todo era oscuro, todo le daba miedo… Su melancolía la estaba arrastrando a un pozo profundo. Pero yo le quité importancia a sus problemas y le dije que si ponía de su parte pronto podría volver a su casa con su marido.

—¿Y no la purgasteis con eléboro negro?

—No.

—¿La engañasteis y por eso se ha curado? —preguntó María, confundida.

—Si ha mejorado, no se puede decir que le mintiera —planteó Beatrice, y añadió con humor—: Lo que la ha curado son las ganas de fastidiarle un nuevo matrimonio a su esposo.

Las dos rieron.

—Hay que ser muy prudente con lo que sale de nuestra boca, porque la palabra de un médico puede ser el más poderoso de los remedios. Con una palabra podemos salvar o hundir la vida de una persona.

María no le contaba a su maestra que cada tarde se escapaba del hospital procurando no llamar la atención, aunque frecuentemente se viera obligada a inventarse excusas al límite de lo verosímil. Sin embargo, corría el riesgo porque por nada del mundo quería faltar a esas citas. Antes de salir se contemplaba en el reflejo de los frascos de cristal de la botica, se arreglaba el vestido y se pellizcaba las mejillas. A veces, como hacían Beatrice y sor Inés, se colocaba flores en el cabello, que después cubría con el velo. Aunque nadie las viera, ella sabía que las llevaba y la hacían sentir más hermosa. Después se escabullía por la puerta de atrás y recorría el corto trecho que la separaba del cementerio. Allí se entretenía arrancando las malas hierbas o limpiando la humilde cruz que señalaba la tumba de su hermana. Le contaba sus progresos como sanadora y los chismes del hospital, aunque nunca le hablaba de su padre.

Un día, cuando María ya se despedía, tuvo un encuentro que la estremeció de la cabeza a los pies. Vio a la gata del hospital vagando por la orilla del río, cerca del punto donde sor Inés se deshizo de sus cachorros. De pronto el felino volvió la cabeza y sus miradas coincidieron. Tristes, solas, sin esperanza. María pensó que a ambas las unía el dolor por la pérdida de lo que más habían querido. Fue un instante fugaz. Después cada una siguió su camino orgullosamente, preguntándose si la otra se habría dado cuenta del pavor que inspiraba en su rival.

Cuando la muchacha regresó al hospital, Beatrice se ofreció

a hacer la última cura a su padre. María se lo agradeció, aliviada. Don Pedro no ocultó su alegría al ver acercarse a su lecho a la siciliana. Esta se concentró en su trabajo hasta que sintió que le manoseaba las nalgas y se apartó bruscamente.

—¡No volváis a ponerme una mano encima! —amenazó a don Pedro.

—Perdonad, vuestra excelencia —respondió socarrón—. Me he dejado llevar. No volverá a ocurrir.

Beatrice se acercó nuevamente para acabar la cura. Sin embargo, al cabo de pocos segundos volvió a sentir las manos de aquel hombre recorriendo su cuerpo por encima de la ropa.

—¡Dejadme! —gritó rabiosa, y echó a correr para ponerse fuera de su alcance.

El alboroto despertó al cruzado, que sesteaba en aquella misma cama, y también atrajo la atención de María.

Cuando la doctora se volvió hacia don Pedro, este la miraba, sí, pero aterrado. Un cuchillo le presionaba el cuello y un hilillo de sangre le bajaba por el pecho desnudo. Riccardo se había hartado de compartir lecho con aquel indeseable y parecía más que dispuesto a cortarle el pescuezo. El hijodalgo estaba lívido. El cruzado reprendía a aquella mala bestia en su lengua extranjera y, aunque ni María ni don Pedro entendían sus palabras, el filo del arma era más que elocuente. Sin embargo, Beatrice no estaba dispuesta a dejar que nadie defendiera su virtud.

—¡Soltadle! —exigió al siciliano con la misma rabia con la que antes había reprendido a su atacante.

Riccardo la miró, confundido.

—No dejaré que este miserable…

—Es asunto mío —lo interrumpió Beatrice—. Os ruego que bajéis ese cuchillo.

El extranjero obedeció, mascullando expresiones poco amables con las mujeres. La doctora se acercó a don Pedro con una sonrisa que desconcertó a su agresor. Se inclinó sobre él, poniendo los pechos al alcance de sus manos. Por un momento, sus labios parecieron dispuestos acariciar las mejillas del antiguo caballero.

María no daba crédito a lo que veía. Don Pedro murmuró algo ininteligible y, tras unos instantes, la siciliana se apartó y se dirigió a la botica. María se fijó en la expresión de su padre. Estaba aterrorizado.

La joven corrió tras su maestra en busca de una explicación. La encontró sirviéndose licor de hierbas.

—¿De qué habéis hablado?

—Le he preguntado si envenenó a tu hermana y a tu cuñado. Lo ha negado.

—¿Y le creéis? —preguntó María, escéptica.

—Le he advertido que durante semanas lo hemos estado tratando con pócimas que impiden que su miembro vuelva a endurecerse y que, si me mentía, seguiría así hasta el final de sus días. Incluso cuando creyera que la sangre fluiría hasta sus vergüenzas solo ocurriría en su imaginación, porque el resto del mundo únicamente vería un ridículo pingajo colgándole entre las piernas. —Beatrice apuró el licor de un trago y suspiró—. Respondiendo a tu pregunta, sí, le creo. Porque él me ha creído.

Don Pedro fue encerrado en las mazmorras por orden expresa de la abadesa. Aunque todas las versiones coincidían en que había sido el principal culpable, el papel de Riccardo estaba menos claro y, mientras que algunos lo presentaban como defensor de la freila, otros creyeron ver en él un cómplice. En cualquier caso, lo que estaba fuera de toda duda era que el cruzado siciliano tenía en su poder el cuchillo que había desaparecido de la cocina y que merecía un castigo por ello.

El comendador le ordenó que abandonara el hospital. Una

freila le entregaría sus ropas. El siciliano no esperó a que estas llegaran, apartó la manta y puso sus pies descalzos en el suelo. Vio entrar a Beatrice y, sin preocuparse por cubrir su desnudez, se dirigió hacia ella dedicándole un último canto en la lengua que los unía. Era una alegre canción que entonaban los marineros de su tierra para dar las gracias a los grandes atunes que entraban en las trampas de red que se extendían a lo largo de centenares de metros en mar abierto. Un canto de agradecimiento y de muerte que a él lo llevaba de vuelta a su tierra y a Beatrice al infierno. El resto de los peregrinos, mendigos y pacientes escucharon atónitos aquellas estrofas.

Al pasar junto a la doctora, el cruzado deslizó algo en sus manos. Ella se sobresaltó como si la hubiera alcanzado un rayo. Una freila llegó con la ropa de Riccardo. Este se vistió sin dejar de cantar a pesar de las protestas de los enfermos más graves, que parecían preferir la sinfonía habitual de toses y arcadas a aquellas notas que hablaban de majestuosos peces, de sangre y de sal. Finalmente, tras hacer una gran reverencia, el siciliano se fue, llevándose con él algo más que su música. Solo entonces Beatrice se atrevió a mirar lo que le había regalado: una tosca figurita de madera.

Beatrice se refugió en la sala sin nombre con los ojos brillantes. A María le sorprendió su gesto nervioso, su mirada huidiza, su respiración entrecortada.

–¿Ha ocurrido algo? –preguntó.

Beatrice negó. Estaba helada, aunque el sudor le empapaba la ropa. Se acercó al gran horno para calentarse y dijo:

–Nunca te encariñes con un paciente. Así evitarás la tentación de demorar su cura para retenerlo a tu lado.

María la miró confusa. ¿A qué venía aquello? Y aún entendió menos que su maestra lanzara al fuego una preciosa sirena de madera con dos colas que las llamas consumieron con avidez.

CAPÍTULO XX

Las dueñas y las freilas, los sirvientes, los canteros y los maestros encargados de la construcción del nuevo templo de Santa María la Real inclinaron la cabeza a la llegada de los reyes, acompañados por su hija mayor, Berenguela, los obispos de Burgos y Sigüenza y un nutrido séquito de nobles, clérigos y dignatarios procedentes de toda Castilla y Toledo. Fray Diego acompañó personalmente a Alfonso y Leonor a la vieja iglesia mozárabe, donde los esperaba doña Elvira, arrodillada en un almohadón de terciopelo rojo, con la larga cola de su cogulla extendida, iluminada por haces de luz que se filtraban por las ventanas y convergían en su cabeza, impidiendo a los visitantes verle el rostro. Algunas lenguas maliciosas la compararían tiempo después con una mantis de dimensiones grotescas.

El coro atronó con un cántico que loaba la generosidad y la piedad de los soberanos. La abadesa, sin levantar la mirada, ofreció ceremoniosamente al rey una llave de plata del monasterio. Alfonso la recibió con la misma desgana que si fuera una hogaza de pan negro y la entregó displicente a su mayordomo.

—Hemos venido a ver las obras de la nueva iglesia —dijo Alfonso con impaciencia.

La brusquedad del monarca no sorprendió a nadie. Doña Elvira se incorporó y, con una sonrisa amable, se ofreció a hacerles de guía. Aunque la abadesa puso todo su empeño en resaltar los avances en la construcción, Alfonso miraba a su alrededor con nulo interés.

Sin embargo, antes de poder plantear el tema que lo había llevado allí, Berenguela aprovechó que el rey se había separado del grupo para abordarlo:

—Mi hermana Mafalda ha partido ya para León —le anunció su hija con evidente nerviosismo.

—Sabíais que está prometida con el primogénito de vuestro antiguo marido.

—¿Y qué pasará con mi hijo Fernando? Sigue en León.

—En este momento lo único que me preocupa es la paz con nuestros vecinos. Si para ello debemos sacrificar las posibilidades de que vuestro hijo herede el trono de mi primo, habrá valido la pena.

—No me preocupa que no sea rey, pero me quita el sueño lo que le pueda ocurrir —dijo Berenguela, dejándose llevar por el pánico—. ¿No os dais cuenta? ¡Mi hijo se convertirá en un estorbo para Mafalda y mi hijastro! Son ambiciosos, lucharán por ser los próximos reyes de León. Y vos sabéis tan bien como yo qué poco vale la vida de quienes son obstáculos para conseguir una corona.

—¡No me martiricéis con esos temores de vieja! —la regañó su padre—. Dais más vergüenza que lástima.

—No me importa lo que penséis que mí —gritó Berenguela, incapaz de contener las lágrimas—. Pero traed a mi hijo a Castilla, conmigo. Os lo ruego. Y, si para ello tengo que avergonzaros delante de estos ilustres señores —señaló a la comitiva que los observaba a corta distancia—, lo haré.

Berenguela inició el gesto de arrodillarse, pero su padre la agarró con fuerza del brazo y se lo impidió.

—¡Está bien! Vuestro hijo volverá a Burgos.

Berenguela intentó contener su alegría. Sin embargo, no pudo evitar sonreír como una plebeya.

–Gracias, señor.

Alfonso estaba furioso, aunque admiraba la determinación de su hija. Por supuesto que le desagradaba la facilidad con la que su primogénita se dejaba llevar por la emoción y, sin embargo, veía en ella una mujer fuerte, mucho más digna que su gélida madre. Pero la conversación había agotado su paciencia. Se adelantó hasta donde la abadesa representaba el papel de devota sirvienta de Dios para terminar cuanto antes la visita.

–Si vuestras excelencias lo desean, podemos seguir hasta la nueva sala capitular. Veréis la altura que…

–Venid conmigo –le ordenó el rey, que, anticipándose a sus protestas, remarcó–: Ahora.

Sin perder la beatífica sonrisa de las grandes ocasiones, doña Elvira siguió al monarca sabiéndose blanco de todas las miradas. Sin embargo, cuando vio que se unían a ellos la reina y el obispo de Burgos, comprendió que se trataba de una encerrona.

–¿Era necesario que humillarais a don García delante de toda la corte? –le preguntó Alfonso.

–¿Habríais preferido que dejara que se extendieran nuevos rumores de envenenamiento? Ahora el pecado recae solo sobre esa novicia desagradecida y no sobre nuestra comunidad. ¿Acaso habría sido mejor callar y encerrarla en un calabozo?

–Existían otras soluciones –deslizó la reina–. Podríais haberla enviado a otra abadía o darle cobijo en alguna de las posesiones del monasterio. Opciones no faltaban.

–La mentira no está entre mis defectos –replicó la abadesa, áspera.

–A veces es una virtud –intervino don Juan de Lara.

–En vuestro caso no lo pongo en duda –respondió con lengua afilada doña Elvira.

El rey no estaba dispuesto a que la situación desembocara en un intercambio de dardos dialécticos. Intentó reconducir la conversación:

–La cuestión es que con vuestro proceder habéis agraviado a una noble familia, una de las principales aliadas de la Corona, y parecéis olvidar que nosotros somos vuestro principal apoyo.

–No os necesito –dijo desafiante.

–¿Cómo podéis decir eso? –rugió don Juan, indignado.

–Me basta la ayuda de nuestro Señor todopoderoso. Soy como vos.

–En eso os equivocáis. Yo soy obispo.

–Una cuestión menor –replicó la abadesa.

–Y un hombre –intervino la reina.

–Quizá vos lo veáis como tal. Yo no –contestó doña Elvira con una ceja enarcada.

El rey captó el veneno que destilaban esas palabras. No era la primera vez que oía comentarios insidiosos sobre su esposa y el obispo, pero en aquel instante solo le preocupaba la deriva insolente de doña Elvira.

–¡Basta! –zanjó el monarca–. Le prometí a don García que castigaría al canalla que deshonró a su hija.

–Me ocuparé personalmente de que reciba el escarmiento que merece –dijo la abadesa.

–Que pague con su vida –exigió el rey.

Doña Elvira le sostuvo la mirada y respondió sin vacilar.

–Con su vida.

Apenas dos días después, el cielo parecía que iba a desplomarse sobre la ciudad de Burgos. Una ventisca apocalíptica amenazaba con derribar todo lo que encontrara a su paso y, sin embargo, a pesar del aire helado, la nieve y la prematura oscuridad de la tarde, los habitantes de la ciudad abandonaban en tromba la protección de las murallas en dirección a Santa María la Real. Nadie quería perderse el espectáculo.

Fray Diego, como tantos otros, cruzó la reja del monasterio maldiciendo aquel frío que quemaba en los pulmones. Una multitud ya se había congregado en el patio. El portero había dejado el portón abierto por orden de la abadesa. Todo Burgos debía ser testigo. Doña Elvira había ordenado ir en busca de fray Diego a la villa donde visitaba a unos parientes, aunque el mensajero no había podido explicar al confesor el motivo de tanta urgencia.

El clérigo seguía dándole vueltas hasta que, tras la cortina de nieve, le pareció atisbar un cadalso dispuesto para una ejecución. El verdugo comprobaba el nudo de la soga. El público se arremolinaba alrededor. Fray Diego sintió la boca seca. El corazón le dio un vuelco cuando descubrió entre los jinetes de la primera fila a don García junto a su hija, también a caballo. Tenía las mejillas amoratadas y el labio reventado. La novicia lo miró con horror anticipado y el confesor sintió un escalofrío. Los comentarios que oyó entre las freilas y los curiosos disiparon cualquier duda sobre lo que iba a suceder: la abadesa pretendía lavar el honor de aquella joven de pocas luces ahorcando al hombre que la había desvirgado.

El sacerdote temía que de un momento a otro lo prendieran los guardias cuando oyó a alguien decir su nombre:

—¡Fray Diego!

Era don Fadrique, que luchaba por acercarse dando codazos a la gente e incluso estocadas con su pequeño puñal de marfil a todo aquel que se interponía entre él y su última esperanza de ser rehabilitado.

—¡Os lo ruego, interceded por mí! ¡A vos su ilustrísima os escuchará!

La gente seguía entrando a la ya abarrotaba plaza. Don Fadrique trató de apartar con su puñal a un hombre corpulento que en lugar de amilanarse le dio un manotazo que envió el arma al suelo. Fray Diego advirtió cómo el médico se agachaba para recuperarla, aunque enseguida fue arrastrado por la marea humana y le perdió de vista.

La nieve no dejaba ver qué ocurría más allá de la verja hasta que de pronto una figura espectral rasgó aquel tapiz blanco y obligó a la multitud a abrir un pasillo para dejar pasar a un caballo negro al galope. Algunos, creyendo ver un ánima en pena, se postraron de rodillas sobre el suelo helado y elevaron una plegaria al cielo. Pero la mayoría no pudo apartar los ojos de aquel magnífico animal ni del bulto que arrastraba atado con una soga. Era un hombre.

Fray Diego sintió una mano agarrándole del brazo con fuerza sobrehumana. No era uno de los guardias, como había temido en un principio, sino sor Inés, que con un gesto le indicó que debía acompañarla.

El gentío elucubraba sobre la identidad de aquel cuerpo semidesnudo y ensangrentado a los pies de la caballería. Algunos lo reconocieron, a pesar de sus facciones desfiguradas y sus miembros descoyuntados. Era don Pedro de Alarcón. Fray Diego oyó atónito cómo este nombre pasaba de boca en boca entre el público mientras se dejaba llevar por sor Inés, que apartaba a empellones a todos aquellos curiosos hasta que alcanzó la segunda reja del monasterio. Una vez allí, lo condujo a las habitaciones privadas de la abadesa.

—¿La hija de don García ha confesado que ese fue el hombre que abusó de ella? —preguntó, desconcertado, el confesor a doña Elvira.

—Ya os dije que no pensaba hablar con la chiquilla. No podemos creernos nada de lo que salga de su boca. Y, por lo que sé, la chica ha sabido ser discreta, a pesar de que su padre se ha empleado a fondo para sonsacarle el nombre del responsable de su deshonor. Pero estaba claro quién debía pagar por este crimen. Don Pedro de Alarcón no merecía mi confianza ni nuestra hospitalidad. Justo es que purgara sus pecados.

Fray Diego se santiguó con alivio poco cristiano.

—Es una pena que ya esté muerto —suspiró doña Elvira, santiguándose también—. El verdugo me aseguró que resistiría. Toda esta gente esperaba ver un ahorcamiento en condiciones. Tendrán que aguardar a mejor ocasión.

Abajo, en el patio, un grupo de freilas del Hospital del Rey entró corriendo. Se les escapó una exclamación de decepción al comprobar que habían llegado al final del espectáculo. Las últimas en entrar fueron Beatrice y María. El verdugo estaba desatando el cadáver de don Pedro del corcel que lo había arrastrado por las orillas del Arlanzón y se preguntaba si valía la pena aprovechar la horca para colgar los despojos.

La niña reconoció al reo de inmediato. Impresionada, se cubrió la boca con ambas manos. Beatrice le pasó un brazo por los hombros para reconfortarla.

—Siempre es doloroso perder a un padre, aunque no merezca ese nombre —susurró la siciliana.

María negó con la cabeza mirando a su maestra y replicó con la gravedad de alguien diez años mayor:

—Me habría gustado ser ese caballo.

De pronto un griterío las hizo volverse.

Don García acababa de caerse de su montura. Beatrice se acercó. El hombre tenía la tez muy roja y el cuerpo se agitaba, víctima de violentas convulsiones. Al inclinarse sobre él, percibió el inconfundible olor a almendras amargas del cianuro.

CAPÍTULO XXI

Leonor había enviado a sus damas fuera de sus habitaciones para poder comentar con más tranquilidad con el obispo la escandalosa muerte de don García. Sin embargo, don Juan de Lara la había sorprendido con un regalo de un gusto exquisito: un juego de ajedrez de marfil y obsidiana trabajado por manos de artesanos que había hecho venir a Burgos expresamente de todos los rincones de Europa. Leonor, deslumbrada, acariciaba en sus manos una de aquellas delicadas piezas: el rey blanco.

—No debería aceptarlo.

—¿Acaso no os gusta?

—Por supuesto que sí. Pero ¿qué explicación daré a quien pregunte de dónde ha salido?

—Con vuestras rentas, os sobra oro para comprar este y mil juegos de mayor precio.

—Lleváoslo —dijo, nerviosa.

El obispo de Burgos sonrió. Se acercó lentamente y con suavidad le quitó de las manos la figura del rey.

—Lo encargué pensando en vos y solo vuestra alteza lo debe poseer.

El prelado tomó del tablero la figura del alfil, un espléndido obispo cuyas facciones recordaban a las de don Juan. Colocó la pieza en la mano de la soberana y aprovechó para deslizar la punta de sus dedos por la delicada muñeca de la inglesa.

–¿Conocéis las reglas? –preguntó con intención.

–Por supuesto –replicó Leonor–. Y no me gusta perder.

–En eso coincidimos. Será un problema. Uno de los dos deberá aprender a ceder…

Leonor sentía la respiración del obispo muy cerca. Los ojos vivaces de aquel hombre la miraban invitándola a jugar, aunque no sobre aquel tablero taraceado de nácar y plata. La tentación de abandonarse era grande. Nunca había sentido ese deseo de…

La abrupta entrada de su marido, borracho como un vulgar carretero, la sacó de sus fantasías. Tras el rey, vio asomar por la puerta las cabezas de sus damas, inquietas por no haber sabido impedir la irrupción del monarca.

Alfonso tropezó con una silla y casi arrancó el tapiz al que se agarró para no caer. Se echó a reír y comenzó a aplaudir.

–¿Por qué no me aplaudís? ¿No os hago reír?

–Nunca me atrevería a reírme de vos –respondió Leonor.

–No es lo que he oído –dijo Alfonso.

Don Juan, alarmado, cruzó una mirada nerviosa con la reina.

–Quien os haya dicho otra cosa miente –contestó el prelado educadamente.

–Y en ese tema vos sois un maestro, ¿no? –replicó con intención el rey. Miró alternativamente a su mujer y a aquel hombre, a quien despreciaba tanto como a ella–. Ya lo veo. Siempre al servicio de la reina.

El monarca se fijó en el juego de ajedrez. Vio que faltaba una pieza. La reina se apresuró a dejar el alfil sobre el tablero y Alfonso lo tomó en sus manos. Examinó con detalle aquel obispo de marfil y le pareció que todo el reino se burlaba de él.

–¡Largo! –gritó Alfonso, furioso.

La reina y don Juan se miraron sin entender quién debía abandonar la estancia. El rey se volvió hacia don Juan y repitió la orden:

–¿No me habéis oído? ¡Quiero que os vayáis!

–Por supuesto –dijo el prelado.

Ofreció su anillo a la reina para que lo besara. Cuando repitió la acción con Alfonso, el monarca lo apartó de un manotazo.

–Os conozco desde antes de que fuerais un lisiado –escupió–. Sois obispo gracias a mí. Os salvé de ser el hazmerreír de la corte.

–Estáis ebrio –intervino Leonor, asustada.

–¡Pero no ciego! –replicó, volviéndose rápidamente hacia ella.

Don Juan dejó las habitaciones de la reina con gesto grave, esforzándose como nunca en disimular su cojera. Le dolía abandonar a Leonor con aquel hombre en semejante estado, pero no estaba dispuesto a poner en riesgo su posición. El soberano no había mentido: él lo nombró obispo y él podía despojarle de la mitra.

–¿Por qué le habláis así? –le recriminó su esposa a Alfonso cuando se cerró la puerta.

–Porque intriga a mis espaldas. Como vos.

–Yo nunca haría nada que os pudiera perjudicar –protestó Leonor–. ¿No os dais cuenta de que soy vuestra mejor aliada? Mi suerte está ligada a la vuestra, quiera o no quiera. Mi mayor deseo es ser recordada como una gran reina, pero para eso es necesario, imprescindible, que vos seáis un gran rey. Quiero que mi marido sea alabado en todos los reinos cristianos como el caudillo del ejército que acabó con el dominio sarraceno más allá de…

Los vapores del alcohol impedían al rey pensar con claridad. Leonor seguía parloteando como una gallina asustada. El instinto de Alfonso le decía que no era el único gallo de aquel corral y se rebeló furioso contra esa idea humillante. De repente agarró a su esposa por la cintura y la miró fijamente. La reina sintió muy cerca su respiración, como antes había sentido la del obispo. Pero la de su marido olía a vino y a sudor de otra mujer. Alfonso le dio la vuelta, la empujó violentamente contra la pared y, colocando una mano en su nuca, mantuvo su rostro apretado contra las piedras del muro mientras le levantaba torpemente las faldas. Ella toleró sus embestidas con asco.

Cuando el rey terminó, la apartó con la misma brusquedad con la que la había poseído. Leonor intentó retomar la conversación como si ese acto tan violento no hubiera tenido lugar:

–Podéis contar con mis rentas para lo que necesitéis –dijo la soberana–. Las caballerías de arqueros turcos tuvieron mucho que ver en la rota de Alarcos. Podríais adelantaros a los musulmanes y contratarlos vos.

–¡No he venido a hablar de la guerra!

–Entonces, ¿para qué os habéis presentado en mi habitación borracho como un porquero? –protestó ella.

–Porque si no me hubiera emborrachado no habría venido –replicó, caminando tambaleante hacia la puerta.

Sor Inés se retorcía las manos, impresionada por el estado de tribulación en el que se había sumido su señora. Doña Elvira había volcado una silla y una arqueta, desparramando lacres y pergaminos por el enlosado. Beatrice había sido llamada a los aposentos de la abadesa y trataba de explicar en qué basaba su diagnóstico de lo ocurrido a don García.

–Aunque el cianuro huele a almendras amargas, para algunas personas es inodoro. Por desgracia, don García pertenecía a ese segundo grupo. No podemos saber si el vino procedía de su casa o…

–¡Ha muerto en nuestro monasterio! –la interrumpió la abadesa, a quien los detalles no podían importarle menos–. ¡Todo Burgos lo ha visto! No hay quien pueda tapar el escándalo. En la calle ya se dice que pretendo que la viuda y la hija de don García tomen el velo para quedarme con sus tierras.

—Es normal que el asesino se beneficie de sus acciones y en este caso todo apunta a vos —dijo la siciliana con tranquilidad.

Sor Inés se quedó atónita, boqueando como un pez fuera del agua. Doña Elvira se volvió lentamente hacia la doctora, sin poder creer que hubiera pronunciado aquellas palabras. Evidentemente le había dado demasiada libertad y por eso se permitía hablar con semejante descaro.

—¿Sugerís que alguien está matando para hacerme parecer culpable? —le preguntó directamente.

—Es una posibilidad.

—¡Qué horror! —exclamó sor Inés.

Doña Elvira se sentía acorralada. Don García no era un cualquiera. Su asesinato requería que alguien cargara con la culpa. Sus candidatos eran sus enemigos declarados: la reina y el obispo de Burgos. Apoyó las manos en la mesa y bajó la cabeza para que nadie pudiera leer su rostro.

Por pura supervivencia, tenía que librarse de ambos o, a ser posible, lograr que alguien lo hiciera por ella.

Gracias a la fortuna que doña Elvira había invertido en la compra de los mejores caballos de Castilla, la noticia de la muerte en León de la infanta Mafalda llegó en solo dos días a Santa María. El mensajero oficial del reino vecino tardaría todavía media jornada más en entregar la carta con la nueva a los padres de la difunta, Alfonso y Leonor. La abadesa contaba con varias horas de ventaja. Era consciente de que debía medir cuidadosamente sus pasos. Su comportamiento era examinado por todos, amigos y enemigos, y a veces costaba diferenciarlos.

Se dirigió al castillo real, en el cerro de San Miguel, sin séquito, sola, aparentemente inofensiva. Pero la abadesa no era la única visita de la reina. El obispo de Burgos también había ido a verla para sonsacarle qué había pasado en sus aposentos tras su marcha semanas atrás. La reina se limitó a responder que lo que ocurría en su alcoba debía permanecer al margen de su alianza.

—Mi mayor deseo es que Alfonso llegue a ser un gran rey. Pero ya es tarde para hacer de él un buen marido —se limitó a decir Leonor.

El obispo dio un paso hacia ella y la inglesa lo frenó con un gesto enérgico.

—Vuestra intención es buena, pero nunca permitiré que nadie pueda decir que no fui una buena esposa.

—Sois la mujer más fascinante que he conocido jamás.

—No soy una mujer. Soy la reina —sentenció ella.

En el pasillo, las damas de la soberana hacían guardia para evitar que nadie importunara a su señora mientras charlaba con don Juan de Lara. Cuando vieron aparecer a la abadesa de Santa María, todas a una se levantaron de sus sillas y formaron con sus cuerpos un muro infranqueable.

—Dejadme pasar —les exigió doña Elvira—. ¿No sabéis quién soy?

—La reina está descansando.

—Tengo que darle una noticia —insistió.

—Dádnosla a nosotras y se la trasmitiremos.

Entonces las carcajadas de la reina y el obispo resonaron en el corredor. La abadesa sonrió satisfecha.

—Tenéis razón. Veo que he llegado en mal momento.

Doña Elvira dio media vuelta y dirigió sus pasos hacia el despacho del mayordomo real para pedirle una audiencia con el rey. Sin embargo, el azar quiso que se encontrara con Alfonso, que salía de una tensa reunión con los embajadores de León en la que también había participado la infanta Berenguela.

—Esos castillos son míos por derecho —reclamó la primogénita al soberano.

—No los deis por perdidos.

—Decidme una cosa, ¿se los habéis entregado a mi hermana Mafalda como dote?

Alfonso no contestó y Berenguela entendió cuál era la respuesta. Al ver que doña Elvira se acercaba a ambos, no protestó; padre e hija se tensaron. Nada bueno podía salir de aquella inoportuna visita.

—¿Qué hacéis aquí? —quiso saber el rey.

—Cumplir una misión que me llena de dolor —dijo doña Elvira con la gravedad que la situación requería—. Ha llegado un mensajero de León.

—¿Al castillo? —dijo, extrañado, Alfonso.

—No, al monasterio. Uno de mis comisionados se ha adelantado para darme una noticia. Una mala noticia.

Berenguela contuvo la respiración. ¿Se había opuesto Alfonso de León a dejar marchar a sus hijos? ¿Les había ocurrido algo en el camino?

—¡Hablad, por Dios! —le exigió Berenguela, a quien la espera la estaba matando.

—Es la infanta Mafalda. Ha sufrido un accidente y lamentablemente ya no se encuentra entre nosotros.

Berenguela respiró aliviada y poco le faltó para sonreír. Su padre permaneció tenso, aunque parecía más preocupado por las implicaciones políticas de aquella muerte que por la pérdida de una de sus numerosas hijas.

—¿Lo sabe la reina? —preguntó con gesto grave.

Aquí la abadesa vio la oportunidad que había estado esperando:

—No me ha sido posible comunicárselo. Sus damas no me han permitido verla. Parece ser que el obispo de Burgos la mantiene ocupada.

La mirada furiosa del rey anticipaba la tragedia. El veneno del comentario de la abadesa en su última visita al monasterio había tenido tiempo para hacer efecto. Evidentemente, la reina veía al obispo como un hombre y aquello convertía indefectiblemente a Alfonso en un cornudo. Sin decir nada, el rey dejó atrás a las dos mujeres y echó a andar por el pasillo.

Cuando llegó a los aposentos de la reina, sus damas no se atrevieron a impedirle el paso, como habían hecho con la abadesa, y en cuatro zancadas estuvo frente a la puerta. Se oían las carcajadas de un hombre y una mujer.

Alfonso irrumpió en la habitación. Sorprendió al obispo haciendo una declaración a la reina.

—«... no creas que me abstengo de amarte...» —leía don Juan de un pergamino.

El rey, rojo de ira, le arrancó la hoja de las manos.

—¿Cómo os atrevéis? Ahora sois un hombre de Iglesia.

Alfonso lo empujó violentamente y don Juan cayó de bruces. La reina se dirigió a su marido.

—¡Por Dios! Me estaba leyendo un poema. Un ridículo poema que escribió Guillermo de Bergadá hace ya quince años. Vos lo conocéis tan bien como yo.

Leonor le arrebató el pergamino a su marido y leyó:

—«Tú, señora, noble y gentil reina, emperatriz, no creas que me abstengo de amarte; por el contrario, digo abiertamente que soy tu hombre, abiertamente y con abandono». ¿No lo recordáis?

La explicación no había conseguido aplacar la rabia real y, por supuesto, el monarca no estaba dispuesto a aceptar que sus celos le habían jugado una mala pasada.

—Nuestra hija Mafalda ha muerto —dijo de repente.

La reina dio un paso atrás mientras el obispo intentaba ponerse en pie apoyándose en su pierna sana.

—Mafalda —murmuró la reina.

–No sé exactamente cómo. Un accidente, parece ser –añadió Alfonso.

–Eso da lo mismo –dijo la inglesa, intentando recuperar el control sobre sí misma y su marido–. Lo importante es organizar unas exequias a vuestra altura. Es una pena que todavía no esté terminada la nueva iglesia de Santa María la Real. Quizá no fue una buena idea convertirla en panteón real antes de que...

El rey la observaba atónito.

–¿Tan poco os importa la vida de vuestros hijos?

La soberana se dirigió hacia el rey con mirada de hidra.

–No os consiento que pongáis en duda el amor que profeso a mis hijos. Quizá no lo demuestre a vuestro gusto ni al de ellos, pero han salido de mi cuerpo, son mi propio ser y, cuando muere alguno, una parte de mí se apaga para siempre. Sin embargo, del mismo modo, cada nacimiento me llena de vida y... pronto seremos padres de nuevo.

Alfonso y el obispo miraron a la reina perplejos.

–Estoy embarazada.

El rey sentía que la sangre le hervía. Miró a su esposa y al obispo alternativamente.

–¿Cómo os habéis atrevido? –bramó airado.

–¡El hijo es vuestro! –protestó escandalizada Leonor–. Por muy ebrio que estuvierais, no podéis haber olvidado lo que pasó aquí mismo. Deberíais dar gracias a Dios. Nos quita a una hija, pero nos da un nuevo...

No pudo terminar la frase porque Alfonso la agarró por el cuello con ambas manos para no seguir escuchándola. Leonor no podía respirar. Don Juan, desesperado, se acercó renqueando, ignorando el dolor de su pierna.

–¡La vais a matar, por Dios!

–Haría un favor a la cristiandad.

–¡Soltadla! –le ordenó el prelado.

Don Juan forcejeó con el rey, sin importarle el rango, hasta que consiguió que la liberara. Leonor se deslizó hasta el suelo entre toses y ronquidos agónicos.

Alfonso los miró a ambos con desprecio. Después, consciente de la locura que había estado a punto de cometer, bajó la cabeza y salió de la estancia.

El prelado, espantado, se inclinó sobre Leonor para ayudarla a levantarse. La reina rechazó bruscamente el contacto de sus manos.

—¡Dejadme sola! ¡Fuera! —gritó con toda la fuerza de sus pulmones.

No podía soportar que el obispo la viera así, humillada, vulnerable, humana.

Don Juan de Lara abandonó la cámara arrastrando su dolorida pierna. En aquel momento fue consciente de que su deformidad era mucho más llevadera que el matrimonio de aquella mujer, a quien, más allá del deseo, había empezado a amar tanto como a sí mismo.

CAPÍTULO XXII

Los restos de la infanta Mafalda llegaron días después del deceso. El cadáver había sido lavado con vinos preciados, vestido con ricas vestiduras y amortajado con lienzos blanquísimos sujetos con imperdibles para que su alma no pudiera regresar a su cuerpo.

Doña Elvira ordenó colocarla en un ataúd de madera con dos forros: uno de suave y fina piel y otro de paño rojo con galones. La abadesa desistió de mandar esculpir un sepulcro en piedra dada la imposibilidad de que los artesanos pudieran tenerlo listo para las exequias. Al fin, optó por una sepultura sencilla, confiada en que en el funeral su verbo sabría adornar aquella piedra hasta convencer a los asistentes de que estaban ante la tumba más digna del reino. La superiora había oído, como toda Castilla, las coplillas y habladurías que corrían de boca en boca burlándose de los amoríos entre la reina y don Juan de Lara.

El deseo de venganza del monarca no se había apaciguado. Durante muchos días, el rey estuvo meditando el castigo que merecían su esposa y el prelado. Finalmente encontró la penitencia adecuada. Don Juan de Lara fue el primero en recibir noticias de Alfonso. El soberano quería hacerle daño donde más le doliera, en su orgullo, y para ello mandó a su mayordomo al palacio episcopal.

—Debéis entregar al monasterio de Santa María la Real la

iglesia más rentable de cuantas posee vuestra diócesis –anunció el enviado real al obispo.

–¿El rey quiere premiar a doña Elvira a mi costa? –preguntó, atónito, don Juan.

–Solo os trasmito las palabras de mi señor.

–¿Y si me niego?

–¿Es preciso que os responda? –se limitó a decir prudentemente el jefe de la casa real.

Por supuesto, don Juan sabía la respuesta. No obedecer implicaba entrar en una guerra con la Corona que terminaría irremisiblemente con su destitución.

La abadesa aceptó el magnífico regalo sin disimular su alegría. No precisaba tener delante al obispo para imaginar su humillación. Sin embargo, el escarmiento reservado para la reina dejó a doña Elvira un regusto amargo.

Alfonso envió a sus guardias a las habitaciones de la reina. Allí se apoderaron de todos los escritos, ya fueran cartas, libros de horas o crónicas sufragadas por Leonor para glorificar su paso por este mundo. A continuación, los enviados reales visitaron a todos y cada uno de los cronistas, escribientes u hombres doctos con los que la reina se había relacionado. Registraron sus bibliotecas y escritorios. Requisaron todo pergamino donde estuviera estampado el nombre de la reina de Castilla y Toledo. La misma suerte corrieron muchos diplomas y documentos custodiados en el archivo del monasterio de Santa María la Real y que doña Elvira entregó sin oponer resistencia.

Los escritos confiscados, fueran laudatorios o no, acabaron en una hoguera en la plaza del mercado de Burgos. El pueblo llano se regocijó del espectáculo de las llamas, que levantaron una inmensa nube de humo que Leonor pudo ver desde la ventana de sus habitaciones, donde estaba recluida. Todos sus esfuerzos por pasar a la posteridad como una gran reina habían sido en vano. Alfonso, el rey de Castilla y Toledo, la había condenado al olvido. Pasaría a la historia como una soberana gris, anodina, insustancial. Otra mujer ignorada.

En los días previos al funeral se agotó toda la seda negra de la ciudad y de las villas a dos días de camino de Burgos. Sor Inés acompañó a la sacristana al mercado para intentar hacerse con alguna otra tela acorde con el boato exigido. Acudieron a una vendedora que presumía de tener buenos contactos con los reinos musulmanes, de donde traía tejidos extraordinarios que se hacía pagar a precios de otro mundo. También comerciaba con hierbas, remedios e incluso cerveza, que había aprendido a elaborar en la bodega de su propia casa. Aunque se había quedado viuda y tenía suficiente patrimonio como para no necesitar salir a la calle nunca más, se decía que para ella el negocio era más una diversión que una fuente de ingresos y por este motivo no eran pocos los que la miraban con desdén, como a una prostituta que vende su cuerpo por placer y no por un plato de legumbres.

La sacristana se prendó de un tejido tan delicado y a la vez recio como una fina lámina de mercurio. Cuando la vendedora le dijo el precio, la dueña exclamó escandalizada:

−¿Habéis perdido la cordura? ¡Incluso la mitad es demasiado!

Las protestas de la sacristana no impresionaron a la comerciante.

−Cuando queréis, bien que encontráis los sueldos −dejó caer con malicia.

−¡Falso! −replicó la monja, fuera de sí, mientras tiraba al suelo la mercancía expuesta.

Sor Inés se vio obligada a agarrar a la anciana para alejarla. En los últimos tiempos las dolencias de la sacristana se habían cebado más en su espíritu que en su cuerpo. Disfrutaba de una notable vitalidad para su edad, aunque su memoria y los frenos que la razón impone al deseo se habían debilitado hasta el punto de que, en no pocas ocasiones, se la había visto reír a carcajadas con los mozos de cuadras antes de la misa.

Empezó a lloviznar. Quizá por el efecto del agua o los minutos de paciente escucha, la navarra consiguió tranquilizar a su compañera y pudieron continuar con las compras. Sin embargo, cuando la sacristana se volvió hacia el puesto de tejidos y vio cómo la vendedora entregaba a don Fadrique la pieza que la había enamorado, su cólera se reavivó. Le dio un codazo a sor Inés para que también fuera testigo de la afrenta.

–¡Le ha vendido la tela por un tercio de lo que me ha pedido a mí!

Cuando la navarra miró, don Fadrique se alejaba ya con el tejido y unas hierbas que también había adquirido. La sacristana, ofuscada, salió en dirección hacia la comerciante lanzando todo tipo de improperios. Afortunadamente, sor Inés llegó a tiempo de retenerla con sus poderosos brazos. Las gentes disfrutaban del espectáculo de una monja deseando toda suerte de desgracias a las partes pudendas de la parentela de la mercader. La aludida devolvía los insultos, aunque sin tanto ingenio, bien es cierto.

La sacristana solo calló cuando sor Inés, más que harta, la lanzó con fuerza a un charco de agua y orines.

–¡Solo hay una cosa peor que ser una vieja loca! ¡Y es parecerlo!

Largas telas marcaban el paso del cortejo fúnebre de la infanta. A ambos lados se habían dispuesto las mejores plañideras del reino. De sus entregadas gargantas salían magníficos elogios a las virtudes de Mafalda mezcladas con endechas y plegarias, paganas y cristianas.

Villanos, hijosdalgo, peregrinos y mendigos se apretujaban

tras los soldados que debían mantener la vía expedita para el paso de los invitados a la misa. El rey Alfonso fue de los primeros en llegar a Santa María la Real junto con sus consejeros y altos dignatarios, todos a lomos de caballos negros. El obispo de Sigüenza acudió escoltando al de Burgos. Don Juan de Lara no podía excusar su presencia en la misa, en parte por la relevancia de la difunta y en parte porque media docena de oficiales del rey se habían presentado en el palacio episcopal y le habían ordenado que se pusiera sus mejores galas para acompañarlos al cenobio.

En el interior de la iglesia, doña Elvira vestía sobre el hábito blanco su habitual rosa negra y un larguísimo manto de seda negra cuajado de pedrería. Esperaba junto al sencillo sepulcro de piedra de la infanta como un cuervo sorprendido en el nido con las alas desplegadas, exhibiendo los reflejos azulados de su plumaje y los objetos brillantes producto de sus rapiñas. Los últimos días la abadesa los había dedicado a preparar un sermón especialmente dedicado a don Juan de Lara. Había pensado cada una de sus palabras, cada uno de sus gestos, para que la humillación penetrara de forma lenta pero firme bajo la piel del obispo y le carcomiera la carne y los huesos hasta convertir en una tortura insoportable el simple hecho de respirar el mismo aire que ella.

Solo faltaba la reina. De pronto el rey Alfonso ordenó a sus soldados que cerraran las puertas y urgió al obispo de Sigüenza y al arzobispo de Toledo a que diera comienzo la ceremonia. Los presentes se revolvieron en sus asientos e intercambiaron miradas de incomodidad. ¿Leonor no estaría presente? Fray Diego buscó la mirada de doña Elvira para averiguar si ella estaba al tanto de lo que estaba ocurriendo. La abadesa mantenía la vista fija en un punto al fondo de la sala, inexpresiva, aunque su confesor creyó ver un casi inapreciable temblor en la comisura de sus labios.

Afuera, las gentes observaban la llegada de la reina, acompañada por sus damas, todas de riguroso luto. Era la primera vez que la soberana se presentaba en público tras el escándalo del que hablaba todo el mundo. Ella también había ensayado su puesta en escena. Digna: así quería que la describieran al día siguiente en los corrillos de la plebe y en los pasillos de los palacios. Se hacía acompañar por Berenguela, radiante desde que sus hijos habían regresado de León. La alegría en los ojos de la primogénita y su permanente sonrisa hacían que, por comparación, el gesto grave de su madre ganara en aflicción sin necesidad de recurrir a las siempre vulgares lágrimas.

Al mayordomo de Leonor le sorprendió ver la puerta del templo cerrada. Se acercó a hablar con los guardias que la custodiaban para exigir que la abrieran mientras su señora y sus damas se apeaban de las monturas. Las voces airadas del mayordomo alarmaron a la soberana:

–¡Es la reina! –protestó vivamente el jefe de la casa de Leonor, pero los guardias se encogieron de hombros.

El mayordomo volvió junto a la soberana para trasmitirle las malas noticias: el rey había ordenado que nadie, ni siquiera ella, entrara en el templo.

Leonor sintió que los ojos se le inundaban de lágrimas. Contuvo la respiración y se concentró en reprimirlas antes de caminar con determinación hacia aquellos soldados y ordenarles con la autoridad heredada de su larga genealogía de testas coronadas:

–¡Abrid, miserables!

Los guardias no se movieron. Las damas de compañía se acercaron para exigir lo que creían un derecho irrenunciable de su señora.

En el interior del templo, los gritos de aquellas mujeres competían en volumen con las palabras de los concelebrantes. El obispo de Sigüenza y el arzobispo de Toledo se vieron obligados a subir el tono para apagar las voces de aquellas nobles poco acostumbradas a que su voluntad no se tuviera en cuenta. Al escucharlas, resultaba difícil recordar que habían gozado de una refinada educación.

Se acercaba el momento del sermón de la abadesa. El coro cantaba una pieza tristísima que acongojaba a todos los que presumían de tener corazón. La superiora oyó a la reina lamentarse a través de la puerta cerrada mientras alguno de sus acompañantes golpeaba la hoja con impotencia.

—¡Soy su madre! ¡Soy su madre!

El arzobispo de Toledo se volvió hacia la abadesa para darle paso en la ceremonia, tal como habían negociado previamente. Doña Elvira inspiró profundamente, dispuesta a vivir su instante de gloria. Se fijó en el rostro encendido por la inquina de don Juan de Lara. El rey lo miraba también, saboreando el último acto de la venganza contra su esposa y su supuesto amante.

—¡Soy su madre! —volvió a gritar la reina al otro lado de los muros.

La abadesa se levantó y se acercó al altar para hablar a los asistentes, pero, de pronto, se santiguó bruscamente y corrió hacia la sala de reliquias. Quizá fueron las notas de desesperación en la voz de la inglesa, quizá el pánico escénico a predicar ante la corte de Castilla y Toledo, aunque no se detuvo allí.

Salió al pasillo que llevaba a una puerta lateral de la iglesia y, ya en el exterior, vio a Leonor arrodillada junto a la puerta principal mientras los soldados trataban de mantener al margen a sus furibundas damas. La abadesa quiso recoger su larguísimo velo de seda, pero ante la dificultad de la empresa se desprendió de él, lo dejo caer y se dirigió hacia la soberana.

—Entrad por aquí, señora —le dijo, señalando la puerta por donde ella había salido.

La reina levantó la cabeza. Llorando de rabia, se apresuró a incorporarse.

–¿Ha sido idea vuestra? –la acusó Leonor.

–De ninguna manera. Estoy desobedeciendo las órdenes de vuestro marido.

–¿Y por qué lo hacéis?

–Porque es de justicia. En esto el rey se equivoca.

La soberana, Berenguela y sus damas no daban crédito. ¿Aquella medio judía estaba nadando a contracorriente para ayudar a una mujer que la detestaba?

Fray Diego y sor Inés también salieron. Mientras se acercaban, oyeron a la abadesa tratando de convencer a la reina de la sinceridad de sus intenciones.

–Ilustrísima –se atrevió a intervenir el clérigo–. Os espera todo el mundo para vuestra prédica.

–Enseguida. Adelantaos y buscad un sitio para su majestad y su séquito –ordenó la abadesa.

El confesor y la monja se miraron preocupados.

–El rey ha dicho… –se atrevió a decir sor Inés.

–¡Me da lo mismo lo que haya dicho! –replicó doña Elvira, cortante–. Nadie tiene derecho a privar a una madre de asistir al funeral de su hija.

–Esto podría acarrearos consecuencias, ilustrísima –le advirtió fray Diego–. Escuchadme, por favor.

–No hay nada que escuchar. Si me equivoco, que me juzgue Dios.

Doña Elvira mantenía sus penetrantes ojos negros fijos en la reina. Leonor lamentó no haber heredado de su madre la intimidante mirada de acero.

–Entrad, señora, os lo ruego –repitió la abadesa.

La inglesa parecía dudar.

–Vamos, madre –intervino Berenguela, tomando de la mano a sus hijos y adelantándose para penetrar en el templo.

Leonor detuvo a sus damas con un gesto enérgico antes de que siguieran a su primogénita y finalmente respondió a doña Elvira:

—No quiero deberos nada.

La soberana añadió algo más en un tono inaudible. Sin embargo, el movimiento de sus labios fue lo bastante elocuente para que la abadesa entendiera sus palabras.

Leonor y sus damas montaron en sus caballos y emprendieron el regreso al castillo. Berenguela se volvió para observar una vez más a la abadesa, convencida de que era una mujer singular y no solo porque al haberse desprendido de la capa, con su resplandeciente hábito blanco, era la única que no vestía de luto.

CAPÍTULO XXIII

Sor Inés se había encargado de recoger el manto de seda negra cuajado de piedras preciosas. Había vuelto a colocarlo sobre los hombros de doña Elvira cuando esta regresó al templo, a tiempo para la prédica. A la navarra se le saltaron las lágrimas en la iglesia escuchando aquel elocuente sermón lleno de imágenes bellísimas. Quienes tuvieron la suerte de no conocer a la insufrible infanta volvieron a sus casas convencidos de que había fallecido la más angelical de las niñas; que Dios, incapaz de esperar por más tiempo para tener a su lado una criatura tan deliciosa, había anticipado la muerte de Mafalda y ya ambos debían de gozar de su mutua compañía en las campiñas celestiales.

Habían pasado varias horas desde la espléndida actuación de la abadesa. Sor Inés, en la alcoba de su superiora, doblaba con mimo el manto de seda para guardarlo en el arcón junto a otras piezas de su vestuario litúrgico.

Sobre la mesa estaban dispuestas la jarra y la copa favoritas de la superiora, dos piezas de oro macizo con vistosos caracteres árabes que habían suscitado no pocas dudas sobre si resultaban apropiadas para una servidora de Dios. Doña Elvira se había negado a traducir los textos por temor a que encerraran algún mensaje del Corán que le impidiera seguir disfrutando de aquellas indiscutibles obras maestras. Sor Inés vertió vino en la copa para que la abadesa no tuviera que hacer el menor esfuerzo cuando llegara a sus aposentos. El perfume del alcohol inundó la estancia. Aunque sor Inés había repetido esa acción en innumerables ocasiones, nunca había probado el vino. La abadesa nunca se lo había ofrecido y ella no se había atrevido ni siquiera a mojar sus labios con aquel néctar. Sin embargo, hoy era un día especial. La navarra tomó la copa y dio un sorbo con la prevención de quien se adentra en territorio prohibido.

Se quedó sin palabras. No era el sabor del vino lo que la embriagó, sino la sensación de que había abierto puertas habitualmente cerradas. Abrumada, dejó la copa de nuevo sobre la mesa y, nerviosa, fue a guardar el manto de la superiora en el arcón.

Lo colocó cuidadosamente al lado de la mitra bordada de oro y plata, heredada de sus antecesoras y que doña Elvira nunca había ceñido sobre su cabeza. No por falta de méritos o autoridad, sino porque incluso ella sabía que la imagen de una mujer con el tocado episcopal superaba el límite de lo que muchos nobles señores de dentro y fuera de la Iglesia eran capaces de tolerar.

Antes de cerrar el arcón sintió un impulso irrefrenable. Sor Inés volvió a tomar en sus manos aquella pieza de tejido delicado y la abrazó contra su pecho. Temblando, acercó la tela a su cara para aspirar el olor de su dueña. Aquel perfume, la suavidad de la seda contra sus mejillas y el tintineo de las piedras preciosas entrechocando entre sí la obnubilaron… o quizá simplemente el vino empezaba a hacer efecto. No pudo oír cómo doña Elvira entró en sus habitaciones. Cuando la monja separó el manto de su rostro, la sorprendieron los ojos inquisitivos de la abadesa. Muerta de vergüenza, sor Inés se apresuró a volver a guardar la prenda y abandonó precipitadamente la estancia. Apenas puso un pie en el pasillo, se quebró en un llanto que no la dejaba respirar.

Mientras tanto, doña Elvira prefirió no pensar en el significado de lo que había visto. Hacerlo la habría obligado a reinterpretar situaciones vividas con aquella monja, que se había convertido en su sombra y su sostén, y eso era un lujo que no podía permitirse en aquellos momentos. Afortunadamente, fray Diego no tardó en llegar con buenas noticias.

—He estado hablando con varios consejeros del rey —la tranquilizó el clérigo—. Los he convencido de que sufristeis un mareo y tuvisteis que salir para respirar aire fresco.

—¿No os importa mentir por mí? —preguntó con cierta amargura la superiora.

—Yo también tengo un confesor que me absolverá, aunque no es tan indulgente como el vuestro —respondió con humor.

Doña Elvira le sonrió, agradecida.

—No podía permitirlo —se justificó la abadesa ante él, pero sobre todo ante sí misma—. Atacar el orgullo de la reina es una cosa. Sin embargo, impedirle despedirse de su hija es indigno.

—Vuestra valentía os honra —la alabó el clérigo.

—No he sido valiente, padre. No me atribuyáis dones que no me son debidos. He sido una cobarde. Por miedo a perder mi autoridad en el monasterio, sembré en el rey la idea de que su esposa se entretenía con don Juan. Pero sé que es falso. La reina Leonor no se rebajaría jamás a tener una aventura.

—¿Cómo estáis tan segura? —preguntó, extrañado—. Muchas mujeres honradas sucumben a la tentación, si no de la carne, sí del amor.

—¡La reina no! —exclamó doña Elvira.

La vehemencia de la abadesa sorprendió al confesor.

—¿Por qué os afanáis en defenderla en este asunto?

—¿Creéis que habría litigado con ella si hubiera sabido que era tan fácil doblegarla?

—¿Qué es lo que teméis? ¿Que su debilidad la haga indigna

de merecer vuestra enemistad? ¿Hasta este punto llega vuestra soberbia?

Doña Elvira se giró hacia su confesor. Efectivamente, no podía soportar la sospecha de haber desperdiciado tantos años de su vida creyendo luchar contra un dragón que no era más que una libidinosa cola de lagartija.

Unos gritos desgarrados procedentes del corredor los interrumpieron:

—¡Auxilio! ¡Auxilio!

Fray Diego y la abadesa salieron al pasillo. Quien había dado la voz de alarma era la anciana sacristana, arrodillada junto al cuerpo de sor Inés, que vomitaba como si quisiera echar las entrañas por la boca.

—Ha sido vuestro vino —confesó la navarra cuando las arcadas le dieron un respiro—. No bebáis, ilustrísima.

A partir de aquella revelación, los acontecimientos se sucedieron a la velocidad que las llamas abrasan un campo de trigo en verano.

La abadesa ordenó inspeccionar sus bodegas, donde la cillerera encontró en el suelo, junto a las cubas, un puñal con mango de marfil que inmediatamente fue identificado como el que utilizaba don Fadrique, el antiguo médico del Hospital del Rey, para liberar las sortijas aprisionadas en los dedos hinchados de los peregrinos. ¿Podría ser él el asesino que había acabado con la vida de los ricohombres de la hospedería? Fray Diego recordó haberlo visto en la ejecución de don Pedro instantes antes de que don García cayera fulminado por el cianuro.

Los oficiales de la superiora llevaron discretamente al galeno a la iglesia de Santa María la Real para interrogarlo. La sacristana se lamentaba de que la investigación tuviera lugar en sus dominios, con el consiguiente gasto de velas. «Y cuando no queden más la culpa será mía, pero a nadie se le ocurre darme ni un maravedí más para recuperarnos de estos excesos», pensaba mientras encendía un cirio tras otro.

Cuando doña Elvira se presentó en la sacristía acompañada por Beatrice, don Fadrique ya había experimentado los golpes de los oficiales destinados a ablandar su resistencia. El galeno, aterrado, trató de postrarse ante la abadesa, pero las cadenas que lo mantenían atado a una columna se lo impidieron.

—Clemencia, os lo ruego, ilustrísima.

Fray Diego y la sacristana preguntaron por el estado de sor Inés.

—Se recuperará —respondió la abadesa antes de hacer un gesto a Beatrice para que iniciara el interrogatorio.

La siciliana mostró al médico el puñal encontrado en las bodegas.

—¿Es este cuchillo vuestro?

A la sacristana le sorprendió que el peso del interrogatorio recayera sobre la intérprete del Hospital del Rey, pero, puesto que era voluntad de doña Elvira, no se atrevió a objetar nada.

Don Fadrique afirmó que había perdido el arma cuando trataba de abrirse paso entre el gentío que esperaba a ver la muerte de don Pedro de Alarcón.

—¡Y también compró hierbas! ¡Y una tela carísima! —se apresuró a acusarlo la sacristana, como si eso fuera el peor de los crímenes.

Don Fadrique no lo negó.

—Tomo hipérico para aliviar mi ánimo.

—¿Y la tela? —repitió la anciana con todo el rencor atesorado desde el día que el médico le arrebató el tejido que ella tanto codiciaba.

—Cuanto peor está uno por dentro, más debe esforzarse por mostrarse bien por fuera. Quería encargar una nueva saya con la que presentarme ante vos, ilustrísima, para suplicaros que me readmitierais en el hospital. Os lo ruego; durante los seis años que hace que nos conocemos he dado cumplidas muestras de honestidad, fidelidad a vuestra persona y amor al noble arte de curar.

–¿Seis años? –preguntó Beatrice, sorprendida.

Don Fadrique no tuvo ocasión de responder. Doña Elvira no estaba dispuesta a escuchar una palabra más; para ella estaba meridianamente clara la conveniencia de su culpabilidad. A su legendaria codicia como móvil de sus crímenes había que sumar su justificada animadversión hacia la abadesa tras su despido y el conocimiento profesional de toda suerte de ponzoñas. Podía haber envenenado a la superiora; con eso era suficiente. Gracias a él, doña Elvira pasaba de ser vista como una fiera despiadada a ser considerada una presa merecedora de piedad. Su decisión estaba tomada.

El galeno moriría en la horca en cuanto doña Elvira tuviera tiempo de organizar una ejecución que fuera al mismo tiempo una ceremonia de desagravio hacia su dignidad y la del monasterio. Don Fadrique había sido un pésimo médico, pero sería un magnífico condenado.

Beatrice se dirigió a la casona donde residía la comerciante de tejidos. La puerta estaba abierta. Dio voces para alertar de su llegada, pero no obtuvo respuesta. Se adentró en la vivienda. Antes de ver nada ya adivinó lo que había sucedido. El zumbido de las moscas y un olor dulzón fueron el prólogo del hallazgo del cuerpo de la viuda, tendido en medio de un charco de sangre. Alguien la había degollado recientemente, quizá para robarle. Sin embargo, enseguida descartó esa hipótesis cuando abrió un arcón y vio el valiosísimo cáliz, las cruces de plata y las arquetas esmaltadas que la viuda atesoraba.

La visitante abandonó la vivienda preguntándose qué habría empujado al asesino a acabar con la vida de la comerciante si no había sido el oro. ¿Buscaba su silencio quizá? No podía sospechar que quien tenía la respuesta la observaba desde el piso superior de la casa.

La sacristana había permanecido oculta y solo ahora, sintiéndose a salvo de la mirada de la siciliana, bajó las escaleras con un brío impropio de su edad. Recuperó el cáliz y todos los ornamentos litúrgicos que había entregado a su víctima a cambio de bienes de lujo a lo largo de varios años, cuando su presupuesto no le alcanzaba. «El boato bien vale una vida», se decía la anciana mientras regresaba a la iglesia de Santa María, lamentando no haber aprovechado el crimen para rapiñar alguna de las lujosas telas que había dejado atrás.

A pesar de estar convaleciente, sor Inés insistió en reincorporarse a sus deberes. Fue ella quien abrió la puerta del almacén donde se custodiaban los restos encontrados en la explanada de la hospedería para que Beatrice los examinara de nuevo. La navarra no entendía por qué la extranjera llevaba consigo una extraña herramienta, y no preguntó. La siciliana ignoró en esta visita los huesos y fue directamente hacia el tocón del arbusto cuyo trasplante había provocado el hallazgo.

−¿Sabéis usar una sierra? −preguntó a la monja.

Un jinete trajo un mensaje para la abadesa. El portero intentó que le entregara la carta, pero el mensajero se negó en redondo. Debía hacerlo en mano o daría media vuelta y contaría a su señor que doña Elvira se había negado a recibirlo. El guardián no se atrevía a permitirle pasar. Por experiencia sabía que no se debía importunar a la abadesa con asuntos menores y en esta ocasión era difícil verificar si el jinete estaba magnificando la importancia de la misiva que le habían confiado. Dirigió la vista hacia los aposentos de la abadesa y creyó verla pasar por delante de la ventana. Efectivamente, doña Elvira paseaba de un lado a otro de la sala escuchando las explicaciones de la doctora siciliana.

Beatrice se resistía a creer que don Fadrique fuera responsable de los crímenes por el insignificante detalle de que la comerciante que debió de venderle los venenos acababa de ser asesinada estando él preso.

–Alguien no quería que contara sus secretos, ilustrísima.

–¿Y acaso esa mujer no tenía otros enemigos deseosos de acabar con sus días? Siendo viuda, con dinero y con una moral más que dudosa…

–Disculpadme. Es posible que don Fadrique esté involucrado en la muerte de los peregrinos de la hospedería, pero al menos hay un crimen que quedaría sin explicación… El primero.

Beatrice depositó sobre la mesa una lámina de madera cortada del arbusto nacido sobre el esqueleto de los seis dedos donde se podían distinguir los anillos de crecimiento.

–Cada círculo equivale a un año de vida del árbol. En total suman ocho. Dado que la semilla creció sobre el cadáver, el enterramiento es anterior. Si don Fadrique entró a vuestro servicio hace exactamente seis inviernos, esto significa que cuando llegó a Burgos hacía como mínimo dos años del crimen.

La abadesa admiraba que para la doctora fuera tan importante la verdad, aunque la irritaba que esta fuera tan inoportuna.

–Burgos quiere dormir tranquilo y para eso no debe temer que sus notables sean envenenados. En cinco días a más tardar don Fadrique pagará por sus delitos, sean los que sean.

–Pero, ilustrísima, lo que os estoy diciendo es que el asesino seguirá libre.

–Mientras solo lo sepamos vos y yo, será un mal menor. Si es vuestro deseo buscarlo, no me opondré… siempre y cuando seáis discreta. Nadie debe sospechar que un criminal anda suelto.

Beatrice hizo una reverencia, irritada porque, una vez más, las apariencias eran más valoradas que la realidad. En cuanto abandonó la estancia, entró el jinete escoltado por un par de dueñas a quienes la curiosidad apenas dejaba respirar.

–Disculpe, ilustrísima, ha llegado un mensaje urgente –anunció la más atrevida.

Doña Elvira miró al mensajero de arriba abajo. Su cara le resultaba familiar.

–¿Sois don Beltrán de Artesa?

–Para serviros.

El caballero dio un paso al frente y se acercó para besar la mano de la abadesa.

–¿Para servirme a mí? –repitió irónica doña Elvira–. Tenía entendido que os había contratado el gobernador musulmán de Murcia. ¿Acaso los infieles ya no os tratan bien?

–No tengo queja.

Las dueñas que habían acompañado al mercenario se miraron fingiendo un escándalo que no sentían.

–¿Y podéis conciliar el sueño sabiendo que vuestro nuevo señor mantiene preso en sus mazmorras a un buen cristiano como don Tello Ansúrez?

–Me disgusta que don Tello no pueda disfrutar de su familia y de su hacienda, aunque no fui yo quien lo apresó. Me duele más que a nadie su situación, pero lamentablemente no lo puedo liberar. Ese poder reside en otras manos.

El mensajero sacó de su cartera un pergamino y lo entregó a la abadesa. Antes de romper el lacre, doña Elvira despachó con un gesto a las dueñas, que la miraban expectantes. Las monjas hicieron ver que no la habían entendido hasta que la superiora les lanzó una severa mirada. Salieron rezongando mientras la abadesa leía la carta en silencio con evidente placer.

–¿Debo darle alguna respuesta a mi señor? –preguntó el caballero.

–No. Él me la acaba de dar a mí.

CAPÍTULO XXIV

El invierno había concedido una pausa. Camino de la tumba de su hermana, María vio algo que le llamó la atención, un brillo especial junto a la orilla: era el cadáver de un animal, la gata. Se encontraba en el punto exacto donde había depositado el saco con los cachorros de felino antes de que sor Inés se deshiciera de ellos. Se había dejado consumir por la añoranza.

Con mucho cuidado, María tomó en sus brazos a aquella pobre madre que la había mordido y arañado con saña y que ahora, misteriosamente, le dejaba un vacío. ¿Por qué no se alegraba de su muerte si durante las últimas semanas había vivido con miedo de volver a encontrársela? Era todavía muy joven para saber que a los enemigos se los echa tanto de menos como a los amigos porque los primeros suelen ser más fieles.

Contemplando aquellos restos, comprendió que aquel bien podría ser su destino. Durante años había dedicado cada minuto libre al recuerdo de su hermana. Cada victoria o derrota corría a contársela. Suspiró y lanzó el cadáver al río con el deseo de que pudiera reencontrarse con sus crías. Luego dirigió sus pasos hacia el camposanto para compartir esta última historia con Cristina y decirle que ya nunca volvería a visitarla.

Sin embargo, se engañaba a sí misma. Regresó al cementerio una y otra vez. Era incapaz de renunciar al dolor de la ausencia porque se había convertido en su mayor tesoro, lo único que la hacía sentir viva. Hasta que llegó él.

Si, en lugar de dirigirse a Burgos a comprar frascos y vasijas para la enfermería, Beatrice hubiera asistido a la misa en Santa María, habría reconocido el cáliz desaparecido hacía años. Este había vuelto misteriosamente al altar al mismo tiempo que se disiparon las sospechas sobre la honorabilidad de la sacristana.

Camino del negocio de un reputado ceramista, Beatrice creyó oír una canción que le resultaba familiar, un canto que hablaba de grandes atunes que surcaban el mar para entrar en las redes de los marineros de Sicilia. Intentó ahuyentar esos pensamientos, pero la melodía sonaba cada vez más cercana. Se adentró en una de las callejuelas hasta desembocar en la plaza de la Llana, frente al palacio del obispo.

Allí un juglar cantaba mientras dos hombres reclamaban una moneda a los espectadores. Beatrice reconoció al cantante. Era Riccardo. También identificó a sus colaboradores: eran los cruzados que lo habían estado martirizando durante semanas para que sus heridas no cicatrizaran y garantizarse de este modo un techo y un plato de comida caliente en el hospital. «¿Cómo es posible que siga al lado de los responsables de que le amputaran el brazo?», se preguntó la doctora.

Uno de los cruzados se detuvo frente a ella con una bolsa de tela pidiéndole una contribución. Beatrice dio media vuelta, pero el hombre la agarró por la muñeca.

—Te conozco.

Beatrice intentó desasirse, pero aquel soldado no la soltaba.

—¡Mira quién está aquí! —llamó a gritos a su compañero, que se paseaba por el gentío con una bolsa más vacía que la suya.

Entre los dos hombres empujaron a Beatrice hacia un callejón solitario.

—Por culpa tuya estamos donde estamos —la amenazaron.

–Yo no he hecho nada –protestó ella, muerta de miedo.

–Pero pudiste hacerlo. Cuando el comendador nos echó del hospital, ¿qué te habría costado decir una palabra en nuestro favor?

Beatrice no pudo evitar que la registraran y manosearan hasta encontrar una bolsa de cuero con las pocas monedas que llevaba para las compras. Mientras contaban el dinero, ella aprovechó para escapar, aunque tropezó con alguien que se adentraba en la calleja. Era Riccardo.

Beatrice sonrió aliviada y el siciliano le devolvió la sonrisa.

–¿Qué hacéis aquí? –preguntó el juglar a sus compañeros.

Ellos se limitaron a lanzarle la bolsa, que él cogió al vuelo.

–No lleva demasiado.

Riccardo le devolvió el dinero a Beatrice.

–Dejadnos –ordenó a los otros dos.

A regañadientes, obedecieron.

–¿Por qué seguís dejándoos embaucar por esos? –preguntó, extrañada, Beatrice.

–Vos deberíais entenderlo mejor que nadie. La soledad es el peor enemigo de un hombre. Perdonadlos, no saben tratar con damas.

–No soy una dama –sonrió ella.

–Aquí no. Sin embargo, en Salerno vuestra familia era muy respetada, Giuditta.

A Beatrice la sonrisa se le heló en los labios al oír aquel nombre. Su nombre.

–No os preocupéis: no he revelado a nadie quién sois ni lo que hicisteis. Solo deseo volver a casa. Desgraciadamente, no es fácil. Aquí la gente no aprecia mi repertorio. Quizá vos me podríais ayudar a costear el viaje. Todos saldríamos ganando. Si me tendéis la mano, nadie sabrá cómo murió vuestro marido.

Al cabo de un rato, Beatrice entró corriendo en el hospital, sudorosa, jadeante, con el rostro desencajado. Afortunadamente, nadie la vio entrar en el cuarto del comendador, donde buscó y rebuscó hasta encontrar algunos maravedís, tres anillos de oro –uno con una esmeralda– y un puñal de plata con incrustaciones de nácar, propiedad de algún paciente. Lo ocultó todo entre sus ropas y salió fuera, donde le estaba esperando Riccardo junto a sus secuaces. La doctora les entregó su botín.

–Tenéis mi palabra –le dijo Riccardo–. Os juro que no volveréis a saber de mí.

Beatrice vio alejarse a su paciente favorito, que volvía a entonar la canción de su patria. Aunque las notas eran las mismas, a la siciliana ahora le parecía un canto sombrío y desagradable. No entendía cómo alguna vez pudo encontrar belleza en aquel relato de marineros que engañaban a los colosos del mar con sus laberintos de redes para llevarlos a una trampa donde los arponeaban sin piedad.

La mujer regresó al hospital y se refugió en la botica. Intentó ordenar sus ideas. La habían descubierto. ¿Podría confiar en la palabra de aquel juglar? ¿No volvería pronto buscando más dinero? Sin embargo, sus temores se mostraron infundados. Riccardo cumplió lo prometido: nunca más volvieron a verse ni a tener noticia el uno del otro.

Beatrice no tuvo motivo de preocupación hasta varios años más tarde, cuando llegó él.

CAPÍTULO XXV

En el patio de entrada del monasterio se habían dispuesto el patíbulo y una plataforma cubierta de alfombras árabes, decorada con tapices de hilos de seda como nunca se habían visto en la ciudad, donde se habían colocado sillas labradas para los invitados y los notables. La plebe esperaba un espectáculo a la altura de la fastuosa escenografía y la abadesa estaba dispuesta a proporcionárselo.

Cuando se abrieron las puertas del monasterio, salieron en procesión el obispo de Sigüenza y las abadesas de Perales, Cañas, Gradefes y otras hasta sumar doce. Todas sabían por qué estaban allí. El abad superior del Císter les había enviado una carta en la que les aconsejaba que aceptaran a Santa María la Real como su casa madre, con todo lo que conllevaba. Podrían haberlo hecho en una ceremonia privada en la sala capitular, pero doña Elvira necesitaba que la humillación fuera pública. La ejecución de don Fadrique era el pretexto para que mostraran su sometimiento a la autoridad del monasterio de Santa María la Real y a su superiora delante de toda Castilla.

Solo cuando los invitados ocuparon sus puestos preeminentes frente al cadalso apareció ella. Todos esperaban que luciera sobre el pecho su ya famosa rosa negra. Sin embargo, lo primero que vieron fue el báculo episcopal, inclinado hacia fuera para dejar patente que su autoridad se extendía allende los muros del monasterio. Llevaba sobre el hábito un pesado manto bordado de oro y piedras preciosas que centelleaban como ojos de sierpe. Pero lo que llamó más la atención fueron unos guantes rojos que provocaron el escándalo de las religiosas congregadas.

El obispo de Sigüenza no esperaba semejante puesta en escena y se volvió hacia doña Teresa, la abadesa de Gradefes, que permanecía rígida, lívida, como muerta en vida. Las otras religiosas comentaban a media voz y, aunque el tono general era de indignación, también se oyó alguna risa apagada.

Fray Diego caminaba incómodo al lado de la superiora, que parecía disfrutar cada segundo de la conmoción que había provocado su presentación.

—¿Cómo habéis conseguido que la abadesa de Gradefes se haya dignado a asistir? —le dijo entre dientes mientras se aproximaban al cadalso.

—Llegó a mis oídos que el hermano de doña Teresa había sido hecho prisionero por los musulmanes —le explicó ella a media voz sin perder su sonrisa majestuosa—. Llevaba meses encerrado en los calabozos del gobernador de Murcia sin que hubieran enviado una petición de rescate. Se me ocurrió mediar para poner fin al tormento de doña Teresa y su familia.

—¿Cómo?

—Sugiriendo un rescate que solo nosotros estaríamos en disposición de pagar.

—¿Cuánto? —murmuró, extrañado, el sacerdote.

—Diez mil maravedís.

—No parece un precio desorbitado...

—Y la reliquia de santa Ana.

La sorpresa hizo que fray Diego estuviera a punto de detenerse.

—¿Para qué querría un musulmán las falanges de santa Ana?

–Para nada. Pero, por extraña que suene la petición, a nosotros nos ha sido muy útil. Por lo pronto, doña Teresa se ha dignado a honrarnos con su presencia.

–¿Estáis dispuesta prescindir de la reliquia?

–Por supuesto que no. No pienso entregarla, pero ya habrá tiempo para negociar un rescate alternativo dentro de unos días.

–Después de que todo el mundo haya visto cómo la abadesa de Gradefes se postra ante vos –comprendió el confesor.

Doña Elvira no dijo nada, pero el brillo de sus ojos era más que elocuente. El confesor suspiró. Era cómplice no solo de una extorsión y un engaño que incluía pactar con los infieles; también se había visto forzado a participar en una ceremonia que era el sumun de la arrogancia. Y, sin embargo, no pudo evitar sentir un paradójico orgullo de servir a una mujer capaz de encadenar tantos pecados.

Ya habían llegado a la plataforma frente al patíbulo. La gente los observaba maravillada. La abadesa ocupó la silla que se había reservado, un poco más alta que las de las demás. Adelantó su mano enguantada. Las abadesas se levantaron y una a una fueron besando su mano. La última en acercarse fue doña Teresa. La abadesa de Gradefes tomó aire, como hacía de niña al zambullirse con su hermano en la alberca de su casa, y besó el guante encarnado de doña Elvira con la misma sensación infantil de rozar con sus labios un fondo fangoso.

Minutos más tarde, el cuerpo sin vida de don Fadrique se balanceaba en la soga. Doña Elvira respiró aliviada, convencida de que por fin había logrado restituir su honorabilidad y la del monasterio.

Sin embargo sentía un vacío: su más vistosa jugada había quedado deslucida por la ausencia de la reina y el obispo de Burgos.

Les echaba en falta por motivos que ellos no alcanzarían a comprender. A diferencia de sus rivales, la abadesa no buscaba la victoria, pero necesitaba la emoción del combate. Y para ello precisaba de enemigos de su talla. No era fácil encontrarlos, y cuando lo hacía los cuidaba como a no deseados pero imprescindibles compañeros de viaje.

En cuanto regresó a sus aposentos se echó en la cama y cerró los ojos. Estaba cansada. Se abría un periodo de paz. Un tiempo de simple supervivencia, triste y rutinario que solo se vería alterado por una visita inesperada. Él.

TERCERA PARTE
Burgos, 1214

CAPÍTULO XXVI

Pasaron once años. En ese tiempo había muerto el infante Fernando, heredero del trono de Castilla y Toledo, y el rey Alfonso había derrotado a los reinos musulmanes al mando de una coalición de ejércitos cristianos en la batalla de las Navas de Tolosa.

La ciudad de Burgos dormía tranquila, convencida de que el envenenador de ricohombres yacía en el cementerio porque así lo había decidido la abadesa. «Pero un asesino que se siente impune siempre vuelve a actuar», reflexionaba Beatrice, apoyada en el muro del Hospital del Rey mientras contemplaba las vistosas flores rosadas que habían brotado de las semillas que plantó años atrás. Las freilas veteranas le habían confirmado que eran idénticas a las del arbusto que nació espontáneamente frente a la hospedería.

A pesar de la promesa de discreción que hizo a la superiora, Beatrice pidió al hospedero que la avisara de cualquier muerte, extraña o no, que se produjera en sus dominios. Esa mañana Domingo mandó recado de que fuera a verlo. Cuando la doctora llegó, el anciano la acompañó a una de las celdas de los huéspedes, donde un hombre yacía en la cama boca arriba con un hacha clavada en el pecho.

—Al menos este sabemos que no ha muerto envenenado —bromeó el hombre.

Beatrice no estaba tan segura. Por su experiencia, una

herida así debería haber provocado una inmensa hemorragia que habría teñido de rojo las sábanas, las paredes e incluso el techo. Sin embargo, únicamente había algo de sangre en la camisa del fallecido. Eso solo podía significar una cosa: cuando recibió el hachazo, el hombre ya estaba muerto.

El edificio del Hospital del Rey se había ampliado. Ahora disponía de una hospedería para hombres, otra para mujeres y una iglesia capaz de acoger en sus naves laterales varias camas para los pacientes más enfermos, que de este modo podían asistir a los oficios sin excusa. Aunque la dependencia más valorada, de la que todos hablaban, era, sin lugar a duda, la cocina. Cada uno de los usuarios disfrutaba diariamente de dos panes de medio cuartal, un litro de vino, un plato de caldo o potaje de legumbres y un buen pedazo de carne, o pescado si era día de abstinencia. Era tal el renombre alcanzado en toda Europa que había sido necesario contratar clérigos que dominaran lenguas para poder hablar de hambre, dolor y fe en alemán, francés, flamenco y latín.

Al comendador fray Martín le irritaba que Beatrice no aplicara estrictamente las nuevas reglas que había implantado: antes de pasar por enfermería, todos los enfermos debían confesarse, comulgar y hacer testamento. Obviamente, esta sencilla medida perseguía que los enfermos más graves, y por tanto más desesperados, donasen al hospital sus bienes. Sin embargo, para la siciliana lo prioritario era curar. En este punto coincidía con don Yagüe. Y en nada más.

María ya era una mujer que superaba la veintena. Había aprendido mucho y por eso mismo cada día era más consciente de la ingente cantidad de cosas que desconocía. A pesar de la diferencia de edad —treinta años las separaban—, la complicidad con su maestra se había consolidado. De todos era sabido que, si alguien cuestionaba a una, al cabo de poco la otra saldría en su defensa.

Cuando Beatrice regresó de su visita a la hospedería, antes de que pudiera compartir sus sospechas con nadie, vio llegar a unos freiles que llevaban a una peregrina desmayada en la iglesia frente a la reliquia de santa Ana. María y Beatrice se apresuraron a desvestir a la mujer para examinarla mientras la acostaban en uno de los lechos. Apenas desanudaron las cintas de sus ropas, cayó al suelo un torrente de collares, aretes, pulseras y otras joyas de oro y plata. Atraído por el ruido, el comendador regresó sobre sus pasos y, al ver aquel tesoro esparcido por el enlosado, miró a las dos mujeres, señalándolas amenazadoramente con el dedo.

—¡Que esta haga testamento!

Las mujeres no le prestaron atención, horrorizadas por lo que tenían ante ellas: la espalda de aquella peregrina estaba en carne viva, aunque lo peor eran las cicatrices que antiguos golpes de fusta le habían dejado en la piel como un espantoso tatuaje. Beatrice se estremeció y ordenó que la acostaran boca abajo. Cuando don Yagüe llegó, solo pudo santiguarse ante semejante carnicería, ya que las dos mujeres, desoyendo esta vez el mandato de la abadesa, no habían esperado para tratar a la herida. El rostro de don Yagüe se encendió como una tea. ¡Habían expuesto ante todos su inutilidad!

—Nos hemos tomado la libertad de aplicarle este ungüento. Estaba muy mal —se justificó Beatrice.

El médico cerró el puño con fuerza y descargó un golpe contra la mesilla sobre la que estaba el pocillo con la pomada. Peregrinos, enfermos y freiles se volvieron hacia ellos. A todos les sorprendió el gesto del médico. A todos menos a Eldonza, la lavandera más malhablada del hospital, que con los años había perfeccionado su habilidad para detectar secretos con los que nutría los rumores que solía poner en circulación. Hacía tiempo que intuía que el papel de don Yagüe en el hospital era irrelevante y acababa de ver confirmadas sus sospechas.

El médico se apoyó en el borde de la cama, abatido, y resopló asqueado.

–Me alegra saber que estáis de acuerdo, don Yagüe –replicó Beatrice, haciendo una traducción muy libre de su bufido.

Así pensaba zanjar el conato de rebelión, sin saber que acababa de poner la primera piedra del final de su relación.

La abadesa miraba con atención al caballero que tenía enfrente. Don Suero tendría unos cuarenta y pocos años. Era alto, espigado, con una mandíbula rotunda y cejas pobladas sobre unos ojos felinos. El resto de sus rasgos era desproporcionado o francamente poco agraciado y, sin embargo, en conjunto le convertían en un hombre decididamente atractivo. Había aceptado recibirlo en sus aposentos privados ante su insistencia, pero había dejado de escucharlo hacía tiempo, fascinada con la paradoja de que de una suma de imperfecciones pudiera resultar un rostro armónico.

Sin saberlo, doña Elvira compartía con la reina Leonor la facultad de estar ausente sin que se notara. Desde el entierro de la infanta Mafalda, la soberana había parido a un varón a quien había llamado Enrique en recuerdo de su progenitor, Enrique II de Inglaterra, y seguía en Burgos dedicada en cuerpo y alma a proteger a su hijo de los rumores sobre la identidad de su padre.

Mientras que la abadesa mantenía con la reina una civilizada tregua, la guerra soterrada con don Juan de Lara no había amainado. El prelado había cursado infinidad de cartas al papa Inocencio III para exponerle los agravios sufridos, reales y ficticios. Estas quejas habían dado fruto recientemente: el santo padre había retirado a doña Elvira y a otras abadesas de Burgos y Palencia el privilegio de confesar, predicar y bendecir a las monjas.

—Mi pobre hermano Ramiro vino a rezar ante la reliquia de santa Ana. No merecía una muerte así —dijo don Suero, y con esta declaración consiguió captar nuevamente la atención de la abadesa.

—Por supuesto —respondió ella—. Rezaremos por la salvación de su alma.

—Era un santo; no es su alma lo que me preocupa, sino las joyas de la familia. Después de matarlo, la miserable de su esposa ha huido de la hospedería con todo el oro de mis padres. Quiero recuperarlo y vengar el asesinato de Ramiro.

—Parecéis muy seguro de que vuestra cuñada lo mató.

—Mi hermano tenía un hacha clavada en el pecho.

La abadesa fingió sorpresa:

—No es un modo muy habitual de matar en una mujer.

—Ágata no es una mujer corriente: las esposas no suelen matar a sus maridos.

—¿Quizá por falta de imaginación?

Don Suero miró perplejo a la abadesa. ¿Se estaba burlando de él? Doña Elvira no pudo evitar sonreír, obviando su incomodidad. En ese momento se oyeron unos golpecitos en la puerta y entró una monja portando una bandeja con una jarra de vino y dos copas.

—Aparte de ofreceros una copa de vino de nuestras bodegas, no sé muy bien cómo os puedo ayudar, don Suero.

—Esa desgraciada se ha refugiado en vuestro monasterio. Me contaron que iba vestida como una peregrina…

El noble se volvió para tomar la copa que le ofrecía la monja. Se dio cuenta de que la mujer temblaba con tanta violencia que había derramado la mitad del vino. El hijodalgo levantó la mirada y la reconoció inmediatamente, a pesar del hábito: era su cuñada.

Doña Ágata reculó asustada, pero don Suero parecía más furioso con doña Elvira que con ella. El caballero se dirigió hacia la abadesa y apartó de una patada la mesa que los separaba.

–¿Qué juego es este?

Doña Elvira no se movió de su silla, aunque sabía que sus guardias estaban demasiado lejos para protegerla si aquel hombre decidía llevar hasta las últimas consecuencias sus deseos de venganza.

–Ninguno –respondió, fingiendo una tranquilidad que no sentía–. Habéis dicho bien. Vuestra cuñada vino como peregrina para purgar sus pecados y nosotros la acogimos...

Don Suero escupió a los pies de la superiora. Se volvió hacia doña Ágata llevando su mano hasta la empuñadura de la espada. Su cuñada, atrapada entre el hombre y la pared, dejó que su cuerpo resbalara hasta caer rendida en el suelo.

–Que yo recuerde, don Suero, no os he dado permiso para levantaros ni mucho menos para matar a nadie –dijo con autoridad la abadesa.

–Ni yo os lo he pedido –replicó él desenvainando la espada.

–Creo que no os dais cuenta de que no estáis en vuestro palacio –insistió doña Elvira–, sino en la casa de Dios. Y es él quien dará la orden de que vuestra cabeza acabe ensartada en una lanza a las puertas de Burgos como escarmiento para todos los que duden de que quien manda dentro de estos muros soy yo. Por voluntad de nuestro Señor.

El hombre se volvió hacia la abadesa, que seguía aparentemente imperturbable en su sillón regio. Don Suero no estaba dispuesto a dejar impune la muerte de su hermano, pero tampoco a perder la vida en el intento.

–Sentaos, os lo ruego –le exigió con firmeza la abadesa.

El hijodalgo dudó antes de envainar la espada. Luego volvió a sentarse. Ágata, aterrorizada, intentó abrir la puerta para huir, pero doña Elvira tenía otros planes.

–Doña Ágata, ¿os he dicho que podíais marcharos? Recoged esa copa. –La mujer obedeció, temblando como la llama de una vela a punto de apagarse–. Llenadla de vino. No queremos ser descorteses con nuestro invitado, ¿verdad?

La monja rellenó la copa vertiendo más vino fuera que dentro y se acercó al hermano de su difunto marido.

–Bebed –le ordenó la abadesa al caballero.

Don Suero, con todas las venas del cuello y las sienes marcadas por la tensión, ya no parecía el hombre atractivo de minutos antes. Obedeció a la abadesa y se llevó la copa a los labios.

–Disfrutad de este momento, porque es la última vez que vuestra cuñada os servirá. Ahora solo tiene un deber: servir a Dios. Y a mí. Como viuda, tiene derecho a heredar la hacienda de vuestro hermano y, en uso de su libertad, ha decidido donarla a nuestro cenobio…

El caballero lanzó su copa contra uno de los tapices de la pared. Doña Ágata no pudo soportarlo más; abrió la puerta y huyó por el corredor como alma que lleva el diablo.

–Algún día, ilustrísima, os arrepentiréis de esto –la amenazó el hijodalgo.

–Me alegra comprobar que no estáis falto de imaginación –replicó doña Elvira.

Don Suero forzó una sonrisa, hizo una rápida reverencia y abandonó la estancia. La abadesa contempló el resultado de aquella visita: la mesa volcada, un valioso tapiz del que goteaba vino y la satisfacción de haber roto la monotonía de aquel día.

CAPÍTULO XXVII

Don Suero urgió a grandes voces al portero para que le abriera el portón del monasterio. No deseaba más que perderse por las tabernas de los arrabales de la ciudad buscando el vino y la compañía femenina que lo ayudaran a olvidar la humillación recibida. El portero abrió la reja, pero don Suero no tendría fácil alejarse de Santa María la Real. A escasos metros de la entrada, bloqueando el camino, un grupo de peregrinos y curiosos se había arremolinado alrededor de un joven con una extravagante y lujosa indumentaria, siguiendo la moda de alguna corte extranjera: rojos, naranjas, amarillos, azules y turquesas, terciopelo y seda. Además, transportaba una vistosa urna con lo que no podía ser otra cosa que una reliquia.

—¡Ayúdame, san Mateo, como hiciste con mi padre! —rogó un cojo que caminaba con muletas tras aquel llamativo personaje.

—Ten piedad de mí, san Mateo —añadió otro peregrino con un brazo inútil en cabestrillo y los ojos vidriosos.

El caballo de don Suero no podía avanzar entre aquella turba, que crecía y se arrodillaba en círculos concéntricos, impresionada por las desgarradas muestras de devoción que despertaba lo que aquel extranjero sostenía en sus manos.

—¡Dejadme pasar, malditos seáis! —bramó el noble.

Al ver que nadie se movía, desenvainó la espada. La gente

echó a correr despavorida. En el caos de la huida, unos devotos dieron un empujón al extranjero. La urna resbaló de sus manos y acabó en el suelo rota en mil pedazos. El joven se afanó en recoger los restos del santo mientras el cojo y el manco que habían demostrado tanto fervor se enfrentaban a don Suero. Mientras uno sujetaba las riendas del caballo, el otro esquivaba los golpes de la espada y derribaba al noble.

–¡Sacrilegio! ¡Sacrilegio! –gritaba el cojo.

Los curiosos observaban asombrados cómo aquellos tullidos, milagrosamente, podían mover los miembros como el más entrenado de los soldados. El joven extranjero se guardó la reliquia bajo la ropa y levantó las manos al cielo.

–¡Milagro! San Mateo ha querido premiar a quien ha protegido sus restos.

Don Suero intentaba golpear con su espada a aquellos peregrinos que se le escabullían como anguilas. Se dio cuenta de que la multitud volvía a acercarse, no solo por curiosidad, sino también con deseos de castigar a quien había osado poner en peligro la integridad de aquella nueva reliquia. El hijodalgo volvió a montar, espoleó a su caballo y, sin envainar la espada, huyó en dirección al más afamado burdel de Burgos.

El joven de los mil colores vio cómo los curiosos y peregrinos se acercaban a él para tocar la pechera de su ropa, bajo la que ocultaba un hueso de san Mateo.

–Mostradnos la reliquia, señor –le pidió uno.

–¡Dejadnos tocarla! –le exigió otro.

–Ten piedad de mí, san Mateo –rezó un tercero.

Las súplicas se entremezclaban. El joven sacó una bolsa de terciopelo púrpura y la tendió a los devotos que lo rodeaban.

–San Mateo me ha enviado a esta tierra extraña con la santa misión de construir una iglesia que albergue sus restos. Contribuid, hermanos, y el santo os bendecirá.

El cojo y el manco fueron los primeros. A pesar de su aspecto humilde, cada uno entregó no menos de tres maravedís de oro.

—Os doy todo lo que tengo, san Mateo —gimoteó el cojo, y volviéndose a la multitud añadió—: Él me ha curado. Puedo caminar, ¿lo veis? ¡Puedo caminar!

La gente, maravillada por lo que acababa de ver, echó mano a sus faltriqueras para contribuir a la piadosa misión de aquel joven. Poco a poco, la bolsa de terciopelo se fue llenando de monedas, joyas y buenos deseos. No faltaba mucho para que saltaran sus costuras con el peso de tanto oro y plata, y quizá habría sucedido de no ser porque media docena de guardias del monasterio cruzaron la reja junto con fray Diego y apresaron al joven estrafalario y a los devotos tullidos que no habían dudado en enfrentarse a don Suero.

—¿Adónde me lleváis? —preguntó el extranjero.

Fray Diego le arrebató la bolsa.

—Seguro que a vuestro san Mateo no le importará que sea nuestra santa María quien administre estos dineros.

El sacerdote ordenó que los condujeran a la sacristía de la iglesia, donde pudo examinar con detenimiento la reliquia de san Mateo: una costilla.

—¿De dónde venís? —preguntó al extranjero.

—¿Tiene importancia?

—Si no la tuviera no os lo preguntaría.

—Si la tuviera, os respondería —replicó él.

Fray Diego, encorajinado, insistió:

—¿De dónde proviene esta reliquia?

El joven abrió la boca, pero solo para sonreír mostrando una dentadura perfecta. Fray Diego estuvo tentado de mandarlo azotar, aunque antes de que pudiera castigar su insolencia entró doña Elvira acompañada por su inseparable sor Inés, que en los últimos años había visto mermar su volumen tanto que ya no podía presumir de ser la mujer más voluminosa de Castilla. De hecho, el ánimo de la navarra había decaído en paralelo a sus hechuras, aunque seguía disfrutando de la protección de la abadesa, y era tanto el énfasis que ponía en esta afirmación que delataba el terror que sentía a perderla.

–¿Estos son los caballeros que se han enfrentado a don Suero? –preguntó doña Elvira.

–No creo que sean caballeros –respondió el confesor–. Pedían donativos a las puertas del monasterio. A nuestros peregrinos –remarcó el clérigo, defendiendo aquella importante fuente de ingresos del cenobio.

–¿Y para qué? –interrogó la superiora al dueño de la reliquia.

–Para construir una iglesia en honor a san Mateo.

–¿Os lo ha pedido el santo en persona? –preguntó la abadesa.

–Se me presentó en sueños –respondió el joven.

–A vuestra edad es normal soñar –comentó con ironía, y volviéndose hacia su confesor añadió–: Dicen que el santo ha obrado dos milagros.

–Sí, *madonna* –respondió el joven.

–Dirigíos a la abadesa con propiedad –lo corrigió malhumorado fray Diego–. No es *madonna*, sino ilustrísima.

–No era mi intención ofenderos –se disculpó el extranjero ante doña Elvira.

–No lo habéis hecho. Un cojo y un manco son los beneficiados por el santo, ¿no es así, sor Inés?

–Sí –respondió la navarra, que los señaló–. Ese ha tirado la muleta y ha esquivado los mandobles de don Suero mejor que un bufón. Y, mientras, el que tenía el brazo impedido sujetaba la montura con las dos manos.

La abadesa se volvió hacia los aludidos, de la edad del joven, aunque con el rostro ajado por la miseria.

–Mucho debéis de haberle rezado a san Mateo para ganaros su favor.

–Los santos son generosos con quienes lo merecen, *madonna* –intervino de nuevo el extranjero.

Fray Diego le lanzó una mirada furibunda.

–¡«Ilustrísima»! –insistió, exasperado.

La abadesa intuyó que no había sido un olvido involuntario. Incluso le pareció captar una leve sonrisa burlona que quedó oculta cuando el joven se inclinó pidiendo excusas.

Doña Elvira se acercó para estudiar a los dos afortunados tullidos.

–¿Desde cuándo cojeabas? –le preguntó a uno de ellos.

–Desde chico. Me pasó un carro por encima de la pierna y ya me quedé así desde entonces.

La abadesa asintió con gesto benévolo.

–¿Podrías descalzarte?

Todos miraron a la superiora, extrañados.

–Si su ilustrísima lo ordena…

El hombre se sentó en el suelo para quitarse sus viejas botas, que entregó con cierta vergüenza a doña Elvira.

–No están muy limpias.

–No os avergoncéis. Un santo os ha concedido un gran don. Deberíais estar contentos.

–Y lo estoy –dijo sin un ápice de alegría.

La abadesa examinó el calzado y después se dirigió hacia el otro favorecido por el santo.

–¿Y tú desde cuándo tenías un brazo inútil?

–Desde hace diez años. Me cayó encima una piedra cuando estaba ayudando a mi padre a arreglar la pared de la casa.

–Muéstrame tus manos.

El hombre se sorprendió por la extraña petición, aunque

243

obedeció, y extendió las manos ante la abadesa. Doña Elvira examinó las palmas y después se volvió hacia fray Diego:

–No temáis que san Mateo le haga sombra a nuestra santa Ana. Aquí no ha habido ningún milagro –sentenció la abadesa.

–Le juro que yo… –se atrevió a protestar el cojo.

–¿Tú qué? –lo interrumpió doña Elvira–. Si no podías caminar bien desde pequeño, ¿me puedes explicar por qué las suelas de tus botas están gastadas por igual si solo apoyabas un pie en tierra?

Después, se volvió hacia el manco.

–¿Y tú cómo explicas tener tantos callos en tu mano diestra como en la inútil? Sois unos embusteros, unos sinvergüenzas –concluyó, y dirigiéndose a fray Diego sentenció–: Lo único que merecen es pasar un par de días en la picota. Lleváoslos.

El clérigo sonrió, anticipando la satisfacción de poder aplicar un castigo ejemplar al joven insolente.

–Vamos –ordenó fray Diego al extranjero de los mil colores.

–A él no –lo detuvo doña Elvira–. Buscadle un alojamiento en la hospedería.

El sacerdote y sor Inés no salían de su asombro.

–Pero, ilustrísima, vos misma habéis dicho que es un sinvergüenza –protestó su confesor.

–Y por eso mismo puede sernos útil. De gente honrada vamos sobrados, gracias a Dios.

Doña Elvira se acercó al hombre, que no podía creer su suerte.

–¿Cómo os llamáis?

–Niccolò. ¿Y vos, *madonna*?

Fray Diego masculló una maldición.

–Para vos, «ilustrísima» –respondió la abadesa con una sonrisa divertida que irritó por igual al padre y a sor Inés.

CAPÍTULO XXVIII

Aquella tarde, cuando Beatrice entró en la botica, se sorprendió al ver sobre la gran mesa donde mezclaban las pociones una lujosa tela con motivos moriscos cubriendo un bulto. Levantó el tejido con prevención, como quien alza una piedra y teme encontrar debajo un sapo ponzoñoso. El corazón le dio un vuelco. No se trataba de un anfibio o un reptil venenoso, sino de algo mucho más inquietante: un libro.

María entró secándose el sudor de la frente con el dorso de la mano y al ver el códice su rostro se iluminó con una sonrisa.

–¿Quién ha traído esto?

–Eso querría saber. ¿Quién ha estado en la botica durante mi ausencia?

–No lo sé. Yo he estado haciendo curas en el ala de mujeres todo el día.

María levantó la tapa para ver el título.

–¡Aristóteles! –exclamó, entusiasmada.

Beatrice cerró el códice bruscamente y a punto estuvo de aplastarle los dedos a su pupila.

–¿Qué ocurre? –preguntó María.

–Es mejor que no lo leas. Algunos libros no merecen ser traducidos.

La joven no podía creer que la siciliana le prohibiera una lectura, contraviniendo todo lo que le había enseñado en los años que habían compartido.

–Hay demasiadas cosas que aprender –insistió Beatrice– para desperdiciar el tiempo leyendo a alguien que dice que las mujeres somos hombres imperfectos que solo servimos para recibir la semilla del varón.

María la miró, perpleja. Su intuición le decía que el sabio griego no era el único culpable de la agitación de su maestra.

–Quiero leerlo de todos modos –insistió.

–¡No! –volvió a negarle Beatrice.

Y se apoderó del libro antes de que María pudiera tocarlo. Salió de la botica abrazando el códice contra su pecho e inició una búsqueda por todas las dependencias del hospital para encontrar quién le había dejado aquel turbador regalo. Recorrió la enfermería de los hombres y de las mujeres; el dormitorio de las freilas y de sus pares masculinos; la iglesia, donde los enfermos más graves rezaban sin descanso; y el huerto de las hierbas medicinales, siempre sin éxito.

Finalmente se recluyó en la celda privada que compartía con María, un privilegio visto con muy malos ojos por el resto de los trabajadores del hospital. Se sentó en la cama y abrió el códice por la primera página. Suspiró. Allí estaba, tal como lo recordaba: una sirena de dos colas magistralmente trazada. Los ojos se le humedecieron y se cubrió la boca con ambas manos. Si alguien hubiera estado espiándola, habría tenido graves dificultades para discernir si la siciliana era presa de una alegría sofocante o víctima del pánico. Arrancó la página y la acercó a la llama de una vela para hacerla desaparecer.

En poco tiempo la celda se llenó de humo. Sin embargo, Beatrice notaba que paradójicamente podía respirar mejor.

Eldonza miraba a todos lados boquiabierta, fascinada por el lujo del palacio episcopal. El criado que la precedía se volvía periódicamente para regañarla por entretenerse admirando las pinturas, los tapices y la maestría de los artesonados del techo. Aquella mujer apenas había salido del barrio donde se alojaban muchos de los que trabajaban en el hospital. «Solo por ver esto, ya habrá valido la pena», se dijo, aunque por supuesto no pensaba rechazar cualquier otra recompensa.

El criado se detuvo frente a una puerta y le hizo un gesto para que esperara. La mujer aprovechó para aclararse la garganta. No tendría otra oportunidad para hablar con el obispo, y no era cuestión de que su voz no sonara tan nítida como cuando insultaba a las otras lavanderas en el río.

Al poco, el criado regresó y la invitó a pasar. Eldonza se santiguó y entró en la cámara. Estaba en penumbra. Lo primero que le sorprendió fue la cama deshecha; no esperaba que la hubieran llevado al dormitorio de don Juan de Lara. Notó una presencia a su lado. Se giró rápidamente e hizo una reverencia. Una sonora carcajada de mujer resonó en toda la alcoba. Eldonza se incorporó, estupefacta. Frente a ella vislumbró a una mujer desnuda con enrevesados tatuajes de henna en las manos.

—Me han dicho que tienes algo que contarme —oyó a su espalda.

Eldonza se volvió. Don Juan de Lara descorrió un pesado cortinaje y la luz del atardecer penetró con una fuerza obscena, tiñendo de ámbar el cuerpo de la prostituta sarracena y la larga camisa blanca del obispo.

—Sí —balbuceó la lavandera, que se sorprendió de su incapacidad para decir nada más.

El obispo lanzó una moneda de oro a la musulmana.

—Coge tu ropa y vístete fuera.

La mora obedeció, pero antes de salir miró burlona a la lavandera y repitió la reverencia entre risas.

—Al menos con ella no hago pecar a ninguna buena cristiana –se justificó don Juan para ganarse la complicidad de Eldonza.

El obispo se tumbó en el lecho y le indicó una silla para que se sentara. La lavandera obedeció dócilmente con la mirada embobada. Don Juan empezaba a sospechar que no iba muy sobrada de juicio.

–¿Y bien? ¿Qué puedes contarme de Santa María la Real?

–De Santa María, nada –respondió Eldonza, vacilante.

Don Juan ya estaba a punto de perder la paciencia.

–Entonces, ¿a qué has venido si...?

–Pero –lo interrumpió la mujer– os puedo contar cosas del Hospital del Rey. Llevo trabajando allí desde que era chica. Lavando en el río se aprende mucho de la vida. Las manchas no entienden de condición; la mierda de los ricos mancha igual que la de los pobres. –Eldonza era ya un torrente imparable–. No es que vayan muchos ricos al hospital, pero a veces alguno ingresa. Más en los últimos años, desde que está el nuevo médico, don Yagüe. No sé si su excelencia lo conoce: uno de Sahagún, sin lengua, mudo, aunque ruido hace. Vaya que si hace, aunque yo no le entiendo. Nadie le entiende, por mucho que digan...

Temiendo acabar sepultado bajo tanta verborrea, el obispo le ordenó parar:

–¡Al grano!

–A eso voy, excelencia, a eso voy. Como os decía, desde que don Yagüe llegó al hospital la gente ya no se muere como antes. Su fama ha ido creciendo y los ricos le contratan para que los cure en sus casas, pero por alguna razón se siguen muriendo igual. Parece como si Dios solo quisiera sanar a los pobres que ingresan en el hospital.

–Si no tienes nada que contarme sobre doña Elvira, harías mejor en irte y dejar de hacerme perder el tiempo.

—Es que sí tengo algo que deciros sobre la abadesa, excelencia. Tengo mucho que contar... y poco bueno.

Eldonza abandonó el palacio episcopal de la plaza de la Llana ya de noche, con tres monedas de oro en la bolsa. Apenas puso un pie en la calle empezó a sentir una enorme presión sobre la espalda. «¿Qué haré con tanto dinero?», se preguntó. Si se lo gastaba tendría que explicar de dónde lo había sacado y no dudaba de que algún estómago agradecido acabaría denunciándola a la abadesa. Pero si decidía ahorrarlo tendría que pensar muy bien dónde esconderlo. Sin embargo, sus preocupaciones no duraron mucho, ya que al atajar por una callejuela unos ladronzuelos le rebanaron el cuello y se repartieron el botín en tres partes iguales. Un maravedí para cada uno de los dos ejecutores y el tercero para la prostituta sarracena que la había delatado y que, a diferencia de Eldonza, sabía perfectamente en qué gastar las monedas.

Mientras esto ocurría, el obispo de Burgos caminaba todo lo rápido que sus castigadas piernas le permitían por el pasadizo que unía su palacio con el castillo del cerro de San Miguel. Cuando llegó a la Cueva del Moro, bajo el recinto amurallado, apagó la antorcha y esperó pacientemente en la oscuridad. Al cabo de poco distinguió una claridad que venía de la estrecha galería que comunicaba con el pozo que abastecía de agua al castillo. A medida que la luz se acercaba, se perfilaba con mayor nitidez la silueta de una mujer.

—Majestad —saludó el obispo a la reina.

—Decíais en vuestro mensaje que era importante —dijo Leonor, impaciente.

—Lo es. Me han dado las armas para derrotar a doña Elvira de una vez por todas.

La reina lo miró con el escepticismo que había ido

alimentando en los últimos años. Poco quedaba ya de la atracción que había sentido por don Juan. El paso del tiempo había dejado intacta la ambición del obispo, pero no podría haber sido más despiadado con su cuerpo. La cojera se había acentuado y las arrugas de su frente se asemejaban a los surcos que deja el arado en una tierra seca y estéril. Leonor se preguntó cómo, en algún momento de locura, había podido plantearse poner en peligro todo lo que poseía por aquel hombre.

—No es la primera vez que me hacéis esta promesa —respondió ella con cierto hastío.

—Confiad en mí.

—Dadme un motivo. —No podía ocultar el desprecio que empezaba a inspirarle.

—No seáis tan cruel —susurró don Juan, dolido.

—No es crueldad. Si alguien es capaz de derrotar a doña Elvira sois vos. Pero hace muchos años os creí, arriesgué y estoy pagando un alto precio.

—El rey os ha perdonado.

—Ni él me ha perdonado ni yo a él. Por suerte, mi hijo Enrique es el vivo retrato de mi marido y Alfonso ya no duda de que es su padre. Pero, vaya donde vaya, la sombra de la infidelidad me persigue.

No era una sorpresa para don Juan de Lara que la reina lo acusara de su ruina. Sin embargo, por mucho que lo había intentado, el obispo no conseguía sentirse culpable.

—Lo siento en el alma —mintió, y sonó extrañamente sincero.

—Lo sentís —repitió con amargura la reina—. Hasta que tengáis éxito en vuestra empresa, os ruego que no volváis a poneros en contacto conmigo.

—Esta vez la abadesa no podrá escapar, os lo aseguro.

—¡Si sabéis algo que desconozco, hablad! —le ordenó Leonor.

El tono desabrido le recordó al obispo sus propias palabras

unas horas antes, cuando en su palacio le exigía a la lavandera que no se anduviera por las ramas. ¿Era posible que don Juan se hubiera convertido para Leonor en alguien tan insignificante y molesto como Eldonza lo había sido para él?

El obispo no quiso tentar su suerte y pasó a relatar a la reina los secretos de la abadesa. Por lo visto, custodiaba en sus dominios el cadáver de un noble asesinado, alguien cuya muerte no había podido atribuir a don Fadrique, porque, de haber sido así, lo habría hecho público. Y, por si fuera poco, había averiguado que las curaciones en el hospital no eran cosa de Dios, sino del diablo. ¡La abadesa había recurrido a la brujería y pronto podría probarlo!

Cuando el obispo terminó su explicación, buscó en Leonor una palabra amable, unas migajas para alimentar su pasión. Sin embargo, la reina apenas le dedicó una mirada de estupefacción.

—¿Pretendéis derrotar a esa mujer con una acusación tan burda? ¿Que se ha entregado al diablo para curar a los peregrinos? ¿Que conserva un esqueleto para practicar la hechicería? ¡¿Quién en sus cabales podría creer algo tan insensato?! Me temo que, si avanzáis por ese camino, quien arriesga su prestigio sois vos.

—No os aferréis a la literalidad de las palabras. Su significado puede retorcerse a voluntad y las cabezas entienden solo lo que quieren comprender. Si escribo al santo padre acerca de mis sospechas, donde yo escriba «pacto con el diablo», el papa Inocencio no leerá «brujería», sino «herejía». Está obsesionado con los cátaros de Occitania y debemos aprovechar en nuestro beneficio su determinación de aplastar cualquier desviación de la ortodoxia.

La reina le sostuvo la mirada, hierática. Permaneció en silencio varios segundos y cuando abrió la boca no fue para

regalarle una palabra de admiración y aliento, sino para rei-
terarle la prohibición de contactar con ella en tanto el plan
de don Juan no tuviera resultado.

La soberana volvió a internarse en el estrecho pasadizo de
vuelta al castillo, sin saber que, al alejar la recompensa de su
favor, había multiplicado por cien la determinación de don
Juan de derrotar y humillar a su enemiga.

CAPÍTULO XXIX

Domingo, el anciano encargado de la hospedería de Santa María la Real, estaba acostumbrado a que sus ilustres invitados le levantaran la voz para conseguir pequeños privilegios. Lo que no había visto en los años que llevaba en el puesto era que un muerto de hambre como el joven que acababa de llegar vestido de no se sabía qué se tomara la libertad de gritarle e insultarlo como si fuera el amigo más querido del rey de Castilla. La discusión comenzó porque Niccolò exigió una habitación más para guardar sus posesiones, además de paja gratis para su caballo. Sin embargo, las órdenes que el paciente Domingo había recibido de fray Diego se limitaban a proporcionar al invitado de la abadesa una celda privada. Nadie le habló de monturas ni de facilitarle un almacén para sus numerosos baúles.

Niccolò, cansado de discutir en latín con aquel anciano, pasó a lanzar sus exabruptos en siciliano, aunque no consiguió que Domingo variara su posición ni un ápice. Harto, el extranjero abrió uno de los arcones y sacó un puñal con inscripciones en árabe. El encargado retrocedió asustado, pero tropezó con el equipaje y cayó antes de poder huir. Desde el suelo vio cómo el joven se acercaba, sacando la hoja de su funda. Domingo cerró los ojos, juntó las manos y se preparó para reunirse con el todopoderoso. Sin embargo, no había llegado todavía su hora. La puerta se abrió trabajosamente y asomó la cabeza de sor Inés. La monja miró sorprendida a los dos hombres y después se volvió hacia el pasillo.

–Está aquí, ilustrísima.

Al oír aquella palabra, Domingo se incorporó de un salto y Niccolò envainó el puñal. La abadesa entró lentamente, mirando todo y a todos con la distancia propia de su rango.

–Quería asegurarme de que os habían proporcionado un alojamiento a vuestro gusto –le dijo a Niccolò.

–Sí, *madonna*. Ese hombre me ha ofrecido esta celda y otra más para que pueda guardar mis cosas.

Domingo abrió los ojos como naranjas. Se volvió hacia la abadesa y negó enérgicamente:

–No es así, ilustrísima. Yo no le he dicho que podía contar con otra habitación.

–Es cierto –lo interrumpió Niccolò–, me ha ofrecido otras dos, pero creo que con una será suficiente para todos mis baúles. Y también quería daros las gracias por la paja para mi caballo.

Domingo no daba crédito a sus oídos.

–Pero… pero… –farfulló, atónito, el pobre hospedero.

–Me alegra ver que todo está a vuestro gusto –aprobó doña Elvira.

El encargado pasó del tartamudeo al silencio. No esperaba que la abadesa en persona autorizara semejantes regalías. Niccolò sonrió y avanzó hacia el pobre hombre ofreciéndole el puñal sarraceno.

–Tened, como muestra de mi agradecimiento.

Domingo dudó, pero doña Elvira le apremió a aceptar el regalo. El hombre comprendió que debía mantenerse lejos de aquel huésped y no por la facilidad con la que desenvainaba el acero, sino por su lengua, infinitamente más peligrosa.

–Precisamente deseaba hablar con vos, *madonna*.

–Su ilustrísima –dijo sor Inés, recalcando por enésima vez el tratamiento correcto– tiene muchas obligaciones. Os esperan los recaudadores de vuestras villas, señora.

–Seguro que pueden esperar un poco más –resolvió la superiora–. ¿Qué se os ofrece?

–Preferiría hablar con vos a solas –pidió el joven.

–Y yo preferiría que no me impusierais condiciones.

–Si es vuestro deseo, lo respeto, pero en ese caso lamento no poder relataros lo que me ha traído hasta aquí –respondió Niccolò sin abandonar su sonrisa, en una actitud claramente desafiante.

Sor Inés y Domingo estaban tan sorprendidos como doña Elvira por el descaro del joven. Pero, mientras que los dos primeros de buena gana lo habrían echado a puntapiés, la abadesa estaba intrigada por el personaje más que por lo que tuviera que decirle.

–Dejadnos solos –ordenó la abadesa tras una breve pausa.

Sor Inés y Domingo se miraron escandalizados. A diferencia de aquel cantamañanas siciliano, ellos sí sabían cuál era su lugar en el mundo. Hicieron una reverencia, salieron al pasillo y cerraron la puerta.

–Hablad –le conminó la abadesa.

–¿No queréis sentaros?

–No –replicó ella–. No esperaba que alguien tan joven viajara con tanto equipaje.

–Quizá no sea tan joven. He cumplido ya treinta años. Y es difícil no acumular cuando se ha viajado tanto y se han visto tantas maravillas.

–¿Como la reliquia de san Mateo? ¿Es de lo que me queréis hablar?

–He venido a Burgos para ofrecérosla.

–¿A cambio de qué?

–De lo que su ilustrísima quiera pagar.

Doña Elvira sonrió. Le fascinaba con qué seguridad las

medias mentiras y las verdades a medias brotaban de su boca. Se fijó en sus ojos, de un gris azulado clarísimo, irreal, discordante en alguien tan inclinado a los colores llamativos.

—¿Para qué la quiero? —preguntó la superiora.

—La gente acudirá a visitarla.

—Ya vienen para ver y tocar los restos de la madre de la virgen. ¿Conocéis su historia? La guardaban las monjas del monasterio de Gradefes sin sacarle ningún partido. Yo la traje aquí. Pero los peregrinos no empezaron a acudir a nuestra iglesia hasta que gracias al Hospital del Rey los convencimos de que tenía el poder de sanarlos. ¿Entendéis lo que os quiero decir?

—Que, si la gente no cree que la reliquia de san Mateo puede obrar milagros, no será distinta a la costilla de cualquier otro mortal.

—Exactamente.

—Pero vos sabéis, porque lo habéis visto, que yo puedo convencer a quien sea de su poder.

—Lo que he visto de vos… No me agrada.

—Yo creo que sí —sonrió Niccolò.

—No me fío de vos —respondió doña Elvira—. Vuestros ojos son… demasiado claros.

—Mis ojos son normales. Quizá lo que los hace especiales sea el modo en que los miráis.

Por primera vez en mucho tiempo, doña Elvira se quedó sin palabras. ¿Cómo osaba hablarle así aquel desvergonzado? Debería requisarle sus pertenencias y azotarlo públicamente para que aprendiera que debía dirigirse a ella con respeto. Se dio cuenta de que estaba temblando de indignación; era imprescindible castigarlo de inmediato.

—Eso que decís no tiene sentido —se limitó a decir la abadesa, y a ella misma la sorprendió la cobarde benevolencia de su respuesta.

–Por supuesto, *madonna* –admitió el joven, que volvió a hacer la peculiar inclinación de cabeza que utilizaba tanto para pedir disculpas como para ocultar su sonrisa burlona.

Don Yagüe se había puesto sus mejores galas para acudir a la cita en el palacio episcopal. El mensajero que había ido a buscarlo al hospital le había dicho que el obispo tenía un severo dolor de garganta que lo mantenía en cama. El médico vio en esta llamada la oportunidad para escapar de su peculiar condena. Conocía muy bien la enemistad que existía entre la abadesa y el obispo. Si conseguía curarlo, quizá don Juan tendría a bien conservarlo a su lado como su médico personal, y con un protector tan poderoso don Yagüe ya no tendría que temer las represalias contra su familia de la vengativa doña Elvira. Podría reunirse con su mujer y sus hijos, a los que no había visto desde que abandonó Sahagún.

Absorto en estos pensamientos, llegó a la plaza de la Llana. Sentía que el corazón se le desbocaba cuando cruzó el umbral del palacio de don Juan de Lara. Se estaba jugando mucho, todo lo que de verdad valía la pena.

Un criado lo condujo a la estancia donde el obispo lo esperaba, acompañado por cuatro hombres. Don Yagüe los conocía a todos. Eran médicos como él. O, mejor dicho, a diferencia de él, ellos podían ejercer su oficio libremente.

–Entrad, entrad, don Yagüe –le dijo amablemente don Juan.

Sin necesidad de examinarlo, el galeno supo que la garganta del prelado estaba perfectamente. Su supuesta dolencia había sido una excusa para atraerlo hasta allí.

–Sentaos, os lo ruego –lo invitó el obispo, que volviéndose hacia los presentes justificó el silencio del visitante–: Debéis saber que don Yagüe no puede hablar. Hace años se enfrentó en juicio con mi buen amigo el abad del monasterio de San Benito de Sahagún. Lo condenaron a perder la lengua por falso testimonio. En aquella ocasión no supo elegir a sus aliados. Espero que haya aprendido la lección.

Don Yagüe sintió que se le secaba la boca. Había caído en una trampa de la que era muy difícil que saliera bien parado.

—Por lo que hemos sabido —prosiguió el obispo—, la abadesa os contrató con la intención de que encubrierais a una seguidora de Satanás, una hereje que lleva once años ocupándose de los enfermos del Hospital del Rey.

El obispo hizo un gesto a dos criados. Estos se dirigieron hacia el mudo, levantaron su silla y la colocaron junto a la mesa. Don Juan de Lara acercó un pergamino y una pluma a don Yagüe.

—Sabemos que no podéis hablar, pero sí que podéis escribir una confesión. Contad la verdad y os libraremos de esas apóstatas.

Don Yagüe estaba acostumbrado a que lo miraran con lástima, pero no al desprecio con el que lo observaban sus ilustres colegas, reunidos en torno a don Juan.

El médico dudó. La decisión no era fácil. Por Burgos corría el rumor de que algunos de los ricos pacientes de don Yagüe empezaban a cuestionar su pericia profesional y antes que recurrir a sus servicios preferían vestirse con andrajos para ser admitidos en el Hospital del Rey, aunque eso implicara compartir lecho con mendigos y peregrinos. Hasta ese día se habían atribuido las curaciones del hospital a la intervención de santa Ana, pero si firmaba una acusación contra Beatrice estaría reconociendo que era ella quien había conseguido convertir el Hospital del Rey en el mejor de Castilla y Toledo. Si contaba lo que sabía, don Yagüe estaría admitiendo no solo que era un fraude, sino peor médico que una mujer. Tomó aire y alejó el pergamino, dejando claro que no pensaba colaborar.

—Me sorprendéis; os creía más listo —se lamentó el obispo—. Como comprenderéis, en estos casos la Iglesia no puede cerrar los ojos. El papado está muy alerta desde que estalló la herejía cátara. No podemos permitir que en Burgos surja un nuevo foco.

El médico masculló unos sonidos ininteligibles que arrancaron las carcajadas de aquellos hombres. Hacía mucho que nadie se reía de él. Fue entonces cuando comprendió lo ciego que había estado al no querer ver el respeto con que lo habían tratado en el Hospital del Rey.

Don Juan hizo un gesto a sus criados. Cada uno cogió a don Yagüe por un brazo y lo arrastraron fuera de la sala. El obispo se volvió a sus invitados.

–Dejemos trabajar a mis verdugos.

–¿Y el esqueleto que esconde la abadesa? –preguntó uno de los galenos.

–Ya está en camino.

–¡Es un malnacido! –clamó exasperado fray Diego tomando la copa de vino que le ofrecía doña Ágata.

Tras la desagradable escena con su cuñado, se había convertido prácticamente en asistente de la abadesa. El clérigo bebió un buen trago para hacer más llevadero el trance de tener que convencer a doña Elvira de que había cometido un grave error dando su protección a un hombre indigno.

–Sabíamos que era un sinvergüenza –observó ella mientras estampaba su sello en varios de los documentos oficiales que se acumulaban en su mesa.

–Con más motivo deberíais mantenerlo lejos de vos.

–No veo qué daño nos ha hecho –lo defendió la abadesa.

–¿Os parece poco haberse burlado de vuestra buena voluntad para lograr un trato especial?

–Nada que no hayamos visto mil veces.

–Y en todas las anteriores habéis intervenido para restituir la justicia. ¿Qué os impide actuar en esta?

–Creo que exageráis. Sus delitos son tan insignificantes que si prueban algo es que es inofensivo. Le dais demasiada importancia.

–¿Yo? ¡La importancia se la da él! –exclamó fray Diego, fuera de sí–. ¿No lo habéis visto? ¡Con esas estrafalarias telas bizantinas y ese acento ridículo!

–Llama la atención, desde luego. Pero todavía no he decidido si es una moda o su forma de ser.

–Ya os lo digo yo. Es como un pavo real, no puede evitar exhibir sus plumas –concluyó fray Diego.

–Quizá…

De pronto se abrió la puerta y entró Niccolò. La copa de vino de fray Diego estuvo a punto de acabar en el suelo.

–¡¿Qué hacéis aquí?! –exclamó el clérigo, poniendo a prueba sus pulmones.

–Yo lo he mandado llamar –intervino doña Elvira.

–Ya habéis oído –sonrió, insolente, el joven, y el confesor tuvo que contenerse para no lanzarse a su cuello y estrangularlo allí mismo.

Sor Inés entró inmediatamente después, con el rostro enrojecido.

–Lo siento, ilustrísima –se disculpó, sofocada–. Ha echado a correr y no… –tuvo que detenerse para recuperar el aliento– no he podido darle alcance.

–La culpa es mía. No tendría que haberos enviado a vos –la disculpó doña Elvira.

Sor Inés se tensó. ¿Qué quería decir? ¿Que ya había previsto que no estaría a la altura de la misión? La monja vio con incomodidad que doña Ágata servía el vino. Hasta hacía muy poco era ella, sor Inés, quien se ocupaba de atender las necesidades de la superiora. ¿Tenían razón las dueñas que murmuraban que el deterioro físico de la navarra pronto la haría perder el favor de la abadesa? En alguna ocasión había visto a las más ambiciosas revolotear alrededor de doña Elvira, ofreciéndose para cualquier cosa que ella pudiera precisar, aunque la peor era esa insufrible doña Ágata, siempre dispuesta a regalar los oídos con halagos. Reconocía los signos porque eran los mismos ardides a los que ella había recurrido años atrás cuando doña Elvira fue elegida abadesa.

—Podéis retiraros —le dijo la superiora—. Doña Ágata, servid a nuestro invitado.

Sor Inés hizo una reverencia entre silbidos asmáticos, decidida a recuperar su juventud, aunque fuera al precio de vender su alma al diablo. Doña Ágata ofreció una copa de vino al joven, quien le regaló una sonrisa tan perfecta que la viuda dudó que fuera real.

—Vos también podéis retiraros —le ordenó doña Elvira.

Camino de la puerta, doña Ágata giró ligeramente la cabeza para echar un nuevo vistazo al recién llegado. Niccolò, como si adivinara sus intenciones, volvió a sonreírle. La mujer abandonó la estancia visiblemente turbada.

—He venido tan rápido como he podido —aseguró Niccolò a la abadesa—. Para mí no hay nada más urgente que serviros, *madonna*. —Y, mirando a fray Diego, se corrigió—: Perdón, quería decir ilustrísima.

Sin embargo, este gesto no sirvió para que el confesor lo mirara con más simpatía.

—Hacéis bien en esforzaros —lo animó doña Elvira—. No sé cómo lo habéis conseguido, pero en el poco tiempo que lleváis entre nosotros os habéis ganado la desconfianza de todos mis colaboradores.

—Dudo que sea mérito mío. Diría que más bien es vuestro.

—¡Desvergonzado! ¡¿Cómo te atreves?! —bramó fray Diego.

—¡Salid! —ordenó doña Elvira.

—¡Ya habéis oído a su ilustrísima! —lo apremió el clérigo.

–Os lo digo a vos, fray Diego –precisó la abadesa–. Haced el favor de dejarnos solos.

El confesor se quedó helado.

–Pero… –protestó tímidamente.

–Salid –insistió ella.

Fray Diego se volvió hacia el joven, que se inclinó ante él sin ocultar lo mucho que estaba disfrutando. El confesor abandonó cabizbajo los aposentos, tan azorado como doña Ágata, aunque por razones bien distintas.

–He tomado una decisión –anunció doña Elvira al aventurero–. No voy a compraros vuestra reliquia. Por tanto, no tiene sentido que prolonguéis vuestra estancia en nuestra casa. Os deseo un buen viaje. Estoy segura de que san Mateo os protegerá como ha hecho hasta ahora. Podéis retiraros.

Niccolò se quedó pasmado. No esperaba ni mucho menos que la abadesa lo hubiera convocado para esto.

–Pero… –balbuceó.

Doña Elvira lo miró burlona, saboreando con evidente placer la sensación de tomar control sobre alguien tan escurridizo como aquel joven de ojos audazmente claros.

–Tengo más mercancías que os pueden interesar…

–Lo dudo mucho. Y, aunque así fuera, sois una mala influencia. No puedo permitirme que entréis en mis habitaciones privadas sin pedir permiso, dejando atrás a sor Inés, que provoquéis a mi confesor…

Niccolò la miraba fijamente. No obstante, su preocupación parecía haberse esfumado. El joven se llevó las manos a los cordones laterales de su saya y fue deshaciendo uno a uno los lazos. Doña Elvira, atónita, no pudo seguir hablando.

El siciliano sacó de un pliegue interior de su gonela un rectángulo de un blanco impoluto: una hoja de papel.

–¿Sabéis lo que es? –le preguntó en voz baja.

La dejó ceremoniosamente sobre la mesa de doña Elvira.

Ella se acercó y la tocó con la punta de los dedos. Había visto otras veces aquel exótico material, aunque nunca de tan buena calidad. Tenía un tacto sedoso, sensual, obsceno. Todavía conservaba el calor del cuerpo del joven.

–¿Dónde lo habéis conseguido?

–Lo he hecho yo.

Doña Elvira lo miró sorprendida. Era conocido que solo los árabes sabían transformar las telas viejas en papel y que guardaban el secreto celosamente. Era un material sumamente caro, tanto o más que el pergamino.

–Y podría fabricarlo aquí –le aseguró Niccolò–, si me dais vuestro apoyo.

La abadesa dudó. Hasta donde ella sabía, en Europa solo se producía papel en los molinos de Játiva, bajo el dominio almohade. ¿De verdad podía aquel extranjero elaborar algo tan sofisticado?

–En el futuro todo se escribirá en papel. Los pergaminos serán historia –auguró Niccolò.

La ingenuidad del joven estuvo a punto de arrancar una carcajada a la abadesa. Era cierto que en alguno de sus viajes por Castilla para visitar otros monasterios bajo su protección había visto libros que intercalaban vitelas con hojas de papel, pero jamás un libro entero escrito sobre aquel material.

–¿De dónde venís? Decidme solo la verdad –le exigió doña Elvira.

–Del Reino de Sicilia.

–¿Y qué hacéis aquí?

–Huir.

La abadesa sintió que aquellas eran las primeras palabras sinceras que oía de sus labios.

–Mi familia es de origen normando –prosiguió Niccolò– y no vio con buenos ojos la llegada de los suevos de Germania. Combatimos contra el emperador Enrique…

–El emperador está muerto –replicó ella.

–Pero sus partidarios no. Tuve que abandonar mi casa para evitar que me mataran.

–El santo padre fue nombrado tutor del heredero del emperador Enrique. Eso me sitúa en el bando de vuestros perseguidores. ¿No tenéis miedo de que le escriba para contarle que estáis aquí? Como abadesa de Santa María debo obediencia a Roma.

–Si creyera que sois una persona obediente no os habría confiado mi vida.

La abadesa reprimió una sonrisa. La grandilocuencia incorregible de aquel extranjero, su desfachatez intolerable y su mirada impertinente, a veces impúdica, la empujaban a mantenerse firme en su decisión de expulsarlo de sus dominios. Su inmadurez, su gusto por la provocación y esa infantil necesidad de llamar la atención eran el compendio de todo lo que no podía soportar en un hombre. Pero al mismo tiempo la idea de doblegarlo, de arrebatarle aquella suficiencia, se le antojaba una empresa irresistible.

–Solo os pido que penséis un par de días en mi propuesta –solicitó Niccolò mientras caminaba hacia la puerta.

Doña Elvira tomó entre sus manos la delicada hoja de papel.

–Os dejáis esto.

–Conservadlo vos. Es mi regalo.

–¿Un papel en blanco? –le preguntó, divertida.

–Podéis escribir en él lo que queráis. Vuestros deseos más profundos. ¿Acaso hay mayor regalo?

CAPÍTULO XXX

Los internos del Hospital del Rey rezaban por el alma de los fundadores, requisito indispensable para ser merecedores de sus generosas raciones de comida. María atravesó la enfermería de los hombres recorriendo con la mirada cada rincón. Hacía un buen rato que buscaba a don Yagüe sin éxito. Preocupada, abordó a Beatrice, que curaba una úlcera a un anciano desdentado.

–¿Sabéis dónde puede estar don Yagüe?

–No –le respondió su maestra.

–Nadie lo ha visto desde ayer.

Beatrice dejó caer la escudilla que tenía en las manos. El agua mezclada con sangre dibujó un caprichoso dibujo a los pies de las dos mujeres. María creyó en un primer momento que la noticia que acababa de dar a su maestra era la causa de su agitación, pero pronto se dio cuenta de que la siciliana ni siquiera la había escuchado.

Los ojos de Beatrice estaban más pendientes de algo o alguien que acababa entrar. La joven se volvió. Recorrió con la mirada la gran sala: solo vio enfermos y a las freilas que repartían la comida, como cada día. Sin embargo, tras ellas le pareció ver una forma envuelta en telas lujosas, poco habituales entre aquellos muros.

Cuando las sirvientas continuaron con la distribución del yantar, quedó expuesta a la vista de todos la poderosa silueta de un hombre alto, vestido de forma extravagante, que cargaba una pesada bolsa árabe de cuero teñido. Era Niccolò.

—Tengo que irme —dijo abruptamente Beatrice.

—Pero ¿qué hacemos hasta que aparezca don Yagüe? —le preguntó María, seriamente preocupada.

No obtuvo respuesta. Beatrice se dirigió con paso rápido hacia la sala sin nombre. María, atónita, la siguió con la mirada hasta que descubrió que el desconocido se acercaba a ella.

—¿Qué se os ofrece? —preguntó cortante, dispuesta a echarlo lo antes posible para retomar la búsqueda del médico desaparecido.

Pero Niccolò no se dignó a detenerse para darle una explicación; continuó caminando y entró en la sala sin nombre siguiendo a Beatrice.

—¡Eh, no podéis…! —protestó María.

Corrió tras él. Sin embargo, al intentar abrir la puerta, descubrió con asombro que estaba trabada por dentro. Las freilas se acercaron con una sonrisa socarrona en los labios.

—No os preocupéis, dentro de diez minutos ya habrán salido —dijo una, con la cara sudada como si acabara de salir del río.

—¡O menos! —lanzó su compañera, encantada de tener un tema de conversación a la altura de su ingenio.

Las carcajadas de las freilas no se oían en el interior de la sala sin nombre, donde Beatrice observaba temblando cómo Niccolò sacaba de su bolsa de cuero dos manuales de medicina que ella reconoció inmediatamente. Los había leído y releído con fruición años atrás, en Salerno.

—Pensé que te gustaría tenerlos. El resto están en mi habitación. Te los traeré cuando…

—¡No! —lo interrumpió Beatrice—. Ya te lo he dicho, tienes que irte. Lo antes posible.

—Me ha costado mucho encontrarte. No me pidas que me vaya ahora —dijo mientras abría aleatoriamente los frascos de los remedios para olerlos, probarlos y, sobre todo, provocar a Beatrice.

—No tendrías que haber venido. Te dije que no me buscaras.

Niccolò no perdió tiempo en reprocharle la injusticia de su despedida años atrás, ni en relatar la enorme alegría que sintió cuando un viejo conocido, Riccardo, regresó de las cruzadas y, a cambio de unas monedas, le contó sobre ella tras hacerle jurar que Giuditta nunca sabría de dónde había obtenido la información.

—Ahora te haces llamar Beatrice. Yo me llamo Niccolò. ¿Te gusta?

—Aquí no estás a salvo.

—Yo creo que sí. Todo este tiempo he pasado hambre muchas veces, pero nunca se me ocurrió vender tus libros porque sabía que por mucho que me pagaran para ti tendrían más valor. Ahora es el momento de compensarme. Solo quiero que le hables bien de mí a doña Elvira.

—Hace demasiado que no te veo, y lo que sé de ti no creo que le guste.

—No hay ninguna necesidad de entrar en detalle.

Niccolò se había subido a un taburete y desde aquella altura se volvió para mirarla con la confianza de quien sabe que al final acabará saliéndose con la suya. El joven sonrió al descubrir en los anaqueles superiores el frasco que contenía el jugo de adormidera. Lo abrió para olerlo y lo apartó con un gesto de desagrado.

—El que te he traído te gustará mucho más.

Mientras esto ocurría en la sala sin nombre, María y el comendador, en la enfermería, se inclinaron respetuosos ante doña Elvira, que acababa de llegar. Aunque el administrador había puesto en conocimiento de la abadesa la súbita desaparición de don Yagüe, no esperaba que se presentara en el hospital para discutir en persona las medidas a tomar.

–Enviad a buscarlo a Burgos –ordenó la superiora–. Que peinen todas las tabernas y los burdeles. Yo mandaré gente de mi confianza a Sahagún para que hablen con su familia. Puede que haya ido a verlos.

–Y, mientras tanto, ¿qué hacemos con los enfermos? –preguntó fray Martín–. ¿Permitimos que doña Beatrice los atienda directamente?

–No, de ninguna manera. Buscad juglares capaces de fingir que hablan lenguas extranjeras, enseñadles a comportarse como médicos y que doña Beatrice haga de intérprete de lo que salga por su boca.

–Con todo respeto, ilustrísima –dijo él–, ¿no creéis que resultará sospechoso que por segunda vez Beatrice haga de intérprete? ¿Primero de un mudo y ahora de una lengua inventada?

–Si tenéis una idea mejor, exponedla –replicó irritada doña Elvira–. ¿Dónde está Beatrice? –preguntó, cogiendo a María del brazo y alejándose del comendador.

–En la sala… –dijo esta.

–Id a buscarla.

–No sé si… –balbuceó la joven.

–¿No sabéis qué? –la interrumpió la superiora.

–Nada, ilustrísima.

María se dirigió a la sala sin nombre, intuyendo que de no mediar un milagro su maestra se vería envuelta en graves problemas muy pronto. Intentó abrir la puerta, pero seguía cerrada. No quiso volverse para no tener que dar una explicación a la abadesa. Sin embargo, fue inútil: doña Elvira y el comendador se acercaron para averiguar de primera mano qué estaba ocurriendo.

–Se ha encerrado por dentro y no abre. Se habrá quedado dormida… –la justificó María, anticipándose a las inminentes preguntas de ambos.

Fray Martín golpeó insistentemente la puerta.

–¡Abrid! ¡Abrid ahora mismo!

Oyeron los hierros de los cerrojos y, al poco, Beatrice apareció ante ellos.

–Disculpadme. No esperábamos vuestra visita, ilustrísima.

–¿Qué hacíais? –le preguntó el comendador, extrañado.

Aunque la doctora tenía preparada una excusa, Niccolò se colocó a su lado en la puerta y se adelantó para dar una explicación:

–Ha sido culpa mía. Me he enterado de que doña Beatrice estaba trabajando aquí y he venido a traerle unos libros de medicina.

–¿Os conocíais? –preguntó, desconfiada, la abadesa.

–Salerno no es tan grande –dijo Niccolò.

–Ni tan pequeño –replicó, áspera, doña Elvira, que para ocultar la incomodidad que el encuentro le provocaba preguntó a Niccolò en un tono displicente–: ¿También leéis libros de medicina? ¿Hay algún arte en el que no seáis maestro?

–Si lo descubro, seréis la primera persona en saberlo, *madonna* –respondió él con una seguridad insolente.

Beatrice, María y fray Martín se volvieron hacia la abadesa. Todos esperaban que la superiora le aplicara un castigo. En cambio, lo que nadie esperaba era que doña Elvira se ruborizara.

CAPÍTULO XXXI

La abadesa rezaba arrodillada ante la imagen de santa María. Era una escena a la que las monjas estaban acostumbradas, aunque si hubieran podido meterse en la cabeza de la superiora habrían percibido un matiz diferente. Doña Elvira solía rogar por el alma de las hermanas y de todos los peregrinos que hacían donativos al cenobio. Sin embargo, en esta ocasión, pedía ayuda para sí misma.

Acababa de enterarse de que el esqueleto de los seis dedos había sido sustraído de los almacenes del monasterio sin que nadie supiera explicar cuándo ni por qué. Pero, doña Elvira sospechaba quién estaba detrás de ese extraño robo. Sus espías en Toledo la habían informado de que el obispo de Burgos se había presentado ante el rey para solicitar autorización para invocar la inquisición apostólica que habría de juzgarla. No podía ser casualidad. La noticia la llenaba de inquietud. No era la primera vez que se enfrentaba a un juicio, por supuesto, pero en todas las ocasiones anteriores ella había podido elegir el juez. Esta vez, no.

Sor Inés se le acercó. Se santiguó antes de colocarse a su lado e interrumpir su rezo hablándole al oído.

—¿Muerto? —preguntó, atónita, la abadesa.

Sor Inés negó con la cabeza.

—Malherido. Muy grave.

—Que lo lleven a la hospedería —ordenó doña Elvira.

–Así se hará, ilustrísima.

La dueña se levantó, pero la abadesa la asió por el brazo para añadir algo más:

–Id en busca de doña Beatrice y de doña María, y que no permitan que nadie lo vea así. Se lo debemos.

Sor Inés corrió al hospital para cumplir la orden. Beatrice y María se resistieron a abandonar a sus pacientes habituales hasta que la monja les reveló la identidad del enfermo: don Yagüe. Había aparecido a las afueras de Burgos, ensangrentado, desnudo y con las cuencas de los ojos vacías.

Las mujeres se aprovisionaron a la velocidad del rayo de vendas y remedios y en pocos minutos llegaron a la hospedería. Entraron con prevención en la celda del médico. Lo encontraron acostado en el camastro a la luz de una vela, con el cuerpo cubierto de heridas y todos los huesos rotos, excepto los de las manos.

María rompió a llorar. Había llegado a apreciar a aquel hombre amargado, al que solo había visto sonreír en una ocasión. Beatrice se volvió hacia ella e, indignada, le ordenó que saliera al pasillo. Tras cerrar la puerta, la siciliana le reprochó que en momentos así pensara más en ella misma que en el enfermo.

–Ahora don Yagüe necesita que lo curemos, no que le tengamos lástima. Cuando estés sola haz lo que quieras, pero delante de él no voy a tolerar ni una lágrima. Si no sabes comportarte, no te quiero a mi lado.

María asintió, avergonzada. Beatrice volvió a la habitación. La joven esperó unos minutos hasta que consiguió tranquilizarse. Cuando regresó a la celda, vio a Beatrice vertiendo jugo de adormidera en una copa.

–Esto os calmará –le dijo Beatrice a don Yagüe, esforzándose en evitar que la emoción le quebrara la voz.

Al acercarle la bebida a los labios, el médico giró la cabeza bruscamente. Maestra y alumna se miraron impotentes, dolidas, convencidas de que para don Yagüe no había mayor suplicio que ser tratado por ellas. Sin embargo, se equivocaban. Durante su secuestro, el galeno había comprendido que nunca podría aspirar a nada mejor que los últimos años en el Hospital del Rey.

Beatrice y María trataron las heridas de don Yagüe, pero nada pudieron hacer para devolverle las ganas de seguir viviendo. No se separaron de su lado. Las dos mujeres se alternaban velando su sueño. En uno de los turnos, Beatrice se quedó dormida. Quizá solo fueron unos minutos, pero cuando abrió los ojos descubrió junto a ella el resto de los libros de medicina que había dejado en su Salerno natal. Comprendió que Niccolò la había visitado. Abrió uno de los volúmenes y paseó sus dedos por las páginas, reconociendo las ilustraciones y los pequeños accidentes del uso: una mancha aquí, un corte allá, que la transportaron a días felices, antes de su matrimonio.

De pronto se abrió la puerta.

—¿Cuántos libros has traído? No creía tener tantos —preguntó Beatrice.

La doctora dio un respingo, sorprendida al ver entrar a la abadesa.

—No os he traído nada, pero por lo que veo no os falta lectura —dijo doña Elvira, admirada por la docena de códices que se apilaba junto a la silla de la extranjera.

La abadesa sabía perfectamente con quién la había confundido Beatrice. Sin embargo, no era momento de averiguar qué tramaban los dos sicilianos. Había venido a ver a don Yagüe. Se le encogió el corazón ante la venda ensangrentada que le tapaba los ojos, el cuerpo cubierto de hematomas, cortes y quemaduras, el rostro brutalmente deformado.

—¿Cómo está?

–Morirá pronto.

La abadesa acusó la crudeza de la noticia. Se volvió hacia el hombre, temiendo que las hubiera oído.

–Ahora duerme, pero él también lo sabe –la tranquilizó Beatrice–. Y diría que lo está deseando.

Doña Elvira asintió. Se santiguó y acercó una pequeña cruz de madera a los labios magullados del moribundo para que la besara.

–Tratadlo a la altura del gran servicio que nos ha prestado –le pidió a la doctora.

–Lo haré, ilustrísima.

Antes de salir, la abadesa abrió uno de los códices. En la primera página vio el exlibris en forma de sirena de dos colas. Se volvió hacia la siciliana.

–Hay que tener cuidado con el canto de las sirenas. Llevan los barcos a la perdición y a los hombres a la locura. Pero el efecto que provocan en las mujeres es una incógnita.

Sor Inés, como esos perros viejos que añoran las zalamerías que les hacían sus dueños cuando les pesaban menos los años, abordó a María en el hospital para pedirle algún remedio que le devolviera el vigor de la juventud.

–Lo único que puedo hacer por vos –le dijo la aprendiz– es prepararos afeites para parecer más joven. Si esto os hace feliz, en poco tiempo notaréis una mejoría en las piernas, el corazón, los pulmones e incluso el alma.

La religiosa dudó, recordando el episodio del tinte para el cabello. Sin embargo, cada día se cansaba más y temía no tener el vigor necesario para seguir al servicio de doña Elvira. Le dijo a María que estaba dispuesta a aplicarse ungüentos, pero solo en la cara.

A la mañana siguiente, la joven le entregó la crema que le había prometido. La monja se encerró en su celda para aplicarse el remedio frente al espejo veneciano de su cámara. Después se dirigió a la hospedería para recoger la recaudación. Pero antes de regresar al monasterio pasó por delante de la habitación de Niccolò. La puerta estaba entreabierta y oyó que hablaba con alguien. Se acercó. A través de la abertura vio que lo acompañaba una mujer.

–¿Ni siquiera me vas a dar las gracias? –se lamentó Niccolò.

–Nunca he sido una buena madre ni tú un buen hijo –respondió Beatrice–, pero ya es demasiado tarde para los dos. Tienes que irte. Por tu bien.

En la penumbra del pasillo, sor Inés se vio invadida por una sensación de plenitud que no experimentaba hacía mucho tiempo. Tenía información para su señora. Volvía a ser útil, irreemplazable. Efectivamente, aquella crema que le había preparado María era milagrosa.

La reina estrenaba un vestido digno de una ceremonia de coronación. Y algo de eso había: aunque hacía más de cuarenta años que ocupaba el trono, estaba convencida de que esa mañana pondría punto final a la larga guerra con la abadesa, de la que renacería victoriosa como un ave fénix vestida de seda y armiño. «Cuando entre en la sala del proceso, quiero que todos se queden boquiabiertos y que doña Elvira vea con sus propios ojos cómo toda Castilla se inclina ante mí, pero no por ser la mujer del rey, sino por la majestad que irradiaré.» Leonor se entretenía con estos pensamientos mientras sus damas se esmeraban en cepillar su rubia cabellera y la adornaban con perlas e hilo de oro, a pesar de que su peinado terminaría oculto bajo un aparatoso tocado que había encargado a un mercader borgoñón.

Mientras la reina a duras penas podía respirar bajo el peso de sus fantasías de gloria, el tiempo pasaba velozmente. Una de las camareras corrió a informarla de que había visto llegar a doña Elvira al castillo.

—Con su confesor y un par de guardias. Llevaban un arcón muy pesado —dijo la dama, orgullosa de tener detalles intrigantes con los que adornar su relato.

—¿Cómo estaba ella? —preguntó Leonor.

—Tranquila, como siempre.

—Como siempre... —repitió la reina—. Pero esta vez sin motivos.

En ese mismo instante, doña Elvira y fray Diego entraban en la sala donde esperaba la corte. La dama de doña Leonor no había engañado a su señora: la abadesa parecía serena.

La superiora se postró ante el rey y el obispo de Burgos, encargado de hacer las preguntas. Fray Diego y ella habían preparado durante días las respuestas que la abadesa debería dar al prelado para salir bien de la prueba. Su confesor quería aprovechar la reciente muerte de don Yagüe para cargarle todas las culpas. Y, en caso de que el obispo quisiera ir más allá, podrían plantearse entregarle la cabeza del comendador, fray Martín.

Sin embargo, fray Diego no estaba tranquilo: la docilidad extrema de la superiora durante los ensayos, algo completamente inusual, le inquietaba, y además estaba su extraño empeño en llevar consigo un baúl cuyo contenido desconocía.

En los aposentos de la reina, las damas continuaban acicalando a Leonor, ajenas a que la audiencia ya había comenzado. La monarca se contempló en el espejo y sonrió satisfecha. Se sentía llena de vida, como la crisálida que sale a la luz tras una penosa metamorfosis y cuenta los segundos para que el mundo admire sus colores y la elegancia de su vuelo. Se levantó y ordenó a sus damas que la esperasen allí. Eran mucho más jóvenes y de talle más fino, y no quería que nada ni nadie eclipsara su gran entrada.

Mientras tanto, en el otro extremo del castillo, la abadesa escuchaba las acusaciones del obispo de Burgos:

—Quiero que os quede claro que nada se os imputa a vos. Sois una víctima más de las malas artes de una extranjera que, aprovechándose de vuestra buena voluntad...

Doña Elvira atendía con la cabeza baja, en actitud sumisa, tal como había convenido con fray Diego. Ni su confesor ni ella habían previsto un trato tan insultantemente amable por parte de don Juan. La abadesa sentía que la sangre le hervía en las venas a medida que el obispo la iba dibujando como una pobre mujer desvalida e incompetente, incapaz de saber lo que ocurría frente a su propia casa.

Levantó la cabeza para estudiar el rostro de los presentes. El rey parecía ausente, sin interés en lo que allí ocurría. Pero también vio muchas sonrisas satisfechas, miradas cargadas de rencor y una de miedo: la de fray Diego, que intuía que doña Elvira sería incapaz de refrenarse. Y no se equivocaba.

—Perdonad que os interrumpa, reverendísimo monseñor —dijo la abadesa—. Lamento verme obligada a rectificaros. Nada de lo que habéis dicho es verdad.

No se puede decir que a don Juan le sorprendiera esta reacción. De hecho, la esperaba y confiaba en que sirviera para que su rival se enredara en la delicada telaraña que había tejido a su alrededor. El resto de los cortesanos se lanzaron a cuchichear como si estuvieran en los preliminares de un torneo en el que, con suerte, habría derramamiento de sangre.

—Es cierto —admitió doña Elvira con voz firme— que desde hace años el mando del hospital está en manos extranjeras. Y gracias a ello hemos podido disfrutar de la medicina más avanzada de Europa, y no solo nuestra noble institución, sino también Castilla y muchísimos peregrinos que han acudido a nosotros. Nuestra medicina se enseña en Salerno, en el Reino de Sicilia, desde hace siglos.

Esta vez fue el médico personal del rey, don Arnaldo, quien se tomó la libertad de interrumpirla:

–No estamos aquí, ilustrísima, para poner en cuestión la Escuela Médica de Salerno, sino para desterrar del Hospital del Rey las malas artes de una indeseable que...

–Si conocéis la escuela –replicó la abadesa–, no os será difícil comprender por qué alguien que se formó allí ha demostrado con sus resultados estar muy por encima del resto de los galenos que han pisado nuestro hospital.

Los doctores se revolvieron inquietos en sus asientos. Ninguno de ellos había puesto un pie en el hospital, ya que solo trataban a pacientes que podían pagarse sus elevados honorarios, pero el hecho de que la abadesa colocara la medicina extranjera por encima de la castellana los inquietaba profundamente.

–¿Ponéis en duda la pericia de los médicos castellanos? –preguntó el obispo para satisfacer a los galenos que lo habían acompañado.

–Por supuesto –respondió ella sin vacilar.

Los médicos se levantaron indignados. Se volvieron hacia el rey y a voces exigieron una reparación a la altura de la ofensa. Fray Diego se cubrió el rostro con las manos. Doña Elvira estaba desafiando a toda la corte, como siempre. «¿Cómo he podido ser tan ingenuo de creer ni por un instante que aceptaría las humillaciones de buen grado?», se dijo.

Ella escuchaba satisfecha las exigencias de retractación de los furiosos médicos. El rey Alfonso, febril, con la mirada perdida, daba la impresión de no saber dónde se encontraba. Al fin, doña Elvira alzó la voz por encima del griterío:

—Me habéis convocado porque estos ilustres galenos no encuentran explicación al hecho de que los enfermos de nuestro hospital sanen en mayor número y más rápidamente que los pacientes de otras instituciones o incluso que sus propios clientes.

La abadesa se volvió hacia los guardias que la habían escoltado hasta el castillo. A un gesto suyo, acercaron un gran arcón hasta los pies del trono. La abadesa lo abrió. Los nobles se acercaron para ver su contenido.

Eran libros. Una fortuna en libros.

CAPÍTULO XXXII

Nadie había echado de menos a la reina, aunque se estaba retrasando exageradamente. La inglesa se encontraba atrapada en el pasillo. Un infortunado percance le impedía recorrer los escasos metros que la separaban de la sala de donde llegaba tal escándalo. Las cintas de seda de su aparatoso tocado se habían enganchado en los salientes de un candelero de bronce cargado de velas que amenazaban con derramar su cera y su fuego sobre el rostro y el majestuoso vestido de Leonor. Desgraciadamente, no había nadie cerca que pudiera oír sus llamadas de auxilio. Ella, que no había derramado una sola lágrima en los funerales de ninguno de sus hijos, rompió a llorar.

A pocos metros de allí, la abadesa mostraba a los asistentes los códices que había llevado como prueba de que el Hospital del Rey se había limitado a aplicar lo que ya se hacía en las cortes más avanzadas de Europa.

—Estos libros no demuestran nada, ilustrísima —refutó el obispo—. Lamentablemente.

El rey Alfonso, impaciente por terminar cuanto antes la vista, intervino para sorpresa de los que lo creían dormido:

—¿Quién iba a permitirse gastar tanto dinero en una colección de libros si no es para ejercer la medicina? —preguntó antes de entregarse a una violenta crisis de tos.

–¿Y entonces por qué no tienen su nombre escrito? –insistió el prelado–. Mirad. En todos los volúmenes han arrancado una página. Casualmente, donde a menudo se escribe el nombre del propietario.

–No le falta razón a su ilustrísima don Juan de Lara –admitió doña Elvira–. Pero creo que esa pregunta no debo contestarla yo.

Y, volviéndose nuevamente a los guardias, les hizo una seña para que hicieran entrar a Niccolò.

–Os presento a nuestro médico. Él responderá a todas vuestras cuestiones.

Los presentes miraban atónitos al recién llegado. Por su juventud, por su ropa multicolor, por su mirada burlona. Y, en cuanto empezó a hablar, también los dejó boquiabiertos por el desparpajo con el que respondía, una tras otra, a todas las preguntas del obispo y de los ilustres galenos.

Niccolò explicó que don Yagüe era amigo de su familia y fue él quien lo había invitado a viajar a Castilla y, una vez aquí, lo recomendó a la abadesa para que implantara en el hospital lo que había aprendido en su tierra natal. A la pregunta de por qué había permanecido oculto, respondió que se vio obligado a ello porque temía a los partidarios del emperador Enrique VI, al que su familia se había enfrentado.

Don Juan de Lara estaba estupefacto. Maldijo su ocurrencia de viajar a Toledo para acusar a la abadesa ante el rey. Le había dado tiempo para trazar un plan que ahora él debía desmontar si no quería perder esta oportunidad de apartarla del monasterio, de su vida y de la de la reina.

–Mis informaciones –comenzó el obispo– apuntan a que una freila del hospital, nacida también en Salerno, es quien ha estado examinando a los enfermos y aplicando sus remedios simulando estar bajo la supervisión de don Yagüe.

–Habláis de Beatrice –respondió Niccolò con una sonrisa–.

La conozco muy bien. Es mi madre. Sabe mucho de medicina, como tantas mujeres de Salerno, pero jamás se habría atrevido a tratar a un paciente y mucho menos a un varón. Solo es boticaria. Ella y don Yagüe examinaban a los enfermos y después me transmitían sus impresiones para que yo elaborase mi diagnóstico y prescribiera el tratamiento.

–¿Por qué... –balbuceó don Juan– por qué no aparece vuestro nombre en ninguno de estos libros?

–Se los compré a un médico franco que lo había perdido todo y no quería que se supiera de su ruina. Él mismo se encargó de arrancar las primeras páginas donde figuraba que le pertenecían.

Don Juan decidió usar su última arma. A un gesto suyo, sus oficiales trajeron un saco que vaciaron en el centro de la sala. Los huesos del cadáver de los seis dedos quedaron expuestos a la vista de todos. Doña Elvira sintió como si le clavaran agujas de hielo. De la respuesta que diera Niccolò dependía su futuro.

–Quizá podáis explicarnos por qué el monasterio ocultó los restos de este caballero en sus almacenes en lugar de darle una digna sepultura.

Niccolò se acercó al montón de huesos y, sin dudarlo, se hincó de rodillas y juntó las manos para rezar.

–¿Lo conocéis? –preguntó el obispo, confiado en haber sabido reconducir la situación.

–Por supuesto –respondió el siciliano–. Son las reliquias de san Mateo que doña Elvira tuvo a bien comprarme. Algún hereje las robó antes de que la abadesa de Santa María tuviera tiempo de construir una urna adecuada para exponerlas ante los devotos. Me alegra saber que habéis capturado al ladrón y solo espero que este haya recibido su merecido.

Don Juan tuvo que apoyarse en una silla para disimular su conmoción. Por increíble que fuera su argumentación, la asombrosa seguridad con la que aquel siciliano la había expuesto le había hecho dudar incluso a él. También fray Diego estaba maravillado por la habilidad de aquel aventurero para creer sus propias mentiras.

El rey Alfonso se puso en pie, tambaleante y con la ropa empapada en sudor.

—Basta ya de preguntas. Si de verdad sois quien decís ser, curadme esta tos que va a acabar conmigo.

—Pero, majestad —protestó su médico personal—, las cataplasmas que os hemos puesto estos últimos días...

—¡No han servido para nada! Ni los elixires de esos otros doctores que tanto se pavonean delante de vos —dijo malhumorado, y después se volvió hacia Niccolò—: Si de verdad sois médico, curadme.

—Será un honor, majestad.

Niccolò se inclinó y el rey, al devolverle el saludo, trastabilló y se desplomó.

—Llevadlo a sus habitaciones y acostadlo —se apresuró a ordenar el mayordomo real.

Dos nobles del círculo más cercano al rey se apresuraron a obedecer la orden. El obispo se quedó solo frente a doña Elvira y Niccolò.

—Su majestad ha demostrado una fina inteligencia —dijo don Juan mirando al joven—. Si conseguís curar a nuestro rey, todos os estaremos inmensamente agradecidos y cerraremos definitivamente esta investigación. Pero, para que nadie pueda cuestionar el resultado, es imprescindible que no haya la menor sombra de duda de que habéis sido vos quien lo ha sanado. Permaneceréis encerrado en la habitación del rey, sin que se permitan visitas de ningún tipo. Solos vos y el enfermo. El tiempo que haga falta.

Niccolò sonrió, aunque esta vez incluso para alguien tan acostumbrado a mentir fue difícil ocultar el pánico que lo había invadido.

Dos guardias se colocaron a su lado para escoltarlo hasta las habitaciones del monarca. Doña Elvira lo miró preocupada mientras fray Diego se acercaba y le decía al oído lo que ella no quería oír:

—Al menos nos libraremos de este indeseable extranjero.

De pronto, las puertas del salón se abrieron de par en par y entró la reina Leonor sin su tocado, que había quedado colgando de los brazos del candelero. Desprenderse de él fue un sacrificio menor a cambio de no tener que renunciar a su apoteosis. Afortunadamente, su peinado había resistido bastante bien la lucha contra los elementos y únicamente un par de mechones habían escapado de la red de hilo de oro y perlas que sus damas habían tejido en su cabeza. Por fin estaba en el escenario de sus sueños. Sin embargo, sorprendentemente, nadie reparó en la magnificencia de su vestido ni en la grandeza de su persona. Doña Elvira conversaba con su confesor y los nobles cuchicheaban en corrillos sin prestar la menor atención a su soberana. Aunque no todo estaba perdido.

Unos ojos se cruzaron con los de Leonor: don Juan de Lara la miraba completamente embelesado. Una ceguera más propia de un adolescente que de alguien de su edad y experiencia le hacía ignorar las carnes flácidas de su amada, el vientre que hablaba de numerosos partos, las arrugas de su rostro, los ojos hinchados. Estaba deslumbrado, como si el mismísimo astro rey hubiera entrado en la sala. Don Juan de Lara sonrió con prevención, pues recordaba la frialdad de su última conversación en la Cueva del Moro. Sin embargo, la reina le devolvió la sonrisa y la mantuvo mientras él se acercaba renqueante hasta ella. La soberana ya no lo veía tan ajado e incluso estimó que su cojera, imposible de ignorar, le daba un toque de distinción.

El obispo la puso al corriente de cómo la abadesa había intentado escabullirse presentando a un extranjero como médico y comerciante de reliquias y cómo él había sabido reaccionar para desenmascarar el engaño. Pero la inglesa no lo escuchaba. Le sonreía, pero no por su astucia ni por su perseverancia en la lucha contra su enemiga común. La reina de Castilla lo miraba agradecida porque solo él parecía verla como una grácil libélula recién desplegadas las alas... y no como la torpe polilla en que se había convertido.

Doña Elvira contemplaba las elaboradas miniaturas de uno de los libros de medicina de Beatrice. Decididamente, su familia debía de ser muy pudiente para permitirse el lujo de poseer semejante biblioteca. Unos tímidos golpes en la puerta de sus aposentos anticiparon la llegada de sor Inés.

La monja entró con el almuerzo, dejó la bandeja sobre la mesa y, al ir a retirarse, se dio cuenta de que doña Elvira la miraba fijamente.

–¿Por qué os brilla tanto la cara? ¿Os ocurre algo?

Sor Inés negó, vehemente. La abadesa restregó el dedo por la mejilla de la monja, que soportó estoicamente el examen previendo una humillación semejante a la que sufrió con el tinte de sus cabellos.

–Es solo un ungüento para el cansancio –se justificó la navarra–. Me lo ha dado doña María.

La abadesa comprobó la untuosidad del preparado con la yema de sus dedos y después volvió a estudiar el rostro de su más fiel servidora.

–Se os ve más joven.

La religiosa sonrió. No podía creer que fuera capaz de experimentar tantísima felicidad. Sentía que sus pies apenas tocaban el suelo, como cuando era una niña y podía dar vueltas y vueltas a la gran finca de su familia sin sombra de agotamiento.

–Gracias, ilustrísima. ¿Se os ofrece algo más? –dijo, impaciente por salir antes de que las lágrimas de alegría la delataran.

La abadesa negó. Entonces la puerta se abrió e irrumpió Beatrice, furiosa como una hidra, arrastrando de la mano a una desconcertada María.

–¡No teníais derecho! –le espetó a la superiora.

Doña Elvira esperaba aquella visita, pero no el tono. Ignorando a Beatrice, se despidió amablemente de sor Inés:

–Podéis retiraros.

La monja hizo una reverencia, pero antes de irse lanzó una mirada fulminante a la siciliana. Doña Elvira tomó la cuchara con parsimonia, la hundió en el caldo de su sopa y sorbió ruidosamente.

–¿No vais a darme una explicación? –le exigió Beatrice.

–En toda relación hay alguien que pone las condiciones y otro que las cumple. Me temo que vos habéis confundido vuestra posición.

–¡Niccolò! ¿Tenía que ser mi propio hijo? –gritó exaltada.

María, que no sabía de qué estaban hablando, se volvió desconcertada hacia su maestra.

–¿Tenéis un hijo? –preguntó, perpleja.

–Sí –replicó la abadesa–. Y será el sustituto de don Yagüe si conseguimos ponernos de acuerdo para que supere la prueba que le han impuesto el rey y el obispo.

María no podía apartar la vista de Beatrice. Se preguntaba por qué no le había contado la verdad y por qué había permitido que las lavanderas difundieran el rumor de que ella y Niccolò eran amantes. ¿Acaso no entendía el daño que eso le hacía a su reputación y, por extensión, a la de María?

–No, no puede ser –se negó la siciliana–. No me fui de mi casa para esto.

–Me temo que no hay otra opción. Si no conseguimos convencer al obispo de que vuestro hijo es el mejor médico que ha salido de Salerno, recurrirá a la inquisición episcopal y os acusará de hereje, de hechicera y de cualquier otra estupidez. No tiene nada contra vos, pero sabe que os protejo y que quien os haga daño me lo hace a mí.

–Vos no conocéis a Niccolò –insistió Beatrice con los ojos húmedos.

–Lo conozco lo bastante como para saber que se desempeñará mejor que don Yagüe. Está muy dotado para la mentira.

–No es el peor de sus defectos.

–Oyéndoos, nadie diría que sois su madre.

–Las madres no podemos elegir a nuestros hijos.

–Ni los hijos a nuestros padres –zanjó la abadesa, apartando la sopa de un manotazo–. Dejad vuestras quejas para otro momento. No tenemos tiempo que perder. El rey tiene una severa tos que no han conseguido curarle ni su médico personal ni la media docena de galenos que ha traído don Juan. Le han hecho sangrías, le han aplicado cataplasmas, pero cada vez está peor. Niccolò está ahora con él.

–¿Y qué queréis que haga yo? –le preguntó Beatrice con un tono desafiante que enervaba a la abadesa.

Doña Elvira le sostuvo la mirada mientras meditaba su respuesta. Sabía que si daba aquel paso tendría consecuencias desconocidas, aunque también era cierto que ella no se dejaba amilanar por lo que pudiera depararle el destino.

–Nada –fue su lacónica respuesta.

La siciliana creyó haber oído mal. Pero enseguida la abadesa se volvió hacia María para explicar su decisión:

–El obispo ha prohibido que don Niccolò reciba visitas para evitar que alguien pueda ayudarlo. Todos saben que vuestra maestra es su madre, de manera que tendréis que ser vos, doña María, quien cure al rey. Nadie sospechará de alguien tan joven, y menos siendo mujer.

María sintió que se le formaba un nudo en la garganta.

–Pero yo no puedo… No soy doctora.

–Habéis estudiado muchos años con doña Beatrice –le dijo la abadesa–. Os he estado observando durante todo este tiempo y no hay nada que pueda hacer doña Beatrice que vos tengáis vedado. Sois inteligente, discreta y eficaz. Ya va siendo hora de que os deis cuenta de que estáis tan capacitada como vuestra maestra. Quién sabe si más…

Y, ahora sí, la abadesa se volvió hacia Beatrice para calibrar el efecto de sus palabras. No se podía decir que la siciliana pareciera dolida en su orgullo; más bien parecía inexplicablemente aterrada.

–Preparad todo lo que necesitéis. Lo dejo en vuestras manos –concluyó doña Elvira.

–¿Puedo contar con la ayuda de doña Beatrice?

–Por supuesto, pero que quede bien claro que quien tiene la última palabra en este asunto sois vos.

María hizo una reverencia y retrocedió hacia la puerta. Beatrice permaneció inmóvil mientras la abadesa se acercaba el plato de verduras cocidas, frío tras un largo viaje desde las cocinas.

–Podéis retiraros –ordenó la abadesa, sin darle la oportunidad de seguir protestando.

María salió al pasillo, pero la doctora avanzó hacia la abadesa.

–Creo que ha habido un nuevo envenenamiento en la hospedería. El marido de doña Ágata.

–Lo que decís no tiene sentido. ¿Para qué usar veneno en un hacha? –preguntó a su vez doña Elvira.

–Cuando recibió el hachazo ya estaba muerto.

La abadesa le sostuvo la mirada. La verdad volvía a ser de lo más inoportuna.

–Ahora mismo nuestra prioridad es otra –concluyó.

Ni ella misma sabía si hablaba de salvar la vida del rey o la de Niccolò.

Beatrice esperaba esta reacción. Se inclinó ante la superiora y se reunió con María en el pasillo.

—¿Por qué confiáis tan poco en mí? —se quejó la joven.

—¿Qué dices? Sé que lo harás tan bien como yo. O incluso mejor.

—No hablo de la enfermedad del rey. Cuando vos llegasteis al hospital os ayudé, os protegí de las freilas... ¿Por qué no me dijisteis que Niccolò era vuestro...?

—Entonces era mi deber protegerte —la interrumpió Beatrice.

—¿De qué? —le preguntó alzando la voz.

Beatrice la miró con tristeza. María era ya una mujer y no había querido darse cuenta. La siciliana suspiró, añorando la mirada llena de admiración y curiosidad de aquella chiquilla que, años atrás, le suplicó que le enseñara el arte de curar. María ya no la necesitaba. Había llegado el momento de que volara sola. Aunque sus alas le fallaran.

CAPÍTULO XXXIII

Niccolò tenía los cinco sentidos puestos en el rey y en su dificultosa respiración, con la presión de saberse vigilado por el obispo de Burgos y don Arnaldo, el médico personal de su majestad. El siciliano se limitó a repetir lo que había visto hacer a su madre mil veces cuando era niño: tomó el pulso al enfermo, la temperatura, examinó sus esputos y ahora esperaba que el monarca pidiera la bacinilla para estudiar su orina. Repasaba mentalmente los pasos a seguir en cuanto tuviera delante tan preciado fluido. Su futuro dependía no tanto de que consiguiera curar al rey, sino de que lograra ser convincente.

De pronto se abrió la puerta tímidamente y entró María, vestida como una freila del hospital, con la cabeza gacha, cargando ropa de cama.

–Aquí traigo las sábanas y las mantas que nos pidió su excelencia –dijo titubeante.

El hijo de su maestra se volvió, preguntándose quién habría dado aquella orden. Le sorprendió que la joven lo mirara fijamente, como si esperase de él algo que el extranjero desconocía.

–Si don Niccolò me autoriza –continúo María–, vestiré la cama en un santiamén.

Este asintió. Ella movió con pericia el cuerpo del rey para retirar los lienzos antiguos y colocar los nuevos. De repente, la habitación se llenó de aromas de mejorana, melisa y otras hierbas que hacían que respirar se convirtiera en un placer.

—¿Y este olor? —dijo el obispo, intrigado.

—Hemos impregnado las sábanas con esencias, como nos ha pedido don Niccolò —respondió María mirando al siciliano, que a duras penas conseguía disimular que no tenía la menor idea de lo que estaba ocurriendo.

—¿Cuándo ha sido eso? —inquirió el obispo—. Los guardias lo han traído directamente a la alcoba del rey desde el salón...

—Pero después un guardia ha ido al hospital para transmitirnos sus órdenes. ¿He hecho algo mal, don Niccolò?

El joven extranjero negó enérgicamente. Empezaba a sospechar que aquella freila estaba allí para salvarlo. Su única duda era si la enviaba la abadesa o su madre.

—Habéis seguido mis instrucciones al pie de la letra —la felicitó el siciliano.

María se alarmó al notar la altísima temperatura del monarca. «He hecho bien enfriando las sábanas», se dijo mientras acababa de hacer la cama.

—Cuando queráis podéis visitar la botica del hospital para preparar los remedios que necesitéis —añadió María, recogiendo las sábanas sucias—. Nadie os molestará.

—Ahora mismo. Yo os acompañaré —dijo don Arnaldo.

Un criado entró con un tazón humeante y, al darse cuenta de que los tres hombres lo observaban extrañados, se apresuró a justificarse:

—Traigo la sopa para su majestad. Huele a tomillo, pero es caldo de pollo. Si el cocinero no se ha equivocado, porque últimamente no está muy centrado. Y yo le he dicho que cuando su majestad está mal lo que le gusta es atiborrarse de dulces de almendra...

—El rey nunca toma sopas —zanjó don Arnaldo.

—Lo siento, don Niccolò —se disculpó María—. Cuando

ordenasteis alimentación líquida para depurarlo creímos que esto era lo que queríais. Ha sido culpa nuestra, no de vos.

–No, no, nadie se ha equivocado. Habéis hecho muy bien –respondió el joven, recuperando su confianza–. Este caldo es lo que pedí y es lo que tomará el rey hasta que expulse el exceso de flema que le impide respirar.

Niccolò sonrió a María, agradecido por la presteza con la que le iba despejando el camino. La joven bajó la cabeza, avergonzada como si hubiera cometido un pecado mortal.

–Si no deseáis nada más…

–No, podéis retiraros. Hasta mañana. Quiero que cambiéis las sábanas a diario –dijo el siciliano con desenvoltura.

–Así se hará –respondió ella, apurada.

María salió cabizbaja, igual que había entrado. Regresó corriendo al hospital y se dirigió a la iglesia. Se arrodilló, cerró los ojos y rogó a Dios con toda su alma un milagro: que la ayudara a salir airosa de aquella misión. Cuando abrió los ojos le pareció que todas las pinturas de los santos, a las que estaba acostumbrada desde hacía años, sonreían con el rostro de Niccolò. Se santiguó tres veces y afortunadamente la ilusión se desvaneció.

Mientras tanto, en la botica del hospital, el joven trotamundos abría uno tras otro los botes de cerámica que contenían hierbas y otras sustancias empleadas en la elaboración de medicamentos. Don Arnaldo lo observaba con cierta suficiencia, convencido de que Niccolò no tenía la menor idea de lo que estaba haciendo. Había abierto ya más de una docena de frascos de forma muy arbitraria; no recordaba la composición de los ungüentos y jarabes que su madre solía usar para las toses violentas enraizadas en lo más profundo del pecho. Sin embargo, había descubierto algo que le intrigaba: todos los recipientes, independientemente de su etiqueta, contenían la misma mezcla de hierbas. Había olido el contenido de cada uno de ellos, había estudiado la textura de las hojas y los tallos secos y su color y ya no albergaba ninguna duda. Su madre había rellenado todos los tarros con la misma combinación de malva, pensamiento, llantén, avena, parietaria, comino, madreselva, lavanda y otras especias que no reconoció. El mensaje era claro: aquella era la mezcla que debía usar para preparar el remedio que el rey Alfonso necesitaba.

Puso a hervir vino y añadió un buen puñado de aquellas hierbas, aunque, para darle mayor verosimilitud y divertirse a costa del desconcierto de don Arnaldo, fue extrayendo cantidades variables de distintos frascos de plantas teóricamente inútiles para tratar la enfermedad del soberano. Y logró su objetivo: don Arnaldo, que no veía ningún sentido a aquella poción, quedó convencido de que el rey empeoraría y toda la corte le rogaría a él que interviniera para salvar su vida. Solo debía tener paciencia. Se cruzó de brazos y sonrió, decidido a disfrutar del fracaso de aquel joven embaucador.

De regreso a la alcoba real, don Niccolò dio a beber al monarca un par de cucharadas del jarabe que había preparado y a continuación colocó con cierta teatralidad su silla junto al enfermo, frente a don Arnaldo, de modo que se veían obligados a sostenerse la mirada como en un duelo que ambos estaban convencidos de ganar.

Al día siguiente, cuando llegó María con sábanas limpias impregnadas en esencias, vio que el rey había orinado en su bacinilla. Fingiendo torpeza, dejó caer en el recipiente las sábanas que acababa de retirar. Se disculpó y salió a la carrera para estudiar junto a Beatrice los fluidos que las empapaban. La siciliana examinó el color, la consistencia de los esputos y la orina, se volvió a María y asintió. No se habían equivocado en su diagnóstico, a pesar de haber tenido que hacerlo basándose únicamente en la información que les había proporcionado la abadesa.

Durante los días siguientes, María dejó de lado el trabajo en el hospital. Se pasó el día consultando los libros de Beatrice, buscando confirmación al tratamiento del rey o bien una vía alternativa. Pero de vez en cuando tenía que abandonar la lectura porque su mente se distraía y terminaba estudiando los rostros de las ilustraciones y preguntándose si se parecían a Niccolò. En esas ocasiones cerraba el libro bruscamente y salía a caminar sola junto al río. No quería que nadie descubriera su absurda obsesión por alguien de quien solo recordaba su sonrisa y los ojos más claros que jamás hubiera visto.

CAPÍTULO XXXIV

Pasaron prácticamente dos semanas en las que Niccolò apenas se separó del rey, salvo para elaborar más jarabes utilizando la mezcla de hierbas que previamente María y su madre le habían dejado preparada en la botica, variando ligeramente la proporción de uno u otro componente en respuesta a la evolución del enfermo. Tras la primera noche, que pasó sentado en una incómoda silla, el joven siciliano recibió un colchón de paja sobre el que velaba más que dormía. Finalmente, una mañana sintió que alguien le tocaba con insistencia la pierna. Malhumorado porque hacía poco que había conseguido conciliar el sueño, se apartó, convencido de que se trataba de alguno de los perros de caza del rey, que a veces se paseaban por la alcoba. Pero lo único que consiguió fue que aquellos suaves toques se trocaran en enérgicas sacudidas de alguien que lo había agarrado por la saya. Niccolò gritó que le dejaran en paz y, al abrir los ojos, vio que quien lo había despertado era el mismísimo rey Alfonso.

–¿Así cuidas a tus pacientes? ¡Valiente médico estás hecho! –bramó, socarrón, el monarca.

Niccolò, todavía adormilado, se dispuso a darle una excusa plausible, pero entonces advirtió que no estaban solos. En la alcoba se había reunido prácticamente toda la corte, incluidos la reina y el obispo de Burgos.

–Quiero que toda Castilla lo sepa –declaró el rey con solemnidad–. Este hombre, este extranjero con más colores que un faisán en celo, me ha curado. Y, por tanto, declaro que el hospital que lleva mi nombre no puede tener mejor médico que don Niccolò.

Mientras la corte aplaudía, la reina Leonor y el obispo de Burgos cruzaron una mirada de resignación. Habían perdido otra batalla, una de tantas. Pero de alguna manera habían ganado algo más difícil de definir y mucho más importante: aunque a partir de aquel día evitarían cruzarse en los eventos sociales en los que coincidían, habían recuperado la secreta certeza de que pasara lo que pasara se tenían el uno al otro.

Niccolò recibió la obligada felicitación de los demás galenos. Habían oído de boca de don Arnaldo sus singulares métodos y todos sentían mucha curiosidad. ¿Por qué había descartado las sangrías? ¿Por qué había usado sábanas frías impregnadas de esencias? ¿Por qué aquella increíble variedad de plantas en cada uno de los jarabes que le había administrado?

María sabía que aquellas preguntas y elogios iban dirigidos, en realidad, a ella y a Beatrice. Sin embargo, el reconocimiento público no le quitaba el sueño. Quizá ahora podría descansar después de tantos días en tensión. Podría despedirse por fin de aquel desasosiego, de aquel deseo inconcreto que se escapaba a su entendimiento. Por fin regresarían la calma, la paz y la rutina. Eso pensaba cuando, de improviso, Niccolò reparó en ella y le sonrió.

María sintió que con aquel simple gesto el siciliano había robado el aire de la habitación. No podía respirar. Se ahogaba y sus piernas temblaban como si los huesos fueran incapaces de soportar el peso de su insignificancia. Salió a duras penas de la alcoba y cuando consiguió recuperar el aliento echó a correr fuera del castillo, más allá de las murallas, hasta el río, y allí se despojó de la ropa y se lanzó al agua. Nadó hasta la parte más profunda y dejó que la corriente la meciera. Recordó la primera vez que consiguió mantenerse a flote gracias a su maestra. Ahora sabía nadar, pero sentía que una inexplicable fuerza la arrastraba contra su voluntad hacia un territorio peligroso, sensual e irresistible.

Niccolò bebió hasta la última gota del vino que le había servido la mismísima doña Elvira, un privilegio reservado a pocos y, en opinión de fray Diego, del todo inmerecido.

—No está mal, pero quisiera que probarais el vino de mi tierra. No hay otro igual —valoró el siciliano.

—Si fuera tan extraordinario como decís, no habríais venido a Castilla —sonrió la abadesa, rellenándole la copa.

—¿Habéis pensado en mi propuesta? —respondió el extranjero con otra sonrisa.

Fray Diego estuvo a punto de atragantarse. La abadesa no lo había puesto al corriente de ninguna propuesta y, por tanto, intuía que no le iba a agradar.

—¿El molino de papel? —preguntó doña Elvira.

Fray Diego se tensó todavía más. «¿Molino de papel?», repitió para sus adentros.

—Creo que nos seréis más útil como médico del Hospital del Rey —consideró la abadesa.

—No me malinterpretéis, pero creo que la posición está por debajo de mis capacidades.

—¡Seréis desagradecido! —estalló fray Diego—. Por el momento lo único que habéis demostrado es que se os da muy bien encadenar una mentira tras otra.

—¿Y acaso eso no tiene su mérito? —replicó Niccolò con una calma insultante—. Bien útil ha sido a su ilustrísima.

La abadesa sorbió un poco de vino antes de contestar:

—Teniendo en cuenta que solo se os da bien el engaño, no

veo cómo os puede parecer inapropiado vivir como un médico sin serlo.

–Entendedme, *madonna*. No tengo nada contra ejercer el noble arte de curar a los enfermos. Vengo de una familia de doctores, y yo mismo aprendí algo de cirugía. Pero sé por mi madre que las ganancias son más bien escasas.

La abadesa no iba a entretenerse negociando con aquel joven cuando tenía al alcance de la mano retenerlo. Domarlo era algo que llevaría más tiempo.

–Nadie ha dicho que vuestro sueldo sería el de un simple galeno. Vuestra colaboración se pagaría acorde con vuestros méritos. –La abadesa le entregó un pergamino–. Por si quedaba alguna duda sobre cuál es vuestro lugar en el mundo, aquí tenéis las escrituras de propiedad de vuestra nueva casa.

Niccolò la miró, abrumado.

–Ilustrísima, no lo merezco…

–Por fin algo de sinceridad… –aplaudió, cáustico, fray Diego.

La abadesa se volvió hacia su confesor y con una dura mirada lo conminó a dejar de comportarse como un niño.

–Es cierto que esto es demasiado… –coincidió el joven–. Muchísimas gracias, ilustrísima. Yo también os había traído algo. Es una fruslería, me avergüenza incluso mencionarlo.

La abadesa sentía curiosidad, de manera que lo animó:

–Los regalos no se miden por su valor, sino por su intención.

Niccolò abrió su bolsa sarracena de cuero y sacó una magnífica tela tornasolada con ribetes bordados de oro y plata.

–¿Y qué pretendéis que haga su ilustrísima con una tela con tantos colores? ¿Acaso no sabéis que está obligada a vestir el hábito blanco?

–Es preciosa y os estoy muy agradecida. Fray Diego tiene razón. No es una tela muy apropiada para vestirme a mí, pero con gusto la entregaré a las hermanas para que le hagan un manto a la Virgen. Y ahora podéis retiraros. Seguro que estaréis impaciente por conocer vuestro nuevo hogar.

—Gracias, *madonna*, gracias.

El aventurero salió haciendo incontables reverencias tanto a la abadesa como a fray Diego, que vio en estos gestos más una burla que una muestra de respeto. En cuanto se cerró la puerta, doña Elvira se volvió hacia el clérigo.

—Ya podéis decir lo que pensáis.

—¿Qué os hace creer que os será leal? —se apresuró a preguntar el clérigo.

—Me será leal mientras me necesite. Como sor Inés, como doña Ágata, como vos. ¿Sabéis cuál será la nueva casa de don Niccolò? El palacio que nos donaron los Fáñez cerca de la puerta de San Martín.

Fray Diego se quedó sin habla.

—Pero, ilustrísima, ¡esa casa me la habíais prometido a mí!

—Sí, aunque nos será más útil si la destinamos a albergar al nuevo médico del Hospital del Rey, ¿no os parece? Era demasiado ostentosa para un humilde confesor.

Fray Diego permaneció callado durante varios segundos hasta que finalmente susurró:

—¿Por qué me hacéis esto?

—Porque la fidelidad no se demuestra con bufidos ni con frases ingeniosas cuando alguien con quien trato no es de vuestro agrado. La fidelidad se demuestra con hechos. Si me servís con la misma devoción de siempre a pesar de este sacrificio, reconoceré que vuestra lealtad es inquebrantable. Este es mi regalo para vos. ¿Estáis contento?

Fray Diego dudó de si doña Elvira se burlaba de él. Se mordió la lengua, hizo una reverencia y salió tan digno como su orgullo herido le permitió.

La abadesa se sirvió una copa de vino y la apuró de un trago. Le agotaban los celos infantiles de su confesor. Se sentó.

Había bebido demasiado y estaba mareada. Cruzó los brazos sobre la mesa y apoyó la cabeza. Los ojos se le cerraron. Se dio cuenta de que se había quedado dormida unos minutos cuando doña Ágata tiró suavemente de su manga.

–¿Qué hacéis aquí? –exclamó, sobresaltada.

–Perdonad, ilustrísima. Me dijisteis que os avisara cuando llegaran los padres de doña Estefanía.

La abadesa se frotó los ojos. Definitivamente, había bebido demasiado.

–Gracias. Llevaos las copas.

La dueña las colocó sobre una bandeja y al irse reparó en la pieza de tejido tornasolado. La tocó con la punta de los dedos.

–¡Qué maravilla! ¿Queréis que lo guarde en el arcón?

–No, entregádselo a la sacristana para que haga un manto para la Virgen o lo que ella estime conveniente.

–Qué desperdicio…

Doña Elvira se volvió, sorprendida por el comentario.

–¿Os parece un mal destino vestir a nuestra señora?

–No quería decir eso. Pero es tan suave… Nunca he visto nada igual. Es una pena que nadie pueda disfrutar de este tacto.

Doña Ágata cogió la bandeja en una mano y la tela en la otra y se disponía ya a abandonar los aposentos cuando la abadesa la retuvo:

–Esperad.

Doña Elvira se acercó a ella y tomó el regalo en sus manos, como si quisiera comprobar la suavidad de aquel tejido sin igual.

–Dejadla. Yo misma la llevaré a la iglesia.

Doña Ágata fingió creerla, hizo una reverencia y salió reprimiendo una sonrisa.

Una vez sola, doña Elvira acarició la tela. Era cierto lo que había dicho doña Ágata: era un desperdicio que nadie pudiera disfrutar de aquella sutileza. La dobló cuidadosamente y abrió el arcón donde conservaba sus prendas litúrgicas más valiosas junto a la cajita de madera y hueso donde, enrollado y atado con una cinta, guardaba el primer regalo de Niccolò: una hoja de papel en blanco para que escribiera sus deseos más profundos.

La abadesa se inclinó para depositar la tela, pero sintió el impulso de acercarla a su rostro. Olía a cuero, a especias, quizá a Sicilia. De pronto un escalofrío recorrió su cuerpo cuando se descubrió a sí misma reflejada en los cristales de la ventana. No le gustó la imagen que vio.

CAPÍTULO XXXV

Doña Ágata se despojó de su ropa lentamente, como Niccolò le había pedido. El joven la observaba echado sobre la cama de su lujosa nueva residencia.

—¿Y qué cara tenía cuando os ha dicho que no os llevarais mi regalo?

—¿Qué cara iba a tener? Doña Elvira solo tiene una y siempre da miedo.

—No todos la tememos —respondió él.

—Pues deberíais —dijo la dueña, dejando caer su camisa para quedarse completamente desnuda.

—Daos la vuelta.

—No me pidáis eso —le suplicó ella en un susurro.

Niccolò repitió la orden separando las sílabas con una media sonrisa:

—Da-os la vuel-ta.

La joven viuda se puso de espaldas titubeante, incómoda. Bajó la cabeza, avergonzada. Nada la hacía sentir más vulnerable que mostrar las profundas marcas que los golpes de su marido habían dejado en sus carnes. Se volvió hacia Niccolò y le rogó con la mirada que terminara cuanto antes aquel tormento, pero él estaba lejos de sentirse incómodo por lo que veía.

—Sois bellísima —exclamó con admiración.

—No es verdad.

–Para mí sí.

La viuda sonrió. No había llegado hasta allí atraída por las mentiras lisonjeras del siciliano, sino a pesar de ellas.

–Venid –continuó Niccolò, extendiendo el brazo e invitándola a reunirse con él.

Doña Ágata se volvió y caminó dócilmente hasta el lecho. Buscó los labios de su amante para besarlo con ternura, pero él se apartó antes de que llegaran a rozarse. La agarró por la cintura y, sin soltarla, la obligó a colocarse a cuatro patas mientras él buscaba ansiosamente su sexo. Ágata sintió que la penetraba con una violencia que le recordó a su marido. Cerró los ojos e intentó desterrar aquellos pensamientos mientras soportaba las embestidas del joven siciliano.

A Niccolò le excitaba pasear sus ojos por los surcos que la violencia había grabado en la piel de su amante, como lenguas de lava devorando un sembrado. Nunca había visto una erupción volcánica, pero había vivido bajo la amenaza de que el Vesubio despertase y arrasara el mundo que conocía. Acariciando aquellas cicatrices, sintió envidia de los que habían sido testigos de tanta destrucción.

Mientras esto sucedía, alguien llamó a la puerta. El criado que había contratado Niccolò, y al que todos llamaban el Mellado por los dientes que había perdido, pese a que fuera más notoria su carencia de ingenio, se dispuso a abrir. No vio a nadie, pero reparó en un paquete en el suelo: un magnífico trozo de res. Sin dudarlo, fue a la cocina para asarlo, dejando un reguero de gotas de sangre. No le diría una palabra a su señor, que ya bastante estaba disfrutando de los placeres de la carne con aquella monja. No cocinó demasiado la pieza para evitar que el olor llegara hasta la alcoba de Niccolò y lo delatara. Al fin, colocó la vianda sobre una hogaza de pan y con un cuchillo fue dando buena cuenta del manjar hasta que el veneno hizo efecto. No tardó en morir entre convulsiones.

Niccolò no puso un pie en la planta baja hasta una hora después, cuando doña Ágata se despidió de él. Al joven le llamó la atención la gran cantidad de moscas muertas en la sala siguiendo un hilo sanguinolento que conducía a la cocina. Allí encontró a su criado en un charco de vómito frente a una enorme tajada de carne cubierta con cadáveres de insectos. No era la primera vez que veía una escena así. El uso de comida envenenada no era privativo de Castilla.

Salió a la calle y envió a un chiquillo al Hospital del Rey para que vinieran a recoger el cuerpo. Mientras esperaba, regresó junto a su criado. Le quitó de la mano el cuchillo y mientras observaba el relampagueo de la hoja sonrió. El Mellado todavía podía servirle una última vez.

Beatrice se alarmó cuando llegó a sus oídos que el criado de su hijo había aparecido muerto, aparentemente envenenado. Cuando un carro trasladó el cuerpo al hospital, se apresuró a examinarlo con la esperanza de encontrar algún indicio que la ayudara a entender quién estaba detrás de aquel crimen. Al levantar la tela que lo cubría, dio un paso atrás, horrorizada. A aquel pobre hombre le faltaban un ojo y todos los dedos de las manos. Además tenía cortes en el pecho que dibujaban arabescos, como si su autor pretendiese adornar los restos.

Niccolò no fue al hospital hasta el día siguiente. Su madre lo esperaba impaciente en la puerta para interrogarlo sin testigos incómodos. El joven le aseguró que había encontrado el cuerpo ya mutilado. Sin embargo, Beatrice no lo creyó. Cuando vivían bajo el mismo techo en Salerno, en más de una ocasión lo sorprendió profanando el cadáver de algún animal. Era cuestión de tiempo que se atreviera a hacerlo con un cuerpo humano. Este asunto, aunque grave, era menos inquietante que el hecho de que hubieran intentado acabar con la vida de su hijo. «¿Quizá se trata del mismo asesino de hijosdalgo, que por primera vez actúa fuera de los muros del monasterio?» se preguntó.

Niccolò descartó de entrada las sospechas de su madre. Era demasiado joven para sentirse mortal y atribuyó el fallecimiento de su criado a alguna rencilla personal que no tenía nada que ver con él. Pero su madre estaba convencida de que no era así, y decidió que sería necesario extremar las precauciones dentro y fuera del monasterio y del hospital.

Las freilas ya se habían acostumbrado, pero los nuevos pacientes se sorprendían inevitablemente cuando veían llegar al médico del Hospital del Rey vestido con aquellas ropas tan poco apropiadas. No obstante, lo aceptaban como una muestra de su excepcionalidad. Incluso se rumoreaba que algunos de sus colegas castellanos, contrariados por no haber sido capaces de arrancarle los secretos de su ciencia, se habían conformado con copiarle el gusto por los colores vivos. En Burgos ya se daba por supuesto que todo caballero con ropas coloridas era un galeno. O un bufón.

María aguardaba su llegada cada mañana y en cuanto lo veía entrar sentía que el corazón le latía con fuerza. A pesar de que el joven farsante no le prestaba más atención que a cualquier otro, ella no perdía la esperanza de que le dedicara una sonrisa, una palabra amable, una mirada furtiva. Sin embargo, todo era en vano: Niccolò había acabado por creer que la recuperación del monarca se debía a sus méritos y no a los de la joven, de quien parecía haberse olvidado.

La incorporación del nuevo galeno supuso algunos cambios. El más importante consistió en convertir el cuarto del comendador en un pretencioso despacho personal. No porque pensara utilizarlo, sino para dejar claro que el único gallo en aquel corral era él.

El protocolo también varió algo en comparación a los días

de don Yagüe. Madre e hijo habían diseñado un sencillo código de señales para que Niccolò supiera cuándo interrogar al paciente sobre cualquier tema. Un movimiento de cejas de Beatrice, un cruzarse de brazos, un rascarse una oreja o un hombro se traducían rápidamente por el joven siciliano en una pregunta: «¿Dormís bien?», «¿Dónde os duele?», «¿Qué comisteis anoche?». Y, si era preciso que la propia doctora tocara al enfermo, Niccolò ordenaba que Beatrice le diera friegas con aceites aromáticos.

Tras esta primera parte, Niccolò y Beatrice hablaban en privado y comenzaba el segundo acto. María los observaba en la distancia y envidiaba a su maestra, especialmente cuando los labios de Niccolò se acercaban a su oído y este fingía susurrarle sus conclusiones, frecuentemente adornando la escena con exagerados gestos que a la joven no podían parecerle más armoniosos. Beatrice asentía invariablemente, se inclinaba y transmitía al resto del personal el tratamiento que debían seguir. Todo era tan serio que no parecían madre e hijo. Ninguna sonrisa, ninguna palabra amable.

Pronto todos dejaron de preguntarse el porqué de aquella frialdad. Todos menos María y el propio Niccolò. En muchas ocasiones, María escuchó al flamante galeno discutir con Beatrice en la botica, en los pasillos o a la puerta de la celda que la joven compartía con la doctora.

—¿Por qué no dejáis esta habitación y os instaláis en mi casa? —se quejaba el siciliano.

—Estoy bien aquí.

—Nadie entiende vuestra actitud.

—Nadie sabe lo que yo sé —respondía Beatrice.

Aparte de estos momentos en los que resultaba evidente que Niccolò sufría con el desdén de su madre, el resto del tiempo parecía feliz en su nueva posición, que le permitía ser admirado por gente venida de toda Europa.

Y después estaban las freilas. Jóvenes y maduras competían por ganar su atención, atraídas por su apostura, pero sobre todo por una desvergüenza que lo convertía en irresistible. Niccolò flirteaba con descaro con todas ellas, ya fueran bellas o feas, gordas o delgadas, avispadas u obtusas. Si alguna le gustaba, se ofrecía a enseñarle a leer y escribir en su palacio, presumiendo de ser un buen maestro.

—Yo también os podría enseñar un par de cosas —replicaban las más atrevidas.

Una tarde unos campesinos llevaron al hospital a una joven pastora, casi una niña. La habían encontrado inconsciente en un prado. No pudo contar lo que le había ocurrido, pero la sangre seca de sus piernas era elocuente. Al desvestirla para lavarla, Beatrice y María descubrieron horrorizadas que había sido violada brutalmente. Cuando más tarde recuperó el conocimiento, ya en presencia de Niccolò, la víctima contó que la habían atacado tres hombres.

—¿Sabéis quiénes son? —preguntó María.

—Claro que sí —dijo ella—. Los veo cada día. Son los hijos del señor de Boñices, el dueño del rebaño.

—La justicia actuará contra ellos —le aseguró Niccolò.

Las mujeres lo miraron atónitas.

—¿Qué justicia? —dijo la niña, como si no entendiera en qué idioma le hablaban.

—Lo denunciaremos ante los merinos del rey —insistió el siciliano.

—Pero ellos son nobles, señor —balbuceó, nerviosa—. Mi padre es porquero y yo… Yo no soy nadie.

Niccolò se disponía a replicar. Sin embargo, vio cómo su madre se apartaba bruscamente del lecho. Fue a reunirse con ella en cuanto consideró que podía dar por acabada la exploración. Encontró a Beatrice con los ojos húmedos, al borde de las lágrimas.

–¿Qué os ocurre? –le preguntó Niccolò.

–A veces –dijo ella con la voz tomada– me gustaría ser verdugo. Lo que le han hecho a esa pobre criatura...

María los observaba mientras continuaba con las curas. Sintió un estremecimiento cuando vio a Niccolò acercar la mano a la mejilla de Beatrice para enjugar sus lágrimas. Inexplicablemente, su madre alzó los brazos por delante de su cara, sobresaltada, como anticipando la inminencia de un golpe. Un gesto instintivo.

–¿Qué hacéis? –le recriminó en voz baja Niccolò.

Beatrice bajó los brazos y corrió hacia la botica.

El joven miró a su alrededor para asegurarse de que nadie había presenciado la escena. No esperaba encontrarse con los ojos de María clavados en los suyos, muy seria. Él, incómodo, le sonrió. La muchacha no necesitó nada más para sentir que la sospecha que se había despertado unos segundos antes se borraba de su memoria como arrastrada por la corriente del río Arlanzón. Le devolvió la sonrisa.

Los golpes en el portón arreciaron. Una luz se abrió camino por la escalera que llevaba a las habitaciones. Niccolò bajó a la carrera descalzo, poniéndose la camisa. No esperaba encontrar en el umbral de su palacio a la mismísima abadesa de Santa María la Real acompañada de sor Inés. La navarra se volvió, preocupada por si alguien podía ver a su señora hablando con aquel hombre semidesnudo.

–Creo que somos una visita inoportuna.

–Por supuesto que no, *madonna*. Vos siempre sois bienvenida.

Sor Inés lo miró con gesto desabrido, dando por supuesto que la bienvenida no se hacía extensiva a ella. Sin embargo, no protestó cuando la abadesa entró en la vivienda. Estaba cansada y necesitaba sentarse.

Niccolò se apresuró a encender algunas velas y hacerlas pasar a una sala.

–Sentaos, os lo ruego.

–Solo quería asegurarme de que la casa era de vuestro agrado.

–¿Cómo no iba a serlo, *madonna*? Esto es un palacio digno de un príncipe.

–Esperamos no haberos interrumpido –intervino con intención sor Inés, dejando caer su mermado cuerpo en una silla.

–Perdonad que me haya presentado así ante vos. No sabía que veníais y estaba aplicándome un ungüento en una herida que de vez en cuando se empeña en recordarme que está ahí.

–¿Una herida? –repitió la abadesa con interés.

–Sí. –Apartó la tela para mostrar una cicatriz de un corte en el costado–. Unos bandidos quisieron robarme en Pisa, pero os aseguro que yo tengo mucho mejor aspecto que el que ellos deben de tener ahora.

–No lo pongo en duda –dijo doña Elvira con una sonrisa.

Sor Inés se revolvió en la silla. Aparte de que no aprobaba el velado cumplido que acababa de hacer su señora, sentía un terrible picor en el pecho izquierdo, aunque por nada del mundo se atrevería a rascarse zona tan sensible delante de nadie. No le quedaba otra que rogar que la visita fuera breve para regresar cuanto antes a la discreción de su celda.

–Yo también tengo una cicatriz que de vez en cuando me… –comentó doña Elvira.

–Dejadme verla –se apresuró a pedirle él. Doña Elvira y sor Inés lo miraron atónitas, por lo que él puntualizó–: Si es que no está en un lugar que ofenda vuestro pudor.

–No, no… Está en la palma.

La superiora extendió la mano. Niccolò la tomó con delicadeza y examinó a la luz de una vela la marca que el hierro candente había dejado en la piel.

–Esperad aquí.

El joven desapareció a toda prisa.

–Perdonadme, ilustrísima, pero creo que ha sido mala idea venir –dijo sor Inés.

–Quizá tengáis razón –admitió sorprendentemente la superiora.

Doña Elvira se levantó para irse. No obstante, cuando llegó a la puerta le extrañó que su acompañante no estuviera a su lado. Se volvió. Sor Inés luchaba por levantarse de la silla. Sus piernas se resistían a obedecerla.

–Dadme un momento, no sé qué me pasa. Estas piernas…

–dijo, muy apurada, la navarra mientras trataba de incorporarse apoyándose en el respaldo de otra silla, aunque solo consiguió volcarla.

–¡No hagáis tanto ruido, por Dios! –la regañó doña Elvira.

La abadesa regresó para levantar la silla y cuando se volvió hacia la monja le impresionaron sus ojos húmedos, como los de un viejo lebrel que se sabe inútil para cazar.

–Lo siento… –dijo, avergonzada, sor Inés.

Niccolò entró en ese instante llevando consigo un pequeño frasco.

–Sentaos, os lo ruego.

La abadesa se vio obligada a aceptar la invitación.

–Permitidme.

El siciliano tomó con delicadeza la mano de doña Elvira. Vertió sobre la cicatriz unas gotas de un aceite aromático. Quizá fuera el tacto oleoso, el perfume o la destreza con la que los dedos de aquel hombre masajeaban su vieja herida, pero la abadesa sintió que sus mejillas se encendían y un calor desconocido la invadía hasta hacerse insoportable. Retiró la mano bruscamente.

–Se hace tarde.

Doña Elvira miró a sor Inés con la esperanza de que la

providencia hubiera devuelto la fuerza a sus piernas. Esta se incorporó trabajosamente. La abadesa la agarró del brazo para ayudarla a caminar y juntas ganaron la puerta de la calle, seguidas por su anfitrión.

—Deberíais haceros con algunos sirvientes —regañó doña Elvira a Niccolò—. No está bien que alguien de vuestra posición abra la puerta a las visitas.

—No es algo que me importe.

—A vos no. Pero quien os vea creerá que no os pago lo suficiente y dirigirá sus críticas hacia mí —dijo en un tono tan severo que arrancó una carcajada a su protegido.

—Tenía un criado, pero murió hace unos días. Según me han contado, alguien dejó un trozo de carne envenenada delante del portón. El truhan de mi sirviente lo ocultó para comérselo él y así me salvó la vida.

—No sois el primer caso —dijo la abadesa, incapaz de sostenerle la mirada—. Vuestra madre me advirtió de que se estaban produciendo muertes en extrañas circunstancias y no quise tomarlo en consideración. No volverá a pasar, me encargaré de ello, pero sed prudente, os lo ruego.

—¿Tenéis miedo de perderme? —sonrió el joven, burlón.

Doña Elvira y sor Inés se quedaron heladas. ¿Qué se había creído? ¿Que estaba cortejando a una campesina? La abadesa sabía que debía atajar tanta desvergüenza antes de que fuera a más, pero se limitó a hacer un gesto a la navarra.

—Vamos.

Cuando se fueron las visitas, el siciliano volvió la vista hacia la parte alta de la escalera, donde lo esperaba desnuda una freila del hospital.

—¿Ya se han ido?

—Sí.

—Hoy no sé qué me apetece más, si leer o escribir.

Niccolò volvió a reír, esta vez con ganas.

CAPÍTULO XXXVI

Cuando sor Inés llegó a su celda, se quitó el velo, la cogulla e incluso la camisa. Se contempló en el espejo mientras se rascaba con fruición el pecho izquierdo. Las manchas que habían aparecido tímidamente meses atrás se habían extendido por todo el seno. Su gesto se torció contemplando el contorno irregular de su cuerpo: tras la considerable pérdida de peso, su piel había acumulado multitud de pliegues y ahora su torso parecía un libro mal encuadernado.

Tan ensimismada estaba que no se percató de que se abría la puerta. Cuando quiso darse cuenta, la abadesa ya estaba frente a ella. Sor Inés se tapó la boca para ahogar un grito mientras doña Elvira se apresuraba a ponerse de espaldas.

—Cubríos.

Sor Inés buscó su camisa. Se vistió torpemente mientras la abadesa, esforzándose por olvidar las peculiares circunstancias de la situación, le explicaba el motivo de su visita:

—Me tenéis preocupada.

—No tenéis por qué estarlo, ilustrísima.

—¿Seguís usando aquel ungüento en la cara que os hacía sentir más joven?

—No. Cuando se me acabó ya no le pedí más a doña María...

—Mal hecho. Os sentaba bien, todos lo veíamos. Encargadle que os lo prepare de nuevo. Y... traedme un frasco.

—¿Para vos? —preguntó, atónita, la monja.

–Pero sed discreta; nadie debe saber que es para mí. La gente podría pensar que me faltan fuerzas para estar a la altura de las exigencias de mi cargo y... no querríamos eso, ¿verdad?

Al día siguiente, muy temprano, sor Inés acudió al Hospital del Rey para cumplir la petición de la abadesa. Esperó en la botica a que María elaborase una mayor cantidad de la pomada cosmética.

–Pero no hace falta que os llevéis tanta. Se estropeará –le advirtió la joven.

–No, no... Preparad el doble, como os he dicho –le insistió la monja.

–Os puedo preparar más cuando se os acabe...

–¿Cómo podéis ser tan tozuda? –estalló sor Inés–. ¡Haced lo que os he pedido, por una vez en vuestra vida!

–Está bien –se rindió María, extrañada ante tanta vehemencia.

Sor Inés se sentó en una silla y suspiró mientras intentaba calmar la comezón de su pecho izquierdo.

–¿Queréis que os dé algo para el picor?

La monja bajó la mano inmediatamente.

–¿Qué picor?

–Os estabais rascando el pecho.

–¿Yo? No inventéis.

–Pero ¿qué os ocurre hoy? –suspiró María, cansada del errático comportamiento de la navarra–. ¿Preferís que la picazón siga?

Sor Inés se quedó mirando a la joven, acongojada, como una niña que recibiera su primera regañina y negó con la cabeza.

–Entonces dejadme examinaros.

–¿Para qué? –protestó la monja–. Dadme algo para la comezón y ya está.

–Antes tengo que saber qué la provoca. Será solo un momento. Cerraré la puerta por dentro, nadie aparte de mí os verá. Descubríos el seno.

María la urgió con gestos a desvestirse. Sor Inés lo hizo a regañadientes y, cuando se levantó la camisa para mostrarle el pecho, María sintió que el corazón se le encogía al comprobar lo extendido del mal.

—¿Desde cuándo tenéis esto? —preguntó, sin poder evitar que le temblara la voz.

—Desde hace tiempo.

De pronto alguien intentó entrar en la botica. Sor Inés se bajó la camisa y comenzó a vestirse.

—¿Quién está ahí dentro? —preguntó Beatrice desde el otro lado.

—¿Venís sola? —inquirió María.

—Pues claro. ¿Qué pregunta es esa? —contestó la siciliana.

Sor Inés intentó interponerse entre María y la puerta.

—No abráis —le pidió en voz baja.

—Ella tiene más experiencia que yo en casos como el vuestro —le susurró la muchacha.

María dejó entrar a Beatrice y volvió a cerrar con llave.

—Tenéis que ver esto.

Sor Inés tomó aire antes de volver a quitarse la cogulla y levantarse la camisa para mostrar su secreto:

—No hace falta que finjáis ante mí —dijo compungida—. Mi madre también lo tuvo.

Tras examinar a la monja, a Beatrice le faltó tiempo para ir al monasterio y trasmitirle a la abadesa las malas noticias.

—¿Tan grave es? —preguntó doña Elvira muy seria, cerrando la ventana a pesar del calor insoportable de la estancia.

—El zaratán[2] está muy avanzado. Yo creo que es mejor no intervenir. En estos casos…

---

[2] En la medicina árabe medieval, el cáncer era conocido como *zaratán*.

La abadesa se volvió bruscamente, con la frente perlada de gotas de sudor.

–¿Y dejar que el mal la devore? ¿Qué clase de médico se quedaría de brazos cruzados?

–El tipo de médico –respondió, paciente, Beatrice– que no está dispuesto a hacer sufrir inútilmente a un enfermo.

–¡Tonterías! ¡Tonterías! –gritó doña Elvira–. ¿Y si os equivocaseis y no estuviera tan desarrollado?

Beatrice suspiró. Hacía tiempo que no se veía obligada a negociar con la desesperación de las familias en casos sin remedio. Había perdido práctica y a veces su distancia era malinterpretada como desinterés. Y, además, aquel calor insoportable le impedía pensar con claridad.

–Si no estuviera tan avanzado, le aplicaría polvo de asfódelo, cal viva y ceniza para corroer la carne afectada. Pero sor Inés no necesita un médico, sino un cirujano. No es mi especialidad. Mis maestros despreciaban la cirugía y nunca aprendí más que…

Doña Elvira se habría aferrado nuevamente al clavo ardiente que le quemó la mano si alguien le hubiera dicho que así salvaría la vida de la navarra.

–¡Vuestro hijo es cirujano! –exclamó la abadesa.

–¿Eso os ha contado? –preguntó, extrañada.

–Desde que vos os fuisteis de Salerno, ha tenido tiempo de aprender el oficio.

–Sor Inés no permitirá que la examine un hombre.

–Sor Inés hará lo que yo le ordene –sentenció doña Elvira–. Exactamente como vos.

Beatrice se disponía a irse cuando la superiora le preguntó:

–¿Sabíais que intentaron envenenar a vuestro hijo?

La doctora asintió.

–No os lo mencioné porque estoy convencida de que detrás está la misma mano que acabó con el marido de doña Ágata y, según vos, no era un asunto prioritario –replicó, enmascarando la mordacidad con su acento extranjero.

–Si un asesino anda suelto, tenéis mi permiso para encontrarlo. De castigarlo me ocuparé yo –la despachó, molesta, la religiosa.

En cuanto Beatrice abandonó los aposentos, la abadesa sacó de su arcón su manto más grueso, de tupida lana forrado de pieles, y se envolvió en él como si un frío glacial hubiera invadido la estancia y no un calor africano que amenazaba con fundir los muros del monasterio.

Pasó la noche en el suelo, tapada hasta los ojos, bañada en sudor, al borde de la asfixia. No pretendía hacer penitencia ni mortificar sus carnes. Simplemente no se le ocurrió otra manera mejor de compartir con sor Inés, su fiel servidora, una parte de su agonía. Sin embargo, no fue a visitarla. No habría sabido qué decirle y, sobre todo, no habría sabido mirarla con la distancia que su dignidad le exigía.

CAPÍTULO XXXVII

María sentía mucha curiosidad por conocer la casa de Niccolò. Cuando Beatrice le pidió que la acompañara, no se lo pensó dos veces. Se lavó la cara, se peinó primorosamente y de sus dos sayas se puso la más nueva. Juntas, entraron en Burgos, mezclándose con los peregrinos, atravesaron la ciudad y llegaron hasta las inmediaciones de la puerta de San Martín, donde se ubicaba el palacio del siciliano.

María llamó a la puerta. Esperaron pacientemente a que les abriera el nuevo criado de Niccolò, tan privado de inteligencia como el primero. Beatrice se adelantó para hablar con él:

–Venimos en nombre de su ilustrísima la abadesa de Santa María la Real. Necesitamos ver urgentemente a vuestro señor don Niccolò.

–Está ocupado. Tendrán que volver en otro momento.

El criado fue a cerrar la puerta, pero Beatrice se interpuso.

–¿Acaso no habéis oído quién nos envía? ¿Sois estúpido?

–Eso dice la gente –admitió sin problemas el sirviente–. Avisaré a don Niccolò, aunque no sé yo si le hará mucha gracia que lo interrumpa.

Beatrice lo empujó.

–Esperaremos dentro.

Las dos mujeres entraron en un amplio vestíbulo y se sentaron en un banco mientras esperaban.

–¿Por qué tiene en su casa a este inútil? –preguntó María a media voz, intrigada.

–Porque los inútiles pueden ser muy útiles.

Mientras tanto, en el sótano, Niccolò se limpiaba con un paño la sangre de las manos. Tenía la saya y las calzas salpicadas de rojo. Se volvió hacia los tres nobles señores a quienes acababa de operar. Solo uno de ellos estaba despierto. Sin embargo, el mugriento trapo de su boca le impedía gritar. Viendo la mutilación de sus hermanos, comprendió que el dolor que sentía en su entrepierna se debía a que había corrido su misma suerte.

–Dentro de unos días –le dijo Niccolò–, cuando la cicatriz se haya curado, os dejaré volver a vuestra casa. Nadie sabrá por mí qué es lo que os ha ocurrido. Aunque os advierto: moved un pelo para hacerme daño y toda Castilla sabrá que os he convertido en eunucos.

El siciliano oyó pasos a su espalda. El criado entró con prevención y, al ver a aquellos señores atados de las manos y colgando de una viga como cerdos a punto de ser abiertos en canal, se quedó boquiabierto.

–¿Qué quieres?

–Arriba hay dos señoras que dicen que vienen a veros. Que las envía la abadesa de Santa María.

–Prepara algo de comer para nuestros invitados –dijo señalando a los tres jóvenes –. Se quedarán aquí unos cuantos días con nosotros.

Niccolò subió los peldaños de dos en dos. Cuando vio quiénes eran las visitas, sonrió como si hubiera ganado un torneo.

–Me alegro de veros por aquí.

Beatrice y María se levantaron, alarmadas ante la sangre que manchaba sus ropas.

–¡¿Qué os ha pasado?! ¿Estáis herido? –exclamó María.

Niccolò se rio.

–No. Esta sangre no es mía. Os alegrará saber que es de los violadores de Boñices. No volverán a ultrajar a otra mujer.

–¿Los habéis matado? –preguntó Beatrice, conmocionada.

–No ha sido necesario. Aunque aún estoy a tiempo.

–¡¿Qué decís?! –exclamó, horrorizada, su madre–. María, bajad a ver qué ha pasado.

La joven se sorprendió de la orden, aunque no puso objeción. Sin embargo, antes de llegar a la escalera, Niccolò se interpuso, bloqueándole el camino. Ella lo miró pidiendo una explicación, pero enseguida bajó los ojos, azorada.

–Necesitaréis luz –le dijo él, entregándole una candela–. Tened cuidado con los peldaños.

María la tomó y bajó las escaleras.

Niccolò se volvió hacia su madre. Suspiró irritado al reconocer en sus ojos la misma mirada de censura que lo había acompañado toda su infancia.

–¿Qué he hecho mal ahora? Vos misma dijisteis que os habría gustado ser su verdugo. Solo los he castrado.

–¿Cómo has podido? –le preguntó su madre con la voz quebrada.

–Ha sido fácil. Practiqué mucho con animales.

–La abadesa dice que habías aprendido cirugía. Me costaba creerlo, pero ahora sé que no es cierto. Un cirujano, igual que un médico, no usaría su arte para causar un daño mayor que el que pretende remediar.

–Esos hombres merecían este castigo –protestó él–. Y si no preguntádselo a la pobre criatura a la que asaltaron.

–¿Y piensas que ella no estaría horrorizada? Si no se atrevía a denunciar ante el merino del rey, ¿crees que no tendrá miedo de la venganza de esos indeseables?

–Ya no podrán volver a violentarla –dijo Niccolò mientras buscaba una jarra de vino.

Sentía la boca seca a medida que la rabia crecía a una velocidad de vértigo.

–Encontrarán la forma de hacerle la vida imposible. ¿Cómo has podido?

El siciliano, harto ya de escuchar reprimendas, fue hacia su madre, pero se contuvo y dio un paso atrás.

–¡Nada de lo que hago os parece bien! Nunca, por mucho que me esfuerce. ¿Por qué? ¡¿Por qué?! –le acabó gritando.

–Vete de Burgos. Es lo mejor para ti.

–¡De ninguna manera! –El joven agarró por los brazos a su madre y la zarandeó con fuerza–. ¿Por qué insistís? Nadie os busca por la muerte de mi padre. No tenéis que esconderos. ¡Y yo tampoco!

–Te pareces demasiado a él –dijo Beatrice con una pena que ya no podía esconder, pese a que lo había intentado durante todo aquel tiempo–. Cada día más.

Una furia incontenible se adueñó de Niccolò. Soltó a su madre y le dio una bofetada que hizo que perdiera el equilibrio y su cuerpo se quebrara contra las baldosas. Beatrice intentó incorporarse, pero su hijo volvió a golpearla. La sangre empezó a gotear sobre el suelo.

–¡Soy vuestro hijo! ¿Por qué me hacéis esto? ¿Por qué me obligáis a trataros así? ¡¿Por qué?! He hecho lo que vos no habéis tenido el valor de hacer. Porque sois una inútil. ¡Una inútil!

Niccolò, fuera de sí, la pateó sin reparar en dónde golpeaba. Beatrice, como si no hubiera pasado el tiempo, se hizo un ovillo en el suelo, protegiéndose la cabeza con las manos, como había aprendido en su juventud. Pasados unos instantes interminables, su hijo retrocedió y él también se llevó las manos a la cabeza, como si una ráfaga de lucidez le hubiera hecho ver el horror de su comportamiento.

–Perdonadme, madre, perdonadme –le suplicó al borde del llanto–. Os juro que yo…

Se dejó caer de rodillas y trató de sostener la cabeza de su madre entre las manos para obligarla a mirarlo. Beatrice se zafó de él como pudo e intentó ponerse en pie apoyándose en el banco. Un pánico antiguo se había apoderado de ella y era incapaz de razonar. Caminó trastabillando hacia la puerta y se marchó sin recordar siquiera que dejaba a María atrás.

Niccolò se sentó en el banco cubriéndose el rostro con las manos. Rompió a llorar como una criatura. Sus sollozos le impidieron oír los suaves pasos de la joven María hasta que la tuvo al lado.

–¿Y vuestra madre?

–Se ha ido.

–¿Sin mí? –preguntó, atónita.

Niccolò se encogió de hombros por toda respuesta. A María le conmovió su aspecto desvalido. Se sentó a su lado y sintió la necesidad de darle consuelo y protegerlo.

–Habéis sido muy valiente. Os habéis arriesgado mucho por una pobre chica a quien apenas conocéis.

El joven sonrió con amargura.

–Por vos también lo habría hecho –le susurró.

–Estoy segura.

María le sonrió, nerviosa, extrañamente feliz. Era tanta la intensidad de lo que sentía que le resultaba insufrible. ¿Con qué excusa podría escapar? De pronto recordó qué la había llevado allí.

–La abadesa ha solicitado que visitéis a una dueña, a sor Inés. Requiere cirugía. Y ahora tengo que irme. No está bien que…

–No entiendo a mi madre –dijo Niccolò entre dientes–. Debería estarme agradecida. Curé al rey para salvarla.

María lo miró perpleja.

–¿Vos curasteis al rey?

–Preguntad a quien queráis. Todos os dirán que obtuve mi mayor éxito donde los médicos de Castilla y León fracasaron. Le di remedios que a ninguno de ellos se les habría pasado por la imaginación. Andan desesperados tratando de que comparta con ellos mis secretos, pero no tienen nada que hacer.

María no daba crédito a sus oídos. ¿De verdad creía Niccolò sus palabras? ¿De verdad no recordaba que habían sido María y Beatrice quiénes le habían ido marcando el camino para curar al monarca?

–Gracias a mí se despejaron las sospechas de brujería. ¿Sabéis qué le habría ocurrido a mi madre si el obispo de Burgos la hubiera acusado de herejía?

María lo miró fascinada, buscando en sus facciones algún signo que delatara que era consciente de estar mintiendo. Fue en vano. Lo único que consiguió es que Niccolò interpretara la mirada de la chica como un signo de interés, al que reaccionó como solía hacer:

–¿Sabéis leer? –le preguntó.

María se quedó helada. «¿Acaso no me ha visto consultar los libros de su madre en la botica?», pensó. De súbito, un rayo de lucidez empezó a abrirse paso en su interior, a pesar de la atracción que sentía por él. Porque aquel comportamiento de Niccolò no era normal. Nada normal.

–Os podría enseñar –añadió el siciliano–. Hoy no, otro día...

La sorpresa dio paso a la indignación y a la rabia. Aquel hombre le debía mucho: su posición, su casa. Habían sido Beatrice y ella quienes habían salvado al monarca. Y quienes habían convertido el Hospital del Rey en un lugar cuya fama milagrosa se extendía allende Castilla. ¿Y ahora aquel joven con ínfulas pretendía atribuirse todos los méritos? ¿Qué le hacía creer que estaba por encima de ella? Debería decirle que era un cantamañanas, que por mucho palacio que le regalara la abadesa no dejaba de ser un bufón, que su sonrisa deslumbrante era solo una pantalla para ocultar su vacuidad, que…

Eran tantos los reproches que quería hacerle que por ello a María le resultó más ridículo oírse decir:

—Quizá otro día.

Como buenamente pudo, Beatrice llegó al hospital. Disimuló ante todos los que se cruzó la sangre en su rostro y su ropa y se encerró en la botica. Presa de la ansiedad, se subió a una banqueta para alcanzar el frasco del jugo de adormidera. Lo mezcló con un poco de vino. Esperó sentada hasta que el opio empezó a hacerle efecto.

Una sensación familiar de bienestar fue avanzando poco a poco hasta que finalmente Beatrice consiguió evadirse de esa realidad que la había vuelto a atormentar después de tanto tiempo huyendo de ella.

CAPÍTULO XXXVIII

Esa misma tarde Niccolò fue a visitar a sor Inés a su celda, con gran escándalo de las otras dueñas ante la violación del reglamento de clausura. Aquellas monjas parecían olvidar que hasta ese momento a nadie le había parecido mal quebrantar las normas para recibir visitas de familiares y amigos en las celdas privadas o escaparse al mercado semanal siempre que se les había antojado. Aunque quizá para calmar su santa y falsa irritación, ninguna se privó de apostarse en el pasillo para poder echar un vistazo al nuevo médico del hospital del que todas habían oído hablar, bien y mal. Niccolò tuvo que pasar entre dos filas de circunspectas dueñas que enseguida cayeron rendidas ante las lujosas telas y los atrevidos colores de la indumentaria del extranjero. Muchas maldijeron esa noche la aburrida sobriedad de sus hábitos blancos.

Niccolò cerró la puerta tras entrar en la celda de sor Inés. La navarra estaba acostada, sudando copiosamente, mientras la hermana cillerera le aplicaba compresas de agua fría en la frente. Sor Inés había temido que llegara ese momento. Sabía, porque había sido testigo del caso de su madre, que cuando mostrara su secreto a alguien su enfermedad dejaría de ser algo privado para convertirse en una cuestión pública en la que, paradójicamente, ella se vería despojada de voz. Niccolò le pidió que se descubriera el seno.

Sor Inés obedeció. Giró la cabeza hacia el espejo, que reflejaba la puerta de entrada, y así pudo ver el gesto de contrariedad de doña Elvira cuando al entrar sorprendió a Niccolò manoseando el pecho tumefacto. Sor Inés pensó que la muerte no podría ser peor que lo que estaba viviendo.

–¿Qué podéis hacer? –preguntó doña Elvira.

–Cuando el tumor es pequeño, se recomienda la cauterización –respondió él–. Y, si ha crecido mucho, la extirpación.

Sor Inés miraba al cirujano y a la superiora, que hablaban de ella como si no estuviera allí para escucharlos.

–Proceded –ordenó la abadesa.

A la navarra se le escapó un sollozo que hizo que doña Elvira se volviera hacia ella.

–Ilustrísima, os lo suplico, no… –le dijo sor Inés, temblando.

–No permitiré que nada ni nadie me arrebate a alguien tan valioso como vos –respondió doña Elvira sin hacer el menor intento de acercarse.

–¿Aunque sea voluntad de Dios? –gimoteó la enferma.

–Si es voluntad de Dios, le haremos cambiar de opinión –sentenció con frialdad la abadesa antes de abandonar la celda.

Niccolò sacó de su bolsa de cuero unos instrumentos que hicieron estremecer a la paciente.

–Necesitaré brasas –pidió el siciliano a la cillerera mientras extraía unas tenazas de largos brazos.

Poco después, los gritos de dolor de sor Inés retumbaron por las paredes, se deslizaron bajo las puertas, invadieron las celdas, el refectorio, las cocinas… Incluso quienes no podían oírlos se los imaginaban y se estremecían tanto o más que quienes los escuchaban.

Durante las siguientes semanas, doña Elvira permaneció de la mañana a la noche rezando, arrodillada en la vieja iglesia mozárabe, a la vista de todos los peregrinos que acudían a visitar la reliquia de la santa. Alguno incluso llegó a pensar que tendría más probabilidades de curar sus males si tocaba el manto de doña Elvira que el hueso atribuido a santa Ana. Sin embargo, pronto desestimaban la idea. La abadesa no transmitía paz, sino amargura, desasosiego, remordimiento. Y, por primera vez en su vida, un profundo miedo.

A María no le sorprendió el rastro de sangre fresca que serpenteaba entre las piedras para adentrarse en el hospital. Lo que se salía de lo común eran los hipidos agudísimos, como reclamos de algún ave exótica, que emitía la joven que sostenía a duras penas al herido en la entrada del ala masculina. El hombre mantenía los brazos cruzados sobre el vientre con las pocas fuerzas que le restaban. María enseguida reconoció a la acompañante: era la pastora a quien Niccolò había vengado.

–¡Ayudadme! –gritó.

–¿Qué ha ocurrido? –dijo María estudiando la palidez del enfermo, que presagiaba un fin rápido.

–Es mi padre…

«Es el porquero que trabaja para el señor de Boñices y sus hijos» recordó María. Los brazos del pobre hombre aflojaron la presión que ejercían sobre su prominente panza. Los intestinos brotaron de su vientre abierto en canal y se derramaron sobre el enlosado. Su hija gritó asustada:

–¡Padre!

Dos freilas acudieron en su ayuda. Entre las cuatro acostaron al herido en el suelo. María corrió a por su maestra mientras la desconsolada pastora recogía con cuidado las tripas de su progenitor, como si temiera que pudieran perderse en el desorden de la sala.

María buscó a Beatrice por todo el hospital. No la encontró ni en el ala de mujeres ni en la botica. Echó un vistazo en su celda, pero el camastro estaba vacío. Tampoco estaba sentada frente a la mesa donde tantas veces la había visto estudiar. Cuando ya se iba, le pareció oír un gemido apagado. Tras la puerta descubrió a Beatrice hecha un ovillo en el suelo, con la mirada perdida y la saliva escurriéndosele de la boca. A su lado, el recipiente del jugo de adormidera estaba completamente vacío.

—¡Necesito que me acompañéis! —la urgió María.

Beatrice murmuró unas palabras inconexas, aunque no se movió. María no insistió, no tenía sentido. La doctora no sería de utilidad hasta que se le pasara el efecto del opio.

Regresó al hospital preguntándose qué remedio podría administrar al porquero para hacer más llevadera su agonía. Cuando llegó al ala de hombres, encontró a Niccolò arrodillado junto al moribundo, examinando sus heridas, mientras la pastora acariciaba la cabeza de su padre.

—¡Traedme un perro! —ordenó Niccolò, impaciente.

Las freilas que habían ayudado en los primeros momentos lo miraron sumidas en la confusión, convencidas de que no lo habían oído bien.

—¿A qué estáis esperando? —les reprochó él.

—¿Qué clase de perro...? —se atrevió a preguntar la más osada de las dos mujeres.

—¡Cualquiera con un corazón que lata!

Las freilas asintieron y salieron corriendo a cumplir la misión más extravagante que habían recibido hasta ese día. Niccolò fue a reunirse con María.

—Beatrice está indispuesta. No podemos contar con ella —se lamentó la joven.

—No la necesito. Despejad la mesa de la botica. Lo operaré yo.

Ella se quedó helada. ¿Había olvidado que su función en el hospital era meramente decorativa? Aunque la cirugía fuera un saber menor que no podía compararse con el noble arte de la medicina, ¿qué le hacía creer que podía intervenir a un paciente sin autorización de su madre?

—¿Vos? —preguntó, incrédula.

—Lo he visto hacer antes —explicó el siciliano.

—¿Dónde? —no pudo evitar preguntar ella con desconfianza.

—En la guerra —respondió él, y por su tono molesto dejó meridianamente claro que daba la conversación por acabada.

Mientras María preparaba la mesa de la botica para la operación, la hija del porquero asió del brazo a Niccolò y le imploró:

—¡Salvadlo! —imploró antes de entregarse nuevamente al llanto—. ¡Ha sido culpa mía!

—¿Vos le habéis abierto el vientre? —le preguntó.

La pastora negó.

—Han sido los hombres que me forzaron. Estaban furiosos cuando se han presentado en nuestra casa. Mi padre les ha jurado que no los habíamos denunciado al merino real, pero les ha dado igual. Querían venganza, no sé de qué.

Niccolò, en cambio, entendía muy bien qué había rondado por la cabeza de aquellos eunucos. Sin embargo, prefirió guardarse la información para sí. Cogió al hombre en brazos y lo trasladó a la botica, dejando atrás a la desconsolada hija. Depositó el cuerpo sobre la mesa que María ya había dejado expedita.

—Se ha acabado el jugo de adormidera —se disculpó María—. Menos mal que ha perdido el conocimiento.

—Una lástima —dijo él, decepcionado—. Con un poco de suerte volverá en sí antes de que haya acabado.

«¿Prefiere oír los gritos del hombre durante la intervención?», dudó María.

Las freilas irrumpieron llevando a rastras un viejo galgo al que le faltaba una oreja.

—Servirá —afirmó el siciliano.

El joven acarició la cabeza del galgo y cuando se ganó su confianza le rebanó por sorpresa la garganta con un escalpelo. La sangre salpicó a todos los presentes. Niccolò cogió al animal por las patas traseras, lo izó y dejó que se desangrara sobre el vientre abierto del padre de la pastora.

—Sostenedlo —ordenó Niccolò a la freila más robusta.

—¿Qué hacéis? —se indignó María.

—Antes de volver a recolocar las tripas hay que calentarlas con sangre.

Un gemido agónico del galgo estremeció a María. Niccolò hundió las manos en el amasijo de intestinos y procedió a reintroducirlos en la cavidad digestiva del moribundo.

—Hay muchos tratamientos que desconocéis porque no sabéis leer. Cuando queráis os enseño, ya os lo he dicho —le recordó Niccolò—. Venid a mi palacio cuando gustéis.

Las freilas cruzaron una mirada cómplice.

María se ruborizó, primero porque aquel advenedizo prefería no recordar que ella atesoraba más conocimientos médicos que él y segundo porque hubiera hecho la invitación delante de las dos freilas, ambas reconocidas chismosas.

—No, gracias —respondió la joven con la mayor dignidad que fue capaz de reunir.

Niccolò le sonrió, burlón, sin dejar de suturar.

—Podéis volver a vuestros menesteres —ordenó a las freilas—. María me ayudará.

—Seguro que sí. Ya se ve que lo está deseando —dijo una de ellas conteniendo la risa mientras depositaba en el suelo el cadáver del galgo.

Una vez a solas, Niccolò se dedicó a observar a la joven.

—¡Dejad de mirarme y fijaos en lo que estáis haciendo! —protestó ella.

—¿Para qué? Vos sabéis tan bien como yo que morirá.

—Entonces, ¿por qué habéis mezclado su sangre con la de ese pobre animal? —se indignó María.

—Ha sido divertido, ¿no? —replicó con una sonrisa insolente.

–Para mí no.

–No os creo –replicó él mientras el porquero expiraba–. El paciente ha muerto. Una vez más, he acertado en el diagnóstico –comentó, irónico.

María abandonó la botica furiosa con Niccolò por su engreimiento insufrible y consigo misma por su incapacidad de obligarlo a admitir que ella quintuplicaba sus méritos.

Se dirigió a la celda que compartía con Beatrice. Su maestra continuaba en el suelo en posición fetal, tal como la había dejado.

–Sabed que un hombre ha muerto con terribles dolores porque el jugo de adormidera os lo habéis acabado vos –la acusó con toda la bilis que había acumulado a lo largo de aquel día.

Que no fuera del todo cierto fue irrelevante. Beatrice no reaccionó. Quizá dormía con los ojos abiertos.

María se agachó para recoger el frasco vacío, pero de pronto la siciliana la agarró con fuerza por la muñeca y haciendo un inmenso esfuerzo volvió su mirada perdida hacia su discípula.

–Nunca más… –le prometió con un hilo de voz.

María no respondió, porque si hubiera abierto la boca sus palabras habrían creado un abismo insalvable entre ambas. Sin embargo, sentía la necesidad de castigar a su maestra. Se volvió hacia el arcón donde guardaba sus libros. Los había leído todos menos el de Aristóteles: el único que le había vetado la siciliana fue el único que cogió.

María salió con el libro del filósofo bajo el brazo. Cuando llegó a su celda, se sentó en el camastro y lo abrió por la primera página. No podía concentrarse; era tanta la rabia. No soportaba estar sentada, no aguantaba estar de pie… Le dolía el pozo en el que se había hundido su mentora, pero sobre todo lo que la enervaba era aquella sonrisa descarada de Niccolò.

Tomó una decisión. Envolvió el libro en un paño y dirigió

sus pasos hacia la ciudad. María le demostraría que sabía leer, le recordaría que fue ella quien salvó al rey. Con la ayuda de su maestra, pero ¡fue ella y no él! Niccolò era un canalla sin escrúpulos ni decencia. La lista de improperios se fue haciendo cada vez más larga a medida que se acercaba a Burgos siendo ya noche cerrada.

Se aseguró de que nadie la viera enfilando la calle San Martín, se detuvo ante el portón del palacio de aquel hombre despreciable y llamó. Esperó, pero nadie acudía. Se apartó unos metros de la fachada buscando señales de que hubiera alguien en casa. En el piso de arriba se veía una luz. ¿Por qué aquel ser miserable no le abría? ¿Acaso no la había oído? Volvió a llamar, ahora mucho más fuerte. Esperó. Llamó de nuevo. Esperó. No quería volver al hospital. Le había costado mucho dar aquel paso. Necesitaba decirle, exigirle… Volvió a llamar. La luz seguía en el piso de arriba. ¿Debía gritar su nombre? ¿Debía dejar en evidencia la urgencia que sentía de escupirle su odio, de afearle su vacuidad, de zaherirlo con la verdad? Rompió a llorar, no sabía por qué. Era tanta la presión en su pecho que creía imposible seguir respirando.

Sentía un deseo irrefrenable de ver a aquel infame y… suplicarle que no la ignorara. No podía soportarlo. En ese momento entendió lo que movía a su maestra a sucumbir al jugo de adormidera una y otra vez. María acababa de descubrir que esa necesidad inaplazable de saciar una sed maligna no solo la provocaba el opio. En su caso, era la mirada de unos ojos de un azul impúdico.

Oculto en la penumbra de la ventana del primer piso, el siciliano observaba cómo la joven se alejaba con gesto contrariado. María no podía saber todavía que esa humillación proporcionaba a Niccolò infinitamente más placer del que habría disfrutado compartiendo el calor de su joven cuerpo.

CAPÍTULO XXXIX

Prescindir de un día para otro del jugo de adormidera no fue fácil para Beatrice. Esos primeros días de abstinencia se dedicó a recolectar hierbas y preparar remedios cuya receta conocía de memoria. Una jornada especialmente difícil, la siciliana regresaba al hospital con un hatillo de plantas recién cortadas cuando vio a un jinete que se dirigía hacia ella a gran velocidad. A pesar de la distancia, por lo colorido de su vestimenta, supo que solo podía ser su hijo. A medida que se acercaba resultaba más evidente que Niccolò no iba a frenar. Si Beatrice no se apartaba, sería arrollada. El tiempo para reaccionar se agotaba, pero la doctora no estaba dispuesta a seguirle el juego. A escasos metros, Niccolò se vio obligado a tirar de las riendas tan violentamente que su caballo se levantó sobre las patas traseras. El joven perdió el equilibrio y cayó aparatosamente a los pies de Beatrice.

Esta no fue a socorrerlo. Algo en la montura había llamado su atención. Se acercó al caballo para asegurarse de que sus ojos no la traicionaban. Efectivamente, era real.

Bajo la silla de montar, una tela idéntica a la que vestía el ricohombre de los seis dedos escupía reflejos de oro y plata.

—¿De dónde has sacado este paño? —preguntó a su hijo.

Niccolò no contestó, molesto por haber perdido su ridículo reto. Se incorporó, dolorido.

—¡Responde! —repitió Beatrice, impaciente.

El joven la ignoró, pendiente únicamente de no haberse roto la saya. Su madre le agarró la barbilla para obligarlo a mirarla.

—¿De dónde?

El joven apartó sus manos, sin entender ese súbito interés por su montura.

—El caballo y todos sus arreos vinieron juntos. Un regalo de doña Elvira.

Beatrice dejó caer el hatillo de hierbas. Sentía que estaba cerca, todavía no sabía de qué.

Se encaminó a los establos del monasterio, donde se cuidaban los caballos de la abadesa. El palafrenero, un hombre rechoncho, apilaba estiércol cuando vio entrar a la siciliana con la determinación de quien comanda diez ejércitos.

—¿Vos habéis aparejado el caballo que la abadesa ha regalado al galeno?

El hombre, poco acostumbrado a que lo trataran de vos, se volvió por si acaso la mujer se dirigía a algún notable que estuviera a su espalda.

—Os estoy hablando a vos —le confirmó ella.

—Sí... —balbuceó el hombre.

—¿De dónde ha salido la tela que había bajo la silla?

—¿Una con hilos de oro? —preguntó, extrañado.

—¡Y de plata!

Era tal la vehemencia de aquella mujer que el palafrenero empezaba a temer que no estuviera en su sano juicio.

—Estaba con el aparejo de un caballo que se dejaron en la hospedería.

—¿Un peregrino abandonó su caballo? —exclamó, atónita.

—No es muy normal, pero alguna vez más ha pasado —respondió el caballerizo, agarrando con fuerza la horquilla con las dos manos por si necesitaba defenderse de aquella loca.

—¿Cuándo ocurrió?

—Ufff, va ya para veinte años.

–¿No sabéis quién era el dueño?

–Quien tuvo tratos con él sería Pocasmigas, que trabajaba en la hospedería. Yo solo toco los caballos de su ilustrísima. Beatrice dio media vuelta. Tenía que hablar con aquel hombre de mote estrafalario.

–No lo encontraréis –le advirtió el palafrenero.

Beatrice volvió sobre sus pasos.

–¿Por qué?

–Se esfumó de un día para otro. Por las mismas fechas que se dejaron el caballo. Lo buscamos, pero no hubo manera de dar con él. Tenía mujer, una criatura chica... No se supo más. Y no creo que muriera en el incendio...

–¿Qué incendio? –casi gritó Beatrice, impaciente.

–Se quemaron los establos. Tuvimos que sacar todas las monturas deprisa y corriendo. Luego ya los rehicieron, pero en la parte de atrás.

–¿Dónde estaban antes?

–Donde está ahora la entrada de la hospedería, en la explanada, frente al palacio.

Otro misterio resuelto. En el lugar donde se encontraron los restos del ricohombre de los seis dedos hubo antiguamente un establo. El asesino lo enterró en un recinto cerrado, a salvo de las miradas. Posiblemente después él mismo prendió fuego a las cuadras para tapar todo rastro de su crimen. Beatrice solo tenía una duda más.

–¿Por qué decís que no creéis que ese Pocasmigas muriera en el incendio?

–Porque de vivo hedía como un demonio. No sé qué tenía en la sangre, pero se le olía a dos leguas. Si se hubiera quemado, habríamos notado el tufo, digo yo, porque esa peste no la mataba ni el fuego.

A partir de este encuentro, Beatrice intentó localizar al misterioso palafrenero. Habló con Domingo y con todas y cada una de las freilas y no pocas dueñas. La única persona que recordaba a aquel hombre era la anciana sacristana. Aunque su decrepitud se había acentuado y sus frecuentes ataques de furia la habían obligado a alejarse de sus funciones litúrgicas, mantenía una buena memoria para lo que quería. Le contó que la esposa de Pocasmigas se negó a que la llamaran viuda y rechazó a todos los pretendientes que se le acercaron, que no fueron pocos. «Algo de dinero le debió de dejar el malnacido de su marido, porque se compró una casa en las afueras que parecía más apropiada para un noble que para un vulgar caballerizo».

Beatrice averiguó dónde vivía la familia del desaparecido. Al acercarse le llamó la atención el blasón en la puerta. Efectivamente, la construcción era demasiado ostentosa para alguien que viviera del trabajo de sus manos. La recibió una mujer de mirada huidiza que le contó que había comprado la casona muy barata a un hijodalgo que necesitaba el dinero desesperadamente. A las preguntas por el paradero de su marido, la esposa abandonada se encogió de hombros. Ni lo sabía ni lo quería saber. «Otro callejón sin salida», se dijo la siciliana de vuelta al monasterio. De pronto, un olor penetrante la hizo detenerse cuando apenas había caminado cien metros. Aunque buscó el origen de aquel hedor, no pudo encontrarlo.

Siguió su camino, pero antes de entrar en el hospital fue a ver el árbol que plantó en su día junto al muro. Sus flores se habían convertido en frutos que los árabes llamaban «albaricoques» y «damascos» quienes los habían descubierto a raíz de la cruzada. Secos eran una golosina exótica. Probablemente el hijodalgo llevaría algunos en su bolsa cuando lo enterraron y de allí brotó el arbusto que le dio sombra ocho años. Beatrice sabía que sus semillas tenían el sabor de una almendra amarga y conocía casos de envenenamiento por consumir demasiadas. ¿Así murió el enigmático caballero? ¿Y las demás víctimas?

Beatrice dudaba si debía compartir con doña Elvira sus descubrimientos. No sabía cómo impedir que se percatara de que recelaba de ella. Las certezas, intuiciones y dudas se enmarañaban en su cabeza. Le constaba que la muerte de los ricohombres beneficiaba a la superiora, incluso la del vengativo don García, que falleció justo en el momento en que había empezado a suponer una amenaza. Era verdad que cuando las sospechas empezaron a apuntar hacia la abadesa su vino fue emponzoñado, lo que parecía descartarla, aunque milagrosamente doña Elvira no llegó a probar el veneno. ¿Qué más sumaba en su contra? La ejecución de don Fadrique, un chivo expiatorio que le permitió limpiar su nombre. Pero ¿y después? ¿Envenenó al marido de doña Ágata? ¿Por qué volver a las andadas después de once años? ¿Echaba de menos la excitación de matar? Y, sobre todo, ¿intentó acabar con Niccolò? Seguramente no. Al joven no le faltaban enemigos en Burgos.

Sin embargo, lo que le resultaba más incongruente es que fuese la propia abadesa quien le propusiera investigar los crímenes. ¿Qué pretendía? ¿Acallar bocas? Eso quedaba descartado. Si su intención hubiera sido presumir de buscar la verdad, habría encargado la investigación a alguien con mayor reputación que Beatrice; seguramente un hombre de fe, el camino más fácil para no ser descubierta. Si había elegido a la doctora era por otro motivo. ¿Quizá la abadesa creía haber diseñado un plan perfecto, pero tan alambicado que precisaba de alguien que antepusiera la razón a los dogmas para desenmascararla y finalmente conseguir la paradójica recompensa de ser admirada por su ingenio como asesina?

Demasiadas preguntas, demasiado retorcidas. A falta de respuestas, Beatrice se recetó a sí misma el silencio.

Sor Inés nunca miraba la cicatriz tumefacta de su pecho enfermo. Estaba demasiado cansada y seguía perdiendo peso. De la cocina le llegaban manjares dignos de la mesa del rey, pero ella era incapaz de tomar más de un bocado. Por exquisito que fuera el plato, todo le recordaba el olor de su carne quemada una y otra vez por el instrumental infernal de aquel aventurero siciliano que, como una mala hierba, había echado raíces en los muros del hospital aprovechando grietas que nadie había sabido ver. Sor Inés no tenía fuerzas ni para sentir vergüenza cuando la abadesa o las freilas la sorprendían en su desnudez. Su cuerpo había dejado de ser un asunto privado y solo deseaba que aquella tortura terminara.

Doña Elvira acudía cada tarde, a veces acompañada de doña Ágata o de la sacristana, a pesar de que las más de las veces la anciana era incapaz ni de recordar el nombre de la enferma. La abadesa coincidía invariablemente con las visitas de Niccolò para examinar la herida y retirar el tejido muerto con escalpelos afiladísimos y tenazas bruñidas que descargaban destellos cegadores al penetrar en la piel de la navarra. En esas ocasiones la superiora y Niccolò se apartaban para hablar en voz baja, dando pábulo a todo tipo de comentarios entre las dueñas.

Para evitarlo, sor Inés solicitó ser trasladada al Hospital del Rey, como una peregrina más. Allí, aunque doña Elvira y el médico hablaran a solas, no estarían expuestos a las miradas de las maledicentes monjas. La abadesa autorizó la mudanza ante la insistencia de sor Inés. Se llevó a cabo en la propia cama de la enferma, transportada por una docena de freiles como si de una procesión se tratara.

Algunos campesinos se arrodillaron a su paso, convencidos de que semejante despliegue se debía a la santidad de la convaleciente.

Cuando llegaron al hospital, instalaron a la monja cerca del despacho de Niccolò para que pudiera ser asistida con premura en caso de necesitarlo. Una medida absurda, ya que el supuesto médico no pasaba demasiado tiempo en aquel cuarto.

–Aquí estaréis bien –le susurró Beatrice–. Cualquier cosa que necesitéis…

Sor Inés no le dejó terminar la frase.

–Sí. Quiero algo de vos.

La monja le contó que cuando su madre enfermó su aya le preparaba un bebedizo con una serie de hierbas que recordaba perfectamente porque muchas veces la acompañaba a buscarlas al campo.

–Una cucharada de salvia, dos de sauce…

No tuvo que terminar de enumerar los componentes, porque Beatrice reconoció la receta.

–Enseguida os lo preparo.

Sin embargo, Niccolò se adelantó:

–No, lo haré yo.

Beatrice pensó que tal vez le había molestado que sor Inés se dirigiera a ella en lugar de a él. Fuera cual fuese la razón, Niccolò se encerró en su despacho.

Por supuesto, no recordaba la lista de plantas que había mencionado sor Inés, aunque no le importaba lo más mínimo. Echó en una olla medio puñado del primer tarro de bambú que encontró y vertió un poco de vino para hacer un cocimiento. Cuando fue a devolver el recipiente a su lugar se dio cuenta de que lo que había cogido era acónito del estante de los venenos. Sin darle mayor importancia, descartó la mezcla y volvió a empezar. Esta vez se aseguró de elegir productos de otra repisa, donde se almacenaban los remedios más caros, confiando en que el precio astronómico del bebedizo bastaría para proporcionar alivio a la navarra.

Cuando salió del despacho con la pócima, sor Inés se hizo la dormida para no tener que dar las gracias a aquel hombre al que despreciaba.

CAPÍTULO XL

Varios días después del traslado, doña Elvira pidió hablar con Niccolò para valorar las medidas que debían tomar con sor Inés.

—No mejora —sentenció la abadesa.

—Ya os dije que el primer paso era la cauterización...

—¿Y el siguiente? —preguntó impaciente, aunque conocía bien la respuesta.

—La extirpación del seno.

La superiora se estremeció. Los ojos de Niccolò la miraban interrogantes. Ella se resistía a dar su autorización.

—¿Doña Beatrice es de la misma opinión?

—Ella no es cirujana —alegó Niccolò.

Doña Elvira trató de buscar esperanza en aquellos ojos. Cada día que pasaba le resultaba más difícil sostenerle la mirada. Era tan insufrible como mirar fijamente al sol del mediodía.

—Proceded.

—Se hará como ordenáis, ilustrísima.

Doña Elvira asintió vagamente y camino de sus aposentos ordenó a doña Ágata que todo el monasterio se reuniera en la sala capitular sin excusas.

Las dueñas se alborotaron con la noticia. Era una ocasión para salir de la rutina que bien merecía celo para presentarse en todo esplendor ante sus iguales y las freilas. Las monjas nobles se ajustaron anillos en los dedos, calzaron sus mejores zapatos e incluso hubo quien se adornó las orejas con pendientes de amatista, aunque la toca impedía admirarlos.

Sin embargo, en cuanto entró la abadesa con gesto adusto y vio sus muestras de ostentación, ordenó que se desprendieran de las joyas y la siguieran a Burgos. Las dueñas se miraron extrañadas. Las más perezosas se apresuraron a pedir que les prepararan una montura para recorrer los escasos dos kilómetros que las separaban de la ciudad, pero doña Elvira exigió que todas, nobles y freilas, caminaran descalzas detrás de ella, sin más adorno que su hábito y su fe.

Poco después, un ejército de doscientas monjas y sus freilas, armadas con humildes lámparas de aceite, penetraron en la catedral. Dentro, las voces de las mujeres se unieron en un solo rezo pidiendo la salvación de sor Inés. Doña Elvira, vestida de blanco y con una rosa negra prendida sobre ella, caminó lentamente hacia el altar y, clavando sus ojos inyectados en sangre en la gran imagen de Jesús en la cruz, gritó desafiante:

—¡No tenéis derecho!

Y a continuación, vencida pero rabiosa, repitió su protesta en un susurro:

—No tenéis derecho.

Acto seguido se arrancó la flor de la cogulla, se tumbó boca abajo en el suelo con los brazos extendidos y rezó humildemente.

La abadesa y las dueñas permanecieron en el templo tres días con sus noches, sin comida ni bebida, hasta que el cansancio les hizo perder el sentido y un carro las devolvió a Santa María la Real. Era tal el fervor imperante que hubo quien afirmó haber observado los rezos elevándose hacia el cielo como una tenue polvareda de palabras ingrávidas. «No tenéis derecho», había clamado la abadesa frente a la cruz. Y, sin embargo, se equivocaba.

Tras la amputación del seno, la salud de sor Inés no mejoró, al contrario. Su rápido deterioro alarmó a la abadesa, que no dejó de visitar ninguna tarde el hospital hasta que en una ocasión encontró el lecho vacío cuando llegó. Estremecida, preguntó qué había ocurrido. Nadie lo sabía. Buscaron a la enferma por todo el pabellón y finalmente la encontraron desmayada en las letrinas, donde había ido sin ayuda para no importunar a nadie. La abadesa ordenó devolverla de inmediato al monasterio.

Sin embargo, cuando los freiles la metieron en su celda, descubrieron que la habitación había sido arrasada por la codicia de sus compañeras. Las dueñas habían rapiñado los tesoros de la navarra, convencidas de que ya no regresaría viva. Ni rastro de su espejo veneciano; incluso el arcón había desaparecido.

La abadesa, furiosa, pidió que las dejaran solas. Se sentó en la cama de sor Inés. Se ofreció a escribir a su familia en Navarra, pero ella se negó. Su padre había muerto poco después que su madre y con su hermano no mantenía relación.

La enferma, aprovechando la cercanía de su señora, aprovechó para decirle algo al oído:

–Dejadme morir, os lo suplico.

La abadesa le tomó la mano y preparó unas palabras de consuelo, pero sor Inés se anticipó:

–¡No permitáis que ese siciliano se encarnice más conmigo! –rogó la monja–. No es como vos pensáis. Le gusta sentir el dolor. ¡El ajeno! Lo percibo cada vez que me toca.

Doña Elvira, incómoda, se apartó del lecho.

–Todo se hace pensando en vuestro bienestar… –respondió en un tono dulce, impropio de ella.

Sor Inés cabeceó, agotada.

–Juradme que no lo hacéis para seguir viéndolo…

La abadesa, impactada, permaneció en silencio. En la

mirada de sor Inés no halló la devoción habitual. Por primera vez percibió en sus ojos un destello de odio, de rencor destilado gota a gota.

—Os lo ruego, ilustrísima.

—No sabéis lo que decís.

La abadesa, aturdida, salió de la celda. No quería estar presente cuando compareciera Niccolò con su sempiterna sonrisa. Desde que se despertaba cada mañana contaba los segundos para que llegara la tarde. ¡Y ahora acababa de descubrir que esos instantes de emoción innombrable tenían un coste altísimo que no pagaba ella!

Doña Elvira se dirigió al Hospital del Rey. Necesitaba hablar urgentemente con Beatrice. La encontró estudiando muestras de orina en la sala sin nombre.

—Ilustrísima —la saludó la siciliana, sorprendida de verla allí.

—Es preciso que acabéis con el sufrimiento de sor Inés.

—Me temo que no es posible. Está en manos de Dios…

—Dios no tiene prisa, pero sor Inés no puede soportarlo más. ¡Y no lo merece! Ayudadla.

Beatrice comprendió lo que le pedía la abadesa. No era la primera vez que alguien le solicitaba que acortara la vida de un allegado desahuciado.

—No puedo. Mi misión es salvar vidas, no acabar con ellas.

—¡Entonces dejadme que lo haga yo! —zanjó impaciente doña Elvira, para quien cada segundo perdido era una tortura añadida que precisaba ahorrar a sor Inés.

La doctora la miró, perpleja.

—¿Estáis segura?

—Dadme el remedio más rápido —confirmó.

Beatrice fue al despacho de Niccolò y al poco regresó con un frasco envuelto en una tela de arpillera.

—Cianuro. Es el veneno que acabó con don García. Huele

a almendras amargas. No lo percibe todo el mundo, pero habrá rumores de envenenamiento.

–La única opinión que me importa es la de Dios. Tiempo tendré de convencerlo.

Doña Elvira regresó al monasterio y allí se dirigió directamente al ala de las dueñas. Redujo el paso al acercarse a las habitaciones de la navarra. Oyó que había alguien con ella. Se detuvo en la puerta, incapaz de entrar. Si era el siciliano, la abadesa no soportaría la idea de que sor Inés los viera juntos. Por fortuna, quien salió de la celda fue fray Diego.

–Sor Inés ya no se encuentra entre nosotros –anunció el sacerdote.

La abadesa cerró los ojos y respiró aliviada. La navarra había sabido prestarle un último servicio.

–¿Habéis podido...?

–Ha recibido el sacramento –respondió, áspero, el confesor.

Y, aunque por un momento pareció que iba a decir algo más, las palabras se resistían a ser pronunciadas. Dio media vuelta y se alejó rápidamente.

Doña Elvira quiso ver en esta reacción que hasta al clérigo le había conmovido la pérdida de la monja. María salió también de la celda, con los ojos enrojecidos.

–Necesito que hagáis algo por mí –le pidió doña Elvira.

–Por supuesto, lo que ordenéis –se apresuró a contestar María.

Aunque lo que le encargó la abadesa era lo último que la joven habría podido imaginar.

CAPÍTULO XLI

Doña Elvira estaba decidida a organizar a su fiel servidora un funeral digno de la familia real. Mandó que se preparara un sarcófago romano del mármol más blanco que se hubiera visto en el reino, adornado con el magnífico relieve que narraba el rapto de Europa. A fray Diego, como cabía esperar, le pareció mal. No porque fuera una pieza pagana, sino porque consideró un desperdicio enterrar una pieza tan valiosa. La llegada de María permitió a la abadesa concederse una tregua en la discusión con su confesor. La joven le hizo entrega de un pocillo cubierto por una pieza de algodón blanco.

–Vuestro encargo.

Fray Diego miró con curiosidad el recipiente.

–¿Es un remedio? ¿Estáis indispuesta?

–Por supuesto. Como todos los que queríamos bien a sor Inés. ¿Acaso vos no? –le preguntó la abadesa con intención.

El freile se guardó mucho de confesar que no la echaría de menos. Doña Elvira lo despachó para que pudiera ocuparse de los detalles del funeral mientras ella regresaba al ala de las dueñas para despedirse de la navarra.

Cuando su ilustrísima entró en la celda, las freilas ya habían dispuesto el cuerpo sobre el lecho con un hábito que le quedaba demasiado holgado. Cerró la puerta, se acercó y, con cuidado, despojó a sor Inés del velo. Sus cabellos trasquilados quedaron a la vista.

–Estamos solas –dijo para tranquilizar el alma de su servidora. Arrastró una silla hasta el cabecero del camastro. Destapó el pocillo que le había entregado María y con extrema delicadeza fue aplicando en aquellos mechones el ungüento pajizo que tanta felicidad y vergüenza había proporcionado a la monja. Cada movimiento de la mano de doña Elvira era una caricia.

Le dolía el pecho. Nunca le había costado tanto contener las lágrimas, aunque por respeto a sor Inés no derramaría ninguna. La navarra la había servido lealmente porque siempre supo defender la dignidad de su cargo de abadesa. Llorar sería rebajarse, convertirse en una mujer más de las que lamentaban la pérdida de alguien cercano. Doña Elvira no podía permitirse ser una mujer más. Y cada día le resultaba más difícil.

Después de teñir el pelo a la persona que más iba a echar de menos en su vida, su ilustrísima regresó a sus aposentos. Descubrió que se había manchado el hábito. Abrió el arcón para cambiarse y sus ojos se deslumbraron a la vista del tejido tornasolado que le había regalado Niccolò. A su lado, vio la cajita de hueso donde guardaba su otro presente, la hoja de papel. Tomó la tela con las dos manos y se envolvió en ella. Abrió la caja y desenrolló el papel. Seguía en blanco.

Sintió un calor insoportable. Se desprendió del velo y la cogulla y dejó que aquel paño de tacto indescriptible acariciara sus cabellos cortísimos, se deslizara voluptuosamente por su cuello desnudo, rozara insolente el lóbulo de sus orejas y avanzara sin freno hacia la comisura de sus labios hasta dejarla sin respiración.

Minutos después, doña Elvira cruzaba la verja del monasterio camino del palacio de Niccolò. Él mismo le abrió la puerta de su casa, mordisqueando despreocupadamente una manzana.

–¡Ilustrísima! –exclamó, sorprendido.

–¿Puedo pasar? –preguntó ella, consciente de lo imprudente de su visita.

El siciliano abrió y la abadesa pudo guarecerse de las miradas curiosas. Ya empezaban a correr por todo Burgos los rumores de que había sido vista entrando en aquella vivienda.

–¿Una copa de vino? Os gustará. Es el vuestro.

–No, gracias.

–¿Algo para comer, quizá? ¿Una manzana?

La abadesa maldecía para sus adentros haberse dejado llevar por aquel impulso irracional. ¿Qué hacía allí? Y, aunque descubriera la razón, ¿sería plausible para alguien de su rango? Una nube densísima le nublaba el entendimiento.

–Sor Inés ha muerto –acertó a decir tras unos segundos.

–Lo sé –dijo Niccolò volviendo a morder la manzana.

La abadesa se fijó en sus dientes perfectos, que arrancaban pedazos de pulpa. Así debían de ser las dentelladas de una bestia que se deslizara dentro de la jaula de un animal cautivo.

–La gente cree que la manzana es el fruto prohibido del jardín del Edén –dijo Niccolò–, pero la Biblia no menciona la fruta que Eva le dio a Adán. ¿Sabéis cuál creo yo que era?

–Tengo que irme –dijo la abadesa sin moverse de donde estaba.

El joven dio un paso hacia doña Elvira, pero al ver que la abadesa retrocedía se detuvo.

–¿Me tenéis miedo?

Más que una pregunta sonó como una afirmación.

La abadesa se dejó llevar y ante aquel extranjero hizo lo que nunca se había permitido, a pesar de que la tentación había sido grande en muchas ocasiones. Mirando aquellos ojos de un azul límpido, transparente, rompió a llorar. Niccolò fue a abrazarla.

–*Madonna...*

Pero ella extendió la mano, conminándolo a permanecer a

distancia. El siciliano no se apartó. Permaneció a su lado, lo bastante cerca para hablarle en susurros:

—Sois una mujer notable, *madonna*, quizá la mujer más poderosa de la Iglesia cristiana. Pero vivís en la oscuridad, ciega, presa tras los muros de Santa María, aunque os lo neguéis.

Doña Elvira sintió una ola de indignación que recorrió su cuerpo de los pies a la cabeza. ¿Cómo se atrevía a retratarla como una pobre víctima? «¿Eso soy para él?», pensó.

—¿Y qué debería hacer según vos? ¿Recuperar el caballo que os entregué y recorrer los caminos para satisfacer una necesidad que no siento?

—Para escapar de una prisión basta con cerrar los ojos y soñar con otro lugar. Hacedlo.

Doña Elvira no era capaz de sostenerle la mirada. Cerrar los ojos le pareció una opción prudente. Se sentía fuerte para resistir la palabrería de aquel charlatán. No era una ingenua novicia ni una lujuriosa freila; nada de lo que dijera Niccolò podría hacer que olvidara quién era.

—Imaginad que estáis en un navío. El sol se derrama por las velas, por la cubierta, y hace que el mar brille hasta el horizonte. Sentís calor. El sudor empapa vuestras sienes, vuestra espalda, pero no os importa. Una brisa refresca vuestro rostro.

Doña Elvira suspiró. Sentía en las mejillas una suave brisa y, aunque nunca había visto el mar, le pareció percibir un olor de salmuera. La voz de Niccolò era una caricia que despertaba sensaciones desconocidas, no solo físicas. Rincones dormidos de su mente se desperezaban.

—De pronto el cielo se cubre de gris, como si hubiera llegado la noche. Empieza a llover como nunca habíais visto. Los relámpagos se suceden, los truenos retumban como cuernos de caza e intuís que vos sois la presa. Se desata una tempestad. Montañas de agua salada se elevan frente a la proa y se desploman sobre vuestro barco. No hay nadie que os pueda ayudar. Los marineros han sido arrastrados por el oleaje. Estáis sola y tenéis miedo.

–No... –protestó la abadesa.

–¡Sí, tenéis miedo! Y no os importa admitirlo. Porque creéis que el fin de vuestros días está cerca. No hay quien os haga una reverencia. Ya no sois «su ilustrísima»; simplemente sois Elvira, una mujer...

La abadesa se había blindado contra aquellas artimañas de Niccolò que pretendieran nublar su mente, no para las que dirigían sus dardos hacia sus emociones más profundas, que había mantenido ocultas incluso para ella misma.

–¡No abráis los ojos! –le ordenó él–. No tenéis más remedio que lanzaros al agua y nadar. Sois consciente de que nadie os encontrará jamás. Si halláis tierra firme, solo podrá ser una isla desierta. Seréis libre para hacer lo que deseéis. Lo que deseéis vos, no Dios ni el rey. Solo vuestra voluntad... Y nadáis, nadáis, nadáis...

Doña Elvira se sentía mareada.

Había peleado toda la vida por defender la dignidad de su cargo y ahora las palabras de un miserable despreciaban sus sacrificios, pretendían hacerle creer que su lucha había sido un espejismo, una imposición externa, algo que ella nunca había deseado... El aire no llegaba a sus pulmones, las piernas le fallaban, iba a desmayarse.

–¡Agarraos a mí, rápido!

La abadesa no tuvo tiempo ni de dudar. Lo abrazó y hundió su rostro en el pecho del joven mientras luchaba por respirar, presa del pánico.

–Nunca dejaría que os ahogarais, ni en vuestros sueños –susurró Niccolò a su oído.

Doña Elvira abrió los ojos y esta vez no pudo rehuir los de él. Jamás habían estado tan cerca. La abadesa sentía que aquellos iris azules plagados de vórtices la arrastraban hacia el fondo de un mar ignoto a pesar de sus esfuerzos por mantenerse en el mundo que conocía. El joven sonrió; una sonrisa inapropiada, más cercana al triunfo que a la alegría. De súbito se oyó un estruendo procedente de una dependencia interior. Doña Elvira se separó, sorprendida.

–¿No estáis solo?

–Es mi criado.

La abadesa supo inmediatamente que mentía.

–¿Y por qué no ha venido él a abrirme la puerta?

–Preferí reservarme ese honor. Sabía que seríais vos.

Niccolò se apartó para que doña Elvira pudiera moverse por la casa con libertad.

La abadesa entró en la cocina, el lugar de donde procedían los misteriosos ruidos. En el suelo encontró una orza rota con su contenido oleoso extendiéndose por el enlosado. Tras una cortina percibió movimiento. Descorrió la tela y... allí estaba doña Ágata, la noble viuda a quien había acogido en el monasterio para protegerla de la venganza de don Suero, convencido de que su cuñada era la responsable de la muerte de su hermano. ¿Cómo podía explicarse su presencia bajo aquel techo? Doña Ágata había tomado los hábitos. Doña Ágata había roto el voto de clausura. Doña Ágata estaba completamente desnuda.

La abadesa se volvió hacia Niccolò, que volvía a mirarla con descaro, sonriente, disfrutando del pavor de la viuda y, sobre todo, del desconcierto de su ilustrísima.

Demasiados testigos vieron a la abadesa salir del palacio de Niccolò y huir desconsolada por las calles de Burgos. Nadie sabía lo que había sucedido. Sin embargo, en lo que todos coincidían era en que doña Elvira parecía haber olvidado que su cargo le exigía no solo ser honesta, sino también parecerlo.

Cuando la abadesa llegó a Santa María, a su confesor le impresionó su palidez.

–Imponedme vuestra penitencia –le ordenó ella, temblando.

–¿Qué habéis hecho? –inquirió, alarmado, fray Diego.

–No es por lo que he hecho, sino por lo que haré.

Doña Ágata tardó horas en reponerse de la vergüenza y ordenar sus pensamientos. ¿Debía huir o regresar al monasterio y aceptar el merecido castigo? Había descartado permanecer amancebada junto a su amante. Niccolò no se lo había ofrecido y ella no lo habría aceptado. Finalmente optó por la solución que le pareció más honrosa: volver bajo la protección de su ilustrísima y renunciar a su conducta pecaminosa. No obstante, sabía que la pena no sería leve.

Se encaminó al monasterio, cabizbaja, bordeando el río Arlanzón, consciente de que muy probablemente aquella sería la última vez que veía sus aguas. De pronto, le salió al paso un hombre con una joroba que lo deformaba horriblemente. Lo reconoció de inmediato: era un anciano sirviente de su difunto marido. Doña Ágata se zafó de él sin dificultad, aunque comprendió que su suerte estaba echada cuando vio salir de un callejón a su cuñado, don Suero, empuñando una daga.

La mujer se quedó paralizada por el terror. A su mente acudieron imágenes fugaces de todas las ocasiones en las que aquel hijodalgo había sido testigo de las terribles palizas que le propinaba su marido. Recordaba sus carcajadas y las miradas lascivas que recorrían su cuerpo mientras su marido la azotaba hasta dejarle la espalda en carne viva.

Doña Ágata no huyó; era inútil. Nadie acudiría en su ayuda. Caminó hacia don Suero y lo abrazó con fuerza como quien se reencuentra con un querido amigo. No lo soltó cuando sintió que la hoja del puñal se clavaba en su costado una y otra vez. Ni siquiera lo dejó ir cuando se lanzó al río y la corriente los arrastró. No era afecto lo que la mantenía unida a él, sino la certeza de que su cuñado no sabía nadar.

CAPÍTULO XLII

Subida a una escalera, Beatrice hacía inventario de los insumos en la sala sin nombre. Sobre la mesa, *L'armonia delle donne*, el libro de Trótula di Ruggiero que María consultaba de vez en cuando para preparar un ungüento. A pesar del tiempo que la doctora llevaba sin probar el jugo de adormidera, la adicción de Beatrice había creado una barrera, como una herida mal cicatrizada, visible solo cuando aumentaba la tirantez entre ambas. Desde la muerte de sor Inés, su comunicación se limitaba a asuntos estrictamente médicos.

Las mujeres oyeron voces masculinas que se acercaban. Hacía meses que Niccolò trataba de conseguir que fray Martín aumentara sus emolumentos debido al éxito del hospital. El siciliano exageraba sus méritos, como si el administrador desconociera que el aventurero era una simple fachada.

–Creedme si os digo que me desvivo por supervisar el trabajo de todos, más allá de mi deber.

–¿Y esto lo hacéis desde vuestra casa? –dijo, mordaz, fray Martín después de asegurarse de que en la sala sin nombre solo estaban María y Beatrice–. Porque me cuentan que llegáis hacia el mediodía y os retiráis después del almuerzo.

–Sé administrar mi tiempo mejor que vos el dinero del hospital.

María se sobresaltó al ver el rostro del comendador completamente rojo, al borde de un ataque de ira. Sin embargo,

Niccolò fingió no darse cuenta del efecto de su aguijón y para apuntalar sus argumentos se volvió hacia María, que estaba preparando una pomada.

—¿Qué hacéis? —preguntó, alarmado.

—Es para las quemaduras de sol.

—¿Y usáis alcanfor mezclado con albayalde?

—Siempre lo he hecho así… —respondió María.

Beatrice observaba la escena desde lo alto de la escalera, igual de sorprendida.

—Si supierais leer, veríais que la receta no menciona estos ingredientes.

Para demostrar que tenía razón, el siciliano leyó en voz alta del libro que descansaba en la mesa:

—«Limpiar un poco de raíz de lirio y hervirla en agua; una vez cocida, machacar vigorosamente. Luego tomar una onza de almáciga y otra de incienso, una pizca de…».

María y Beatrice, que conocían la receta perfectamente, sabían que Niccolò se había equivocado. Esperaban expectantes el momento en el que se daría cuenta. Sin embargo, cuando llegó a la parte en la que se hablaba de los dos ingredientes que había puesto en duda, con toda naturalidad se saltó esas líneas sin que fray Martín reparara en ello.

—«… grasa de cerdo y agua de rosas» —terminó de enumerar Niccolò—. Rehacedlo desde el principio —ordenó a María, y volviéndose hacia fray Martín lo invitó a seguir su paseo por el hospital y por sus merecimientos—. ¿Lo veis? Tengo que estar vigilante de todos los detalles.

En cuanto se quedaron a solas, Beatrice bajó de la escalera y le pidió a María que leyera la receta:

—¿Por qué?

—Hazme esta merced.

María lo hizo, en parte porque el aplomo de Niccolò la había hecho dudar.

—«Limpiar un poco de raíz de lirio y hervirla en agua; una vez cocida, machacar vigorosamente. Luego tomar una onza de almáciga y otra de incienso, una pizca de alcanfor y otra de albayalde, grasa de cerdo y...».

Beatrice cerró bruscamente el libro.

—¿Me puedes explicar por qué hace un instante no sabías leer y ahora lo haces sin dificultad?

La vergüenza le impidió responder. Sin embargo, Beatrice no necesitaba sus explicaciones para entender lo que había sucedido.

—No debes hacerte de menos para que Niccolò se sienta importante. Es un grave error. Tú vales mucho más que él.

María permaneció en silencio.

—Mi hijo es... peligroso —suspiró Beatrice—. Consigue destruir todo lo que toca. Es como un niño que disfruta jugando con un perrillo hasta que un día siente la necesidad de poner a prueba el cariño del animal. «¿Seguirá queriéndome si lo arrojo a una hoguera?». Muchas criaturas se plantean ese tipo de preguntas. La diferencia con Niccolò es que él las lleva a la práctica. Ya era así de pequeño... ¿Tendrás cuidado?

María asintió. Por mucho que había luchado contra la evidencia de la perversión de Niccolò, los turbios y ambivalentes sentimientos que la invadían cuando lo tenía cerca le nublaban irremediablemente la razón. La advertencia de su madre llegaba demasiado tarde.

Beatrice encontró a Niccolò a punto de montar en su caballo para regresar a la indolencia de su palacio.

—¡Espera!

Hacía mucho que madre e hijo no cruzaban una palabra.

—Tengo prisa.

La doctora se adelantó y tomó las riendas del animal para impedir que partiera.

—¿Sabes que han encontrado el cadáver de doña Ágata?

—Si está muerta, poco puedo hacer por ella.

—Dicen que la vieron salir de tu casa.

Niccolò se encogió de hombros.

—¿No te importa la suerte que ha corrido por tu culpa? El cuñado de doña Ágata nunca se habría atrevido a atacarla si la abadesa no le hubiera retirado su protección.

—Había tomado los votos. Su ilustrísima tenía derecho a castigarla si así lo consideraba.

—No la castigó porque rompiera los votos, sino porque los rompió contigo. ¿No te das cuenta? La abadesa te mira como mujer. Sabe que no te puede tener, pero eso no impide que sienta que le perteneces y castigará a quien se acerque demasiado a ti.

Beatrice no le había dicho nada que él no supiera. Pero era agradable comprobar que desde fuera también era evidente la fascinación que ejercía sobre una mujer tan poderosa.

—Me preocupa María —confesó la doctora—. Es joven, no ha vivido apenas y… te ha hecho creer que no sabe leer pensando que así te resultará más atractiva. Júrame que te mantendrás alejado de ella.

Las notas de desesperación en su voz despertaron los celos del hijo. ¿Qué tenía esa freila que la hacía más merecedora del afecto de su madre que él? ¿Es que la fuerza de la sangre no contaba para ella?

Ante la falta de respuesta de Niccolò, Beatrice insistió:

—¡Júralo!

—Si respondes a una pregunta —le propuso él.

—Habla.

—¿Por qué no me has querido nunca?

A pesar de la sonrisa burlona del joven, Beatrice percibió un resquemor alimentado por el tiempo.

—¡Eso es falso! —protestó ella.

Niccolò chasqueó los labios.

–Ah... El precio es la verdad.

–Formaste parte de mi cuerpo durante nueve meses y aun ahora sigues siendo mi carne y mi sangre. Pero el amor no me ciega y veo en qué te has convertido... Y no me gusta. Hice muchos sacrificios para evitarlo.

–¿Sacrificios? ¡Me abandonasteis!

–Hui de Salerno, sí, pero...

Niccolò no quiso oír más. Le arrebató las riendas a su madre y montó su caballo. Estaba furioso. Durante todo el viaje estuvo maquinando la forma de hacer pagar a Beatrice el daño que le había infligido desde que desapareció sin dejar rastro. A falta de dos calles para llegar a su palacio, dio media vuelta.

Su madre se arrepentiría. Beatrice creería toda su vida que fue aquella conversación la semilla de las desgracias que habrían de venir.

María había acabado de preparar el ungüento. Estaba distribuyéndolo en pocillos cuando se abrió la puerta y entró Niccolò de improviso. La joven dio un respingo.

–¿Por qué me habéis ocultado que sabíais leer?

La freila vio asustada cómo Niccolò se acercaba a ella.

–No os he engañado jamás. Es lo que habéis preferido entender.

–¿Y qué más me habéis ocultado?

María no supo qué contestar. El rostro del extranjero estaba a escasos centímetros de su cara. Retrocedió y a punto estuvo de caerse.

–Disculpadme. He sido un arrogante. No fui capaz de ver vuestra valía –Niccolò se detuvo–, creía que erais una pared en blanco donde podría pintar a mi voluntad.

Parecía sinceramente arrepentido. María no pudo evitar sentir pena. Nunca lo había visto tan hundido. Cuando el siciliano dio media vuelta y casi arrastrando los pies abrió la puerta para irse, la joven temió no volver a saber de él.

—¿Y qué os habría gustado pintar? —acertó a preguntar María para retenerlo.

Él sonrió mientras volvía a cerrar la puerta y echaba los cerrojos. La joven se sentía al borde de un precipicio. Todavía estaba a tiempo de recular y ponerse a salvo. Si era lo que de verdad quería.

Niccolò avanzó hacia ella y con mucho cuidado le retiró el velo. Un escalofrío recorrió el cuerpo de la joven. Poco a poco, Niccolò fue desvistiéndose y desvistiéndola. María había visto a muchos hombres desnudos en el hospital: enfermos y familiares que se exhibían sin disimulo creyendo que sus cuerpos despertarían el deseo de las cuidadoras. Pero el detalle de su sexo circuncidado la paralizó un instante. ¡Niccolò era judío!

Antes de que pudiera decir nada, un beso pretendidamente torpe y estudiadamente dulce, como el de un enamorado inexperto, le nubló la razón y abrió sus sentidos al azul tóxico de sus ojos.

CAPÍTULO XLIII

En sus aposentos privados, doña Elvira escuchó de boca de fray Diego las nuevas sobre la salud del monarca.

—El rey Alfonso se dirigía a Portugal con la reina, sus hijas Berenguela y Leonor, Enrique, el heredero, y sus nietos Fernando y Alfonso cuando le sobrevinieron las fiebres.

—Con semejante compaña, no me sorprende que le hierva la sangre —replicó, sarcástica, mientras una freila le servía una sopa viscosa con carne suficiente para alimentar a una familia entera de siervos.

—Ha ordenado que liberemos el ala de los hombres del hospital y destinemos todos nuestros recursos a su persona.

—¡Es absurdo! —protestó, indignada, doña Elvira—. ¿Adónde quiere que enviemos a los enfermos? ¿Con las mujeres?

—Lo deja a vuestro criterio.

Su ilustrísima suspiró y apartó el plato. Su poder solo conocía dos diques: el rey y el santo padre. ¿Tenía sentido oponerse? Sabía que no.

Una jornada completa tardó en llegar el rey con su séquito, al que se habían sumado el siempre intrigante obispo de Burgos y una legión de médicos resentidos y escandalizados para quienes alojar al monarca en el hospital se les antojaba un despropósito comprensible solo por el estado febril de don Alfonso. Doña Elvira los esperaba con los empleados a la puerta de la institución. Solo faltaba una persona: Niccolò. Su ausencia no obedecía a su habitual desidia, sino a que su ilustrísima lo había vetado. Después de lo ocurrido con doña Ágata, la abadesa hacía todo lo posible y lo imposible para evitar coincidir con él en cualquier circunstancia.

En cuanto el rey bajó de la carroza sacudido por una tos cavernosa, unas freilas lo escoltaron hacia la inmensa nave masculina, ahora vacía, y lo acostaron en un lecho traído expresamente de la hospedería del monasterio. El resto de los camastros, sucios y pestilentes, habían sido trasladados a los establos junto con sus ocupantes. Aunque estos enfermos se vieran privados de cuidados médicos en tanto durara la convalecencia del monarca, doña Elvira se aseguraba de que al menos tuvieran un techo y comida caliente.

Con el paso de los días, la salud del rey mejoró ligeramente, lo bastante para que este considerara que ya estaba en condiciones de recibir a sus consejeros. Mientras esperaba la llegada de su mayordomo, bebió más de la mitad de una jarra de vino hasta que un violento ataque de tos cubrió de flemas y sangre su blanquísima camisa. Así lo encontró el senescal, que trató de ayudarlo a acostarse, pero Alfonso se revolvió como gato panza arriba.

—¡Estoy bien! ¿No lo veis?

—Por supuesto —mintió el mayordomo, sin poder apartar la vista de un hilillo de baba que pendía de los labios resecos de su señor.

—¿Qué teníais que contarme con tanta urgencia?

—Quizá sería mejor esperar.

—¿A que muera? Mucha paciencia derrocháis. No pienso irme de este mundo hasta que mi heredero sea mayor de edad. ¡Hablad!

Aunque nadie aparte de ellos supo el tema que se trató en

la conversación, no faltaron testigos que presenciaron la iracunda reacción del monarca, quien pidió a gritos que prepararan su caballo. Su mayordomo, los enfermeros e incluso fray Martín le suplicaron que no arriesgara su recuperación abandonando el hospital prematuramente.

El rey arrastró los pies hasta la puerta, arrebató la espada a uno de sus guardias y, aun sin fuerzas para sostenerla en alto, amenazó a los presentes con cortarles el cuello si se interponían en su camino.

Doña Elvira fue informada de inmediato sobre lo acaecido en el hospital por boca del mismísimo comendador. Fray Martín temía que el rey hubiera perdido la razón. La abadesa lo tranquilizó:

–No os preocupéis. Solo quiere cortar una cabeza. La mía.

La abadesa pidió que la dejaran sola. Estaba convencida de que pronto recibiría la visita del rey y no se equivocaba.

Minutos después, Alfonso irrumpió exhausto, con los ojos a punto de salírsele de las órbitas. Ni se había molestado en vestirse: llevaba la misma camisa manchada con sus fluidos y ahora también con salpicaduras de barro. Su aliento apestaba a alcohol. Inspiraba más lástima que respeto.

–¿Es cierto lo que me han dicho? –bramó el monarca, apoyado en la hoja de la puerta, al límite de sus fuerzas.

–Depende de lo que os hayan contado –respondió doña Elvira con una tranquilidad que exasperó a don Alfonso.

–¿Vos y ese médico…?

–Es falso –zanjó ella de inmediato.

–Hace tiempo que se comenta. Os han visto visitarlo en su palacio, ¡el palacio que vos le regalasteis! No hay galeno mejor pagado en toda Castilla.

–La generosidad no es un pecado, según tengo entendido.

–¡La impertinencia sí!

El rey se dejó caer en una silla y cerró los ojos. Sentía la boca seca.

–Tengo sed.

Doña Elvira le sirvió una copa de vino, que él apuró en un suspiro. Con gesto impaciente, pidió que se la rellenara y la abadesa obedeció. El rey la miró con tristeza infinita.

–Estoy viejo y enfermo, ¿no lo veis? –se lamentó.

–Por lo que parece, os estáis recuperando bastante bien. Es lo que se dice en todo el reino.

–Es lo que conviene que se diga. Nadie quiere un rey débil.

–Ni una abadesa ociosa. Con vuestro permiso…

–¿No os dais cuenta de que cuando yo falte no tendréis quien os proteja?

–Nunca lo habéis hecho.

–¿Eso creéis? –protestó él–. Vuestra madre murió. Vos estáis aquí.

–¿Debería daros las gracias?

–Sí. Francamente, sería lo justo. Todo lo que tenéis me lo debéis a mí.

–Lo que tengo se lo debo a Dios. Menos el respeto de vuestros súbditos; ese me lo he ganado yo.

–¿Qué respeto? Salid del monasterio, recorred las calles de Burgos y oiréis cómo las gentes se mofan de vos. ¡Sois el hazmerreír de Castilla! No podéis seguir aquí. No, ya no… En quince días presentaréis vuestra renuncia y os instalaréis en otro cenobio, lejos, lo más lejos posible. ¿Gradefes es de vuestro agrado?

Doña Elvira no dijo nada. La noticia, por esperada, no había sido menos demoledora. El rey la desposeía de su dignidad. Pasaría el resto de sus días encerrada con sus enemigas bajo la autoridad de la abadesa que la había desafiado permanentemente. Aquello sería el infierno en vida. Lo había perdido todo por culpa de su propia debilidad.

El rey se levantó con dificultad, en parte por su quebranto y en parte por el vino. Volvió a servirse una copa. Trastabilló y tuvo que apoyarse en una mesa, pero perdió el equilibrio y se desplomó, arrastrando en su caída la jarra, la copa y el mobiliario. Doña Elvira acudió en su ayuda. Alfonso tenía los ojos cerrados. «¿Dios le ha enviado la muerte para librarme de un castigo que le repugna?», fantaseó la abadesa.

–¡Majestad, majestad! –lo llamó doña Elvira, arrodillada a su lado.

Pero el soberano abrió los ojos y la miró sin verla, y para ella se desvaneció toda esperanza de permanecer en Santa María la Real.

–He esperado tanto… tanto –farfulló el soberano mientras le cogía las manos para besarlas con añoranza–. Si hubiera sabido cuánto sufrimiento… nunca lo habría permitido, te lo juro –susurró.

Era evidente que el soberano deliraba bajo los efectos de la fiebre y el alcohol.

–Me dijeron que era la única solución. Teníamos a todo el reino en contra. Nos habrían matado a los dos. Y a ella también.

–¿Ella? –preguntó doña Elvira.

–Nuestra hija.

La abadesa comprendió que la confundía con Fermosa.

–Tú ya estabas sentenciada. Los nobles y Leonor estaban dispuestos a todo. La Corona estaba en riesgo. Tuve que claudicar y renunciar a ti. La única condición que puse es que respetaran la vida de la niña. De mi hija.

De pronto, el pecho del soberano se sacudió víctima de un nuevo ataque de tos que salpicó de sangre el suelo, su ropa y el rostro de la abadesa. Ella intentó incorporarlo para que pudiera respirar mejor y Alfonso, pensando quién sabe qué, intentó besarla. Doña Elvira lo apartó bruscamente.

–¿Quién sois? –dijo el monarca, perdido en su laberinto.

–¡Elvira, vuestra hija! –gritó ella, exasperada.

Alfonso miró a su alrededor. Poco a poco iba recordando dónde estaba y quién era. Sus ojos brillaban.

–Es la primera vez que me llamáis padre.

Doña Elvira abandonó la estancia, asqueada.

Por los pasillos, los patios y el claustro se cruzó con dueñas y freilas que al verla aparecer interrumpían abruptamente sus cuchicheos. Esperaban a que la superiora pasara de largo para retomarlos y solo entonces se entregaban a las risas más o menos descaradas. La abadesa no encontró ninguna muestra de compasión hasta llegar a la iglesia, donde fray Diego se preparaba para oficiar misa. El gesto descompuesto de la abadesa conmovió al sacerdote.

–Confesadme.

–No es necesario. Sé que no habéis pecado –replicó él.

Ella negó.

–He cometido el peor de los pecados. Me he convertido en una mujer ridícula.

–Eso no es cierto. Puede que hayáis mostrado signos de debilidad, como cualquier buen cristiano. Quien debería confesarse es ese extranjero que en mal día acogisteis como vuestro...

No supo encontrar la palabra.

–Nunca ha sido mío ni yo de él y, sin embargo, admito que he deseado ambas cosas.

–Lo importante es que habéis sabido reprimir esos apetitos malsanos –intentó tranquilizarla fray Diego.

–Nuestro señor Jesucristo murió a los treinta y tres años libre de pecado. A veces me pregunto... si su padre le hubiera dejado vivir más tiempo entre los mortales, ¿habría sido igual de fuerte? ¿Habría podido resistir la tentación de amar?

–¡Callad! El diablo habla por vuestra boca –exclamó el confesor, escandalizado.

La abadesa le devolvió una mirada amarga.

–Ojalá fuera el diablo, porque vos podríais expulsarlo de mí. Esta soy yo. Por lo visto, ni yo misma me conocía.

La tos sacudía el pecho de Leonor mientras se vestía a toda prisa. Sus damas iban y venían, ora con una prenda de seda bordada en plata, ora con un cocimiento milagroso para la fiebre. La inglesa lucía en el pecho una ostentosa alhaja que pretendía atraer las miradas para que quedaran en un segundo plano su lividez extrema, sus mejillas hundidas y sus profundísimas ojeras.

–Rápido –exigió Leonor mientras escupía sangre en un pañuelo. Llevaba varios días indispuesta, pero no iba a permitir que un insignificante resfriado opacara su gran día.

El soberano había sido visto arrastrándose hasta el monasterio para entrevistarse con la abadesa de Santa María. Leonor tuvo la prudencia de no ser ella quien alertara al rey sobre la conducta de su rival. Se habría arriesgado a rebajar la gravedad del escándalo dando por hecho que exageraba.

No hacía ni una hora que Alfonso, su marido, el rey de Castilla, la había convocado de urgencia. Solo podía significar una cosa: por fin había llegado el momento de recoger los frutos de tantos años de desvelos. Como árbitro en la guerra soterrada que enfrentaba a las dos mujeres, Alfonso había comprendido que solo ella, Leonor Plantagenet, su esposa, la reina de Castilla, merecía la victoria.

La soberana se trasladó al hospital en una carroza sin más compañía que unos cuantos pañuelos convenientemente disimulados en su ropaje para hacer desaparecer sus mucosidades y esputos con la mayor discreción. Un par de guardias custodiaban la puerta de entrada al ala de los hombres.

La reina se permitió toser una última vez. Ya dentro, en presencia de su marido, no quería dar la menor muestra de debilidad.

La cama del monarca ocupaba el centro de la sala. Freilas y cuidadores se habían recluido en otras dependencias del hospital para darles privacidad. Leonor avanzó lentamente, impecable a pesar de que la tos cosquilleaba en su garganta como un dragón cautivo. Alfonso, de espaldas a ella, parecía dormido.

—¿No sabéis caminar más rápido? —gruñó el soberano sin mirarla.

Leonor se levantó la falda y recorrió a paso rápido la distancia que los separaba. La visión de su marido le impactó. Parecía haber envejecido diez años en la última semana. Sus ojos se habían convertido en diminutos círculos oscuros que naufragaban en unas facciones arrugadas y salpicadas por pelos ralos y blanquecinos.

—Me alegro de veros —lo saludó ella.

Alfonso se volvió y ahogó una carcajada. Leonor dudó de si se burlaba de su cuidadísimo aspecto o bien de sus modales.

—¿Sabéis que doña Elvira...?

—Lo sé —respondió ella.

—¿Y os alegráis?

—¿De la desgracia ajena? ¡Jamás! —mintió Leonor con la máxima hipocresía de la que era capaz.

—En quince días dejará Burgos. La mandaremos a otro convento. Lejos, cuanto más lejos mejor, ¿no os parece?

—Es lo más prudente... —dijo ella, esforzándose por mantener bajo control su entusiasmo.

Alfonso miró a su mujer como si le costara verla bien, a pesar de que la reina se había detenido a un escaso metro de él. Parecía mareado.

–Acercaos.

Leonor dio un paso al frente.

–¡Más cerca, por Dios!

La reina obedeció hasta casi rozar el lecho. Alfonso levantó su mano e hizo ademán de acariciarle la mejilla. Ella se inclinó hacia atrás instintivamente. La idea de aquellos dedos recorriendo su piel la repelía. El paso del tiempo no había hecho más llevadero el recuerdo de las numerosas ocasiones en que su marido había humillado su cuerpo y su persona.

–No temáis. No voy a haceros otro hijo. Me habéis dado un heredero, cumplisteis con vuestro deber. Podéis estar satisfecha.

Aunque para Leonor la lista de sus méritos era infinitamente más larga, forzó una sonrisa. El rey prosiguió en sus alabanzas, verborreico y borracho, aunque sorprendentemente lúcido:

–Habéis sido una buena reina. Castilla está en deuda con vos. Cuando llegasteis erais apenas una niña. ¿Quién iba a pensar que seríais capaz de tan grandes cosas?

–Me halagáis…

–No, solo cuento lo que he visto con mis propios ojos. Dirán de vos que habéis sido devota, culta… mucho más que yo. Construisteis catedrales y disteis vuestra protección a trovadores a los que yo habría despeñado desde la torre más alta. Todos los cronistas coincidirán en que trajisteis aires nuevos de vuestra tierra… Lo que seguramente no dirá nadie es que no os soporto.

Leonor se quedó helada.

–Cada segundo a vuestro lado se me antoja un tormento insufrible. Solo deseo perderos de vista para siempre. En dos semanas vos también abandonaréis Burgos. Todavía no he decidido en qué castillo quiero que paséis el resto de vuestros días. Afortunadamente, en nuestro reino sobran fortalezas para elegir cuál es la más adecuada para convertirse en vuestra tumba en vida. ¡Y ahora dejadme en paz!

–Dadme más tiempo –suplicó Leonor–. Unos meses… Y después podréis recluirme donde gustéis.

–Doña Elvira partirá en dos semanas. No merecéis mejor trato que mi hija…

–¡No la llaméis así delante de mí!

Leonor dio media vuelta y, cubriéndose la boca con la mano para enmudecer la tos, abandonó el hospital camino del castillo.

Alfonso cerró los ojos. Le dolía la cabeza. Solo quería dormir. Unos pasos que se acercaban a la cama le hicieron resoplar, molesto.

–Ya he dicho todo lo que tenía que deciros –gruñó con un hilo de voz.

–Pero yo todavía tengo preguntas –respondió la abadesa.

Alfonso, sorprendido, se volvió hacia ella. Doña Elvira no había usado la misma puerta que su esposa. Resultaba obvio que, aunque el hospital fuera «del Rey», las cerraduras y cerrojos todavía obedecían a aquella mujer.

–¿Cuánto rato lleváis ahí? –inquirió Alfonso.

–El suficiente –respondió ella.

–¿Qué deseáis saber?

–Permitisteis que mataran a mi madre. Si la amabais, ¿cómo pudisteis?

–¿Habéis venido a recriminármelo? –se quejó el monarca.

–No, he venido a aprender.

CAPÍTULO XLIV

Cuando Niccolò se adentró a caballo por las callejuelas de Burgos, no esperaba ser recibido a las puertas de su casa por sus enseres desperdigados descuidadamente en mitad de la calle ni por unos guardias que sacaban a empellones del interior de la vivienda al desgraciado que tenía a su servicio. El criado no entendía qué crimen había cometido para merecer semejante trato y, al ver llegar a su señor, corrió a suplicarle que lo perdonara y le pagara los dineros atrasados.

Niccolò se apeó de la montura, pero cuando fue a entrar en su palacio una mano lo retuvo. No era un guardia, sino fray Diego.

–Dejadme entrar en mi casa.

–Ya no lo es –respondió el clérigo, sin disimular la satisfacción que le producía el anuncio.

–Tengo el título de propiedad.

Fray Diego le mostró un pergamino que el siciliano reconoció enseguida.

–Ya no.

–Doña Elvira en persona me entregó este palacio. Vos fuisteis testigo.

–No lo recuerdo.

–¡Quiero hablar con ella! –protestó el joven.

–Ella tampoco lo recuerda y, por otro lado, lo último que su ilustrísima querría es volver a veros. Sin embargo, en reconocimiento a vuestro trabajo en el Hospital del Rey, podréis instalaros en vuestra antigua habitación de la hospedería. Será suficiente.

—Es mucho más pequeña de lo que parece.

—Igual que vos —remachó el clérigo.

Fray Diego montó en su caballo y regresó al monasterio, feliz de haber convencido a la superiora de la necesidad de desahuciar a aquel malnacido. Una vez más, había demostrado a doña Elvira que era su servidor más fiel.

No se planteó que ella opinaría de forma muy distinta si algún día descubría que fue su propio confesor quien hizo llegar a oídos de palacio los rumores de una pasión impropia entre Niccolò y ella. Fray Diego deseaba creer que únicamente defendía a doña Elvira de sí misma.

Sin embargo, en su fuero interno sabía que una parte no menor de su animadversión hacia el extranjero la provocaba su frustración al ver que el siciliano había conseguido llegar más lejos que nadie en el aprecio de la abadesa, la persona a quien él más admiraba. Y, aunque era cierto que nunca deseó a doña Elvira como mujer, no podía soportar que otro lo hiciera.

Perdido el favor de la abadesa, Niccolò era consciente de que no le quedaba otra opción que ganarse el del rey. No solo debía curarlo, sino que estaba obligado a deslumbrarlo si quería que Alfonso sellara una alianza eterna con su médico. En esta ocasión no podía permitir la menor sombra de duda acerca de su pericia, y eso lo obligaba a prescindir del asesoramiento de Beatrice y María. En su delirio, pues hacía ya mucho que vivía fuera de la realidad, creyó que él solo se bastaba para tratar cualquier dolencia que afectara al monarca, ya fuera lepra o lombrices.

Con este plan en mente, se dirigió al hospital. Ordenó que todo el personal desalojara la institución mientras él se encerraba en su infrautilizado despacho, desde donde no podía escuchar las lamentaciones de su amante y de su madre anticipando el apocalipsis.

Niccolò sabía que una de las principales armas de un médico era su palabra. Si convencía a Alfonso de que él y solo él podía curarlo, cuando el cuerpo del rey sanara por sí mismo, el joven podría arrogarse el éxito como propio. Lo único que precisaba era que sus métodos estuvieran revestidos de espectacularidad sobrenatural, tan vistosos y coloridos como él mismo.

En la soledad del despacho, elaboró una pócima que vertió en una copa tallada en un cristal de roca tan transparente que parecía que el bebedizo levitaba en sus manos.

Con gesto solemne, se acercó al lecho del rey y susurró:

—Aquí traigo vuestra medicina. Confiad en mí y en breve volveréis a galopar en el campo de batalla.

Alfonso no se movió. Niccolò acercó la copa a su boca, pero el rey no era capaz de tragar. El brebaje se derramó por la comisura de sus labios y formó un charco en el centro de su pecho envejecido.

Alfonso, rey de Castilla y de Toledo por la gracia de Dios, vencedor de las Navas de Tolosa, había muerto.

Doña Elvira fue informada del óbito en la iglesia, donde pasaba la mayor parte del día arrodillada frente al altar, refugiada en los rezos. Fray Diego en persona se acercó para comunicárselo. Ella cerró los ojos y susurró:

—Gracias, padre.

Un enjambre de damas de la corte corrió por los pasillos del castillo disputándose el honor de comunicar la desgracia a la reina. Finalmente, la más joven consiguió destacarse en la carrera y abrir las puertas de los aposentos de Leonor.

La soberana recibió la noticia de su viudedad sentada junto a la ventana. Su única respuesta fue un brutal ataque de tos que tachonó de rojo los cristales. A sus ojos, todo Burgos lucía ensangrentado, espléndido.

Beatrice no pudo evitar llorar al enterarse de lo ocurrido. Sus lágrimas no eran las de una doctora que hubiera perdido a un paciente, sino las de una madre que anticipaba el castigo de su hijo.

María, preocupada por la descabellada idea de Niccolò de tratar al monarca sin estar preparado para ello, permaneció en los alrededores del hospital con la esperanza de que en algún momento pudiera instruir a su amado en los pasos que dar para curar al enfermo. Sin embargo, cuando Niccolò salió, lo hizo sin reparar en nada ni en nadie.

María echó a correr tras él.

–¡Niccolò!

El joven montó en su caballo y no se detuvo hasta llegar al portón. Mientras esperaba que le abrieran la puerta, María consiguió darle alcance.

–¡Niccolò!

A la muchacha le pareció que volvía el cuerpo hacia ella. Sonrió aliviada, aunque enseguida recibió una violenta patada que la hizo caer de espaldas. Desde el suelo, vio cómo su amor escapaba. «Ha sido un golpe fortuito. No me ha visto», justificó, dolorida.

María regresó al hospital. Al pasar junto a la puerta del ala masculina le llamó la atención que los guardias que custodiaban la puerta se habían ausentado. Penetró en la estancia. El lecho del rey estaba rodeado de un gentío que se lamentaba a voz en grito.

Distinguió a fray Martín, a varios freiles y a la media docena de galenos que habían acompañado a Alfonso hasta Burgos y que seguían molestos por haberlos privado del privilegio de participar en los cuidados del soberano. Ahora era demasiado tarde. El rey había muerto envenenado. Todos insistían en el olor a almendras amargas que emanaba de la boca del finado y de los restos del bebedizo encharcados en su pecho hundido. No tardaron en llegar el mayordomo real, altos dignatarios, merinos, nobles e hijosdalgo. Los lamentos y las imprecaciones reverberaban en los muros de piedra.

Enseguida salieron soldados y notables en busca de Niccolò, a quien todos acusaban de haber asesinado al monarca. María sentía la necesidad de dar un paso al frente para defenderlo. Sabía que era absurdo, ingenuo e infantil y, sin embargo, lo hizo:

—Niccolò no ha envenenado al rey —se oyó a sí misma pronunciar en voz alta.

Varios rostros se volvieron hacia ella.

—Entonces, ¿quién? ¿Estabais aquí? ¿Habéis sido vos? No importunéis y limpiad este estercolero —se superpusieron las preguntas, las respuestas y los desprecios.

María repitió en voz más baja su defensa:

—Niccolò es inocente.

—¿Y vos sois sorda? —la reprendieron aquellos hombres.

Fray Martín se acercó.

—Haced como se os dice. Adecentad el cuerpo del rey y, más adelante, hablad con el merino si es que sabéis algo que merezca ser escuchado.

—Él no pudo hacerlo —repitió, acongojada, María con un hilo de voz apenas audible—. No sabría ni por dónde empezar. No tiene conocimientos para ello. Es un inútil, creedme, os lo ruego. Es un perfecto inútil.

Nadie la escuchó.

Los guardias que salieron en persecución de Niccolò no

tardaron en localizarlo. Era difícil esconderse en la descolorida Castilla luciendo todos los tonos del arco iris. Cargado de cadenas y tumbado sobre los lomos de su caballo como un saco de grano, fue conducido de vuelta a Burgos y encerrado en una angosta mazmorra sin más lujo que un ventanuco desde el que si se ponía de puntillas podía atisbar el exterior.

En el momento de su captura y más tarde ante el merino que debía juzgarlo, no tuvo reparo en acusar a su madre de ser la mano oscura que dirigía todo lo que ocurría en el Hospital del Rey y, por tanto, también la señaló como la envenenadora del soberano. En otras circunstancias su testimonio habría causado un gran revuelo. Sin embargo, ahora nadie quería creerlo. Su palabra no valía nada.

CAPÍTULO XLV

María intentó visitarlo. Incluso se planteó cometer alguna fechoría para ser encarcelada. Aunque sabía que era imposible, fantaseaba con la peregrina idea de compartir celda con su amante.

Nadie se había molestado en nombrar un sustituto de Niccolò en el hospital, de modo que oficialmente carecían de médico. El personal se limitaba a dar comida y techo a los enfermos. María y Beatrice preparaban remedios para los casos más graves y los administraban en las horas más tranquilas del día, cuando era improbable que alguien hiciera preguntas incómodas.

Una tarde en que la joven doctora se había refugiado en la botica para preparar unas cataplasmas oyó que alguien llamaba a la puerta. Como no quería dar explicaciones, permaneció en silencio. Sin embargo, su visitante volvió a llamar con más energía.

—Traigo un mensaje de don Niccolò —dijo una voz masculina.

María corrió a abrir, agitada. Reconoció a uno de los guardianes de las mazmorras que le había impedido la entrada en varias ocasiones.

—¿Qué os ha dicho?

—Quiere que vayáis a verlo.

—Bien sabe Dios que lo he intentado muchas veces. Pero ¿me dejaréis pasar?

–Eso depende de vos.

–¿De mí? –María lo miró sorprendida–. No tengo mucho…
El guardián se acercó, sonriente.

–Para mí, sobra.

Y, sin previo aviso, agarró los pechos de María como si fueran frutas maduras. Ella lo rechazó y retrocedió hacia la pared.

–¡Fuera de aquí!

–¿Queréis verlo? ¿Sí o no?

María asintió.

–Entonces ya sabéis el precio –dijo aquel bruto mientras se desprendía de la saya y la camisa.

–No puedo. Hace años me forzaron y desde entonces me aplico afeites que provocan pústulas en el miembro de los hombres que yacen conmigo –improvisó la joven.

El guardián soltó una carcajada. Obviamente no la había creído, porque siguió acercándose mientras apartaba el mugriento paño que cubría su sexo excitado.

–Intentadlo si tan poco apreciáis vuestra hombría –dijo ella temblando.

–Don Niccolò me advirtió de que os negaríais con algún embuste –replicó el malnacido sin dejar de avanzar hacia ella.

–¿Niccolò? –susurró incrédula.

–Sí, y también me dijo que no os hiciera caso. Él lleva tiempo gozando de vos y no tiene queja.

–No es verdad –protestó la joven mientras buscaba con la mirada algo que le permitiera defenderse.

–¿No sois amantes? –le preguntó él rodeando la mesa que se interponía entre ellos.

La joven podía oler ya su aliento nauseabundo.

–Niccolò no es capaz.

El hombre estaba disfrutando tanto con sus revelaciones que se permitió acariciar la cara de la freila solo para aumentar su zozobra.

–Entonces, ¿cómo sé que tenéis tres lunares más debajo del pecho izquierdo?

Su mano encallecida exploró el seno de la joven buscando la confirmación de sus palabras. María sentía que las piernas no le respondían. ¿Su amante la había vendido como si fuera ganado? «Es imposible», se intentó convencer.

El guardián la arrinconó contra la pared, la obligó a darse la vuelta y le levantó la ropa hasta dejar expuestas sus nalgas. María era incapaz de defenderse, cerró los ojos y…

En la oscuridad, oyó abrirse la puerta de la botica y notó cómo desaparecía la presión que aquel hombre ejercía sobre su cintura.

–¡Largo de aquí si no queréis morir como un cerdo!

Era la voz de Beatrice. María se volvió. Su mentora empuñaba una guadaña con la que amenazaba al guardián. El hombre se vistió con notable agilidad, teniendo en cuenta que lo hacía caminando de espaldas, en busca de la puerta. Beatrice echó los cerrojos y fue a consolar a su discípula, que se escurrió hasta el suelo, conmocionada.

–Lo ha enviado Niccolò –musitó María.

Beatrice la acunó entre sus brazos mientras la joven se rompía por dentro.

El siciliano tenía los ojos tan hinchados que apenas podía abrirlos. El verdugo se había empleado a fondo con él. Le dolían las articulaciones y notaba que los golpes habían deformado su rostro. Lo había visto a menudo en su tierra y en sus viajes, aunque hasta entonces él se había reservado el papel de torturador. Era la primera vez que experimentaba en su propia carne el efecto de las tenazas y el hierro candente. Se había desgañitado gritando en todos los idiomas que conocía, pero no había confesado haber envenenado al rey. Aunque imaginaba que su sentencia de muerte ya estaba firmada, mientras no admitiera su culpabilidad aún existía una remota posibilidad de salvarse.

Había trazado un plan para el que contaba con María. Esperaba su llegada de un momento a otro. Era noche cerrada. Cada pocos minutos se levantaba sobre la punta de los pies con gran esfuerzo para echar un vistazo por el ventanuco y comprobar si la joven había llegado ya.

Vio una débil luz acercarse. Acostumbrado a la oscuridad, no le costó reconocer el rostro: no era María, sino la abadesa.

–*Madonna!* –exclamó, jubiloso.

Sonrió, aunque su alegría se desvaneció en cuanto descubrió que lo que ardía en la mano de su ilustrísima no era otra cosa que la hoja de papel que él le había regalado. La abadesa la dejó caer y al tocar el suelo la llama se apagó. Doña Elvira se alejó en silencio. No eran precisas las palabras cuando había dejado claro que lo que pudiera haber entre ellos nunca pasó de ser una página en blanco.

Pasaron las horas. Niccolò, sentado en un rincón, abrazándose las rodillas para conservar el calor, no entendía la tardanza de María. Le había costado mucho convencer al guardia de que le facilitara la entrada a la mazmorra. Entonces oyó pasos.

Se incorporó. A través de sus párpados apenas entreabiertos distinguió una antorcha aproximándose. Sonrió confiado. A pesar de su aspecto maltrecho, ella lo amaba y no le importarían ni el labio partido ni los dientes arrancados. Sin embargo, tampoco esta vez era María, sino su madre. Niccolò no escondió su decepción ni Beatrice el dolor de verlo en aquel estado.

–¿Y María?

–No vendrá –respondió su madre.

–¿Por qué? –inquirió él, desesperado.

–¿De verdad es necesario que te responda?

–Vendrá –negó él–. Vendrá.

–Te ama, pero afortunadamente es inteligente. No la esperes.

El siciliano dejó escapar un sollozo pueril.

–¡Ella también me ha abandonado! ¿La has convencido tú?

–No.

–¿Qué le has dicho? –insistió, vehemente.

–Enviaste a un guardia para que la violara.

–¡No tenía nada más que ofrecerle! ¡Me lo han quitado todo! –respondió él, convencido de la lógica de su argumento–. ¿Qué otra cosa podía hacer?

Beatrice lo miró con una mezcla de lástima y repugnancia. Como madre, estaba rota por dentro. Habría querido salvarlo, protegerlo, cuidarlo, pero desgraciadamente su hijo se había convertido en alguien tan cruel como lo había sido su padre. Como médico, entendía la necesidad de protegerse de su maldad. A veces era preciso extirpar un miembro gangrenado para evitar que la podredumbre de la carne se extendiera y provocara un mal mayor al cuerpo. Sin embargo, pese a esa convicción, el veneno de las palabras de Niccolò dolía.

–No sois mejor que yo –la acusó él con rencor–. Matasteis a mi padre.

–¿Yo? –Beatrice no podía dar crédito a sus oídos.

–Estaba jugando y de pronto lo vi en un charco de sangre…

La siciliana cabeceó. Sabía que la memoria podía ser caprichosa, pero nunca habría imaginado hasta qué punto. Si su hijo no recordaba lo que ocurrió, ella sí:

–Tu padre te estaba enseñando a usar la espada, aunque era demasiado pesada. Se te caía todo el rato. Él se burlaba de ti y eso te exasperaba, pero así solo conseguías que se riera más alto. Hasta que se cansó de jugar contigo y te dio la espalda. Tú estabas rabioso, recogiste la hoja, la empuñaste con las dos manos y se la clavaste en el costado, una y otra vez. No sabías lo que hacías. No lo sabías… Cuando te cansaste, le cogiste la cara y esperaste en vano a que te felicitara por tu astucia. Pero ya estaba muerto.

—Fue un accidente —susurró Niccolò, confundido.

Beatrice negó con la cabeza.

—Corrí hacia él, pero ya no pude hacer nada. Es verdad que odiaba a aquel hombre y desee mil veces que llegara su hora. Tu padre merecía la muerte, pero no de tus manos. Hui de Salerno, te abandoné, sí, pero lo hice para que me culparan a mí.

Niccolò rompió a llorar como aquel niño que no entendió que su progenitor, su violento, irascible y mezquino padre, al que admiraba sobre todas las cosas, no se levantara, lo estrechara entre sus poderosos brazos y jaleara su hazaña.

Beatrice pidió al guardia que abriera la reja y la encerrase con él. Una moneda de oro fue suficiente para vencer sus reparos. Una vez dentro, hurgó en sus ropas y extrajo una daga.

—Ten. Será más rápido que el verdugo.

El joven empuñó el arma. Estaba todo perdido. Miró a su madre con ojos húmedos. Acercó la hoja a su propio cuello, pero en el último momento agarró a su madre por la cintura y presionó la punta del cuchillo contra su garganta.

—Sois vos y esa perra de María quienes deberíais estar en mi lugar —le susurró—. Vosotras pusisteis el veneno en los frascos. Todos tenían lo mismo. Confié en ti…

—No sé de qué me hablas —balbuceó su madre.

La luz de la antorcha del carcelero se aproximaba. El joven ocultó la hoja en los pliegues de sus maltrechas ropas y liberó a su madre de aquel áspero abrazo.

Beatrice salió de la celda sin mirar atrás. Fue directamente al antiguo despacho de Niccolò. Allí estaba el estante de los ingredientes preciados. Abrió los recipientes uno por uno. Su hijo no había mentido: el contenido era una mezcla similar. Todos olían a almendras amargas, un aroma que, desgraciadamente, Niccolò era incapaz de percibir.

CAPÍTULO XLVI

Faltaban pocos días para que se cumpliera el plazo impuesto por el difunto rey Alfonso para que doña Elvira abandonara Burgos. Ella había mantenido la máxima discreción sobre su caída en desgracia. Ni siquiera su confesor estaba al corriente de la espada de Damocles que pendía sobre su propio futuro una vez la abadesa se viera obligada a abandonar el monasterio. ¿La seguiría a su nuevo destino? Doña Elvira lo descartaba. Sospechaba que no sería bien recibido en Gradefes ni él renunciaría a los privilegios de su posición en Santa María la Real. Probablemente le faltaría tiempo para ofrecer sus servicios a su sucesora. No se lo recriminaba. A rey muerto, rey puesto.

En tanto que llegaba el día de su partida, la vida del monasterio y la suya giraban en torno al funeral del monarca, que sería oficiado por todos los obispos del reino. El cuerpo ya había sido instalado en un ataúd recubierto de sedas con entorchados de oro. Doña Elvira supervisaba hasta el último detalle. Había elegido personalmente el manto que acompañaría a Alfonso durante toda la eternidad. Cuando entró en la iglesia, sorprendió al arzobispo de Toledo, Jiménez de Rada, admirando la suntuosidad de la prenda.

—Tafetán de seda verde sembrado de escudos rojos con castillos de oro. Hay que vestir bien a los muertos. Es su última oportunidad de dejarnos una buena impresión —comentó la abadesa, y el arzobispo alabó sus palabras.

La mujer, con un gesto suave, se quitó la rosa negra que lucía en las ocasiones especiales sobre su cogulla y la depositó sobre el cuerpo de su padre. Esperaba que la reina no se diera cuenta.

—Lástima que la historia recordará más el escándalo de su muerte que los logros de su vida.

—Permitidme que discrepe, ilustrísima. Para la historia, el rey Alfonso será lo que se escriba sobre él.

La abadesa recordó que estaba ante el cronista que más esfuerzo había dedicado a documentar su época para las generaciones venideras.

—Y, según vos, ¿cómo murió nuestro rey? —inquirió ella.

—De muerte natural, lejos de Burgos y de vuestro hospital. A nadie conviene que una institución tan importante para Castilla pague con su prestigio las fechorías de un traidor, ¿no os parece?

—Os estaré eternamente agradecida.

—No lo hago por vos, sino por la historia. ¿Acaso así no es más bella?

Doña Elvira reparó en que alguien acababa de entrar en la iglesia. Al trasluz no pudo ver su rostro, pero reconoció los andares elegantes de Beatrice. Fue a su encuentro para evitar que el agudo oído del cronista las escuchara.

—Ilustrísima —comenzó, atropellada, la siciliana—, mi hijo no envenenó al rey. Alguien contaminó las medicinas.

«Su pecado no es haber matado a nadie, sino lo que me ha hecho vivir a mí», fue el pensamiento que calló la abadesa. En su lugar dijo:

—Habláis como madre, pero yo también lo soy y de muchas más almas que vos. No puedo permitir que la incompetencia o la mala fe queden impunes.

—¡No fue él! —insistió la doctora con una vehemencia que rozaba la ofensa.

–¿Cómo estáis tan segura? –parecía retarla la abadesa. Beatrice le sostuvo la mirada. Estaba a punto de darle a aquella mujer lo que tanto había anhelado: ser descubierta para ser admirada. Las palabras brotaron como un torrente.

–Porque sé que fuisteis vos. No solo sois la responsable de la muerte del rey; también de los envenenamientos de los hijosdalgo de la hospedería, y de don García, y del criado de mi hijo, y...

No pudo seguir. La abandonaron las fuerzas cuando vio que doña Elvira permanecía impasible. La religiosa apenas enarcó una ceja, asombrada ante la imprudencia que acababa de cometer aquella mujer.

–Curiosa forma de pedir clemencia –dijo la abadesa mientras abandonaba tranquilamente la iglesia sonriendo para sí.

No era la reacción que cabía esperar de una asesina pagada de sí misma. Beatrice ahogó un sollozo. Había hecho una apuesta arriesgada y había perdido.

Leonor llevaba varios días en cama. La tos se resistía a abandonarla. Se sentía exhausta de la mañana a la noche. El tiempo corría y la fecha de su castigo se acercaba. Dado que nadie más conocía que su difunto marido planeaba recluirla, se sentía *de facto* indultada. Por primera vez en mucho tiempo era feliz. Además de haberse librado del yugo de un esposo que no ocultaba lo mucho que la aborrecía, su hijo Enrique sería rey y, como colofón, su rival, doña Elvira, estaba en sus manos. Le haría pagar la larga lista de desprecios de tantos años uno a uno.

La inglesa estaba impaciente por ver la cara de su enemiga cuando descubriera que le dedicaba sus primeras decisiones como regente. Aunque doña Elvira no se lo estaba poniendo nada fácil. La todavía abadesa había declinado las invitaciones y los exhortos para acudir al castillo e inclinarse ante ella.

La soberana incluso se planteó desplazarse a Santa María la Real para no postergar el cara a cara con el que tanto había fantaseado. Sin embargo, cada vez que intentaba ponerse en pie, sus piernas la traicionaban y tenía que apoyarse en sus damas para no caer. Lamentablemente, si quería que su némesis abandonara Burgos cuanto antes, no le quedaba más remedio que delegar la tarea en un mensajero.

Mandó llamar a su primogénita, Berenguela, una de las pocas personas que había llorado la muerte de su padre con lágrimas sinceras. «Tiene ese defecto», pensó la reina al verla entrar con los ojos enrojecidos. Leonor le contó sus planes para condenar al olvido a doña Elvira borrando su nombre, ya estuviera escrito en pergamino o grabado en piedra. Haría desaparecer toda prueba de su existencia, tal como había hecho con la judía que la trajo al mundo. «¿Quién hablaba ya de Fermosa? Muerto Alfonso, nadie».

Instruyó a Berenguela con las palabras precisas que debía emplear para hacer más insoportable la humillación de su rival. Leonor no quería dejar ningún detalle al azar.

—Me he pasado media vida jugando una partida de ajedrez con esa mujer. Durante años he vivido convencida de que quería ganarla, y ahora me doy cuenta de que lo que de verdad deseaba era que ella perdiera.

CAPÍTULO XLVII

La abadesa estaba terminando de guardar en su baúl todas las pertenencias que planeaba llevar consigo a la que sería su nueva casa cuando, de pronto, llamaron a la puerta. Sin esperar a que concediera su permiso, una freila dejó pasar a Berenguela. En el pasado, la criada habría lamentado su desidia, pero doña Elvira se resignó, consciente de que aquellos tiempos en los que una simple mirada suya bastaba para hacer temblar los cimientos del monasterio ya no volverían.

—No parecéis sorprendida de verme —dijo Berenguela cuando la freila las dejó solas.

—Esperaba visita, pero de vuestra madre —admitió doña Elvira.

—Está indispuesta.

—Debe de ser grave para que se pierda mi marcha.

Berenguela sonrió levemente. Sentía respeto por doña Elvira, incluso simpatía.

—¿Cuándo partís?

—Decídmelo vos. Mi cargo depende de la Corona. Solo soy una humilde sierva de Dios y de mi señor. —Y, tras una estudiada pausa cuya intención Berenguela no supo interpretar, añadió—: O señora.

—Mi hermano Enrique tiene apenas once años; es demasiado joven para tener opiniones propias. Pero podéis imaginar cuál será vuestro destino. Mi madre es su tutora y os odia. Hará lo que sea para borrar vuestro paso por este mundo.

—Mi modesta persona no es digna de tanta atención. Una reina tiene misiones más elevadas. La principal, que su hijo se siente en el trono. Esa meta sí que merece hacer —y aquí enfatizó sus palabras— lo que sea. Vos sois madre también —dijo sonriendo, ahora como un cazador que dispara un dardo emponzoñado.

—Mi hijo Fernando tiene demasiados enemigos que le disputan la corona de León.

—Pero estáis en Castilla. Entre amigos. ¿Vino? —le ofreció la abadesa.

—No. Solo he venido porque me lo ha pedido mi madre.

—Bebed —insistió sin perder aquella sonrisa inquietante.

Doña Elvira sirvió una copa y se la dio a Berenguela. Ella dudó.

—¿Vos no tomaréis…?

—¿Teméis que os envenene? —dijo la religiosa, fingiendo que la divertían las reservas de su invitada.

—No.

La abadesa tomó la copa de manos de Berenguela y apuró hasta la última gota.

—Mentís mal para ser la madre del próximo rey de Castilla.

Berenguela creyó haber oído mal. El heredero era su hermano, y la regente, Leonor. Debían pasar muchas desgracias para que su primogénito ocupara el trono castellano.

—Me parece que ahora sí aceptaréis mi vino, ¿no es cierto?

El verdugo estaba colocando la soga en el patíbulo de la plaza de Burgos donde tendría lugar la ejecución. «En poco tiempo estará oprimiendo el cuello de mi hijo» se lamentó Beatrice.

De repente, un rectángulo de luz cruzó fugazmente la plataforma de madera para detenerse en el rostro del verdugo y lo cegó. El hombre se cubrió los ojos con la mano, maldiciendo aquellos inoportunos rayos de sol que parecían afectarle solo a él. La doctora descubrió el origen de esa molestia. La antigua sacristana entretenía la espera molestando a los presentes con el reflejo del espejo veneciano más perfecto que se hubiera visto nunca en la ciudad. Cuando el verdugo vio de dónde provenía la luz, fue hacia ella para ajustar cuentas. La anciana huyó torpemente y tropezó a escaso medio metro de donde se encontraba Beatrice.

–¡Me quiere matar! –gritó la mujer.

La siciliana consiguió sujetar el espejo antes de que tocara el suelo. Cuando se disponía a devolvérselo a su propietaria, vio las pinturas que decoraban la parte trasera. Sintió un estremecimiento, y no solo por su belleza.

–¿De dónde lo habéis sacado? –preguntó Beatrice, vehemente.

–Es mío.

–No os creo.

–Me lo regaló sor Inés –admitió finalmente la anciana.

–Se lo robasteis.

–Lo cogí –matizó la sacristana, como si ignorara que todo el monasterio estaba al corriente de su codicia acaparadora, digna de un cuervo.

–Os lo devolveré –mintió la siciliana mientras corría como si cada segundo contara.

Cuando Beatrice llegó ante la vivienda de la esposa de Pocasmigas, el antiguo palafrenero de la hospedería, llamó insistentemente a la puerta. La misma mujer cohibida de su primera visita le abrió, mirando a todas partes como si temiera que la doctora se hubiera hecho acompañar por un ejército.

—Tengo que hablar con vuestro marido.

—Yo también, pero hace años que no sé dónde para.

Beatrice cabeceó, desesperada.

—Sor Inés ha muerto. ¡Llamadle, por lo que más queráis!

De pronto, un hedor insoportable se instaló en su nariz. Tras la mujer se asomó la figura de un hombre enjuto, que había comido pocas migas o estas le habían hecho muy poco provecho.

Beatrice le mostró la parte de atrás del espejo que había ocultado bajo su manto. En ella, el artista había pintado con extrema delicadeza un árbol de damascos y al lado un caballero zurdo que cogía un fruto con su mano de seis dedos.

Desde la ventana de su habitación, Leonor esperaba impaciente el regreso de su hija. Había pasado horas sin noticias suyas. Por fin entró una de sus damas, aunque no para anunciarle la llegada de Berenguela, sino la visita del obispo de Burgos. Al verlo vestido con la ropa de liturgia, la reina se alarmó. ¿Qué hacía allí? Don Juan de Lara debería estar camino de Santa María para concelebrar el funeral de su marido.

—Me han informado de que vuestra salud no os permitirá asistir a la misa y necesitaba veros —dijo forzando una sonrisa que a duras penas ocultaba su desasosiego ante el evidente deterioro de su amada.

—¡Qué estupidez! Estoy perfectamente —replicó la soberana, a pesar de que ella también sintió un escalofrío la primera vez que contempló en el espejo los estragos de la enfermedad.

—Me alegro de que mis fuentes se equivocaran.

—¿Habéis visto a mi hija Berenguela?

—Ha llegado de las primeras a la iglesia.

—Le dije que viniera a verme inmediatamente —se quejó, contrariada.

—Mi carroza está a vuestro servicio si la precisáis —se apresuró a ofrecerle don Juan.

Leonor dudó. No quería que toda Castilla viera que apenas podía dar un paso sin ayuda. Pero, mirando al abispo, se le ocurrió una posible solución.

—Solo puedo ir con vos.

Don Juan de Lara sonrió como un niño ante un dulce.

—Este quebranto me ha dejado sin fuerzas en las piernas. Me resulta imposible caminar sin apoyo. Por fortuna, si me cojo de vuestro brazo, las gentes creerán que soy yo quien ayuda a un tullido —dijo sin pensar que sus palabras eran una ofensa.

Sin embargo, a don Juan le faltó poco para dar gracias al cielo por bendecirlo con su lesión.

La reina exigió a sus damas que la vistieran a toda prisa. Un tocado improvisado disimuló sus cabellos desgreñados y los polvos cubrieron sus ojeras, las manchas y las imperfecciones.

Poco después, Leonor bajó de la carroza del brazo de don Juan de Lara y se dirigió hacia la iglesia de Santa María la Real esquivando los charcos sembrados por la lluvia de la víspera. Por el camino encontraron una rica tela tornasolada extendida sobre el fango para evitar que los asistentes se mancharan los pies. La pisaron, ignorando lo mucho que aquel paño podría haber contado sobre los secretos de su enemiga. El obispo se esforzaba por caminar muy digno, como la ocasión requería.

—Por Dios, no es día para disimular vuestra condición —le rogó la soberana, preocupada.

Don Juan asintió y exageró como nunca el vaivén, que lo acercaba y lo alejaba del cuerpo de la reina. Aquel roce sutil, sumado a la presión de la mano de Leonor en su antebrazo, le embriagaba. Se vio reflejado en el agua turbia. Envejecido, achacoso y aferrado a la mujer que amaba, se sentía el hombre más feliz sobre la faz de la tierra.

CAPÍTULO XLVIII

Beatrice corría más allá de sus fuerzas. Solo una persona podía salvar a su hijo y esa era la reina. La vio entrar en la iglesia del brazo del obispo. Sin embargo, los guardias le impidieron el acceso. De nada sirvió que les jurara que la vida de un inocente dependía de ello. Creer en la justicia no era un requisito para su trabajo.

Las campanas tocaban a muerto, no solo en Santa María, sino en toda Castilla.

La siciliana dirigió sus pasos hacia la ciudad. No quería que su hijo muriera solo, rodeado de extraños.

Cuando Leonor hizo su entrada en la iglesia, todas las miradas se volvieron hacia ella. En las primeras filas del templo vio a Berenguela, sentada junto al heredero, el joven Enrique, para quien aquella ceremonia era un juego en el que se sabía ganador. A su lado, muy erguido y solemne, con la belleza imperfecta de los quince años, su nieto Fernando, fruto del matrimonio anulado entre el rey de León y su primogénita. Leonor se detuvo para recuperar el aliento y calcular el esfuerzo que le exigiría llegar hasta la cabecera de la iglesia, donde esperaba el ataúd de su marido. Cuando por fin llegaron al lugar reservado para la familia real, Leonor, más que sentarse, se dejó caer. Mientras el obispo se dirigía a la sacristía, Berenguela la miró sorprendida.

—¿Por qué no viniste a verme? —le recriminó su madre.

—Creía que estaríais descansando.

—¡Qué absurdo! ¿En un día como hoy quién querría descansar?

—Una enferma —zanjó, incómoda, su hija.

La soberana fue a replicar, pero la interrumpieron el canto del coro y el desfile de los oficiantes, encabezados por el arzobispo de Toledo, seguido de los obispos de Palencia, Sigüenza, Osma y Segovia y, finalmente, don Juan de Lara. Tan nobles señores avanzaron hacia la reina para cumplimentarla y permitir que besara sus anillos. Tras ellos, en la fila, Leonor vislumbró una séptima silueta. Quizá el obispo de Plasencia había conseguido venir a tiempo a pesar de que había excusado su presencia.

Leonor comprendió su error cuando llegó el turno del último prelado y descubrió que la mano tendida hacia ella estaba cubierta por un vistoso guante rojo. Alzó la mirada y entonces la vio. Era doña Elvira, empuñando el báculo episcopal y luciendo la mitra que la colocaba en un plano de igualdad con la más alta jerarquía de la Iglesia.

La reina se estremeció. Todos los ojos de Castilla estaban pendientes de su reacción. Los segundos se sucedían eternos. Un oportuno ataque de tos la obligó a volver la cabeza y librarse de la humillación. Sin embargo, pudo contemplar horrorizada cómo Berenguela besaba el anillo de su rival.

—¿Qué le habéis prometido? —murmuró Leonor fuera de sí cuando recuperó la respiración y pudo dirigirse a la abadesa.

—Hacer de ella una hija digna de vos —respondió doña Elvira con una dulzura exasperante.

Los obispos y la abadesa se volvieron hacia el altar para iniciar la ceremonia.

—No deberíais estar aquí —riñó Berenguela a su madre.

—No estoy tan enferma.

–Sí que lo estáis, pero, aunque estuvierais sana, mi padre os quería en el destierro.

La reina se quedó helada. Había hecho mal en dar por sentada la discreción de Alfonso. ¿Existiría algún documento que dejara constancia de las intenciones de su difunto marido? ¿Quién más lo sabría? Por pocos que fueran, eran demasiados.

–Antes de morir, tu padre también destituyó a doña Elvira –replicó en un intento desesperado por restar gravedad a su disimulo, pero Berenguela hizo como que no la había oído.

Leonor estudió los rostros de los asistentes. Comprendió que si la miraban no era por lo que esperaban de ella, sino porque ya no esperaban nada.

Se volvió con pena hacia su hijo Enrique, su pobre Enrique. Descartada ella, aquel niño era el único obstáculo que se interponía en las ambiciones de Berenguela. Estaba en peligro. Después miró a su hija. En sus ojos acuosos apreció una determinación afilada, heredada de su abuela, la duquesa de Aquitania. Su primogénita la había traicionado, pero Leonor no sentía odio, ni siquiera amargura. Tanto tiempo malgastado en disputas con la abadesa le había impedido ver que su gran obra no sería la derrota de una bastarda, sino el alumbramiento de una mujer extraordinaria que había aprendido a sobrevivir escondiendo su fortaleza bajo un cúmulo de emotividad.

La reina observó a doña Elvira, pletórica con su manto bordado en oro y plata y cuajado de granates. Incluso se había atrevido a lucir la mitra. La ilusa no había comprendido todavía que, pese a haber salvado la piel pactando con Berenguela, en ese mismo instante había aceptado someterse hasta el final de sus días a la voluntad de una rival infinitamente más difícil, alambicada e inteligente.

Leonor sonrió con suficiencia. Aunque no había ganado,

finalmente se había salido con la suya, porque doña Elvira había perdido.

A la soberana solo le quedaba librar una última batalla. Y no con la abadesa, sino con la posteridad. Sacando fuerzas de flaqueza, se levantó y caminó decidida hasta alcanzar el ataúd del rey Alfonso. Contempló su tez cérea y envidió a quienes eran capaces de sentir tristeza por aquella muerte. Unas lágrimas serían de buen gusto.

Se volvió hacia los presentes: nobles, obispos, amigos y enemigos. Y por último miró a Berenguela. Por primera vez sintió orgullo por uno de sus hijos y rompió a llorar. Lágrimas de alegría, abrazada al cadáver del hombre que la había hecho infeliz.

Una rosa negra era testigo silencioso de todo ello.

CAPÍTULO XLIX

La multitud se arremolinaba ya alrededor del patíbulo cuando Beatrice llegó, completamente exhausta. Vio aproximarse el carro que transportaba a Niccolò con las manos a la espalda y la sangre restando colorido a su saya.

Tan pronto como la comitiva llegó a la plataforma, el verdugo agarró del brazo al condenado para ayudarlo a subir, pero el siciliano, que durante el trayecto había cortado sus ligaduras con la daga que le había entregado su madre, le rebanó el cuello sin miramientos. Un grito ahogado recorrió la plaza.

De un salto, Niccolò se subió a la grupa del caballo que tiraba del carro y trató de abrirse paso entre el gentío, pero calculó mal sus fuerzas y acabó cayendo en el barro. ¿Creyó sinceramente que era posible la huida?

Beatrice intentó llegar hasta su hijo, pero la furia de la turba allí reunida se lo impidió. Solo pudo ver cómo los oficiales del rey levantaban en volandas su cuerpo ensangrentado, al que muchos trataban de arrancar jirones de ropa. Unos soldados le colocaron la soga sin ceremonia.

De repente se hizo un silencio solemne en la plaza: nadie quería perderse el chasquido del cuello del reo al quebrarse. Los ojos de Beatrice se llenaron de lágrimas cuando estalló el entusiasmo segundos después.

La abadesa llegó a la plaza cuando el cuerpo desnudo de

Niccolò colgaba de la soga y la multitud ya se había dispersado. Beatrice seguía en el mismo sitio desde donde lo había visto morir, abrazándose el vientre bajo el manto.

–¿Queríais comprobar que ha sido ejecutado a vuestro gusto? –la acusó Beatrice.

Doña Elvira no se rebajó a contestar.

–Estaba equivocada –admitió la siciliana–. Vos no envenenasteis a nadie. El único inocente al que habéis matado es mi hijo.

–Posiblemente no es el primero ni será el último. Aunque no estoy segura de que la inocencia fuera uno de sus atributos –replicó la abadesa sin asomo de culpa.

Por supuesto que Beatrice sabía que había parido a un monstruo. A su lado estaba la mujer que mejor podía entenderla. Las dos lo habían amado a pesar de que él no lo mereciera.

–¿Sabíais que sor Inés tenía un hermano? –dijo Beatrice sin apartar sus ojos del cadáver de Niccolò.

–Sí –contestó doña Elvira–. Le escribí cuando enfermó, pero no recibí respuesta.

–Porque estaba muerto. Tenía seis dedos en cada mano –dijo Beatrice mientras le mostraba el anverso del espejo que ocultaba bajo el manto–. Vino de Navarra a buscar a su hermana para obligarla a abandonar el monasterio. Quería casarla con un hijodalgo que a él le convenía. Sor Inés lo envenenó.

–Yo solo veo un espejo –se limitó a replicar con frialdad la abadesa.

–Me lo ha contado el hombre que la ayudó a enterrar el cuerpo en los establos. Después prendieron fuego a todo para borrar cualquier evidencia, pero vos mandasteis reconstruir las cuadras en la parte de atrás y la tumba quedó expuesta en el solar donde se abrió la nueva entrada de la hospedería.

Nadie se habría enterado de lo ocurrido si no hubiera nacido un árbol de unas semillas que llevaba el cadáver en su bolsa.

–Lo que decís no tiene sentido –se sintió obligada a comentar la abadesa, cada vez más tensa.

–Tiene todo el sentido. Fue la primera vez que sor Inés mató, pero no la última.

–Ella nunca me habría hecho daño –titubeó doña Elvira, horrorizada por la idea de no ser capaz de disimular el espanto que empezaba a sentir.

–No lo pretendía. Sentía devoción por vos. Cometió todos sus crímenes convencida de que así os ayudaba. Absolutamente todas las víctimas os reportaban un beneficio. Únicamente mataba a ricohombres que representaban un obstáculo para que más mujeres se unieran a vos y donaran sus riquezas a Santa María.

–Olvidáis que casi muere envenenada –balbuceó doña Elvira, satisfecha de encontrar un argumento que desbarataba aquella teoría disparatada.

–Vos estabais preocupada porque la muerte de don García en el monasterio os había convertido en sospechosa para toda Castilla. Sor Inés necesitaba desviar la atención de vos. Cuando don Fadrique perdió su daga, vuestra ayudante se hizo con ella y la colocó en vuestras bodegas. Después envenenó vuestro vino y tomó un sorbo para hacer creer a todo el mundo que el médico había intentado asesinaros a vos.

Las piezas de aquel mosaico iban encajando demasiado bien para el gusto de la religiosa.

–La ejecución de don Fadrique supuso hacer *tabula rasa*. Durante once años. Sin embargo, cuando la enfermedad empezó a debilitarla, sor Inés quiso demostrarse que todavía os era útil y volvió a matar. Siempre le había salido bien: ¿por qué en esa ocasión sería diferente? Envenenó al marido de doña Ágata...

403

–¿Intentó también matar a vuestro hijo?

–Sí.

De todo lo dicho, esta acusación era para doña Elvira la más creíble. Sin embargo, lo negó vigorosamente.

–No os creo –afirmó, como si con estas palabras bastara para borrar las imputaciones.

–No es una cuestión de fe.

–No pudo envenenar al rey. –Se aferró obstinadamente a la última posibilidad de rechazar lo que no había sabido o querido ver–: ¡Estaba muerta!

–Estando enferma, aprovechó la estancia en el hospital para entrar en el despacho de Niccolò y envenenar todos los frascos de remedios. Sabía que tarde o temprano mi hijo los usaría y lo acusarían de asesinato. Lo que no podía imaginar es que quien moriría sería el mismísimo rey.

–Seguramente ese jaque mate habría sido muy de su agrado –concedió doña Elvira, rindiéndose ante los hechos.

La abadesa miró furiosa a aquella mujer, que en mala hora había llegado a sus dominios para dañar el recuerdo de su fiel servidora. Beatrice prosiguió enumerando las pistas que había ido hilvanando, sin darse cuenta de que para la superiora aquel ejercicio no revestía el menor interés.

–Solo pudo ser ella. Tenía llaves de todas las dependencias, gozaba de vuestra completa confianza, admitió que conocía las propiedades de muchas hierbas gracias al aya que la había criado y había cuidado de su madre. Y, sobre todo, tenía un motivo: protegeros. Os amaba.

La abadesa ahogó un sollozo. Se volvió a Beatrice, impaciente por terminar aquella conversación.

–Os obsesiona demasiado la verdad. Es bastante irritante.

–Solo me hago preguntas –se excusó la doctora, previendo que su sinceridad le acarrearía alguna represalia.

–Dais mucha importancia a averiguar el porqué de todo cuando la respuesta puede ser simplemente «¿Por qué no?».

Su ilustrísima echó a caminar abruptamente. No quería desmoronarse y sabía qué ocurriría si permanecía allí un minuto más. Era imprescindible que se mantuviera entera: tenía que hablar con una difunta.

CAPÍTULO L

Doña Elvira contemplaba la sepultura de sor Inés con gesto grave. Oyó pasos, pero no se volvió. Sabía perfectamente que quien se acercaba era fray Diego porque ella lo había mandado llamar.

—¿Sor Inés pidió recibir la extremaunción de vuestras manos? —le preguntó sin dilación.

—Así es.

—¿Y no os extrañó? Nunca os habíais llevado bien.

—Cuando uno ve acercarse la muerte, se da cuenta de lo que es importante y lo que es accesorio —dijo en el tono rutinario de quien lo ha dicho muchas veces.

—¿Y vos qué fuisteis, lo primero o lo segundo?

—Un siervo de Cristo —sonrió el clérigo.

—¿La confesasteis?

La pregunta de doña Elvira restalló en el aire como un látigo. Fray Diego se tensó.

—Estoy obligado a guardar el secreto de confesión.

El ligero temblor de su voz dijo más que sus palabras.

La abadesa asintió. No necesitaba más.

—Vos sabíais que había envenenado todas las medicinas del despacho de ese siciliano y que cuando alguien las tomara moriría. Y callasteis.

El silencio no podía ser más elocuente. Doña Elvira se permitió un largo suspiro.

–Los dos creísteis que sabíais mejor que yo lo que me convenía. ¿Acaso no es eso un pecado de soberbia? Debería mandar que os azotaran, pero no, vuestro castigo será saber que no sois mejor que ella. ¡Marchaos!

Fray Diego hizo una reverencia y volvió sobre sus pasos. Nunca había comprendido tan bien a la abadesa como en ese instante. Después de confesarla tantas veces, había visto que su señora era incapaz de sentir arrepentimiento; como él en ese instante.

Doña Elvira se volvió hacia la sepultura de quien había sido su servidora. Estaban solas de nuevo, sin más testigo que Dios, y quizá ni él les prestaba atención. Buscó las palabras que pudieran expresar la rabia, la lacerante decepción que sentía, pero solo pudo murmurar:

–Amiga…

La abadesa regresó al monasterio. Nunca más volvió a visitar aquella tumba, avergonzada de haber traicionado la distancia que la dignidad de su cargo le exigía.

Leonor Plantagenet fallecería apenas dos semanas más tarde; oficialmente, de pena. Su muerte, tan próxima a la de Alfonso, obligó a un funeral deslucido que habría irritado a la soberana tanto como molestó a doña Elvira.

Tiempo tendría la abadesa de resarcirse en las exequias del infante Enrique cuando, pocos años más tarde, la caída de una teja le abrió la cabeza. Un trágico accidente que fue el punto de partida para que Berenguela se convirtiera en reina y madre de rey.

Mientras toda Castilla expresaba su dolor preguntando al cielo por qué había arrebatado la vida al heredero, doña Elvira se respondió a sí misma: «¿Por qué no?».

NOTA DEL AUTOR

Este proyecto nació cuando leí que en la Edad Media muchas mujeres ingresaban en conventos de clausura para sentirse libres. Siempre me han interesado las paradojas, y esta era de libro. ¿Encerrarse para disfrutar de libertad?

Investigando, descubrí que Josemaría Escrivá de Balaguer, fundador del Opus Dei, escribió en los años cuarenta una tesis doctoral sobre la figura jurídica de las abadesas de las Huelgas Reales, a quienes describía como las mujeres que habían disfrutado de mayor poder dentro de la Iglesia católica desde el siglo XII hasta el siglo XIX. En efecto, con autoridad casi episcopal, confesaban, predicaban en público, incluso teóricamente podían usar la mitra. Estos privilegios invadían competencias del obispo de Burgos, cosa que provocaba no pocos enfrentamientos. ¿Por qué el fundador de una organización que no se ha caracterizado precisamente por dar un papel protagonista a las mujeres tenía tanto interés en el excepcional estatus de estas abadesas? Segunda paradoja.

Estaba intrigado. Seguí investigando sobre el monasterio de las Huelgas Reales y el vecino Hospital del Rey, que funcionaba básicamente como albergue para pobres y peregrinos, aunque también dispensaba tratamiento médico a los enfermos. ¿Cómo era la medicina en los tiempos de la fundación de esta abadía?

Así llegué hasta la Escuela Médica de Salerno, al sur de Nápoles. En este punto de encuentro entre las culturas latina, griega, judía y árabe se practicó y enseñó la medicina más avanzada de Occidente entre los siglos XI y XIV. Las mujeres no solo podían ser alumnas, sino también profesoras, algo inaudito en siglos posteriores, cuando la mujer tenía vedado el acceso a la universidad. Una figura destacada era Trótula di Ruggiero, una doctora que en el siglo XII escribió tres tratados que se usaron como libros de texto en las facultades de Medicina de toda Europa hasta el siglo XVI. ¿Cómo es posible que hoy en día sea tan poco conocida incluso en su propia tierra? Me temo que no es el único caso de una mujer extraordinaria injustamente ignorada.

El monasterio de la rosa negra pretende dar voz a mujeres que vivieron entre finales del siglo XII y principios del XIII. Doña Elvira, Beatrice y María son personajes de ficción, nunca existieron, y, si lo hicieron, nunca lo sabremos. Resulta difícil contrastarlas con individuos reales porque, en general, en aquellos años solo las biografías masculinas, por mediocres que fueran, merecían ser recogidas en las crónicas. Se dice que la historia la escriben los vencedores. Y yo añadiría que el olvido lo crean los hombres.

AGRADECIMIENTOS

Querría agradecer el apoyo incondicional de mi hermana y la ayuda de tantos amigos que me han acompañado en este largo proceso: Olga Rihuete, mi primera lectora; Blanca Apilánez, Cristina Rihuete, Carlos Montero, Jaime Arenas, Pablo Moro, Josema Lucía, Orlando Santana, Aurora Yúfera, Marta Sánchez, David Airob y, por razones que él bien sabe, Willian de Sousa. No puedo olvidar a Alessandro Rubino y Peggy Borden, que me abrieron las puertas de su casa en Salerno, convirtiendo los desayunos en el momento más emocionante del día. Y, por supuesto, mi agradecimiento a Justyna Rzewuska y Marina Sánchez, que creyeron en esta historia y la hicieron crecer.

ÍNDICE

ÍNDICE